Da autora

Antes de partir

Colleen Oakley

Perto o bastante para tocar

Tradução
Valéria Lamim

1ª edição

Rio de Janeiro | 2017

Copyright © 2017 *by* Colleen Tull
Publicado originalmente por Gallery Books, um selo de Simon & Schuster, Inc.

Todos os direitos reservados.

Título original: *Close enough to touch*

Texto revisado segundo o novo
Acordo Ortográfico da Língua Portuguesa

2017
Impresso no Brasil
Printed in Brazil

CIP-BRASIL. CATALOGAÇÃO NA PUBLICAÇÃO
SINDICATO NACIONAL DOS EDITORES DE LIVROS, RJ

Oakley, Colleen

O11p   Perto o bastante para tocar / Colleen Oakley; tradução Valéria Lamim. –
1ª ed. – Rio de Janeiro: Bertrand Brasil, 2017.
23 cm.

Tradução de: Close enough to touch
ISBN: 978-85-286-2215-7

1. Ficção americana. I. Lamim, Valéria. II. Título.

CDD: 813
17-41808   CDU: 821.111(73)-3

Todos os direitos reservados pela:
EDITORA BERTRAND BRASIL LTDA.
Rua Argentina, 171 – 2º andar – São Cristóvão
20921-380 – Rio de Janeiro – RJ
Tel.: (21) 2585-2000 — Fax: (21) 2585-2084

Não é permitida a reprodução total ou parcial desta obra, por
quaisquer meios, sem a prévia autorização por escrito da Editora.

Atendimento e venda direta ao leitor:
mdireto@record.com.br ou (21) 2585-2002

Para minha irmã mais velha, Megan, por tudo.

Não quero aprender, nem quero dignidade ou respeito
Eu quero esta música e esta aurora, e o
calor do seu rosto junto ao meu.

— Rumi

PARTE I

"Você pode permanecer em silêncio o quanto quiser, mas, um dia desses, alguém a encontrará."

Haruki Murakami, 1Q84

(Vinte anos atrás)

The New York Times

A GAROTA QUE NÃO PODE SER TOCADA

por William Colton

À primeira vista, Jubilee Jenkins é uma aluna comum do terceiro ano do ensino fundamental. É capaz de dizer o nome das três Meninas Superpoderosas que enfeitam a parte da frente da sua pequena camiseta (e fará isso, se lhe perguntarem), e, de propósito, usa um pé de cada meia, como aparentemente é obrigatório na Griffin Elementary. Frufrus coloridos impedem o ralo cabelo castanho-avermelhado de cair no rosto.

Jenkins *é* como um monte de outras meninas norte-americanas da mesma idade, já que tem uma alergia. De acordo com relatórios da Organização Mundial de Alergia, vêm aumentando os casos de alergia e asma em crianças desde meados da década de 1980, incluindo alergias alimentares, o que é uma preocupação crescente para especialistas.

Porém, Jenkins não é alérgica a pasta de amendoim, ou a picadas de abelha, ou a pelos de animais, ou a qualquer outro alérgeno mais comum.

Jubilee Jenkins é alérgica a outras pessoas.

Nascida em 1989 de uma mãe solteira chamada Victoria Jenkins,

Jubilee era uma criança normal. "Ela era perfeitamente saudável. Começou a dormir a noite inteira quando tinha sete semanas e a andar aos dez meses", diz a mãe da menina. "Foi só ao fazer três anos que começamos a ter problemas."

Foi quando a senhorita Jenkins, que havia acabado de ser promovida a gerente na Belk, em Fountain City, no Tennessee, começou a notar erupções na pele de Jubilee. E não eram apenas alguns carocinhos.

"Foi horrível! Aqueles grandes vergões salientes, uma urticária que a fazia se coçar como louca, enormes manchas escamosas nos braços e no rosto", diz Jenkins. "Ela gritava muito por causa da dor." Em seis meses, a senhorita Jenkins foi mais de vinte vezes ao médico da família e também à sala de emergência do hospital, em vão.

Jubilee também teve que ser reanimada três vezes com injeção de epinefrina por causa de choques anafiláticos. Os médicos ficaram perplexos.

Tudo continuou assim pelos três anos seguintes, enquanto Jubilee era submetida a todo teste alérgico que se podia achar no século XX.

"Ela ficou com os bracinhos totalmente furados", diz Jenkins. "E tentamos tudo em casa também: trocamos os detergentes, fizemos diários de alimentação, removemos todos os tapetes, pintamos tudo de novo. Eu até parei de fumar!"

Foi só quando conheceram o médico Gregory Benefield, alergista e, na época, professor adjunto da Emory University, em Atlanta, que finalmente começaram a ter algumas respostas. (... continua na página 19B)

um

JUBILEE

UMA VEZ UM menino me beijou e eu quase morri.

Sei que isso pode facilmente ser confundido como um melodrama adolescente, disse com uma voz estridente que começava e terminava de forma aguda. Mas não sou adolescente. E falo isso no sentido mais literal da palavra. A sequência básica de eventos foi a seguinte:

Um menino me beijou.

Meus lábios começaram a formigar.

Minha língua inchou, ocupando o espaço da minha boca.

Minha garganta fechou; não consegui respirar.

Escureceu tudo.

Já é bastante humilhante desmaiar logo depois de experimentar seu primeiro beijo, mas é pior ainda descobrir que o menino a beijou por causa de um desafio. Uma aposta. Que, por natureza, é tão impossível que seus lábios sejam beijados que foram necessários cinquenta dólares para convencer um menino a colocar a boca na sua.

E aqui está o problema: eu sabia que isso poderia me matar. Pelo menos, na teoria.

Quando tinha seis anos, fui diagnosticada com dermatite de contato do tipo IV a células de pele humana exterior. Essa é a terminologia que os médicos usam para dizer que sou alérgica a outras pessoas. Sim, às *pessoas*. E sim, é raro, tipo: sou uma entre um pequeno grupo de gente na história do mundo que tem isso. Basicamente, fico cheia de vergões e urticária quando a pele de outra pessoa toca a minha. O médico que finalmente fez o diagnóstico também desenvolveu a teoria de que eu teria uma reação mais séria, do tipo I (anafilaxia), se tivesse contato oral com outro ser humano (leia-se: beijasse). Porém, eu era uma adolescente de 17 anos, fraca e com as palmas das mãos suadas, a poucos centímetros dos lábios de Donovan Kingsley, e a consequência não foi a primeira coisa que passou pela minha cabeça, ainda que fosse fatal. Naquele momento de reais ofegantes segundos dos lábios dele nos meus, ouso dizer que quase pareceu valer a pena.

Até que descobri a aposta.

Quando cheguei em casa do hospital, fui direto para o meu quarto. E não saí, embora ainda restassem duas semanas de aula em meu último ano. Meu diploma foi enviado pelo correio ainda naquele verão.

Três meses depois, minha mãe se casou com Lenny, dono de uma rede de postos de gasolina de Long Island. Ela fez exatamente uma mala e saiu.

Isso foi há nove anos. E não saio de casa desde então.

NÃO LEVANTEI UMA manhã e pensei: "Vou me tornar uma reclusa." Nem mesmo gosto da palavra "reclusa". Isso me faz lembrar daquela aranha mortal que fica à espreita, só esperando para injetar seu veneno na próxima criatura que cruzar seu caminho.

É só que, depois da minha experiência de quase morte com meu primeiro beijo, eu, compreensivelmente, acredito, não quis sair de casa, temendo dar de cara com alguém da escola. Então não saí. Passei aquele verão no meu quarto, ouvindo Coldplay sem parar e lendo. Li muito.

Mamãe zombava de mim por causa disso. "Você está sempre com o nariz enfiado num livro", dizia, revirando os olhos. Mas não eram só livros. Eu lia revistas, jornais, panfletos, qualquer coisa que estivesse por perto. E retinha a maior parte das informações sem esforço.

Minha mãe gostava dessa parte. Ela me fazia recitar, em momentos oportunos, para amigos (os quais não tinha muitos) e para namorados (os quais tinha muitos), o conhecimento bizarro que eu tinha adquirido ao longo do tempo. Como o fato de que as cambaxirras-esplêndidas são a espécie de aves menos fiel do mundo, ou que a pronúncia original do nome do Dr. Seuss rimava com "Joyce", ou que Leonardo da Vinci inventou a primeira metralhadora (o que não deveria realmente surpreender ninguém, uma vez que ele inventou milhares de coisas).

Então ela ficava radiante, dava de ombros, sorria e dizia: "Eu não sei de onde ela veio." E eu sempre me perguntava se isso não tinha uma pontinha de verdade, porque toda vez que eu tomava coragem para perguntar sobre meu pai — tipo, qual era o nome dele, por exemplo —, minha mãe tinha um ataque de nervos e dizia algo do tipo: "Que importância tem isso? Ele não está aqui, está?"

Basicamente, eu era esquisitona na adolescência. E não apenas porque não sabia quem era meu pai ou porque podia recitar fatos aleatórios. Tenho certeza de que nenhuma dessas características é especial. Era por causa do meu *problema*, esse era o modo como se referiam a ele: um *problema*. E meu *problema* era o motivo pelo qual minha carteira no ensino fundamental tinha de ficar, pelo menos, a dois metros e meio de distância das outras. E o motivo pelo qual eu tinha que ficar sozinha no recreio, sentada em um banco, enquanto observava as crianças fazerem fila no escorregador, brincarem de ciranda e balançarem com naturalidade nas barras. E o motivo pelo qual eu vivia vestida com mangas compridas, calças e luvas curtas cobrindo cada centímetro de pele no caso improvável de que as crianças das quais eu era mantida a distância ultrapassassem, por acidente, os limites da minha bolha particular. E o motivo pelo qual eu ficava olhando boquiaberta para as mães que apertavam impulsivamente o corpinho dos filhos quando os pegavam na escola, tentando lembrar como era a sensação.

De qualquer forma, junte todos os fatos: meu *problema*, o menino-me-beijando-e-meu-incidente-de-quase-morte, minha mãe indo embora, e pronto! É a receita perfeita para virar uma reclusa.

Ou talvez não seja nenhuma dessas coisas. Talvez eu só goste de ficar sozinha.

Seja qual for o motivo, aqui estamos nós.

E agora tenho medo de ter me tornado o Boo Radley do bairro. Não sou pálida nem tenho cara de doente, mas receio que as crianças na rua tenham começado a querer saber sobre mim. Talvez eu passe muito tempo olhando pela janela quando elas estão andando de patinete. Encomendei cortinas azuis e as pendurei em cada janela há alguns meses, e agora tento espiar através delas, mas me preocupa a ideia de parecer ainda mais assustadora do que quando sou vista. Não posso evitar. Gosto de vê-las brincar, o que imagino parecer estranho quando coloco dessa forma, mas gosto de vê-las se divertindo, dando testemunho de uma infância normal.

Uma vez, um garoto olhou nos meus olhos, depois se virou para o amigo e disse algo. Os dois riram. Como não consegui ouvi-los, fiz de conta que ele disse algo do tipo: "Olha, Jimmy, é aquela mulher simpática e bonita de novo." Porém, tenho medo de que tenha sido algo mais como: "Olha, Jimmy, é aquela louca que come gatos." Só para constar, não faço isso. Comer gatos. Boo Radley era um bom homem, e é isso que todo mundo diz sobre ele.

O TELEFONE ESTÁ tocando. Tiro os olhos do livro que estou lendo e me imagino não atendendo ao telefone, mas sei que vou atender. Mesmo que isso signifique ter que me levantar do assento gasto da minha poltrona de veludo e andar os 16 passos (sim, eu contei) até a cozinha para pegar o fone mostarda do telefone fixo, uma vez que não tenho celular. Mesmo que provavelmente seja o telemarketing, que liga regularmente, ou minha mãe, que liga apenas três ou quatro vezes por ano. Mesmo que esteja na parte do livro em que o detetive e o assassino, finalmente, estão na mesma igreja depois de brincarem de gato e rato ao longo das últimas 274 páginas. Atendo ao telefone pelo mesmo motivo de sempre: gosto de ouvir a voz de outra pessoa. Ou talvez goste de ouvir a minha própria voz.

Trimmmmmmm!

Fico em pé.

Coloco o livro na poltrona.

Dezessete passos.

— Alô?

— Jubilee?

É a voz de um homem que não reconheço e fico imaginando o que ele está vendendo. Um consórcio? Um novo serviço de internet com downloads oito vezes mais rápido? Ou talvez esteja fazendo uma pesquisa. Uma vez conversei 45 minutos com uma pessoa sobre meus sabores favoritos de sorvete.

— Pois não?

— É o Lenny.

Lenny. O marido da minha mãe. Só o vi uma vez — anos atrás, nos cinco meses que ele e minha mãe namoravam antes de ela se mudar para Long Island. O que mais me lembro dele: o bigode que acariciava com frequência, como se fosse um cão leal anexado ao seu rosto. Ele também era formal a ponto de ser estranho. Eu me lembro de ter sentido como se tivesse que me curvar para ele, mesmo ele sendo baixo. Como se fosse da realeza ou algo parecido.

— Certo.

Ele pigarreia.

— Tudo bem com você?

Minha mente dispara. Estou bem certa de que essa não é uma ligação social, já que Lenny nunca ligou para mim.

— Tudo bem.

Ele pigarreia de novo.

— Bem, vou dizer de uma vez. Victoria... a Vicki — Sua voz fica embargada, o que ele tenta disfarçar com uma tossidinha, que se transforma em um verdadeiro ataque. Seguro o telefone na orelha, ouvindo a tosse seca. Fico imaginando se ele ainda usa o bigode.

Acabado o ataque de tosse, Lenny inala o silêncio. E então:

— Sua mãe morreu.

Deixo a frase entrar lentamente no meu ouvido e se acomodar ali, como uma bala que um mágico pegou com os dentes. Não quero que vá mais longe.

Ainda com o telefone na mão, apoio as costas na parede forrada de pares alegres de cerejas vermelhas e vou descendo lentamente até me sentar no piso rachado e surrado, e penso na última vez que vi minha mãe.

Ela usava um conjunto de blusa e cardigã roxo dois números abaixo do seu e pérolas. Isso foi três meses depois do beijo que o menino me deu e eu quase morri. Como mencionei, passei o verão praticamente no meu quarto, mas também passei um tempo considerável fulminando minha mãe com os olhos toda vez que passava por ela no corredor, pensando que, se ela não tivesse se mudado de Fountain City, no Tennessee, para Lincoln, em Nova Jersey, três anos antes, todo o incidente nunca teria acontecido.

Porém, honestamente, esse era o menor dos seus pecados como mãe. Era apenas o motivo mais recente e mais tangível para ficar zangada com ela.

"Essa sou eu agora", disse ela, girando ao pé da escada. O movimento fez a fragrância enjoativa do seu desodorante corporal de baunilha flutuar pelo ar.

Eu estava sentada na poltrona de veludo relendo *A Abadia de Northanger* e comendo biscoitos finos de chocolate com recheio de hortelã que tirava de um saco plástico.

"Não estou parecendo a esposa de um milionário?"

Não. Parecia a vadia da June Cleaver. Voltei a olhar para meu livro.

Ouvi o som familiar de celofane amassado enquanto ela vasculhava o bolso de trás da calça à procura do maço de cigarros, e o clique do isqueiro.

"Vou embora daqui a algumas horas, viu?" Ela soltou a fumaça e se jogou em uma almofada do sofá na minha frente.

Ergui os olhos, e ela fez um gesto na direção da porta para a única mala que havia feito. ("É só isso que você vai levar?", perguntei naquela manhã. "Do que mais eu preciso?", respondeu ela. "Lenny tem tudo." E então deu uma risadinha, tão estranha quanto as pérolas e o cardigã que usava e o rodopio que deu.)

"Eu sei", eu disse. Nossos olhos se encontraram, e pensei na noite anterior, enquanto estava deitada na cama e ouvi o pequeno rangido da porta do meu quarto ao ser aberta. Eu sabia que era ela, mas permaneci imóvel, fingindo dormir. Ela ficou lá por um bom tempo — tanto que acho que peguei no sono antes de ela sair. E não sei se foi imaginação minha, ou se realmente a ouvi fungando. Chorando. Agora eu me perguntava se talvez houvesse algo que ela estivesse tentando reunir forças para dizer, um momento profundo entre mãe e filha. Ou pelo menos um reconhecimento das suas terríveis habilidades maternais das quais riríamos e diríamos algo banal do tipo: "Bem, pelo menos sobrevivemos, certo?"

No entanto, sentada no sofá, ela apenas tragou o cigarro mais uma vez e disse: "Então, só estou dizendo que você não precisa ser tão maldosa."

Ah!

Eu não sabia ao certo como responder a isso, então tirei outro biscoito do saco plástico, coloquei-o na boca e tentei não pensar no quanto odiava minha mãe. E em quanto odiá-la fazia com que eu me sentisse tão culpada a ponto de me odiar.

Ela suspirou, soltando a fumaça. "Tem certeza de que não quer vir comigo?", perguntou, muito embora soubesse a resposta. Para ser justa, ela fez essa pergunta várias vezes e de diversas maneiras ao longo das últimas semanas. *Tem muito espaço lá no Lenny. Você provavelmente vai ter um quarto inteirinho só para você. Não vai se sentir muito sozinha aqui?* Ri daquela última parte — talvez fizesse parte da biologia inata de ser adolescente, mas eu mal podia esperar para ficar longe da minha mãe.

"Tenho certeza", respondi, virando uma página.

Passamos a última hora que tivemos em silêncio — ela fumando um cigarro atrás do outro, eu fingindo estar absorta no meu livro. E então, quando a campainha tocou, anunciando a chegada do seu motorista, ela deu um salto, ajeitou o cabelo e olhou para mim pela última vez. "Estou indo", disse.

Fiz que sim com a cabeça. Queria dizer que ela estava bonita, mas as palavras ficaram presas na minha garganta.

Ela pegou a mala e saiu, fechando a porta lentamente atrás dela.

Fiquei ali sentada, um livro no colo e um saco plástico de biscoitos vazio ao meu lado. Metade de um cigarro ainda fumegava no cinzeiro sobre a mesinha de centro, e senti uma vontade enorme de pegá-lo. Colocar meus lábios nele — mesmo sabendo que ele poderia me matar. Inalar minha mãe uma última vez.

Mas não fiz isso. Só o observei queimar.

E agora, nove anos depois, minha mãe está morta.

A notícia não surgiu do nada, uma vez que, há mais ou menos dez meses, ela havia mencionado que descobriram que uma suspeita crosta de ferida no seu couro cabeludo que não sarava era um melanoma. Ela riu com uma tosse e disse: "Sempre pensei que meus pulmões é que me matariam."

Porém, minha mãe tinha tendência a ser superdramática — como a vez em que foi picada por um mosquito e se convenceu de que estava com o vírus do Nilo Ocidental, e ficou deitada de costas no sofá por três dias — eu não tinha como saber ao certo se a notícia nos meses seguintes de que estava morrendo era o diagnóstico real de um médico ou um de seus esquemas elaborados para chamar atenção.

Acontece que era o primeiro.

— O funeral é na quinta-feira — diz Lenny. — Quer que eu mande um motorista?

O funeral. Em Long Island. Era como se um punho gigante tivesse entrado em meu peito e começado a apertá-lo. Cada vez mais até não restar nem um pouquinho de ar. É assim que começa o sofrimento? Já estou sofrendo por ela? Ou é a ideia de deixar a casa o que comprime meus órgãos vitais? Não sei.

O que sei é que não quero ir — que não quero ir a *lugar algum* há nove anos —, mas dizer isso em voz alta faria de mim uma pessoa horrível. Quem não vai ao funeral da própria mãe?

Sei também que é possível que o Pontiac de mamãe na garagem há nove anos não vá aguentar a viagem.

Busco desesperadamente o ar que não vem, esperando que Lenny não ouça o esforço que estou fazendo para respirar.

Finalmente, respondo:

— Não precisa mandar o motorista — digo. — Dou um jeito.

Há um momento de silêncio.

— Começa às dez horas. Vou enviar o endereço por e-mail — diz Lenny. E, então, sinto uma mudança no ar entre nós; ele endurece a voz, como se estivesse dirigindo uma reunião de diretoria, e não discutindo a questão da sua esposa morta com a enteada que nunca assumiu. — Sei que essa talvez não seja a melhor hora para discutir isso, mas queria que você soubesse que sua mãe deixou a casa para você, sem pendências; eu paguei o restante da hipoteca e vou transferir a escritura para o seu nome. E também o carro dela, se ainda estiver com ele. Mas, bem, os cheques que ela enviava... achei que deveria dizer para você o quanto antes que não continuarei com essa tradição específica, então vai precisar fazer outros, ah... arranjos.

Meu rosto cora com a menção de que vivo às custas de alguém, e tenho vontade de desligar o telefone. Sinto-me uma fracassada. Como aqueles homens de 30 anos que vivem no porão da casa dos pais, com a mãe ainda lavando a cueca deles e lhes servindo queijo-quente com a borda do pão de forma cortada. Acho que, de certa forma, é isso que sou.

O primeiro cheque chegou uma semana depois que ela se foi.

Eu o coloquei sobre a mesa da cozinha e fitei-o por três dias toda vez que passava por ele. Tinha toda a intenção do mundo de jogá-lo fora. Talvez mamãe quisesse depender do dinheiro de Lenny pelo resto da vida, mas eu não estava interessada.

E então veio a conta de luz. E depois a de água. E depois a hipoteca. Descontei o cheque.

Eu tinha 18 anos, estava desempregada e ainda tentava descobrir o que ia fazer da vida. É claro que isso envolvia algum tipo de emprego e formação universitária. Então, jurei para mim mesma que essa seria a única vez. Que não aceitaria mais dinheiro.

Quando chegou o próximo cheque, três semanas mais tarde, eu ainda não tinha emprego, mas também não tinha vontade de sair de casa para descontá-lo, por isso achei que seria o fim. Porém, em uma das vezes que interrompi um jogo animado de *Bejeweled* no computador, fiz uma rápida pesquisa on-line e descobri que poderia simplesmente enviar o cheque ao banco e o dinheiro apareceria em minha conta como em um passe de mágica.

E então, enquanto voltava para clicar nas joias coloridas e, com satisfação, vê-las desaparecer, fiquei me perguntando o que mais eu poderia fazer sem sair de casa.

Dá para fazer muita coisa.

Virou uma espécie de jogo, um desafio para ver o que eu poderia fazer enquanto estivesse de pijama.

Mercado? A Fresh Direct entrega em casa.

Faculdade? Obtive um diploma de inglês em 18 meses em um daqueles cursos on-line. Não sei ao certo até onde é válido, mas o pedaço de papel que me enviaram é bem real. Eu queria continuar, obter um mestrado, quem sabe um Ph.D., mas os quatrocentos dólares por hora de crédito estavam consumindo meu orçamento já apertado, por isso comecei a fazer algumas aulas on-line que Harvard oferece gratuitamente a cada semestre. *Grátis.* O que faz a gente se perguntar por que todos aqueles gênios ficam pagando centenas de milhares de dólares para se formarem nas universidades de maior prestígio dos Estados Unidos.

Dentista? Fio dental regularmente e escova de dente depois de cada refeição. Nunca tive sequer uma dor de dente, e atribuo isso aos meus bons hábitos de higiene bucal. Comecei a pensar que a odontologia talvez fosse uma ocupação extorsiva.

E quando um vizinho deixou um bilhete na minha porta alertando que minha grama estava atingindo uma altura incontrolável e que ele apreciaria se eu cuidasse do gramado para a "integridade" do bairro? Liguei para uma empresa de jardinagem pedindo que viesse uma vez por mês e deixei um cheque debaixo do capacho na varanda.

O lixo era um desafio mais difícil. Não consegui descobrir um jeito de deixá-lo na calçada sem de fato ir lá para fora. Não que eu não pudesse fazer isso, é claro, mas agora estava decidida a não ter que fazer isso. Decidida a resolver essa última peça do quebra-cabeça. Não me orgulho do que fiz, mas liguei para o serviço de coleta de lixo da cidade e disse que era deficiente. Disseram que, se eu pudesse deixar o lixo na lata ao lado da porta dos fundos, os funcionários entrariam e recolheriam o lixo todas as quintas pela manhã. E senti uma pontinha de orgulho de minha esperteza desonesta.

Passaram-se seis meses. Depois um ano. E houve momentos em que eu parava e me perguntava se seria assim. Se eu levaria a vida desse jeito, sem nunca mais ver outra alma viva. No entanto, na maioria das vezes, eu acordava todas as manhãs e vivia a vida como todo mundo — sem pensar na situação como um todo, apenas fazendo as lições para as aulas, preparando o jantar, assistindo ao noticiário, depois levantando pela manhã e fazendo tudo de novo. Nesse sentido, eu não achava que era realmente diferente das outras pessoas.

Embora minha mãe ligasse esporadicamente ao longo dos anos, para se queixar do tempo, de um garçom rude, do final ruim de uma série de TV, para se gabar de uma das muitas viagens que ela e Lenny estavam fazendo ou para me convidar para passar um feriado com eles — mesmo sabendo que eu não iria —, nunca falamos sobre o dinheiro que me enviava. Tinha vergonha de aceitá-lo, mas havia também me convencido de que, de alguma forma, eu o merecia, e que ela estava em dívida comigo por ser uma droga de mãe egoísta.

Eu nunca quis que isso continuasse por muito tempo.

— Sei que você tem esse seu problema — disse Lenny —, mas é algo com o qual nunca estivemos que acor...

— Eu entendo — digo.

A humilhação aumenta a sensação de calor a cada segundo, mas sinto também uma explosão de raiva, raiva da minha mãe por não ter me deixado nenhum dinheiro além da casa e do carro (ainda que eu reconheça minha ingratidão), embora eu imagine que, tecnicamente, o dinheiro seja de Lenny. Ou talvez eu esteja zangada comigo mesma por ter me tornado tão dependente daqueles cheques mensais. Ou talvez não tenha nada a ver com o dinheiro. Talvez esteja brava por não ter aceitado o convite para visitá-la nem mesmo uma vez. Nem a convidado para me visitar. Engraçado como, quando uma pessoa morre, a gente esquece momentaneamente todos os defeitos dela, assim como o simples fato de falar com ela ao telefone era tão exaustivo emocionalmente que eu nunca quis vê-la pessoalmente. Mas agora... bem, agora era tarde demais.

— Certo, então — diz Lenny.

Como não nos restava nada a dizer, espero seu adeus, mas ele fica em silêncio por tanto tempo que me pergunto se talvez já desligou e eu, de algum modo, não percebi.

— Lenny? — digo, no momento exato em que ele fala.

— Jubilee, sua mãe realmente... — diz ele. Sua voz embarga mais uma vez. — Bem, você sabe.

Não sei. Minha mãe realmente o quê? Gostava de blusas apertadas? Fumava para caramba? Era uma pessoa com quem era impossível de se viver? Fico segurando o telefone um bom tempo depois de ele ter desligado, esperando ouvir o que ia dizer. Que as palavras, de alguma forma, ficaram presas no vácuo entre nós e se materializarão a qualquer segundo. Quando aceito que não é o que vai acontecer, deixo o telefone cair no chão ao meu lado.

Passam-se minutos. Talvez horas. Mas não me mexo — mesmo quando ouço o *tu-tu-tu* do receptor, o telefone insistindo em ser desligado.

Minha mãe morreu.

Percorro a cozinha com os olhos, procurando diferenças sutis — comparando o antes e o depois. Se encontrar uma, então ela será prova de que talvez eu tenha entrado em algum universo alternativo. Que talvez minha mãe ainda esteja viva no outro, no real. Ou talvez eu tenha lido *1Q84* muitas vezes.

Respiro fundo, e lágrimas brotam nos meus olhos. Não sou dada a demonstrações exteriores de emoção, mas hoje só me sentei e as deixei cair.

*

SER UMA RECLUSA tem o seu lado bom. Tipo, só levo seis minutos para lavar o prato, a caneca e o garfo que uso todos os dias. (Sim, eu marquei o tempo.) E nunca preciso ficar de conversa fiada. Não preciso concordar e sorrir quando alguém diz: "Ouvi dizer que talvez chova hoje", nem murmurar algo idiota em resposta, do tipo: "A grama é que vai se dar bem, né?" Sério, eu não preciso me preocupar com o tempo, ponto. Está chovendo? Quem se importa? Não vou sair na chuva mesmo.

Porém, há desvantagens também. Tipo, tarde da noite, quando estou deitada na cama ouvindo o silêncio mortal da rua e imaginando se, talvez, *talvez*, sou a única pessoa que restou na Terra. Ou se houve uma guerra civil, uma supergripe ou um apocalipse zumbi e ninguém se lembrou de me contar, porque ninguém lembra que estou aqui. Nessas noites, eu pensaria na minha mãe. Ela me ligaria. Ela me diria. Ela se lembraria. E uma onda de conforto me cobriria.

Mas, agora, ela se foi. E estou deitada na cama, ouvindo o ar da noite e me perguntando: *Quem vai se lembrar de mim agora?*

A QUINTA-FEIRA COMEÇA como um dia normal: desço a escada e preparo dois ovos fritos — com as gemas moles — com torrada (cortada em pedaços bem pequenos depois de um incidente, quatro anos atrás, no qual engasguei). Como enquanto leio as notícias on-line, mas, em vez de clicar na próxima aula de Harvard (esta semana: "Shakespeare depois de tudo: As peças posteriores"), tenho que encarar o fato de que esse não é um dia normal.

Vou sair de casa.

Meus batimentos cardíacos aceleram com a ideia, por isso tento me distrair com um problema mais imediato: não tenho nada para vestir no funeral da minha mãe. As únicas coisas pretas que tenho são uma calça de moletom e um casaco com capuz combinando. Não exatamente roupas adequadas para um funeral.

No andar de cima, atravesso o corredor até o quarto da minha mãe e fico parada à porta. Por nove anos deixei seu quarto exatamente como estava quando ela foi embora. Nada horripilante ao estilo da senhorita Havisham. Nenhum bolo de casamento intacto sobre uma mesa ou algo do tipo. Dizia para mim mesma que era porque eu simplesmente não sabia o que fazer com suas coisas, mas parte de mim gostava de tê-las onde sempre estiveram. Como se, quem sabe, ela voltasse para lá um dia.

Só que agora, acho, ela não voltará.

Em frente ao armário da minha mãe, fico olhando para a coleção de terninhos datados de 1990, da sua época como atendente de uma loja de departamentos. Quando criança, lembro-me de experimentar suas roupas enquanto ela estava no trabalho, deixando-as dançarem em meu corpo, inalando seu perfume adocicado. Até me deitava na sua cama e me enrolava nos seus cobertores, fingindo que eram seus braços. Era contra as regras — os médicos advertiram que, muito embora parecesse que eu só reagia ao contato de pele com pele, eu ainda precisava ter cuidado perto de coisas que tinham contato prolongado com outras pessoas, como lençóis e toalhas. *Alergias são traiçoeiras*, disseram. Porém, eu corria o risco e, felizmente, nunca tive reação. Era meu pequeno ato de rebeldia, mas era outra coisa também: a única maneira pela qual eu podia me sentir perto dela. Tiro um casaquinho preto do cabide de arame e me contorço para colocá-lo sobre a regata branca com a qual dormi.

Viro-me e olho para o espelho decorado pendurado sobre a penteadeira, e me examino pela primeira vez em anos. A constatação de que outras pessoas estarão olhando para mim — vendo o que vejo refletido no espelho — faz meu estômago revirar. Há anos eu não fazia um corte de cabelo decente, confiando em algumas acertadas aqui e ali com minha tesoura de unhas, o que era visível. Meu cabelo nunca foi obediente, mas fica especialmente indisciplinado e rebelde quando está solto, os cachos castanhos apontados para todas as direções do alto da minha cabeça até os cotovelos. Tento alisá-los com a palma da mão, mas não adianta.

Então me lembro do terninho que estou usando, e meus olhos são atraídos para os ombros com enchimento. É como se alguém estivesse me fazendo uma pergunta e eu estivesse dando de ombros para indicar que não sei a resposta. O restante do terninho não está me servindo muito melhor. Minha mãe era miudinha, além de ter os seios grandes. Embora eu não seja muito maior, as mangas estão um pouquinho curtas demais e a saia está bem apertada na cintura. Vai ter que servir.

Ao me abaixar para procurar no fundo do seu armário um par de sapatos, juro que sinto ligeiramente o perfume de desodorante de baunilha, e meu estômago embrulha. Sento-me no chão, coloco a lapela do terninho no nariz e inalo.

Mas só sinto o cheiro de tecido mofado.

No ANDAR DE baixo, pego minha bolsa que está sobre a mesa perto da porta. Reviro-a, olhando para as duas injeções de epinefrina com seu líquido amarelo. Estão vencidas há anos, mas me convenço de que ainda farão efeito. Em uma emergência. Depois, pego minhas luvas e fico pensando se devo colocá-las. Sempre achei um exagero quando era criança: as luvas amarelas de tricô que usei no ensino fundamental, passando para luvas de couro mais adultas, mas igualmente estranhas, no ensino médio. Até parece que eu me daria o trabalho de tocar nas pessoas, ou elas, em mim. Não é tão difícil assim manter as mãos longe dos outros, especialmente quando se é tratada como uma pária, mas então penso em todas as maneiras pelas quais as pessoas podem fazer contato sem nem perceber: trocar dinheiro em caixas registradoras; apertos de mão; alguém roçar o braço no seu ao passar com pressa por você.

Coloco as luvas.

Então, antes que possa mudar de ideia, pego rapidamente minhas chaves na mesa ao lado da porta da frente, viro a maçaneta e piso na soleira.

O brilho do céu azul de setembro agride meus olhos, e os fecho, erguendo uma das mãos para bloquear os raios. São 7h34, e estou do lado de fora. Na varanda da frente. Embora tenha aberto a porta apressadamente sob a escuridão da noite para pegar pacotes deixados pelo carteiro e a compra semanal entregue pelo mercado, não me lembro da última vez que pus o pé para fora de casa. Em plena luz do dia.

O sangue corre para minha cabeça, e me agarro ao batente da porta, tonta. Sinto-me exposta. Como se mil olhos estivessem sobre mim. O ar ao meu redor está muito denso, instável. Como se uma corrente pudesse me pegar e me lançar ao mundo contra minha vontade.

Quero que meu pé se mova. Dê um passo para a frente.

Mas ele não vai. É como se eu estivesse perigosamente à beira de um precipício e um passo me levasse ao grande abismo. O mundo me engolirá por inteiro.

E é aí que ouço.

O som e rangido metálico do caminhão de lixo dobrando a esquina.

Fico paralisada.

É quinta-feira. Dia do lixo.

Meu coração bate freneticamente no peito, como se tentasse saltar para fora do corpo.

Procuro a maçaneta atrás de mim, giro-a e volto para dentro de casa, fechando a porta firmemente atrás de mim.

Então me inclino contra ela e me concentro em desacelerar a respiração, para que o ritmo do meu coração volte ao normal.

Normal.

Normal.

Olho de relance para as minhas mãos com luvas e rio em silêncio. Então um ataque de riso escapa dos meus lábios, ao que levo os dedos vestidos de couro à boca para abafar o som.

Onde é que eu estava com a cabeça? Pensar que poderia simplesmente sair de casa e ir para o funeral da minha mãe como uma pessoa normal?

Se fosse normal, eu acenaria para os lixeiros. Ou daria um oi. Ou apenas iria ignorá-los completamente e entrar no carro, como tenho certeza de que outras pessoas fazem cem vezes por ano sem nem pensar nisso.

Meus ombros começam a tremer à medida que meu riso se transforma em choro.

Não vou ao funeral da minha mãe. Lenny vai querer saber onde estou. Qualquer coisa que minha mãe tenha lhe dito ao longo dos anos sobre eu ser uma má filha se confirmará.

E, embora isso seja angustiante, outro pensamento rodeia minha mente, esperando que eu o deixe entrar. Um pensamento horripilante. Um pensamento que percebo que talvez soubesse lá no íntimo, mas que não quis admitir para mim mesma. No entanto, é difícil negá-lo quando estou encostada na porta da frente de minha casa, incapaz de acalmar meu coração, conter minhas lágrimas ou fazer meu corpo parar de tremer.

E esse pensamento é: *Talvez haja outra razão pela qual não saio de casa há nove anos.*

Talvez seja porque não posso.

dois

Eric

O PEIXE ESTÁ MORRENDO.

Não acho que já esteja morto, porque, quando o cutuco gentilmente com a ponta de borracha do lápis, ele abre as nadadeiras e nada de maneira irregular ao redor do pequeno recipiente de vidro por cerca de dez segundos até parecer desistir e flutuar para a superfície da água novamente, mas não fica de barriga para cima. Isso não é um sinal revelador?

Meus olhos percorrem rapidamente o apartamento retangular como se a solução para salvar a vida desse peixe fosse se apresentar. Entretanto, as paredes beges, é claro, estão nuas. O restante da pequena sala de estar inclui apenas meu sofá, uma mesinha de centro de vidro e algumas caixas com as palavras "sala de estar" escritas na lateral com uma caneta marca-texto preta. O lápis parece ser minha única esperança.

Cutuco o peixe novamente e olho por cima do ombro como se um representante de uma dessas organizações dos direitos dos animais fosse aparecer ali para balançar o dedo na minha cara. Estou certo de que isso equivale a abuso animal, mas esse peixe precisa viver. Pelo menos nos próximos 15 minutos. E o lápis é minha única esperança.

O peixe termina sua dança esdrúxula e começa a flutuar de novo.

Meu Deus!

— O que você está fazendo? — A voz baixa me dá um susto.

— Nada — respondo, espetando o peixe mais uma vez e, então, deixando o lápis de lado. — Alimentando o Squidboy.

— Eu já dei comida para ele. Ontem à noite. Dou comida para ele toda noite.

Viro-me e dou de cara com os grandes olhos escuros e astuciosos de Aja atrás dos óculos de armação de arame e me admiro, não pela primeira vez, com seu jeito de conseguir tantas vezes me fazer me sentir como se fosse a criança e ele, o adulto. Embora seja igualzinho ao pai, Dinesh — pele de jambo, cabelo preto sedoso, cílios compridos o bastante para fazer propaganda de rímel —, ele é totalmente o oposto em se tratando de personalidade. Dinesh era impulsivo, encantador, bonito; Aja é cauteloso, quieto, introvertido. Mais parecido comigo, eu acho.

— Eu sei — digo, usando meu corpo para impedi-lo de ver o pequeno recipiente de vidro. A vida de Aja virou de cabeça para baixo nos últimos dois anos (desde a morte dos seus pais, o processo de adoção, até a mudança da única cidade que ele já conheceu em New Hampshire para Lincoln, em Nova Jersey). Se puder evitar que ele sofra por causa do peixinho moribundo, pelo menos por hoje, vou fazer isso. — Mas ele parecia estar com fome. E eu estou também. Vamos tomar café da manhã.

O olhar de desconfiança não sai do rosto de Aja, mas ele se vira e se arrasta para a cozinha, com as mãos nos bolsos e os ombros levemente curvados, fazendo com que seu corpo de dez anos já pequeno pareça ainda menor.

— Pronto para o primeiro dia de aula? — pergunto, indo em direção à pia para lavar a caneca de café de ontem com água quente.

Talvez hoje seja o dia em que vou encontrar as canecas extras na caixa errada, já que abri todas as que continham a palavra cozinha, e elas não estavam lá. A mudança é a única vez em que sou capaz de deixar de lado minha crença nas leis da natureza e entender que alguma outra força dinâmica está em ação. Magia negra? Teletransporte? Só assim se explica como as coisas se perdem. As canecas de café deveriam estar nas caixas da cozinha, onde as coloquei. E mesmo assim...

Seguro o cabo da cafeteira e despejo o líquido marrom-escuro. Não deveria ter feito um bule inteiro, uma vez que, depois de ver uma matéria no noticiário sobre as terríveis consequências à saúde causadas pelo excesso de café, prometi a mim mesmo que a nova pessoa que eu seria em Nova Jersey só tomaria uma xícara por dia. Não consigo me lembrar das consequências agora, mas provavelmente incluem câncer e morte. O que parece ser o resultado final de todo estudo referente à saúde nos dias de hoje. Volto a atenção para Aja, percebendo que ele não respondeu à minha pergunta.

— Amiguinho?

Ele está cuidadosamente medindo uma xícara de flocos de arroz para colocar em sua tigela, como sugere a porção individual. Sei que medirá meia xícara de leite em seguida.

Ao terminar a precisa preparação do seu café da manhã, ele pega uma colher. Tento de novo.

— Aja?

Percebo que pareço um pouco desesperado, mas é porque na maioria das vezes sou assim. Porque, mesmo estando a quatro estados inteiros de distância, ainda posso ouvir a voz dela como se estivesse falando no meu ouvido.

Você não sabe conversar com a droga do seu próprio filho.

E essa foi uma das coisas mais agradáveis que Stephanie me disse desde o nosso divórcio. Quando estávamos casados, ela sempre se queixava de que eu não era bom em notar pistas ou implicações sociais nem o significado por trás de palavras e ações (e talvez tivesse razão; pedir às pessoas que simplesmente digam o que querem dizer é pedir demais?), mas não tive dificuldade alguma em notar a implicação do que ela estava me dizendo naquela noite.

Você não é um bom pai.

Não discuti com ela. É difícil ser um bom pai quando você só vê sua filha a cada quinze dias, e o tempo todo ela está com aqueles botões brancos nos ouvidos, os dedos se movendo na velocidade da luz enquanto digita sabe-se lá o que no telefone para sabe-se lá quem. Às vezes eu tentava espiar por sobre o ombro de Ellie para ter certeza de que ela não estava enviando mensagens de conteúdo sexual, já que havia lido um artigo sobre o assunto no *Washington Post*. Ela podia muito bem estar fazendo isso sem que eu tivesse a menor ideia, porque tudo o que eu via era um monte de letras maiúsculas que não formavam palavras. Eram como um código, e eu ficava um pouco orgulhoso, perguntando-me se, quem sabe, ela teria um futuro escrevendo páginas HTML no Vale do Silício.

De qualquer forma, quando Ellie e eu tivemos uma briga feia quatro meses antes, notei outra implicação sem que Stephanie precisasse me dizer uma palavra — e lutei contra a vontade de contar isso a ela ao achar que ela teria ficado impressionada com o meu progresso: a culpa foi toda minha.

Eu deveria ter tentado mais. Deveria ter sido mais presente. Deveria, de alguma forma, ter feito a minha filha de 14 anos tirar aqueles fones de ouvido e ter uma conversa real e cara a cara comigo. Porque agora ela nem sequer fala comigo. Nem mesmo por meio de um texto codificado.

Talvez seja por isso que estou tão desesperado para que Aja responda a cada uma das minhas perguntas. Faz dois anos que sou oficialmente seu pai — *Dois anos? Já faz esse tempo todo que Dinesh se foi?* —, mas sei que a conexão entre pai e filho é muito frágil, como uma bolha de sabão, e não precisa de muita coisa para estourá-la.

— Eric? — Aja mantém os olhos concentrados na caixa de flocos de arroz.

— Sim, amiguinho? — respondo, odiando o entusiasmo excessivo na minha voz.

— Você já encontrou uma cadeira de rodas?

Dou um gole demorado no meu café, não querendo entrar nessa conversa logo cedo. Nem nunca. Aja colocou na cabeça na semana passada que queria ser o Professor Xavier, de *X-Men*, no Halloween (que, é importante frisar, vai acontecer daqui a quase dois meses. Aja gosta de planejar com antecedência). Concordei de imediato, sem me dar conta de que a fantasia exigia uma cadeira de rodas. Disse a Aja que não sabia ao certo se era apropriado, já que ele não tem uma deficiência e aquilo poderia ser ofensivo para as pessoas que realmente têm. "Mas o Professor Xavier tem", disse ele, sem rodeios. Deixo para lá, apreensivo demais para discutir sobre o assunto.

— Ainda não — respondo, e, antes que ele possa fazer uma pergunta complementar, acabo com a distância entre nós com alguns passos e me curvo para poder ficar no mesmo nível dele, nossos olhos concentrados na caixa de cereal.

— Teve sorte hoje? — pergunto.

É exatamente o oposto do que a terapeuta à qual levei Aja depois que os pais dele morreram me disse para fazer. *Não alimente as ilusões dele*, disse ela em um tom irritantemente nasal. Aquilo me pareceu um exagero. Ou talvez aquele remédio, aquele Risperdal que lhe deram que o deixou tão sonolento a ponto de dormir 17 horas por dia e mal comer, que parecia um exagero. Parei de lhe dar as pílulas e não mudei de ideia. Aja tem imaginação. E daí? Que mal há nisso?

Ele faz que não com a cabeça.

— Não consigo nem uma faisquinha, quem dirá uma chama!

— Uma chama? — Fico um pouco alarmado com isso. — Pensei que só estivesse tentando mover isso com a mente.

— Não, nessa semana estou trabalhando nos níveis avançados: destruição telecinética, para ser mais específico. — Ele dá uma olhada para mim. — Isso significa explodir as coisas.

Ah. Coço a lateral do meu rosto, endireito-me e dou uma olhada na pequena cozinha. Meus olhos pousam na lista telefônica que estava sobre o balcão quando entramos na casa nova. Pergunto a mim mesmo quem ainda usa listas telefônicas. E então me pergunto onde coloquei o número da terapeuta.

Talvez esteja junto das canecas de café.

Enquanto Aja está escovando os dentes e terminando de se arrumar para ir à escola, volto a examinar Squidboy. Decididamente, ele está de barriga para cima agora. Dando-lhe o benefício da dúvida, cutuco-o com o lápis mesmo assim, mas nada acontece. Suspiro. Talvez Aja não olhe para o aquário antes de sairmos. Assim terei tempo de ir ao pet-shop, escolher um peixe igualzinho ao Squidboy e esperar que Aja não repare nisso também.

Meu telefone vibra no bolso. Coloco o lápis na prateleira ao lado do aquário e pego meu celular.

— Ei, Connie — cumprimento minha irmã.

Foi por causa dela que me mudei para esse distrito tranquilo a apenas 12 quilômetros de distância da silhueta de edifícios de Manhattan. Nova

York em si estava fora de questão por causa do preço absurdo do aluguel e até mesmo de escolas públicas piores, mas eu provavelmente teria escolhido uma cidade mais popular — e populosa — como Hoboken ou Elizabeth se Connie não estivesse em Lincoln pelos últimos oito anos. *É como voltar para uma época diferente*, dizia ela. *O centro é tão charmoso, com lojinhas graciosas e vistas deslumbrantes do rio. E as escolas são muito boas.* Eu não dava a mínima para o rio, mas ela me ganhou com as escolas — e o fato de que estaria a poucos quilômetros de distância e poderia aparecer e me ajudar com Aja se eu precisasse.

— Primeiro dia de aula — diz ela, ignorando as saudações e indo direto ao ponto com seu jeito de advogada. Sim, meus pais criaram um contador e uma advogada, e, embora muitas vezes nos digam, em nossas reuniões de família tradicional, o quanto estão orgulhosos de nós, às vezes me pergunto se não estão um pouco desapontados com os chatos que seus filhos se tornaram. — Ele está pronto?

Dou uma olhadinha no corredor. Ele ainda está no banheiro.

— Quase. Embora eu ache que ele talvez tenha um novo interesse perigoso em explodir coisas.

— Não são todos os meninos que têm?

Tento lembrar uma fascinação por explosivos em minha própria infância.

— Não acho que já tive.

Ela bufa.

— Não, acho que você estaria mais para um caso à parte no departamento de assumir riscos.

— Ah, é? — pergunto. — Ei, falando nisso... como foi o salto de paraquedas no fim de semana passado? E a fazenda de cascavéis? Mexeu com muitas delas?

— Ha-ha. Muito engraçado.

— Só estou comentando. O sujo e o mal-lavado, tipo assim.

— Sim, mas não estamos falando de mim.

— Não — digo. — Ultimamente, parece que nunca falamos de você. — Procuro meu café na prateleira ao lado do aquário de Squidboy e percebo que o deixei na cozinha.

— Bem, não é a minha vida que está implodindo.

— Obrigado. Isso é muito útil.

— Não há de quê — diz ela. — Mas, sério, como estão as coisas?

— Bem — digo, entrando na cozinha e fitando minha caneca sobre a mesa. Dou os últimos goles e pego o bule no balcão para encher uma segunda xícara. (Vou parar na segunda hoje. Claro que diminuir aos poucos é a maneira melhor de acabar com um hábito do que parar de uma vez.) — Não consigo achar as outras canecas de café — digo a Connie. Depois rio.

Como se as canecas desaparecidas fossem o pior dos meus problemas. Estou a quatro estados de distância da minha ex-mulher e da minha filha, que não está falando comigo. Arranquei meu filho — que, verdade seja dita, não lida muito bem com mudanças — da única cidade que ele já conheceu, dos únicos amigos que já teve, da cidade onde seus pais estão *enterrados*, pelo amor de Deus, e o estou fazendo ir a uma escola nova com crianças que ele não conhece. Ah, e ele está a fim de explodir coisas.

E o peixe está morto.

— É só por seis meses — diz Connie, ignorando meu comentário sobre a caneca de café e indo direto ao xis da questão, como sempre faz. — Você fez a coisa certa.

A coisa certa. É como um salmão escorregadio que venho tentando pegar com as mãos em um rio durante toda a vida. *A coisa certa* é o motivo pelo qual Stephanie e eu nos casamos assim que saímos do ensino médio quando descobrimos que ela estava grávida de Ellie. *A coisa certa* é o motivo pelo qual adotei Aja quando Dinesh e Kate morreram em um acidente de avião, mesmo contra a vontade de Stephanie. *A coisa certa* é o motivo pelo qual deixei Ellie viver com a mãe depois do divórcio, muito embora nenhuma parte de mim quisesse passar um dia que fosse sem ela.

Porém, a mudança para Lincoln, em Nova Jersey, para que eu possa trabalhar no escritório da minha firma em Nova York como substituto da analista financeira sênior durante sua licença-maternidade — embora eu tenha dito para mim mesmo que isso não só me faria chegar mais perto do sonho de ser um dos sócios, mas que seria bom para recomeçar a vida, seria uma aventura para Aja e nos aproximaria de minha irmã — está começando a parecer um pouco egoísta e muito como uma fuga, e nem remotamente como *a coisa certa* para qualquer pessoa além de mim.

— Ellie — digo, visualizando imediatamente seu nariz arrebitado, os cachos finos cor de caramelo que emolduram seu rosto redondo e seus olhos de boneca. Mas não. Eu a estou descrevendo como se fosse uma criança, não como a adolescente de 14 anos que é agora, o rosto fino revelando bochechas contornadas, os cachos treinados para ficarem lisos; todos os vestígios de cachos apagados da existência com uma prancha metálica de ferro, como, aparentemente, dita a moda. Quando ela se tornou essa pessoa, essa jovem *mulher*? E como que não me dei conta?

Só percebo que disse seu nome em voz alta quando a voz de Connie amolece.

— Ah, Eric — diz ela. — Não acho que Ellie esteja muito preocupada agora com o lugar onde você vive.

E, mesmo sabendo que é verdade, não posso explicar por que ouvir isso em voz alta dói tanto.

A MANHÃ DE setembro está parada, quente e úmida, lembrando mais o ar denso de agosto do que o tempo fresco de troca de folhagens associado à volta às aulas. Quando paramos o carro na entrada da Lincoln Elementary School, engulo todos os conselhos sentimentais banais que meu pai arbitrariamente me deu ao longo dos anos. *Vai lá e arrebenta, fera. Não dê o gosto de te verem mal. Seja você mesmo.*

De qualquer maneira, não sei ao certo quais palavras seriam apropriadas. Obviamente não seria *Seja você mesmo*. Eu o amo, mas, se estou sendo objetivo, tenho que admitir que às vezes, quando Aja é ele mesmo, pode dar a impressão de ser um pouco prepotente e antissocial e, bem, estranho — o que não é a melhor maneira de começar bem com meninos do quinto ano dos quais você quer ser amigo.

Minhas palmas ficam suadas à medida que o carro avança lentamente, aproximando-se do local onde Aja vai descer. Dou uma olhada nele. Ele está sentado como uma estátua, os olhos concentrados em um ponto à frente.

— Virei buscá-lo hoje — digo, só para quebrar o silêncio, embora tivéssemos conversado sobre isso na noite passada. — Mas você vai começar a ir para casa de ônibus na semana que vem.

Ele não toma conhecimento do que falei, e sei que é porque odeia quando repito instruções.

A encarregada de organizar a fila de carros — uma senhorinha de olhos enrugados com uma faixa laranja drapeada sobre a barriga grande — abre a porta do carro à nossa frente, e do banco de trás sai um homem que lança uma mochila sobre o ombro. Surge um leve pânico — será que eu deveria entrar com Aja? Não mencionaram isso em nenhum dos pacotes de informação.

O homem fecha a porta, e fico me perguntando onde está a criança. Então meus olhos se arregalam quando vejo de relance seu rosto angelical. Ele não passa de um menino. Um menino enorme, gigantesco. Os alunos do quinto ano são assim hoje em dia? Volto a olhar para Aja, que parece ainda menor em seu assento. Frágil. Fico imaginando se é tarde demais para dar marcha a ré e cair fora do estacionamento. Talvez fazer todo o trajeto de volta para New Hampshire.

Fico imaginando se Aja está pensando o mesmo.

— Ei, Eric? — diz ele em voz baixa, e meu coração se parte um pouco.

— Sim, amiguinho.

Ele se vira para mim com seus olhos grandes, e me encho de toda a confiança que não sinto, para lhe assegurar que essa é *a coisa certa*. Que ele terá um dia incrível. Que o rapazinho gigante do quinto ano que provavelmente subjuga meninos como Aja no pátio na hora do recreio, roubando deles o dinheiro do almoço e dando-lhes um cuecão, irá, na verdade, ser um menino bonzinho que vai se juntar a ele por causa do amor dos dois por *X-Men*.

— A gente pode ter um cachorro?

— O quê? — pergunto, tirando os olhos do menino-homem assustador que agora está apertando as mãos do diretor enquanto caminha em direção à entrada da escola. Eles têm quase a mesma altura. Estremeço e torço para que Aja não perceba.

— Um cachorro. A gente pode ter um?

— O quê? Não.

Manobro o carro até o meio-fio na frente da entrada da escola e paro. A encarregada de organizar a fila de carros coloca a mão na maçaneta para abrir a porta de Aja, mas ela está trancada.

— Você prometeu — diz ele, ignorando a mulher que parece ansiosa em sua janela.

— Quando? Abra a porta.

— Você disse que, quando o peixe morresse, a gente poderia comprar um cachorro — responde. — E o peixe morreu.

— Morreu? — pergunto, esperando parecer surpreso.

Aperto o botão "destravar" no painel da minha porta, e a mulher idosa mexe na maçaneta mais uma vez, mas Aja rapidamente empurra a trava para baixo.

Dou-lhe um sorriso forçado e levanto um dedo.

— É. Não sei como você não percebeu quando estava dando comida para ele hoje de manhã.

— Ah — digo, surpreso.

A motorista atrás de nós aperta a buzina. Dou uma olhada no retrovisor e vejo uma mãe olhando para mim. Meu coração começa a bater forte.

— Conversamos sobre isso mais tarde. Você precisa entrar na escola.

Aja ajusta os óculos e cruza os braços.

— Não até você dizer que a gente pode ter um cachorro.

A buzina soa fortemente mais uma vez.

— Aja! Não temos tempo para isso.

Pressiono novamente o botão para destravar a porta. Aja volta a travá-la. A mulher parece perplexa, como se nunca tivesse visto uma criança que não quisesse sair do carro. Deixo de olhar para ela e vejo o diretor começando a andar em direção ao carro. Uma gota de suor escorre pela minha testa.

Lembro-me da cadeira de rodas, e fico impressionado com a inspiração. Ou pelo menos com o outro objeto de barganha.

— Que tal assim: eu encontro a cadeira de rodas e penso no lance do cachorro?

Biii-biii-BIIIIIIIIIIIIIIIIIIIIIIIII. Resisto ao impulso de baixar a janela e gritar para a motorista não se estressar enquanto aperto o volante com tanta força até todo o sangue sair dos meus dedos.

O rosto de Aja se ilumina, e acho que ganhei, mas então ele cruza os braços novamente e firma mais ainda o traseiro no assento.

— A cadeira de rodas *e* o cachorro — diz mais alto que o som da buzina, que agora toca em um tom constante. Eu não imaginava que essas filas de carros em bairros de classe média fossem tão agressivas.

— Aja! Saia. Do. Carro.

Meus dentes estão tão cerrados que é como se minha mandíbula estivesse costurada com arame.

Ele não cede; apenas olha para mim, sem se importar com uma fila inteira de carros de pais nos xingando. Sei também que não deveria ceder. Que um bom pai ficaria firme, não recompensaria um comportamento manipulador como esse, deixando a criança conseguir o que quer.

Outras buzinas se juntam. BIIIIIIIIIIIIIIIIIIIIIIIIIIIIIIIIIIIIIIIIIIIIIIIIIIIIII IIIIIIII!

Mas dane-se esse lance de ser pai, tudo que quero na vida agora é que essa maldita buzina pare de tocar.

— Tá bem! — digo. — A cadeira de rodas e a merda do cachorro!

Na mesma hora, Aja puxa a trava e abre a porta do carro, deixando a palavra "merda" atravessar o ar, livre, leve e solta, até a área da escola.

O diretor para onde está, e as estranhas sobrancelhas grisalhas da mulher sobem até a metade da testa.

A buzina para, o ar fica calmo, e todos os que estão aglomerados na entrada da escola estão olhando fixamente para mim. Tranquilo, Aja sai do carro, coloca a mochila no ombro e começa a andar em direção à porta da frente.

Respiro fundo, com o rosto vermelho de vergonha.

— Vai lá e arrebenta, fera! — grito para as costas de Aja. Em seguida, estendo o braço, seguro a maçaneta, bato a porta para fechá-la e engato a marcha.

DE VOLTA PARA casa, encho a terceira xícara de café e me sento à mesa da cozinha no mesmo lugar onde Aja tentou pôr fogo na caixa de flocos de arroz apenas uma hora antes. Exausto, apesar de não ser nem 8h30, esfrego o maxilar com a mão, na direção contrária da barba, já sentindo os pelos saindo dos poros. Minha barba rala, de um dia para o outro, já pode ser notada por volta do meio-dia, e ainda tenho que encontrar um aparelho de barbear que resolva isso, por mais "moderna" que a tecnologia dos aparelhos afirme ser. (E, de verdade? Tecnologia de lâmina? Quem está inventando essas coisas, cientistas da NASA?) O trabalho só começa na semana que vem, mas quase quero ir ao escritório, para pelo menos poder me sentir competente em alguma coisa.

Com base nos eventos da manhã, ser pai não vai ser essa coisa hoje.

E, uma vez que as coisas nesse sentido não podem piorar, pego meu telefone e escrevo uma mensagem de texto para Ellie. Ela não responde há mais de quatro meses, o que não me impede de tentar.

> Aquela palavra que começa com "M" escapou sem querer, chocando o novo diretor de Aja e uma guarda de trânsito com cara de vovó. Achei que isso poderia te fazer rir. Te amo, boneca. Papai

Sei que não preciso assinar mensagens de texto. Ellie me ensinou isso há dois anos, quando olhou por cima do meu ombro e viu uma mensagem que eu estava enviando e havia terminado com *Eric*. "Paaaiiii", disse ela, daquele novo jeito (*Você é a pessoa mais idiota do mundo*) com que havia começado a esticar meu nome. "Você sabia que quando a gente envia uma mensagem de texto, as informações do contato aparecem automaticamente? E que todo mundo sabe que é sua?" Foi também mais ou menos nessa época que ela começou a terminar toda frase com uma cadência ascendente, como se cada afirmação fosse, de alguma forma, também uma pergunta. Logo descobri, ouvindo suas amigas falarem, que essa era a típica linguística das adolescentes, e fiquei imaginando se haviam ganhado, quando foram para o ensino médio, um manual sobre como conversar, vestir-se e tratar os pais com ar de superioridade.

De qualquer forma, eu não sabia sobre a redundância de assinar mensagens de texto e fiquei feliz com a lição — mesmo que tenha sido dada com um toque esnobe.

Ainda assino minhas mensagens de texto para Ellie, porque agora gosto de imaginá-la revirando os olhos por causa da palhaçada do seu pai. Espero que isso a faça rir um pouquinho. Talvez eu também goste de fazê-la lembrar que esse sou eu. Seu pai. Mesmo que ela não queira conversar comigo.

Clico em enviar. E depois encho outra xícara de café.

Amanhã. Amanhã começo a diminuir o café.

três

JUBILEE

O CARTEIRO ESTÁ ATRASADO.

Estou tentando prestar atenção no especial *Jack, o Estripador*, na PBS, mas meus olhos não param de espreitar o relógio na parede. É 1h17. O correio vem todos os dias entre meio-dia e meio-dia e meia.

Estou preocupada com ele. O carteiro. Mesmo que nunca tenhamos conversado. Nem sei seu verdadeiro nome. Eu o chamo de Earl, porque uma vez eu o ouvi, através da porta, cantando com toda a força dos pulmões, em sua voz de barítono: "Duque, Duque, Duque... Duque de Earl, Earl, Earl."

Talvez ele tenha visto uma bolsa sendo roubada e tenha decidido perseguir a pé o suposto ladrão, jogando-o ao chão para recuperar a bolsa de uma estranha. Parece ser algo que Earl faria — ele faz esse tipo. Decente. Bom.

Mas e se for algo pior? Como um derrame? Ou um coágulo de sangue que subiu por sua perna e foi direto para o coração? Ele pode estar deitado, indefeso, na rua agora, sob o vibrante céu azul, com envelopes e pacotes espalhados embaixo dele como destroços flutuando ao acaso no mar depois de um naufrágio.

Justamente no momento em que começo a entrar em pânico, ouço um barulho. A portinha sem graxa da caixa de correio de metal na porta da frente range ao ser aberta e, quando a cascata de envelopes e de folhetos de propaganda passa por ela, cai no chão.

Salto do sofá e, na ponta dos pés, vou até a porta, tomando cuidado para não escorregar nos cupons lisos que agora forram o chão da antessala. Através do olho mágico, dou uma olhadinha nas costas de Earl enquanto ele se afasta.

Estou tão feliz em vê-lo, vivo e respirando, com sua bermuda azul e meias na altura dos joelhos até aqueles sapatos de médico que não favorecem muito, a bolsa com correspondências pendurada no ombro esquerdo e cruzada sobre o corpo até o lado direito do quadril, que parte de mim quer irromper pela porta e lançar os braços ao seu redor.

Mas é óbvio que não farei isso.

Quando me agacho para pegar as correspondências, eu os vejo: os selos vermelhos gritando dos envelopes para mim.

VENCIDO

ÚLTIMA NOTIFICAÇÃO

ENVIAR PAGAMENTO

Eu sabia que viriam. Claro que sabia. Lenny foi fiel à sua promessa e, embora tivesse enviado a escritura da casa, e o último extrato hipotecário com a palavra "pago", não enviou um cheque desde a morte da minha mãe, há seis semanas — por isso não paguei uma conta, juntando o pouquinho de dinheiro que separei para necessidades diárias como comida. Passei a maior parte dos dias procurando trabalhos que pudesse fazer sem sair de casa. Candidatei-me a uma vaga de assistente virtual, tutora on-line e até telefonista de um call-center em horário fora do expediente, apesar de não ficar empolgada com a ideia de estar acordada às três da manhã. Porém, não recebi nem um retorno. Talvez porque, na seção "experiência" dos formulários, eu tivesse escrito "nenhuma", mas será que a gente realmente precisa de experiência profissional para atender telefones?

Agora fico olhando para carta após carta, anunciando que a energia será cortada, assim como a água e até mesmo a minha internet.

E como vou procurar um emprego? Ou comprar comida? Ou *sobreviver*? Preciso de dinheiro.

Para isso, preciso arrumar um emprego.

Para isso, aparentemente preciso sair de casa.

E, diante desse pensamento, o punho gigante que apertou meu coração seis semanas atrás está de volta, e fica difícil respirar.

ODEIO QUANDO AS pessoas fazem o diagnóstico de si mesmas. Vi minha mãe fazer isso durante anos — mamãe tinha tudo, desde raiva (mesmo nunca tendo sido mordida por um animal), passando pela doença de Creutzfeldt-Jakob, à sífilis (embora, fazendo uma retrospectiva, esse diagnóstico não teria sido exatamente surpreendente). No entanto, depois de uma pesquisa bem minuciosa no Google, acho que é seguro dizer que estou sofrendo de um transtorno de ansiedade, que pode ou não ser agorafobia. (Outro fato que descobri na minha pesquisa: Emily Dickinson não saiu de casa durante a maior parte dos seus últimos 15 anos de vida — ela só usava branco e fazia amigos e visitantes conversarem com ela através da porta da frente, o que me faz me sentir um pouco melhor em relação à minha situação. Pelo menos não estou *tão* louca *assim*.)

O que não entendo é por que ninguém mais acha irônico que o tratamento recomendado para agorafobia seja *sair de casa e procurar a ajuda de um terapeuta*.

Sei que *preciso* sair de casa, mas saber uma coisa e colocá-la em prática muitas vezes são duas coisas diferentes.

Felizmente, minha pesquisa no Google ontem também mostrou a Técnica de Liberdade Emocional, ou TLE, que usa *a acupressão psicológica para remover bloqueios emocionais que a pessoa pode estar experimentando*, de acordo com o site.

É por isso que hoje de manhã estou diante da porta da frente batendo levemente com a ponta dos dedos no alto da minha cabeça. Em seguida, passo para:

as sobrancelhas
as laterais dos olhos
debaixo dos olhos
o queixo
a clavícula
as axilas
os pulsos

Olho mais uma vez para o papel que imprimi ontem. Fico ereta. Eu me esqueci de fazer o mesmo sob o nariz antes de ir para o queixo. Começo o processo novamente, bato levemente em todas as partes necessárias do corpo e, depois, volto a olhar para as instruções.

> *Enquanto estiver batendo com a ponta dos dedos, diga esta frase em voz alta (complete o espaço em branco).*
> Mesmo tendo esse(a) _____, eu me aceito profunda e completamente.

Enquanto estiver batendo? Já fiz o processo duas vezes. Não quero fazer isso pela terceira vez. Amasso o papel e o jogo no chão com raiva. Ele atinge a madeira com um som insatisfatoriamente leve. Então piso nele, esmagando-o debaixo do meu calcanhar.

Fico junto à porta, olhando para o único painel de vidro colocado na madeira. É um dia nublado, e o mundo exibe um tom acinzentado, como se as nuvens estivessem derramando pedaços de si mesmas no ar como um suéter de lã peludo.

É sábado, por isso não há chance alguma de topar com o caminhão de lixo, o que traz à tona o punho gigante apertando meu peito só um pouquinho. Mas e se um vizinho sair para pegar o jornal? Ou para passear com o cachorro? Ou se Earl vier antes da hora?

Sinto o punho apertar mais forte.

Talvez eu seja tão louca quanto Emily Dickinson.

Respiro fundo. Tenho que sair da casa. Tenho que arranjar um emprego. Respiro fundo novamente, balanço as mãos e recomeço a dar batidinhas no alto da cabeça com os dedos médios.

— Mesmo tendo esse medo de falar com os lixeiros, eu me aceito profunda e completamente — sussurro.

Depois, minhas sobrancelhas.

— Mesmo não querendo topar com meus vizinhos, eu me aceito profunda e completamente.

Repito a frase, lembrando-me da parte abaixo do nariz dessa vez, e vou descendo até os pulsos.

Então abro a porta e vou até a varanda.

Enrijeço o corpo e viro a cabeça, examinando a rua da direita para a esquerda. Nenhum vizinho. Nenhum cachorro de coleira. Nenhum carteiro.

Ainda assim, meus batimentos cardíacos aceleram, chegando àquele ritmo galopante agora familiar.

E, então, um grosso pingo de chuva cai do céu sobre minha cabeça. Pelo aspecto das nuvens sinistras, é o primeiro de muitos. E não tenho um guarda-chuva.

Em nenhum momento minha mão soltou a maçaneta da porta da frente, por isso é fácil girá-la, empurrar a porta e entrar novamente no casulo seco que é a minha casa. O trinco faz um *clique* satisfatório quando volta ao seu lugar.

Sinto-me derrotada e aliviada. E então me sinto derrotada por me sentir aliviada.

— Amanhã eu vou — digo em voz alta, pensando no meu professor de matemática do sexto ano, o senhor Walcott, que tinha um montão de máximas que ele repetia *ad nauseam*, incluindo: "Promessa feita não pode ser quebrada."

Porém, mesmo naquela época, eu sabia que era mentira.

EU REALMENTE NÃO acredito em auras, energias ou qualquer uma dessas coisas paranormais, o que significa que estou plenamente certa de que a TLE é bobagem. Por isso não posso explicar por que repito o ritual na manhã seguinte, e em todas as manhãs desde então, mas o lugar mais longe aonde consegui ir até agora é minha varanda.

Na sexta-feira, depois de comer meus ovos e a torrada cortada, decido que hoje será o dia. Vou entrar no carro e ir para longe de casa. Isto é, se eu conseguir lembrar como dirigir. Só tive carteira de motorista por um ano, isso foi antes de minha mãe ir embora e eu não era exatamente habilidosa na tarefa. Na maioria das vezes, batia em algo: a lata de lixo, o meio-fio. Uma vez acertei um pássaro e vi pelo retrovisor seu parceiro se precipitar do céu, grasnando, horrorizado, com sua morte. Não dirigi por duas semanas depois disso e ainda posso ouvir as grasnadas agudas se fechar os olhos e tentar o bastante.

Depois do café da manhã, visto-me e desço lentamente a escada, retardando o inevitável. Ao pé da escada, dou alguns tapinhas nos meus pulsos, pego a bolsa, coloco as luvas e saio em direção ao ar fresco de outubro.

Quando nos mudamos para Nova Jersey, minha mãe me levou a Manhattan para uma consulta com a alergista mais proeminente dos Estados Unidos, a doutora Mei Zhang. Eu nunca havia estado em uma cidade grande e, quando ela me deixou na entrada do prédio, levantei a cabeça, um pouco mais, ainda um pouco mais, procurando o ponto em que o tijolo se encontrava com o céu azul. Antes de poder vê-los se encontrarem, entretanto, senti como se a calçada estivesse cedendo debaixo dos meus pés; meu corpo oscilou e meu estômago revirou. Tive que desviar os olhos.

É o mesmo que sinto agora, como se o mundo fosse muito grande. Como se o espaço ao meu redor não tivesse fim, como o tijolo daquele edifício. Causa vertigem — minha visão embaça, meu coração lateja nos meus ouvidos e minhas palmas ficam escorregadias por causa do suor.

Seguro o corrimão de ferro à minha frente para me equilibrar. Engulo o nó sólido que sinto na garganta, querendo que meus olhos ajustem o foco, que minha cabeça pare de girar, que minhas mãos parem de tremer. Eles não obedecem. Tenho a sensação de que vou desmaiar. E depois? Não só estarei do lado de fora, mas inconsciente e vulnerável. Serei Gulliver e as crianças do bairro se lançarão sobre mim como liliputianos, agarrando-me com seus minúsculos dedos das mãos e dos pés, e eu, impotente para detê-las.

Meu coração lateja mais forte, mas me recuso a desistir.

Sento-me no degrau mais alto, enchendo os pulmões de ar. Então começo as batidinhas. Concentro-me nas batidas monótonas da ponta dos meus dedos até meu coração desacelerar e minha visão se restabelecer.

Olho para um lado e outro da rua, procurando por lixeiros, vizinhos passeando com cachorros e crianças em bicicletas. Está vazia. Percebo que estou surpresa por estar vazia. Quer dizer, eu não esperava um desfile ou qualquer coisa, mas esse é um acontecimento monumental. E acho que eu esperava pelo menos alguns vizinhos de queixo caído, com um ancinho na mão, olhando, incrédulos, para mim, imaginando coisas que iam desde: *Lá está ela. Ela ainda mora aí.* Até: *Eu pensei que ela estivesse morta.* Mas estou sozinha. Talvez eu não seja o Boo Radley. Talvez ninguém tenha pensado em mim de jeito nenhum.

Levanto-me com as pernas trêmulas, aperto minha bolsa mais firmemente com a mão fechada e fixo os olhos no Pontiac da minha mãe, na entrada da garagem. Posso vê-la tão nitidamente atrás do volante que tenho que examinar pela segunda vez para constatar que ela não está no assento do motorista.

Abaixo a cabeça, e, de alguma forma, meu corpo descerá os três degraus da varanda e, então, seguirá em linha reta até o carro. O cascalho se quebra debaixo do meu salto, e concentro toda a minha atenção no som que ele faz até minhas coxas tocarem o para-choque dianteiro. O contato dá algum tipo de pequeno alívio. Cheguei. Ao carro, pelo menos.

A saia da minha mãe, que estou usando, lustra o para-choque metálico a cada passo que dou até chegar ao outro lado do Pontiac. Marcas de ferrugem e de pó agora sujam o tecido bege, mas não me importo. Só quero entrar no carro.

E então estou dentro. Fecho a porta com um *tum!* e encosto a nuca no assento estofado, coberto de manchas de Pepsi e furos de cigarro — minha mãe nunca parou de fumar, como disse àquele repórter naquele artigo do *Times*. Eu achava repulsivo, mas agora me conforto com a familiaridade disso. E com o fato de que uma caixa de metal agora me separa do mundo exterior. Expiro.

Então, com as mãos ainda trêmulas, coloco a chave na ignição e a viro.

Nada.

Tento de novo.

Faz um *cof cof*, mas não pega. Inclino-me para a frente e checo o indicador de combustível. O ponteiro pequeno está abaixo do R vermelho. Esse é provavelmente o menor dos problemas do carro depois de ficar parado por tanto tempo, mas esta é extensão do meu conhecimento sobre carros. Se não der partida, coloque combustível.

Tiro a chave da ignição, saio do carro e volto triturando o caminho de cascalhos até a varanda da frente. Subo os degraus, dois de cada vez, abro a porta e entro. Sei que deveria fazer uma pesquisa no Google sobre o assunto. O carro. Descobrir o que há de errado com ele e como consertá-lo, assim como fiz quando houve um vazamento no vaso sanitário do banheiro do andar superior, e tive que descobrir como substituiria o anel de vedação. Mas chego à conclusão de que vou começar com o combustível primeiro e depois seguir a partir daí. Amanhã. Nesse momento, tiro a saia da minha mãe, me enfio em uma blusa e calça de moletom, e me aninho na poltrona com meu exemplar cheio de orelhas de *Longe deste insensato mundo*.

DE TODOS OS homens com quem minha mãe namorou, seu relacionamento mais curto talvez tenha sido com o triatleta que usava calças de lycra apertadas em todos os lugares, mesmo quando não estava se exercitando. Seu nome era algo aparentemente britânico, embora ele não fosse — como Barnaby ou Benedict. Considerando que a única coisa que ele e minha mãe tinham em comum era o modelo preferido de calças, a relação acabou em questão de semanas, até mesmo antes que ela pudesse experimentar a bicicleta que ele comprou para ela. Ela tentou devolvê-la, mas eles não a aceitaram sem o recibo, por isso ela a enfiou no galpão de tralhas atrás da casa, onde está desde então.

No sábado, vou ao galpão, quase esperando que a bicicleta já nem esteja lá, embora ache que seja um pouco tolo pensar que ela teria, de algum modo, evaporado. E lá está ela, ao lado de uma caixa de ferramentas de metal e um saco meio vazio de adubo da única vez que mamãe pensou que talvez fosse gostar de jardinagem.

Depois de remover as teias de aranha do guidom e dos aros, e encher de ar os pneus com a bomba presa ao quadro da bicicleta, eu a tiro do galpão e a levo para o caminho de cascalhos. Tento ignorar as reações físicas agora esperadas que tomam conta do meu corpo: coração acelerado, palmas suadas, visão embaçada.

A mente é superior à matéria.

A mente é superior à matéria.

A mente é superior à matéria.

Porém, minha mente aparentemente não é mais poderosa que a matéria. Preciso de 45 minutos parando e começando, seguindo devagar e passando com a bicicleta pelo Pontiac, para finalmente ir para a rua. Olho em ambas as direções, e sinto uma palpitação quando vejo uma mulher algumas casas abaixo pegar um jornal no quintal. Luto contra a vontade de largar a bicicleta e correr. Em vez disso, fico lá, observando-a colocar o jornal debaixo do braço. Então ela ergue os olhos, olha nos meus e levanta a mão para fazer um pequeno aceno. Estou muito atordoada para me mexer. Faz nove anos que não tenho contato com ninguém. Pessoalmente, quero dizer.

Parece patético, mas não é como se eu não tivesse amigos. A internet está cheia de pessoas que só querem conversar. E, em muitas madrugadas, quando eu não conseguia dormir, eu as procurava. É verdade que algumas eram um pouco assustadoras, como o policial em Canyon City, no Oregon, que parecia bonzinho até que a conversa rapidamente passou para sua fascinação por sadomasoquismo e ele me pediu para pegar uma escova para que eu me batesse com ela. (Não fui.) Mas aí tinha a mulher da Holanda que sabia, tipo, 17 línguas estrangeiras e me ensinou a xingar em todas elas. (Minha favorita é o búlgaro, *Kon da ti go natrese*", que, grosso modo, significa: "Seja fodido por um cavalo.")

No entanto, estar on-line, e até mesmo ao telefone, é completamente diferente de falar pessoalmente com alguém. Fico imaginando se ainda lembro como fazer isso. Para onde olho? O que faço com as mãos? Felizmente, não esperando que a reconheça, a mulher simplesmente se vira e volta para a porta da frente, como se este fosse apenas um dia normal e eu, uma vizinha normal. Deixo escapar um suspiro. Ajeito a alça da minha bolsa ao cruzá-la diagonalmente no meu peito, relaxo no assento, dou um impulso no chão com um dos pés e vou balançando de um lado para o outro até a calçada.

Quem quer que tenha dito "é como andar de bicicleta" para expressar que uma habilidade uma vez aprendida não é esquecida, é um idiota. Aprendi a andar de bicicleta quando criança, e não é nada parecido com isso. Há engrenagens, por exemplo. E não faço a mínima ideia do que fazer com elas. Enquanto encaro os dentes de metal, ouço atrás de mim um carro se aproximando. Mesmo andando bem devagar — os pedais estão tão duros que é quase como se estivessem colados no lugar —, entro em pânico e aperto o freio, sacudindo acidentalmente o guidom e tombando a bicicleta sobre um arbusto ao lado da caixa de correio de alguém.

O carro passa por mim e meu corpo congela, querendo que ele continue. Que não seja um bom samaritano a fim de ver se estou bem. Não é. Espero o carro dobrar a esquina e só então expiro; depois me levanto, pego a bicicleta, ajeito novamente minha bolsa e subo de novo. Depois de mais algumas tentativas, consigo mantê-la firme e, com um estalido de sorte de um dos dentes da corrente, os pedais milagrosamente ficam mais fáceis de empurrar. Vou até o fim da rua. No sinal "Pare", viro à esquerda para a Plumcrest e, em seguida, saio do bairro, pilotando cuidadosamente a bicicleta no acostamento estreito.

Os carros passam por mim, a fumaça dos escapamentos enche meus pulmões, e me sinto exposta, como se tivesse me esquecido de colocar as calças. Seguro o guidom com mais firmeza, os ombros tensos como uma vara de aço. Estou indo ao Wawa, que fica ao lado da CVS, e me ocorre que talvez ele não esteja mais lá. Como eu saberia se tivesse fechado? Ou ido para outro lugar? Ou pegado fogo? Meu coração bate mais forte, até que faço uma curva e vejo o sinal vermelho familiar em itálico.

Respirando forte, pedalo até a frente da loja e, com cuidado, saio de cima da bicicleta. Minhas virilhas e coxas estão suadas por causa do trajeto, e minhas pernas estão tremendo.

Consegui! Saí de casa durante o dia. Estou em um posto de gasolina. Fecho os olhos e inalo o ar inebriante e tóxico.

Mas, e agora? Fico olhando para a porta de vidro, cuja campainha anuncia a saída de um homem com um boné verde e camisa de flanela. Ele olha para mim, e olho para baixo. Depois que passa, deixo a bicicleta encostada na porta e entro por onde ele saiu. Ando pelos corredores até encontrar um galão de plástico vermelho para gasolina, levo-o ao caixa e o coloco diante de uma mulher com dentes superiores muito salientes e óculos em formato gatinho. Ela não olha para mim enquanto pega o galão e escaneia o código de barras.

— Você quer encher isso?

Sua voz me pega de surpresa. E, assim como eu temia, comecei a entrar em pânico — *não* sei para onde olhar ou o que fazer com as mãos. Ouço a voz da minha mãe no meu ouvido: *Apenas* sorria. *Por que você tem que ser tão séria o tempo todo?* Então, sorrio. Coloco um grande sorriso no rosto, mostrando os dentes para essa mulher que ainda está esperando pela minha resposta.

Ela me encara de um jeito que tenho certeza de que reserva para idiotas, e meu rosto começa a queimar.

— Quer que eu cobre a gasolina para encher isso? — pergunta lentamente. — Ou só vai comprar o galão?

Paro de sorrir.

— Ah, hã. A gasolina também.

Ela faz um sim com a cabeça e aperta algumas teclas da caixa registradora.

— Vinte e um e setenta e três.

Fuço a minha bolsa e roço a nota de vinte dólares que está lá desde o ensino médio — não precisei de dinheiro vivo na última década. Porém, uma vez que não é suficiente, deixo-o na bolsa e pego o cartão de débito, tentando não imaginar o saldo cada vez menor na conta. Entrego-lhe o cartão e, se ela nota as luvas ou acha estranho que eu as esteja usando, não diz nada. Apenas passa o cartão na maquininha e o devolve para mim. Viro-me imediatamente para sair, cabisbaixa.

— Seu galão! — grita atrás de mim.

Ah, é verdade! Volto, pego-o com a mão enluvada e saio em direção às bombas.

Consegui! Saí de casa. Falei com alguém. E agora estou pegando a gasolina. Como uma pessoa normal. Mas, assim que começo a relaxar um pouco e me parabenizar pelas realizações do dia, ouço meu nome.

— Jubilee?

E tudo no meu corpo se contrai novamente. O som está um pouco longe, então imagino que seja uma alucinação minha. Talvez o esforço com a bicicleta e o dia todo, na verdade, tenha mexido com meu cérebro.

— Jubilee?

Dessa vez é claro como a campainha na porta da loja no posto de gasolina, e fico completamente imóvel, esperando ficar invisível ou que a pessoa que está chamando meu nome esteja enganada e tenha falado com a pessoa errada.

— Jubilee!

É uma afirmação dessa vez, uma confirmação.

Viro um pouco a cabeça na direção da voz, sentindo um monte de coisas se revirando nas minhas entranhas.

Meus olhos são atraídos diretamente para a boca que formou meu nome. Eu reconheceria aquela boca em qualquer lugar. Ficava a encarando na escola, tanto que às vezes eu me perguntava se podia ser, lá no íntimo, lésbica. Porém, no final, percebi que a culpa não era minha. Ela sabia chamar a atenção para a boca, constantemente lambendo os lábios, como se estivesse sempre procurando uma migalha um pouco fora do alcance. Passei horas no espelho tentando lamber os lábios daquela forma, mas sempre pareci um camelo cuja língua era muito grande para sua boca.

Agora seus lábios formam um sorriso largo — tão largo que receio que seus lábios poderiam rachar se não fosse pelas camadas espessas de gloss pegajoso mantendo-os intactos.

Seu cabelo, que brilhava até o meio das costas, agora acaba logo abaixo do queixo e está solto; fora isso, ela parece exatamente a mesma.

Madison H. Havia três Madisons na nossa sala, por isso as identificávamos pela última inicial de cada uma, mas Madison H. era a única que importava.

Ela me cumprimenta com um aceno de cabeça, e me dou conta de que disse seu nome em voz alta.

— Jubilee Jenkins — diz ela, sem quebrar o sorriso. Está à distância de um cuspe, e minha mão, por reflexo, aperta mais a alça da bomba de gasolina.

Vejo seus olhos me examinarem — minha calça de moletom preta, minhas luvas, o galão de gasolina que seguro sem firmeza ao meu lado como uma bolsa desajeitada — e tenho 16 anos de novo, desejando ser mais parecida com ela.

— Ouvi dizer que você tinha... hum... se mudado — diz ela, lançando os olhos para baixo e para a esquerda. Imagino quais foram os verdadeiros rumores. Que morri, que entrei em um circo itinerante, que participei de algum programa de pesquisas ultrassecreto do governo.

Quando nos mudamos para Nova Jersey e comecei a frequentar o primeiro ano da Lincoln High School, a única coisa que salvou foi que tive a chance de começar de novo: ser outra pessoa. Além dos professores e da enfermeira da escola com quem nos encontramos antes do início das aulas, não precisei contar a ninguém do Lincoln High sobre meu problema. Por isso, não contei. E até onde posso dizer, os professores mantiveram segredo. Isso, entretanto, não impediu os olhares, sussurros e especulações nos corredores e durante as aulas.

— Não — consigo falar. Minha voz é suave e trêmula, e me sinto tão envergonhada com isso quanto com a minha aparência.

Ela fica me olhando, como se esperasse algo mais, talvez uma explicação do que estive fazendo nos últimos nove anos. O mesmo pânico que senti com a mulher do caixa começa a surgir: Para onde olho? O que faço nos momentos de silêncio? E se eu rir de algo que não é engraçado?

— Bem, estou divorciada — diz com uma risadinha, como se contasse uma piadinha batida. — Estou tentando voltar à ativa, mas não é tão fácil com três crianças.

Meus olhos se arregalam, mesmo contra a minha vontade. A perfeita, bela e popular Madison H., que provavelmente era a mais cotada com maiores chances de ser uma estrela de TV famosa, ou pelo menos de se casar com um astro, é uma divorciada de 28 anos com *três* filhos?

Ah, caíram os poderosos! É a voz da minha mãe. Não acho que sou má o bastante para me alegrar com as desgraças das outras pessoas, mesmo que essa pessoa seja Madison H.

— Sinto muito — digo. — Sobre o seu, hum — pigarreio, esperando que isso obrigue minha voz a ficar mais alta, menos trêmula, mais normal — divórcio.

Não funciona.

Ela acena com a mão para mim.

— Ah, tudo bem. Romances de escola não são para durar a vida toda. Eu deveria ter ouvido a Nana quando ela me falou isso.

Romance de escola?

— Então... você quer dizer... você se casou com o...

Procuro minha língua na boca e tento fazê-la formar o nome, mas sou a própria definição de mudez. Não consigo nem sequer falar o nome dele.

— Donovan, sim.

Ela diz isso de modo tão fácil, tão despreocupado, como se estivesse me contando algo irrelevante, contando que tinha comido cereais com nozes e frutas secas no café da manhã.

Tento repetir o nome dele, para ver se sai tão fácil assim. Se ele simplesmente passa pela língua.

Não passa.

— Você não sabia? — Ela levanta a cabeça. — Não tem Facebook?

Faço que não com a cabeça, esperando dar a impressão de que sou melhor do que o Facebook e não a de que o tive por três semanas e meu único amigo era um homem cujo perfil não estava no nosso idioma. Talvez estivesse em russo, mas não tenho certeza; não sou boa em distinguir os vários idiomas eslavos. Em resumo, encerrei minha conta.

— Bem, enfim... — Ela me olha de cima a baixo, seus olhos param nas minhas luvas por um segundo mais do que em qualquer outro lugar, e me envergonho novamente da minha aparência. — O que está fazendo?

Pigarreio enquanto meu cérebro se esforça para responder.

— Fiquei sem combustível — respondo. — E preciso dele. — Isso foi idiota. Claro que preciso de combustível se ficar sem ele. — Quer dizer... eu, hum... estou procurando um trabalho.

— Ah, para! — diz ela, e mexe a mão com as unhas pintadas de vermelho como se fosse dar tapinhas no meu braço, mas para no último segundo. Eu me encolho mesmo assim, e é um momento estranho.

— Desculpe — diz, e seu sorriso extremamente largo reaparece —, mas vamos ficar sem nossa assistente na biblioteca e, quem sabe, você esteja interessada na vaga.

Na *biblioteca*? Madison H. é *bibliotecária*? Agora acho que estou tendo uma alucinação. Essa não é a verdadeira Madison H. Eu realmente não saí de casa. Na verdade, devo estar ainda na cama, tendo algum tipo de sonho esquisito. Uma lembrança vívida surge rapidamente na minha mente — Madison H. na aula de literatura inglesa no nosso último ano, queixando-se de que era muito difícil compreender *Huckleberry Finn*: "Por que esse pessoal simplesmente não usa um inglês de verdade?"

— Então você trabalha... na biblioteca?

— Ah, meu Deus, não — diz. — Estou no ramo imobiliário; bem, só tenho licença para trabalhar como corretora de imóveis, mas faço parte da diretoria da biblioteca. Donovan achou que seria bom para mim, uma vez que ele estava para assumir a presidência do banco assim que seu pai se aposentasse, blá, blá. Não que nada disso importe agora. — Ela ri novamente, nervosa. — Mas está tudo bem. É uma experiência boa.

Afirmo com a cabeça, a palavra "Donovan" tocando um ponto sensível novamente, vibrando por todo o meu corpo. E me perco na onda de lembranças que seu nome e a imagem de Madison H. evoca.

— Jubilee? — chama Madison. Pisco. Sua voz é calma, fraca.

— Sim — digo, lutando para encontrar seus olhos. A humilhação é tão grande e tão nova, que me faz querer correr a toda velocidade o caminho para casa, deixando minha bicicleta, minha bolsa, o galão de gasolina, tudo na frente da porta de vidro do Wawa.

— Por que está fazendo isso, esse negócio com as mãos?

Olho para baixo e vejo que meus dedos estão metodicamente batendo no pulso da mão que segura o galão de gasolina. Queria saber há quanto tempo estou fazendo isso.

— Por nada — respondo, o calor aumentando nas minhas bochechas. Balanço a cabeça em um esforço inútil para me livrar do passado. — Então, é... não estou com meu currículo aqui. Posso enviá-lo para você? Para o lance da biblioteca?

Seus olhos brilham.

— Você está interessada? — pergunta. — Isso é ótimo. Não se preocupe com o currículo. — Ela tira o celular da bolsa pendurada no ombro. — Me dê seu número que eu recomendo você para eles. Tenho certeza de que eles vão ligar.

Concordo novamente e digo os números que correspondem ao meu telefone residencial.

— Ótimo — diz ela. — Bem, foi muito bom ver...

— Por que está fazendo isso por mim? — Sei que é falta de educação interromper, mas a pergunta está queimando minha boca por dentro, e tenho que fazê-la.

Ela encolhe os ombros, como se não soubesse o que eu quis dizer, mas seus olhos se mexem, traindo-a.

— É uma boa coincidência — responde. — Você está procurando um emprego, e eu conheço um lugar que tem uma vaga em aberto.

Porém, nós duas sabemos que é mais do que isso. Se você pudesse abrir nosso cérebro e revelar nossos pensamentos, tenho certeza de que estaríamos pensando no mesmo momento, no mesmo pátio que, por mais que tente, nunca vou esquecer: o momento em que Donovan me beijou. Pensei que estivéssemos sozinhos, até que um bando barulhento de crianças virou a esquina, empurrando umas às outras, rindo e jogando dinheiro nele: o pagamento pela aposta que fizeram. Madison era uma delas, embora não me lembre dela dando risada. Seu rosto estava triste, sério, e foi o último que vi antes de desmaiar. Sempre me perguntei: se ela não estava lá para rir de mim como o restante, afinal, por que ela estava lá?

quatro

ERIC

UM ANO ANTES do nosso divórcio, Stephanie e eu procuramos um padre para fazermos aconselhamento. Não foi ideia minha. Quando ela a sugeriu, perguntei: "Como ele vai ajudar a gente? Ele nunca foi casado." Porém, como aconteceu em muitas das nossas discussões, perdi. Em uma das sessões, ela se queixou de que eu era muito negativo.

"Só sou realista", respondi. Ainda assim, querendo fazer o que estava ao meu alcance para salvar nosso casamento, aceitei o conselho do padre Joe e tentei mostrar uma atitude positiva em relação às coisas.

Sentado em frente à orientadora e ao diretor da nova escola de Aja, vejo-me fazendo isso agora. Aja foi para a escola durante seis semanas inteiras sem se meter em encrenca alguma. Ele não é encrenqueiro em si, ou pelo menos não quer ser, mas as escolas levam tudo muito a sério hoje em dia.

— O senhor ouviu o que dissemos, senhor Keegan? — pergunta a orientadora. Ela se apresentou quando entrei, mas agora não consigo me lembrar do seu nome. Parecia nome de um chocolate. Hershey? — Aja ameaçou explodi-lo. Levamos ameaças como essa muito a sério aqui.

Suspiro e esfrego a mão no rosto. Depois de concluir, em setembro, que foi uma má ideia reduzir meu consumo de cafeína ao mesmo tempo em que contemplava um novo emprego, prometi a mim mesmo que tentaria de verdade mais uma vez em outubro. É por isso que nessa manhã

— faltando duas semanas para acabar o mês, mas ainda, tecnicamente, outubro — abri mão de vez do meu hábito. E agora uma dor de cabeça monstruosa começa a espreitar bem atrás dos meus olhos. E começo a achar essa uma má decisão.

— Sim, estou ciente — digo. — Mas duvido que ele tenha *ameaçado* alguém. Ele não é exatamente perigoso. Olhe para ele.

Aja está sentado na cadeira ao meu lado, os ombros ossudos curvados, os pés balançando abaixo dos joelhos dobrados — pequenos demais para alcançar o chão. Está com fones de ouvido e olhos fixos no seu iPad, tocando freneticamente a tela com os dedos, mas seu rosto não parece tão, bem, *ameaçador*. Tiro um daqueles malditos fones da sua orelha e ele olha para mim.

— Aja, você ameaçou explodir alguém?

Seus olhos grandes se arregalam. Ele faz que não com a cabeça.

Coloco o fone de volta, resistindo à vontade de sorrir desdenhosamente para a orientadora.

— Eu ameacei explodir a mochila dele — diz Aja em voz alta, incapaz de modular o nível de decibéis da sua voz por causa dos sons do jogo que penetram os seus ouvidos. Ele volta a atenção para o iPad.

— Você *o quê*?

O diretor e a senhora Hershey olham para mim com a expressão extremamente preocupada, mas convencida. Algo explode de forma impetuosa na tela de Aja.

— Yahtzee! — grita. Espero que não consigam ver o que ele está jogando.

Ele volta a erguer os olhos, como se tivesse acabado de perceber por que estamos aqui. — Mas não deu certo — diz, e volta para o jogo.

— É óbvio que ele estava brincando — digo, encarando Aja. — Não tinha nenhum explosivo com ele, tinha? — Estou convencido de que não tinha, mas faço uma pausa só para ter certeza.

O diretor faz um pequeno não com a cabeça, e sinto um grande alívio.

— Então, como ele poderia explodir algo?

— Senhor Keegan, temos que levar cada ameaça a sério — diz o diretor.

— Bem, não é exatamente uma ameaça se ele não tinha nenhum dos materiais necessários para levar a cabo o que disse. E, enfim, e *esse* garoto? — Aponto o polegar e volto a atenção deles para o gigante do quinto ano que vemos sentado do outro lado da janela de vidro. — Ele não só *ameaçou* Aja, mas o agrediu também.

— Sim, bem, estamos cuidando de Jagger. Mas, nesse momento, estamos falando de Aja — diz a senhora Hershey.

— Jagger? O nome dele é *Jagger*?

Ela me ignora.

— Considerando o... hum, histórico de Aja, é uma pena, mas temos que tomar algumas medidas preventivas.

— O histórico dele?

Lá vem.

Ela olha para a folha que está sobre a grossa pasta de arquivo que tem nas mãos.

— Sim. — Seus olhos se movem rapidamente para Aja. — Aja, você poderia sair da sala por um instante?

Aja não a ouve. Bato suavemente no braço dele e ele tira um dos fones de ouvido.

— Aja, vá para o corredor. Estarei lá em um minuto. — Ele pausa o jogo, fica em pé e caminha até a porta. — E fique longe daquele Jagger — gritei.

A porta se fecha atrás dele e volto a olhar para a senhora Hershey.

— Para ser específica, estamos preocupados com o transtorno de personalidade esquizotípica — diz ela.

Reviro os olhos.

— Ele nunca foi formalmente diagnosticado com isso. Não deveria nem estar no formulário dele.

O diretor, que não havia dito muito durante esse encontro, pigarreia. Olho para ele, esperando que participe da conversa, mas não é o que acontece.

— Olha, ele não preenche os requisitos para esse, esse... *transtorno*, ou para o espectro de autismo ou grandes ilusões, ou para qualquer outro rótulo que vocês têm tentado pôr nos poucos anos de vida dele. Ele é apenas uma criança! Uma maldita criança normal.

Tudo bem, para ser justo, eu sei que Aja não é normal. Mas, falando sério, quem é? Esse Jagger não é exatamente um típico garoto do quinto ano também. E não vou levar Aja a um psiquiatra de novo só para que ele possa ser medicado como se fosse um louco mais uma vez. Minha cabeça está latejando seriamente agora, e massageio uma das têmporas com dois dedos. Eles deveriam oferecer café aos pais nessas situações.

— Vamos nos acalmar agora — diz o diretor com sua voz profunda de barítono. — Vamos dar a todos alguns dias para esfriar a cabeça.

— Você está suspendendo o menino. É o que isso significa, certo? Droga!

Mesmo estando no trabalho há cinco semanas, ainda sou o cara novo que está tentando ser o exemplo para minha equipe, sem falar que estamos arrasados. Não tem como me dar bem.

— Achamos que é o melhor para todos agora — diz ele.

— Como *não* ir à escola é o melhor para Aja?

Ele continua como se eu nem tivesse falado.

— E então poderemos discutir uma maneira de buscar um... plano de monitoramento comportamental *apropriado* para Aja. Talvez ele se saísse melhor em um ambiente diferente de uma sala de aula.

— Se está falando de algum tipo de educação especial, pode esquecer. Aja é uma das crianças mais inteligentes da sua escola. Que droga! Até cinco minutos atrás ele era a pessoa mais inteligente nessa sala. De longe.

Indico com a cabeça na direção da pasta que a orientadora ainda está segurando.

— Veja *isso* no formulário dele.

Eu me levanto, saio sem nem sequer dar um adeus e deixo a porta do escritório se fechar atrás de mim. Aja está sentado em uma cadeira no lado oposto da sala onde está Jagger. Encaro o garoto gigante enquanto dou um tapinha no ombro do meu filho.

— Vamos. Vamos embora.

Enquanto caminhamos para o carro, quase posso ouvir Dinesh em meu ouvido. *Isso aí, parceiro. Que se fodam todos. Vamos tomar uma gelada.*

Não, isso é o que ele teria dito se eu tivesse dito umas verdades a um colega de trabalho chato ou à Stephanie, em meio ao nosso processo de divórcio, mas à administração da escola do seu filho? Dinesh nunca teria feito isso. Ele os teria cativado com seu sotaque britânico atrapalhado e amenizado as coisas em menos tempo do que levei para me sentar.

Não sei por que me escolheu para ser o guardião de Aja. Sei que, geograficamente, era a única pessoa possível. Os pais da sua esposa, Kate, de quem ela não era assim tão próxima, para começar, ainda vivem em Liverpool; e Dinesh e Kate queriam que Aja fosse criado nos Estados Unidos. Os pais de Dinesh não deixaram a metrópole moderna do seu lar em Londres influenciar a crença deles de que Dinesh deveria se casar com a moça indiana que lhe foi escolhida. Por isso, pararam de falar com ele logo depois da notícia sobre o noivado com Kate.

Dinesh e eu nos conhecemos na faculdade, quando fomos colocados no mesmo grupo de um projeto em uma classe de administração de empresas. Eu já era casado com Stephanie, e fiquei encantado, como a maioria das pessoas, com sua atitude despreocupada em relação à vida em geral. Talvez tivesse inveja disso. No entanto, também fiquei rapidamente irritado com sua propensão a debater todas as opiniões que surgiam ao longo do projeto. Tivemos uma briga feia sobre a estratégia de marcas correta para a empresa de cereais fictícia que estávamos gerenciando juntos, e, justamente quando pensei que explodiria de raiva por causa da sua irracionalidade, ele começou a rir, deu-me uns tapinhas no braço e disse: "Você venceu, parceiro. Vamos beber uma gelada." Tudo era um jogo para ele. Debater. Ser o advogado do diabo. Deixar o pessoal irritado e, então, amenizar as coisas com a mesma facilidade. E tomar uma gelada era sua solução para tudo.

Quatro anos mais tarde, depois de outra cerveja, ele me disse que Kate estava grávida e brincou, dizendo que, por ter sido o padrinho no seu casamento, eu havia herdado o papel de padrinho do seu filho, com a responsabilidade de entrar em cena se alguma coisa acontecesse com ele. Brindamos a isso com canecas de vidro e logo me esqueci do compromisso assumido, porque o que poderia acontecer com Dinesh? Ele era invencível.

Até não ser.

— O que a gente vai jantar? — pergunta Aja quando entramos no carro. Por um segundo juro que posso ouvir a voz de Dinesh na dele. O garoto só tem um vestígio do sotaque britânico: uma pequena parte do pai que carrega consigo como se fosse uma moeda no bolso. E, às vezes, ele intercala palavras e expressões como "perfeitamente" e "a bem da verdade" em suas frases, fazendo-o parecer ainda mais velho do que já parece com seu vocabulário avançado.

— Jantar? Não vamos falar de jantar, Aja — digo. — Você está bem encrencado.

— Por quê? Eu não fiz nada.

— Como assim não fez nada? Você ameaçou explodir alguém!

— *Alguém*, não; uma mochila.

— Tudo bem, uma mochila. Você não pode fazer isso, Aja. E agora está suspenso por três dias e eu tenho que ir trabalhar. Você tem que parar com esse negócio de explosão telecinética.

— Destruição.

— Tanto faz, destruição. De qualquer forma, isso tem que parar.

Em vez de concordar com a cabeça, ele fica olhando para mim com seus olhos grandes.

— Mas não deu certo.

— Não interessa. Você não pode *falar* sobre isso. É como no aeroporto. Você não pode dizer a palavra "bomba". — Engato a ré no carro e começo a sair do estacionamento.

— Por que não?

— Porque bombas são perigosas — digo, colocando o pé no freio e me virando para ele. — Elas podem machucar as pessoas. Muitas pessoas. E, quando você fala sobre isso, ou diz a palavra, especialmente no aeroporto, as pessoas ficam assustadas e acham que você quer machucá-las.

— Eu não estava tentando machucar ninguém — diz ele.

Suspiro e esfrego meu queixo.

— Eu sei. Eu sei, amiguinho. Você só não pode dizer isso, só isso.

Engato a primeira e piso no acelerador. Rodamos em silêncio por alguns minutos antes de Aja dizer:

— Mas, e se eu estiver falando de um videogame?

— Não! Aja, não. Você não pode falar em explodir coisas. Essa é a regra. Ponto. Fim de papo. Entendeu?

— Tá bom — responde, olhando para o porta-luvas.

Resolvido isso, crio mentalmente uma lista das coisas que preciso fazer quando chegarmos em casa. Ligar para Connie, para começar, e ver se ela pode tirar alguns dias de folga no trabalho para ficar com Aja enquanto estou no trabalho. Sei que é pedir demais, mas não sei mais o que fazer.

Quando chegamos à entrada da garagem, percebo que ele ainda está olhando para o porta-luvas.

— Aja?

Ele não responde.

— Aja, estamos em casa.

Ele não se move.

— Aja! O que você está fazendo?

Ele se vira e, com uma voz calma, diz:

— Não devo falar sobre isso.

— Ah, meu Deus, você está tentando explodir o carro?

— Não — diz ele. E então: — Só o porta-luvas.

— Não! Chega de explosão telecinética! Chega.

— É destruição, não explosão.

— Tanto faz! Você precisa voltar a tentar *mover* as coisas com a mente. Entendeu?

Nada.

— Aja?

Ele abre a boca:

— A gente ainda pode ter um cachorro?

cinco

JUBILEE

COMO EU SUSPEITAVA, o problema com o Pontiac não era falta de combustível. Depois de colocar alguns litros no tanque, ele ainda não ligava, o que explica por que estou indo de bicicleta para meu primeiro dia de trabalho na biblioteca. Uma vez que me acostumei com os carros que passam velozmente por mim e com o sentimento terrível de que vou morrer a qualquer segundo, começo, de certo modo, a gostar disso. O vento. A sensação de liberdade.

Passo sobre a ponte do rio Passaic a caminho do centro da cidade, impressionada com a luz refletida na água, e pedalo mais alguns quarteirões até a biblioteca. A um quarteirão da rua principal, a Lincoln Library é um edifício baixo e largo de tijolos, espremido entre um banco e uma casa antiga que agora funciona como um spa. Vou até o bicicletário, passando a trava que comprei on-line pelos aros da roda e pelas barras de metal do local. Em seguida, levanto, ajeito a saia e puxo as beiras das minhas luvas. É aí que começo a entrar em pânico.

Completo uma rodada de tapinhas desde o crânio até os pulsos, respiro fundo e subo a calçada até a única porta de vidro adornada com adesivos pretos que anunciam o horário de funcionamento da biblioteca. Abro a porta e entro.

— Você deve ser a Jubilee — diz uma mulher quando me aproximo do balcão principal no meio da biblioteca. Ela tem uma franja rala e grisalha, um rosto enrugado e, ao se levantar, vejo que é fina em todas as partes, exceto no quadril; seu corpo parece o de uma cobra que acabou de engolir um roedor.

Assinto.

— Sou Louise, gerente de circulação, que, na verdade, é só um título chique para "bibliotecária aqui desde sempre". Bem-vinda à biblioteca.

— AH, QUERIDA, alguém rasgou as últimas três páginas deste livro — diz Louise algumas horas mais tarde, segurando um exemplar de *Se você dá uma festa para um porco*. É a terceira vez que ela diz "querida" desde que cheguei aqui.

Para mim: *Não trouxe guarda-chuva hoje*, querida? *É bem capaz de que vá chover à tarde.*

Ao telefone com alguém que imaginei ser sua filha: *Ah, a apresentação foi tão* querida. *Pequenas meias listradas e asinhas amarelas, e consigo ouvi-la dizendo "buzzzzz" com aquela vozinha fofa. Posso buscá-la quando estiver indo para casa, depois do trabalho.*

Também sussurrou "merda" quando deixou cair um volume em letras garrafais de *A Revolta de Atlas*, de Ayn Rand, que foi parar sobre os dedos dos seus pés. Não sei ao certo por que, mas a cena me fez sorrir.

— Bom, quando você encontrar uma página rasgada assim — diz para mim —, não use fita adesiva comum para prendê-la. Temos uma fita especial. — Ela abre uma gaveta e tira uma caixa laranja quadrada com a palavra "Filmoplast" no lado. Enquanto puxa um pedaço do adesivo, continua a falar. — Para um rasgo desse tamanho, não cobramos multa, mas, se o estrago for maior, como manchas nas páginas, dano causado pela água ou muitas páginas rasgadas, você precisa mostrá-lo para que eu ou Maryann avaliemos o custo do reparo ou substituição.

Maryann é a diretora da biblioteca, a mulher que me ligou dois dias depois que topei com Madison H. e já começava a me convencer de que o encontro não havia de fato acontecido — que tudo era fruto da minha imaginação hiperativa, ou que a biblioteca havia encontrado alguém mais qualificado, com experiência profissional de verdade. Só que não tinha.

Concordo, a cabeça zonza com as inúmeras instruções que já havia recebido sobre o sistema de informática, taxas de atraso, livros que precisavam voltar para as estantes, a impressora temperamental que precisava estar com papel até a metade para funcionar adequadamente e como ajudar os *patronos*, que não são doadores sofisticados da biblioteca, como pensei a princípio, mas sim o que eles chamam de clientes regulares. Ela também me deu um resumo dos Mandamentos de Maryann, que incluem regras como *Nunca deixar o balcão de circulação vazio* e *Sempre sorrir quando estiver cumprimentando clientes*. No entanto, isso não é nada comparado ao espetáculo que é a biblioteca. Não é um espaço grande — apenas um prédio de tijolos de um andar —, mas, para mim, parece uma caverna. E, sentada atrás do balcão de circulação, sinto-me em exposição pública. O diamante Hope no centro da sala, só que não estou dentro de uma caixa de vidro. Passo a maior parte da manhã olhando por trás dos ombros, embora só haja três ou quatro pessoas perambulando pelas estantes de livros e nenhuma delas esteja próximo do balcão.

— Ah, que ótimo! — murmura Louise, revirando os olhos. — O golfista do travesseiro está aqui.

Acompanho seu olhar e vejo um homem usando moletom carregar um travesseiro com uma estampa floral em direção à seção de computadores.

Olho novamente para Louise.

— O nome verdadeiro é Michael. Trinta e poucos anos — sussurra. — Desempregado. Vem aqui todos os dias nos últimos seis meses com esse travesseiro que usa para se sentar e fica jogando algum jogo de golfe no computador. Acha que a cadeira fica desconfortável depois de um tempo. Juro que uma vez ele não se levantou durante oito horas seguidas nem para ir ao banheiro. — Ela ri, e me viro para examiná-lo mais uma vez, sentindo uma estranha ligação com aquele estranho. Ele deve ser apenas solitário, um sentimento que conheço muito bem. — Não sei se Maryann comentou, mas temos todo o tipo de gente aqui. O trabalho com livros, na verdade, consiste em apenas 60%. Os outros 40% são serviços comunitários. Principalmente de saúde mental.

Meus olhos se arregalam quando ela diz isso. Com livros, eu posso lidar. Cuidar da entrada e saída, arrumar as estantes. Mas pessoas?

— Não precisa se preocupar — diz Louise, dando tapinhas na minha mão enluvada. Eu me encolho ao contato e tiro rapidamente a mão. Louise olha para mim, as sobrancelhas ligeiramente levantadas. — Sei que é muita informação, mas você vai pegar o jeito. Sério.

Durante o resto do dia tomo cuidado para ficar a certa distância de Louise.

Só por segurança.

ANTES DO FINAL do meu turno às quatro da tarde, estou terminando de preencher a papelada de admissão quando me deparo com esta pergunta na seção de informações sobre plano de saúde: *Você tem alguma doença preexistente?* Hesito e, então, faço um X na caixa ao lado de "alergias", justamente quando Louise aparece atrás de mim, empurrando um carrinho de livros de referência.

— Leve esses livros lá para trás — diz. — Fileira 9-46 e os coloque novamente nas estantes de acordo com o número nas lombadas. Pode fazer isso, querida?

Assinto com a cabeça e percebo que não falei em voz alta uma única vez desde que cheguei naquela manhã. Fico imaginando se ela pensa que sou muda.

Saio de trás do balcão e minhas pernas tremem. Minha preocupação é que elas possam se rebelar e se isolar novamente. Agarro-me à ponta do carrinho de metal, procurando apoio. O espaço fechado do balcão tornou-se meu lar ao longo do dia, meu porto seguro, mas agora tenho que ir para os corredores. Onde estão as pessoas. E quem sabe o que pode acontecer?

Mesmo com esse medo de sair dali e andar pela biblioteca, eu me aceito profunda e completamente.

Embora eu me sinta um pouco ridícula com esse pensamento, a frase dá aos meus pés o impulso de que precisam para começar a avançar. Ainda olho para a minha esquerda, a minha direita e, às vezes, para a minha retaguarda enquanto sigo em direção ao fundo da biblioteca, procurando pelas pessoas que eu poderia jurar que estão abrindo buracos em mim com suas poderosas linhas de visão. Louise não é uma delas. Está olhando para baixo, ocupada com a arrumação do balcão. Seus lábios estão se movendo ligeiramente e é como se estivesse murmurando para si mesma.

O carrinho tem uma roda frouxa que geme um pouco em protesto. Quando chego à fileira 9-46, o ruído, graças a Deus, para, mas, em vez de silêncio, é substituído por outra coisa. Parecia algo arrastando os pés, como se um guaxinim estivesse preso nas estantes de livros, tentando sair. Um guaxinim com a respiração agitada. Um guaxinim que ri.

Com o coração batendo forte, vou, em silêncio, para o corredor seguinte e dou uma espiada perto da esquina do corredor, sem saber ao certo o que vai me receber.

Então paro, meus pés parecem blocos de cimento, incapazes de ir para a frente ou para trás. No final do corredor estão dois corpos tão agarrados um ao outro que são literalmente um só. É um emaranhado de mãos, gargantas expostas e bocas. É uma pintura de Klimt com vida. E, mesmo sabendo que não deveria estar olhando, não consigo desviar os olhos. É tão rudimentar. E desajeitado. E meio confuso.

E faz minha garganta fechar e meu corpo arder com aquele sentimento que me desperta no meio da noite. Aquela forte ânsia e desejo e ardente humilhação.

Um grito pequeno penetra meus tímpanos e os dois rostos antes enterrados um no outro agora estão concentrados em mim. Estou chocada com o quanto são jovens. A menina tem aparelho nos dentes e bochechas vermelhas. O menino, um punhado de espinhas na linha do queixo.

— Sua pervertida — diz o menino, os olhos inflamados pela testosterona que percorre suas veias.

E, embora saiba que deveria dizer algo, chamar a atenção dos dois com minha voz adulta, ainda não consigo me mexer. Eles se afastam, como vagões desengatados, e a menina rapidamente ajeita os botões da blusa, enquanto o menino continua a olhar para mim.

Sinto algo se aproximando atrás de mim e a voz de Louise soa alto no meu ouvido:

— Brendon! Felicia! Já disse duas vezes agora: a biblioteca *não* é o banco traseiro do carro de vocês. Último aviso. Da próxima vez vou ligar para os seus pais.

Ambos olham para o chão. Brendon pega a mão de Felicia, levando-a para fora das estantes de livros.

Quando passam apertados perto de mim, Brendan sussurra alto o suficiente para que eu ouça:

— Gostou do que viu?

Fico mais vermelha e olho para a fila de livros de referência à minha frente, concentrando-me nos números.

Os dois desaparecem. Louise murmura:

— Esses adolescentes cheios de fogo.

E volta para o balcão. Fico com um carrinho de livros pesados, que esperam ser colocados em seu devido lugar.

Todo mundo está se mexendo ao meu redor, cuidando das suas vidas, mas meus pés estão pregados no ponto do tapete gasto onde estou em pé.

Só consigo pensar em Donovan.

E na sensação da sua boca quando estava na minha.

seis

ERIC

POR REFLEXO, PEGO a gravata azul da minha escassa coleção e começo a posicioná-la em torno do pescoço. Uso-a às quintas-feiras.

Não tenho TOC ou algo do tipo — não fico histérico se não encontrar minha gravata azul às quintas. Ela é apenas eficiente — uma decisão a menos que tenho que tomar. Mais ou menos o motivo que faz Mark Zuckerberg usar uma camiseta cinza todos os dias. Eu sou o Mark Zuckerberg da contabilidade. Às vezes sigo esse raciocínio em festas e ele sempre provoca uma risada superficial que me agrada.

Termino o nó simples e dobro o colarinho para baixo. Em seguida, pego meu relógio no balcão do banheiro e o coloco no pulso. Enquanto atravesso o corredor em direção à cozinha, passo pelo quarto de Aja e o ouço teclando freneticamente em seu computador.

Quando ele veio morar comigo, fiquei assustado com o tempo que passava no computador, considerando que ele só tinha oito anos na época. Ellie, é claro, era viciada no dela também, mas era quase cinco anos mais velha. Aos oito, ela passava grande parte do tempo andando de bicicleta com uma amiga do bairro, fazendo coreografias e se deslumbrando com bonecas Monster High. Não me lembrava de Dinesh mencionando isso como uma das suas muitas preocupações quando o assunto era Aja. Por isso, foi uma das primeiras conversas reais que precisei ter com ele depois que se mudou; e eu não tinha ideia do que dizer, uma vez que sempre foi Stephanie quem teve a maioria dessas conversas difíceis com Ellie. "Você sabia que tem gente por aí, digo na internet, que nem sempre é boazinha? Sabe, com crianças? Bem, elas começam boazinhas, mas depois não são." Repeti o que havia acabado de dizer em minha mente. Não fazia sentido nem para mim. "Quer dizer, não como valentões, mas como..." Procurei por palavras que não vinham. Como explicar isso para um menino de oito anos?

"Você está falando de predadores sexuais?", perguntou ele, pronunciando cada sílaba daquela maneira formal que ele tem. Meu queixo caiu. "Sei tudo sobre isso. Não sou idiota."

Fechei a boca. "Tudo bem, então", comentei. Fui dar um tapinha na sua perna, mas me lembrei de Dinesh dizendo que ele realmente não gostava de ser tocado, então, sem jeito, dei um tapinha na colcha ao lado da sua perna. "O papo foi bom."

Agora sinto a necessidade de continuar minha devida diligência e grito enquanto passo pela porta aberta:

— Você não está falando com predadores sexuais aí, está?

Ele responde, em uma voz baixa:

— Acho que eu não saberia, né?

Bem pensado!

Graças a Deus, Connie concordou em ficar com ele hoje. Não sem resmungar algo indispensável:

— Eu também tenho um trabalho de verdade, sabe?

Ou sem que eu dissesse algo para acalmá-la:

— Eu sei. E você leva muito jeito para ele. A melhor e mais mal paga advogada desse lado de Passaic.

Por fim, ela concordou.

— Só estou fazendo isso porque amo Aja — disse. — E porque não quero que ele exploda seu apartamento.

— Obrigado.

A campainha toca no momento em que estou enchendo minha segunda xícara de café.

— Aja — chamo. — Connie está aqui.

Ele não responde.

Olho para meu relógio — faltam vinte minutos para o trem que preciso pegar — e abro a porta. Connie passa por mim e olha para minha xícara de café.

— Pensei que você estivesse parando de tomar café.

— É a primeira — minto, depois me viro e chamo Aja novamente.

— Onde está o garotinho encrenqueiro? — pergunta, colocando a bolsa sobre a única cadeira na sala de jantar, que não é bem uma "sala", mas um espaço adjacente à sala de estar/lazer/hall. Assim é viver em apartamento. Só estou aqui há seis meses e pensei que poderia ser um exagero trazer, de New Hampshire, minha pequena mesa de cozinha e o conjunto da sala de jantar. Não fico dando jantares todo final de semana. Ou alguma vez.

— No quarto. No computador dele.

— Ah!

— Aja! — Viro-me e quase dou de cara com ele. — Aí está você.

— O que tá rolando lá, campeão? — pergunta Connie.

— Eu estava falando com Iggy — responde ele, sem erguer os olhos.

— A rapper? — pergunta ela, rindo da própria piada.

Aja apenas fica olhando para ela.

— Aquela menina australiana, sabe? — diz Connie. — Com o popozão?

— Iggy é um menino — diz ele, ajustando os óculos.

— Ou um predador sexual de 45 anos — brinco, embora há um mês, para grande constrangimento de Aja, apareci em seu quarto à noite, enquanto ele falava no Skype, para ter certeza de que Iggy era, de fato, um menino de 10 anos. — Acho que nunca saberemos, né, Aja?

Ele me fita com seu olhar sério.

— Você sabe. Você o viu. Posso voltar para o meu quarto agora?

— Não — respondo. — Pensei no seu castigo. Hoje você vai esvaziar todas as caixas que largamos até encontrar o resto das minhas canecas de café.

— Tudo bem — diz ele. Essa é a estranha dicotomia sobre Aja: ele é surpreendentemente sossegado quando quer ser. Não faz birra nem fica emburrado como a maioria das outras crianças da sua idade.

— Está bem, então — digo. Olho novamente para meu relógio. Tenho que ir. Não posso perder o trem para a cidade e correr o risco de chegar atrasado. — Obrigado mais uma vez, Con.

— Vai lá — diz ela. — Vamos ficar bem.

— Aja, seja bonzinho.

— Tudo bem — diz ele.

Pego minhas chaves e a carteira e vou para a porta.

— Eric? — Aja me chama, e sei que vai dizer a mesma coisa que me diz todas as manhãs nas últimas seis semanas. — Não se esqueça de procurar uma cadeira de rodas!

Aquela maldita cadeira de rodas.

NAQUELA NOITE MAIS tarde — muito mais tarde, uma vez que o trem parou por intermináveis 50 minutos entre Secaucus e Newark, fazendo-me acreditar, por um breve momento, que eu nunca, nunca, chegaria em casa —, entrei no apartamento silencioso, puxando uma cadeira de rodas para adulto. Finalmente a encontrei em uma loja da rede Goodwill, no Harlem, por 25 dólares, depois de usar todo o meu horário de almoço para ligar para todas as lojas de usados da cidade antes de encontrar uma. Senti um pouco de culpa por comprá-la, possivelmente a tirando de alguém que precisa de verdade dela. Porém, enquanto estava lá, prometi a mim mesmo que a devolveria depois que Aja a tivesse usado — e faria uma doação monetária à organização sem fins lucrativos.

Connie está lendo no sofá. Ela se levanta quando me vê.

— Como foi o trabalho?

A pergunta me faz paralisar. Já faz tanto tempo, pelo menos dois anos desde o divórcio, e provavelmente até mesmo muitos anos antes, que alguém me perguntou isso no final do dia. Que alguém se importou. Só percebi o quanto sentia falta disso — não de Stephanie, apenas de *alguém* — nesse momento.

— Tudo bem — respondo. — Aja?

— Dormindo — responde. — Ele é um bom menino.

— Eu sei.

Dou um pequeno sorriso. Ele é muito frustrante, mas não há como negar que é bonzinho. Genuinamente melhor do que a maioria dos outros seres humanos. Encosto a cadeira de rodas na parede, e sei que será a primeira coisa que ele verá pela manhã.

— Encontramos as canecas de café — diz ela.

— Encontraram?

— Sim. Na caixa em que estavam escritos *jogos de tabuleiro, fichas de pôquer e diversos*, de todos os lugares.

Olho para ela.

— Eu tenho fichas de pôquer?

— Tem.

— Hum. — Jogo minha carteira e as chaves na mesinha ao lado do sofá. — Bem, obrigado — digo. — Mesmo. Mesma hora amanhã?

— Sim — diz ela, mexendo-se para recolher suas coisas. — Ah, e encontramos outra coisa.

— Espero que sejam as tigelas de cereal — digo. — Não consigo encontrá-las também. Aja está comendo cereal de arroz numa sopeira de cerâmica.

— É um diário — diz ela, e depois pigarreia. — O diário de Ellie.

Olho para ela. Nem sabia que Ellie tinha um diário.

— Como veio parar nas minhas coisas?

— Não sei. Talvez ela tenha deixado na sua casa.

Passo os dedos pelos meus cabelos.

— O que faço com ele? Devo lê-lo?

Sou dominado pelo súbito desejo de fazer exatamente isso. Entrar no cérebro de Ellie e descobrir tudo o que ela estava pensando. Desvendar o mistério que é minha filha adolescente.

— Não! Você não pode ler o diário da sua filha. Isso vai contra todas as regras para educar os filhos. Nunca.

Sei que ela está certa. Ela está certa. Mas, mesmo assim.

— Bem, eu poderia enviar uma mensagem e ver se ela o quer de volta, mas ela não está falando comigo.

— Eric — diz Connie.

— Eu sei, eu sei — digo. — Tenho certeza de que ela o quer de volta. Vou enviá-lo pelo correio.

— Eric — diz novamente, fitando-me com seus olhos ora esverdeados, ora castanho-claros, que refletem os meus. Nesse momento estão mais verdes do que castanhos.

— O quê? Não vou ler. Juro — digo, colocando a mão sobre o coração. — Onde está?

Ela olha para mim mais uma vez e depois diz:

— Em cima da sua cômoda.

Ela passa por mim, vai até a sala de jantar para pegar bolsa na cadeira solitária, depois se vira e coloca os braços em volta dos meus ombros.

Fico parado ali, desajeitado, enquanto ela me abraça. Não somos uma família dada a abraços.

— Hã... Con?

Ela relaxa e suspira.

— Só queria que você encontrasse alguém — diz. — Você não deveria estar fazendo tudo isso sozinho.

Dou risada, mesmo não discordando totalmente dela.

— E aí? Você vai arranjar alguém pra mim de novo? Isso não deu muito certo.

Um ano depois do meu divórcio, fui a um encontro que Connie havia arrumado para mim com alguém que ela conheceu na faculdade e que morava a cerca de meia hora de distância. Uma advogada. Algum tipo de advogada societária. Ela era adorável — olhos grandes e escuros como os de uma corça e lábios grossos contrabalançados com um nariz fino e mechas lisas e suaves de cabelo que lhe roçavam os ombros como folhas de grama. Ria com facilidade das minhas piadas patéticas e defendia com firmeza sua posição, como qualquer bom advogado, sobre os méritos das tortilhas de milho versus as de farinha.

Eu me comportei jovialmente, como um cavalheiro. Ria nas horas apropriadas, abri a porta do carro, levei-lhe um copo de água depois de uma atividade sexual atlética no final da noite.

Porém, sozinho, na manhã seguinte, eu ficava olhando para meu rosto no espelho, procurando... pelo que, eu não sabia. Sentia-me entorpecido. Ou, pior que isso, como se tivesse perdido um braço ou uma perna e ainda estivesse sentindo dor ali. Liguei para ela naquela tarde e deixei recado na caixa postal, dizendo que havia tido um encontro maravilhoso, mas que não estava totalmente preparado para namorar de novo.

— Você tinha acabado de passar por um divórcio — diz Connie. — Ainda não estava preparado. Isso é normal.

Coloco as mãos nos bolsos e encolho os ombros.

— Não sei se a palavra "normal" se aplica a mim.

Ela sorri.

— Tenho tentado dizer isso para você há anos — diz, alcançando a maçaneta da porta. — Até amanhã.

Quando Connie desaparece, tiro o celular do bolso traseiro e rolo a tela até o nome de Ellie. Tenho seu diário. É claro que dizer isso provocaria uma resposta. Até uma ameaça, "Não se atreva a lê-lo senão...", seria preferível ao silêncio. E eu poderia lhe dizer que não penso em invadir sua privacidade dessa forma, que vou enviá-lo pelo correio imediatamente, o que talvez me renderia algum ponto em seu diário por ser um pai incrível. No entanto, tudo isso parece um pouco manipulador e, por mais que eu queira que minha filha fale comigo novamente, não quero que seja porque está sendo coagida a fazer isso.

Então, em vez disso, digito uma mensagem rápida:

Eu te amo, Ellie. Pai.

Em seguida, apago a luz do abajur e atravesso o corredor até meu quarto, parando por um instante no quarto de Aja e colocando o ouvido junto à porta. Ouço o barulho das teclas do seu computador, é claro. Vou lhe dar mais alguns minutos antes de apagar as luzes.

Em meu quarto, sento-me na cama, o colchão se verga debaixo de mim, e tiro um sapato de cada vez, pensando no que Connie me perguntou: *Como foi o seu dia?* Estressante. Assim foi o meu dia. Como têm sido todos os dias desde que comecei nesse trabalho no mês passado. Nosso maior cliente está adquirindo uma empresa S&P agora, em vez de fazer isso antes de Shelly sair de licença-maternidade ou esperar até o retorno dela, deixando a mim — e a equipe, mas a mim, na verdade, uma vez que estou no comando — exclusivamente responsável por todas as avaliações e análises. Não há espaço para erros; caso contrário, a diretoria ficará uma fera.

Afrouxo a gravata e me deito de costas na cama, examinando meu quarto árido e cedendo a um momento de autopiedade que diz: *Que merda estou fazendo nesse apartamento em Nova Jersey?* O livro na cômoda atrai minha atenção. O diário de Ellie.

Ellie. Minha filha que me odeia. Eu sabia que o divórcio não seria fácil para ela — será que alguma vez foi fácil para alguma criança? Porém, nunca pensei que chegaríamos a esse ponto. Tínhamos um bom relacionamento. Quer dizer, pensei que tínhamos. Melhor do que o da maioria. Eu sabia exatamente como fazê-la rir. Piadas ridículas, caretas pelas costas de Stephanie, um trocadilho oportuno. Assistimos juntos a todos os episódios de todas as temporadas de *A Corrida Milionária* — e o melhor momento da minha vida poderia ter sido quando ela virou e disse: "A gente poderia fazer isso. A gente venceria com certeza."

Como passamos daquilo — de uma equipe hipotética em um reality show viajando pelo mundo — para isso? Olho de relance para o diário de Ellie mais uma vez e depois desvio os olhos, como se não olhar para ele diminuísse a tentação de abri-lo. Não diminui. Levanto-me da cama, apanho-o e abro rapidamente a gaveta superior, jogando-o lá dentro e fechando a gaveta antes que minhas mãos e meus olhos tenham a chance de trair minhas melhores intenções.

Então atravesso o corredor e bato na porta de Aja. Ouço-o resmungar e considero isso um convite para abri-la. Deparo-me com seu perfil, os olhos grudados na tela do computador. Fico ali por um minuto, mas ele não se move.

— Encontrei sua cadeira de rodas hoje.

Ele resmunga novamente.

— Ei, você me ouviu? Pensei que ficaria muito animado.

Ele se vira para mim, com seus olhos grandes e sérios.

— Acabei de descobrir que eles não usam fantasia nessa escola como usam lá em casa. A senhora Bennett disse que é muita distração.

Abafo um suspiro. Teria sido bom saber disso antes de passar minha hora de almoço inteira atrás de uma cadeira de rodas.

— Mas pelo menos você pode usá-la na noite de Halloween? Na brincadeira do doce ou travessura?

— Estou velho demais para isso.

— Está? — Tento me lembrar de quando Ellie parou. Acho que foi mais ou menos nessa idade. — Bem, vamos encontrar um lugar para usá-la — digo, embora parte de mim esteja aliviada, considerando minha preocupação original com a natureza ofensiva da fantasia.

Ele dá de ombros.

— O que está fazendo aí? — pergunto, acenando com a cabeça na direção do computador.

— Falando com Iggy.

Fico ali por mais um minuto, depois digo:

— Só mais alguns minutos e, depois, cama. Está ficando tarde.

Ele não responde, então fecho a porta com cuidado. Antes de fechá-la totalmente, entretanto, eu o ouço murmurar algo. Parece algo como: "Odeio isso aqui."

A maçaneta faz um *clique* quando volta ao lugar, respiro fundo e fecho os olhos, tentando engolir a culpa que sinto e lembrando a mim mesmo: *Só por seis meses.*

No sábado, eu deveria estar me preparando para levar Aja ao abrigo de animais — embora um cachorro seja a última coisa de que precisamos agora —, mas não consigo parar de pensar em Ellie.

Li o diário. Sei que não deveria, mas, uma vez que não pude parar de pensar nele, imaginando se teria alguma revelação mágica sobre a mente de Ellie que me ajudaria a entender por que ela está tão zangada — por que não fala comigo —, eu me levantei e abri a gaveta onde o guardei. Antes que pudesse me convencer de que o que eu estava fazendo era errado, peguei o caderno em espiral, virei a capa e comecei a ler. E eis o que acontece: não é, na verdade, um diário, o que provavelmente explica por que Ellie não está surtando por causa do seu paradeiro. Quer dizer, é um diário, no sentido de que são seus pensamentos escritos no papel, mas deve ter sido algum tipo de trabalho escolar, porque há uma nota e um comentário escrito à mão na parte interna da capa da frente: "A. Ótimo trabalho!" (Essa é a minha garota. Ou essa *era* a minha garota, até que ela começou a sair com Darcy e suas notas começaram a cair para C e D.) Cada página é dedicada a um livro diferente — aparentemente, livros que leu e depois discutiu, escrevendo suas opiniões.

Mesmo assim, para ser justo, enviei uma mensagem de texto para ela logo em seguida.

> Encontrei seu caderno de lições. Tudo bem se eu der uma folheada nele? Pai

Em que sentido essas palavras estão dizendo que é melhor pedir perdão do que permissão? Tudo bem, então talvez tenha mais a ver com pedir permissão depois de já ter feito aquilo para o qual quer permissão, mas o princípio é o mesmo. Mais ou menos. Independentemente disso considerei o silêncio dela como aprovação.

Estou relendo sua anotação para *O apanhador no campo de centeio* (um livro que acho que li no ensino médio, mas não me lembro muito da história) quando Aja aparece na porta do meu quarto.

Solto o diário como se fosse uma revista pornográfica com a qual fui pego. (Talvez, mesmo com a aprovação silenciosa de Ellie, ainda me sinta um pouco culpado.)

— Está pronto? — pergunta ele. — Você disse que sairíamos para ir ao abrigo de animais às nove.

— Sim, desculpe — digo, olhando para o diário. De repente, tenho uma ideia. Uma maneira de tentar fazer progresso com Ellie. — Só precisamos dar uma paradinha primeiro.

— Onde?

— Na biblioteca.

sete

JUBILEE

— Não se esqueça de usar uma fantasia de Halloween, querida! —
É a última coisa que Louise me disse quando eu estava indo embora no
meu sexto dia de trabalho.

— Uma fantasia?

— Amanhã é Halloween — disse ela. — Sempre usamos fantasias na
biblioteca.

Eu só havia me fantasiado para o Halloween uma vez na vida. Tinha
9 anos e minha única amiga de infância, Gracie Lee, e eu nos vestimos
como as gêmeas de *O Iluminado*. "Afinal de contas, por que vocês vão
assim?", perguntou mamãe, apagando um cigarro em um prato de papel.
"É mórbido." Gracie Lee tirou seus enormes aparelhos auditivos azuis e
usou um par de luvas para combinar comigo, embora as meninas no filme
não usassem luvas, mas ninguém realmente percebeu — talvez porque não
fôssemos nada parecidas de rosto —, e uma mulher até comentou que
estávamos "bonitinhas". Uma vez que Gracie Lee não conseguiu ouvi-la,
eu lhe disse que a mulher havia dito que estávamos horripilantes e ela
sorriu. E aí me vem outra lembrança daquele Halloween. Enquanto di-
vidíamos nossos ganhos no final da noite, Gracie deu uma mordida em
uma barra de chocolate, sem saber que tinha recheio de caramelo. Ela
odiava caramelo, por isso me entregou o chocolate. Antes que eu pudesse
levá-lo aos lábios, minha mãe deu um tapa na minha mão. "Você está

tentando se matar?", gritou. "Quer morrer?" Naquela noite, vi vampiros, fantasmas e um menino com uma máscara pavorosa que parecia ter sangue de verdade escorrendo pelo rosto, mas essa foi a vez em que fiquei mais assustada. Ainda tremia quando fui para a cama.

Agora, olhando para o armário da minha mãe, toco com os dedos as mangas de cada terninho e blusa, esperando ser tomada por uma inspiração. Porém, até agora, só consigo pensar na Barbie Empreendedora, para a qual eu usaria o terninho rosa-chiclete que era da minha mãe, porque é rosa-chiclete.

Meus dedos chegam ao fim da viagem no fundo do armário e param em algo macio. Tiro a peça do cabide e a trago para a luz. É um vestido longo branco — nada a ver com um vestido de noiva, mas mais com algo para dormir. Não faço a menor ideia de por que minha mãe tinha essa roupa feia e com pano demais para o seu gosto, mas é perfeita.

Vou ser Emily Dickinson. Na última parte da sua vida, quando já não saía de casa, ela só vestia branco e conversava com amigos e familiares através da porta da frente.

Tiro minha blusa de moletom e calça de flanela e passo o vestido pela cabeça. Como todas as roupas da mamãe, esta não cai perfeitamente, mas servirá. Vou ao banheiro e tiro a faixa elástica que mantinha meu cabelo preso no alto da cabeça. Muito embora Emily Dickinson usasse o cabelo firmemente esticado em um coque conservador na nuca em todos os retratos que vi dela — e eu tenha usado o meu puxado para trás todo dia na biblioteca —, resolvo usar o meu solto e rebelde hoje. Se ela se escondeu em casa durante anos e não aceitou visitas, é claro que não arrumava o cabelo. Olho-me no espelho pela última vez e, em seguida, desço a escada para pegar minhas luvas e chaves.

QUANDO ENTRO NA biblioteca, Louise olha para mim.

— Ah, querida, acordou atrasada?

— Não.

Ela franze as sobrancelhas.

— Por que está de camisola?

— Esta é a minha fantasia. — Coloco minha bolsa atrás do balcão.

Ela está de boné preto e óculos escuros estilo aviador, por isso sinto, e não vejo, que ela estreita os olhos na minha direção.

— Você é aquela cantora pop esquisita? Aquela Lady Gaga ou quem?

— Não — digo. — Eu sou a Emily Dickinson.

— A poetisa?

— Sim.

Posso ver que ela ainda está tentando imaginar quem é.

— No final da vida, ela era uma espécie de eremita e só usava branco.

— Hã...

Louise vira o corpo para ficar de frente para mim, e noto as algemas prateadas penduradas no seu cinto. Ela aponta para o papel preso em seu peito. Diz: polícia da gramátca.

— Você escreveu "gramática" do jeito errado.

— Escrevi? — Ela olha para baixo. — Que droga!

Ela arranca o papel da blusa e tira uma folha nova da impressora. Pega um marcador preto de ponta fina, e começo a empurrar um carrinho em direção à porta para pegar as devoluções que estão do lado de fora.

A biblioteca já não parece tanto uma caverna como no primeiro dia, mas ainda tenho receio de sair do balcão. É como se estivesse me testando toda vez que faço isso. Até onde posso ir hoje? Sei a resposta: até a caixa de devoluções do lado de fora. É como se a biblioteca — e, estranhamente, as pessoas nela — se tornasse uma extensão da minha própria casa.

Outros três bibliotecários normalmente trabalham durante meus turnos: Maryann, a diretora da biblioteca; Roger, o bibliotecário na seção infantil, e Shayna, outra assistente de circulação, mas Louise é a minha favorita. Talvez porque foi a primeira pessoa que conheci e eu me sinta naturalmente mais à vontade com ela. Ou talvez porque é a pessoa com quem tenho mais contato, já que Roger fica sentado atrás de uma mesa na seção infantil, o turno de Shayna e o meu só se sobrepõem por algumas horas por dia, e Maryann muitas vezes está trabalhando no seu escritório nos fundos ou correndo para uma reunião. Ou talvez porque Louise não fica me sondando. (A primeira coisa que Shayna me perguntou quando nos conhecemos: "Qual é o lance com as luvas? Você está, tipo, sempre com frio?" Eu apenas dei de ombros. "Mais ou menos isso.") Louise nunca fez menção às minhas luvas ou perguntou qualquer coisa pessoal sobre mim nesse sentido — como, por exemplo, se tenho namorado ou onde fiz faculdade. Ela apenas faz seu trabalho e eu, o meu.

Às 14H45 LOUISE vem correndo até mim, sem fôlego.

— Você não está no seu intervalo? — pergunto.

— Tive que voltar — diz. — Maryann telefonou e Roger não vai vir hoje. — Ela ofega.

— Você precisa de uma cadeira? — O quepe de polícia está um pouquinho torto sobre seu penteado platinado e o cartaz em seu peito, levantado.

— Não, estou bem. Só não estou acostumada a correr.

Eu a imagino em seu look de policial irrompendo pela porta da TeaCakes, a cafeteria onde estava fazendo sua pausa para o almoço, correndo pela calçada para voltar à biblioteca, e só consigo imaginar o que os transeuntes devem ter pensado: há uma emergência gramatical! Saiam do caminho!

— Você vai ter que fazer a hora das histórias com as crianças.

— Eu?

— Sim, você. Preciso ficar no balcão.

— Mas eu nunca fiz isso — digo, com a cabeça girando.

— Bem, não. Mas com certeza você já leu para crianças antes, né? Sobrinhas? Sobrinhos?

Nego com a cabeça.

Ela franziu a testa.

— É fácil. Roger deixou os três livros na mesa dele e acho que você vai distribuir doces e cantar uma música ou algo do tipo. Demora trinta minutos.

— Cantar uma *música*? — Isso está piorando a cada segundo.

— Sim. Anda logo, querida. — Ela me enxota com as mãos na direção da seção infantil. — As crianças... ah, olha! Algumas estão passando pela porta agora.

Pego os livros na mesa de Roger e vou até o tapete redondo onde está uma única cadeira para adulto encarando o chão vazio. Sento-me e ergo os olhos para ver as crianças, cheias de entusiasmo, passando correndo pela porta e vindo em minha direção. Há uma pirata, três princesas usando o que parece ser o mesmo vestido azul e um menino fantasiado de astronauta.

Hesitante, sorrio para elas, mas, ao se aproximarem, vejo que não estão devolvendo o sorriso. Na verdade, uma garota — uma das princesas — parece zangada. Meu coração começa a saltar.

— Cadê o senhor Rogers? — pergunta ela.

Sinto vontade de ressaltar que o nome dele é Roger, sem o "s", e que o sobrenome dele é Brown, e, por isso, ele não seria tecnicamente o senhor Rogers, popular apresentador de um programa infantil de televisão, mas agora não parece ser o momento oportuno para isso.

— Ele está doente hoje — digo, o que nem sei ao certo se é verdade. Louise não disse por que ele não viria. — Por isso, vou ficar no lugar dele.

— Você tem doce? — pergunta.

Droga! Os doces. Só peguei os livros.

— Tenho — digo, esperando que Roger tenha deixado o doce em algum lugar sobre a mesa.

Ela fica olhando para mim por mais um tempinho e depois concorda com a cabeça, como se eu tivesse satisfeito suas demandas. Em seguida, ela e as outras duas princesas se sentam em uma fileira; outras crianças começam a entrar e fazer o mesmo.

Elas parecem vir de todas as direções, e quero concentrá-las e mantê--las todas na minha linha de visão. E se uma delas chegar muito perto e tentar me tocar? Crianças são como cobras: imprevisíveis. Empurro minha cadeira para trás, na direção da parede, até onde é possível, sentindo minha garganta se fechar como se eu já tivesse sido tocada.

Agitada, olho ao redor, esperando que Roger apareça, Louise entre em cena, o alarme de incêndio toque e tenhamos que evacuar o edifício... qualquer coisa para acabar com esse pesadelo. Em vez disso, meus olhos localizam Madison H. Ela está empurrando um carrinho de bebê e levando duas crianças para dentro do círculo. O ritmo do meu batimento cardíaco diminui um pouco.

Ela para de repente quando me vê.

— Esqueceu de pentear o cabelo hoje de manhã?

Antes que eu possa responder, a garotinha que está segurando a mão dela diz:

— Mamãe, é uma fantasia.

— Ah, verdade! Vamos ver. — Madison me examina. — Você é aquela garota que rasteja para fora da TV... Qual era o filme... *O chamado*? — Ela estremece. — Meu Deus, aquilo era terrível.

— Claro que não! — diz a filha, revirando os olhos, o que parece uma atitude muito adulta para uma criança tão pequena. Mas, por outro lado, não sei muita coisa sobre crianças. — É a Lady Gaga.

Faço que não com a cabeça.

— Não, eu...

— A Lady Gaga não usa pijama — diz uma voz pequenina, cortando-me. Acho que é o pirata.

— Você é o Fantasma do Natal Passado? — pergunta outro.

— Eu sei, eu sei! Ela é uma amish! Vovó me levou naquele vilarejo da Pensilvânia no ano passado. Eles não têm máquinas de lavar louça nem televisão.

— *Todo mundo* tem televisão.

Meus olhos se voltam rapidamente para o lugar de onde vêm as vozes, mas é difícil saber.

— Ela é uma assassina em série. — A palavra "assassina" absorve o ar da sala, e todos se viram para olhar para um rapazinho sentado em uma cadeira de rodas. Seus olhos escuros não estão olhando para mim; não estão, de fato, olhando para ninguém.

Seu pai (imagino ser seu pai, embora eles não sejam nem um pouco parecidos, já que ele está em pé atrás dele segurando a cadeira de rodas), sorri nervosamente:

— Por que está dizendo isso, amiguinho?

— As luvas — diz o menino. — Assassinos em série usam luvas.

Quinze garotos de olhos arregalados voltam a olhar para mim e para minhas mãos. Eu me mexo na cadeira e meu coração acelera de novo.

— O que é um assassino em série? É alguém que gosta muito, muito de sucrilhos?

— Por que eles usam luvas?

— Eu gosto de sucrilhos!

— Você vai matar *a gente*? — pergunta uma voz trêmula.

Pelo menos duas crianças desatam a chorar.

Meu coração está batendo tão alto que me pergunto se todos podem ouvi-lo. Se sou uma história de Edgar Allan Poe que ganhou vida. Isso é muito pior do que imaginei. Corro os olhos para a esquerda e para a direita à procura de uma rota de fuga, mas há crianças por todos os lados. Respiro fundo e bato palmas com as mãos enluvadas. Posso fazer isso.

— Ninguém vai matar ninguém — digo, e ofereço meu sorriso mais simpático. — Não estou vestida de assassina em série ou Lady Gaga ou amish... embora tenha sido um bom palpite. — Faço um sinal com a cabeça na direção do bombeiro, que imagino ter falado um pouco sobre os amish e televisão. Ele sorri.

— Vou dar uma dica para vocês.

Em vez de ver, sinto as crianças se inclinarem para a frente.

E, embora sejam apenas crianças, meu rosto queima, e quero que se abra um buraco debaixo da minha cadeira e me engula completamente. Pigarreio.

— A *"esperança"* — As palavras saem estridentes, como um rato agitado. Tento novamente: — A *"esperança" é uma ave... que pousa na alma. E canta melodias sem palavras e nunca, mas nunca, cessa.*

O poema paira no ar e as crianças apenas ficam olhando, em silêncio. Finalmente, uma se manifesta.

— Você é uma... ave?

Olho para o rosto miúdo delas ao meu redor. Acho que são um pouco jovens para Emily Dickinson. Meus olhos param quando chegam ao pai que está atrás da cadeira de rodas. Ele está olhando para mim, mas não está apenas olhando *para* mim — seus olhos estão penetrando meu rosto, como se ele estivesse quase olhando através de mim. Não piscam e são intensos. Talvez pense que sou uma assassina em série, afinal.

Olho rapidamente para baixo e pego o primeiro livro no meu colo. *Flat Stanley e a Casa Assombrada.*

— Vamos começar — digo, e levanto o livro.

O ar irrompe em gritos de alegria por causa de Flat Stanley. Jamais ouvira falar dessa personagem, mas, ao que parece, ela é bastante popular. Em silêncio, agradeço a Roger por, pelo menos, ter escolhido os livros certos.

*

MAIS TARDE, QUANDO as crianças, com suas pequenas mãos cheias de doces, se dispersam pelas estantes de livros para encontrar seus pais — Louise, para meu grande alívio, encontrou os sacos nos quais Roger havia guardado os doces e trouxe para mim —, Madison H. empurra o carrinho de bebê até mim. Quando se aproxima o suficiente, sussurra:

— Ainda não consigo acreditar que Donovan perdeu isso. Faz semanas que as crianças não viam a hora.

Dou uma olhada para a bebê aninhada no carrinho, olhando para nós com os olhos arregalados, e imagino como seria segurá-la. Sentir o roçar dos seus cílios contra minha bochecha.

— Ele disse que tinha uma "reunião grande e importante" — diz, fazendo aspas com os dedos no ar. — Tenho certeza de que isso é um código para foder com a secretária.

Começo a tossir, sufocando literalmente qualquer palavra que pudesse dizer em resposta. Meus olhos se lançam pela sala novamente, vendo se alguém pode ter ouvido sem querer.

— De qualquer forma, foi bom ver você — diz. — Poderíamos almoçar juntas na semana que vem.

Fico olhando para ela como se ela estivesse falando grego. *Almoçar.* Pergunto-me se ela está falando sério ou se é apenas algo que as pessoas dizem quando estão tentando ser simpáticas.

— Sammy! Hannah! Vamos. — Ouço, mas não vejo, as crianças choramingarem em protesto, as vozes flutuando de detrás de uma das estantes de livros na seção infantil. — Agora! — grita Madison. Em seguida, suspira. — Vamos lá, vocês podem tomar mocaccinos no caminho de casa.

Mocaccinos? Crianças tomam café agora?

Gritos de alegria emergem das estantes, e Hannah e Sammy vêm correndo em direção à mãe. Eu me contorço em volta das crianças e volto para o balcão. Louise ergue os olhos quando entro no nosso espaço de trabalho.

— Viu? Não foi tão ruim assim, foi? — Seus olhos me ignoram, e ela baixa a voz ao nível de um sussurro. — Ah, querida, não olhe agora. Esse rapaz chegou há poucos dias. Ele e o filho parecem um pouco... desconectados. — Ela se vira, ocupando-se em cuidar dos livros devolvidos. Ergo os olhos (porque quem *não* olha quando alguém diz: "Não olhe agora"?) e encaro o pai junto à cadeira de rodas. Ele é alto, mas não de um modo imponente. Seu cabelo é como uma mistura condimentada de cores, principalmente noz-moscada e canela, com um toque de sal, que se projeta de forma irregular em sua cabeça, como se implorasse para ser bagunçado por uma avó. Se ele não tivesse esse semblante resoluto e sério, seria quase encantador. Meu olhar se concentra no seu filho preso à cadeira de rodas ao seu lado, lutando para chegar ao balcão.

— Me ajuda — pede ao pai.

Parece particularmente pequeno naquela cadeira grande, e seus olhos grandes ficam ainda maiores com o esforço que faz. Meu coração se desmancha por ele no mesmo instante, mesmo depois dele ter me chamado de assassina em série.

— Não. — O homem desvia os olhos de mim e volta a olhar para o menino. — Eu disse que não ia te empurrar o dia todo.

A cena é tão insensível, tão áspera, que meu queixo cai. Talvez esse seja algum modelo de criação dos tempos modernos que consiste em amar com dureza, mas pelo amor de Deus! O menino é deficiente.

O pai está diante de mim, com uma pilha de livros para deixar no balcão, mas não faço nenhum movimento para registrar a saída deles. Estou vendo o menino se contorcer e lutar com a cadeira excessivamente grande. Percebendo que estou encarando-o, o garoto olha para mim e depois olha para baixo novamente.

— Você deveria ter usado óculos — diz ele.

— O quê? — Nem sei ao certo se ele está falando comigo, porque não está olhando para mim.

— Grandes e com moldura clara. — As palavras saem entrecortadas, uma vez que ele está ofegante por causa do esforço.

— Você precisa de ajuda? — pergunto.

— Ele está bem — interrompe o pai, com um toque incisivo na voz que soa mais afiado do que o necessário.

Eu o ignoro e mantenho os olhos no menino.

— Dorothea Puente — diz ele entre bufadas. Está a pouco mais de um metro do balcão. — Ela dirigia uma pensão e matou nove inquilinos em seis anos. — Ele me encara uns instantes e desvia os olhos em seguida. — Você está vestida como ela. A Dorothea mais nova. Mas ela usa óculos.

86

— Ok, já chega — diz o homem, e depois se vira para mim. — Desculpe por isso.

Ele olha novamente para o menino, que, pelo que me ocorre agora, pode não ser seu filho, afinal, porque não só tem uma pele muito mais escura e o cabelo castanho brilhoso, mas também fala com um pouco de sotaque. Poderia ser adotado, mas o homem não me parece do tipo afetuoso e apaixonado que adota crianças.

— Vamos parar com esse negócio de assassina em série, ok? — diz o homem.

— Não, está tudo bem — digo. — Nunca ouvi falar dela.

— A maioria das pessoas nunca ouviu — diz o menino. — As assassinas em série não são tão famosas como os assassinos por causa do estereótipo de que todas as mulheres são movidas por emoções e, portanto, não podem ser psicopatas, a quem, por definição, falta empatia.

O homem suspira.

Fico olhando para esse menino, que agora está me olhando diretamente nos olhos, e não sei o que pensar dele. Por exemplo, ele é muito pequeno. Não sou especialista em adivinhar a idade de crianças, mas ele não pode ter mais que 8 anos, e conversa como alguém com diploma universitário. E está usando um terno. Nem sabia que se faziam ternos para crianças.

— Você sabia que Jack, o Estripador, só matou cinco mulheres? — pergunto, porque ele é o único assassino em série sobre quem realmente sei alguma coisa e, por alguma razão, quero trocar conhecimentos sombrios com esse menino.

Os olhos do homem se arregalam.

— Claro — diz o menino. — Todo mundo sabe disso.

Ah. Mudo de assunto.

— Por que não colocou fantasia para o Halloween?

— Eu coloquei — responde ele.

Eu o examino mais de perto. Fico me perguntando se é algum tipo de jogo de palavras que vai além da sua idade, se ele está sendo inventivo por literalmente "se fantasiar" com uma roupa formal, em vez de usar uma fantasia propriamente dita.

— Me imagine calvo — diz ele, e lança um olhar para o homem. — Não me deixaram raspar a cabeça.

Tento pensar em calvos bem-vestidos.

— Bruce Willis? — pergunto.

— Quem?

— Um ator. Era casado com Demi Moore.

— Também não sei quem é essa — diz o menino. — Sou o Professor Xavier.

Esse nome não significa nada para mim, e acho que meu rosto revela isso.

— Dos X-Men...? — diz.

— Ah, do filme — digo, agora me lembrando de ver comerciais do sucesso de bilheteria que tinha uma mulher pintada de azul, um cara que parecia uma raposa com garras e o homem mais velho e calvo que, ah, verdade!, está em uma cadeira de rodas. Deve ser o Professor Xavier.

Seus olhos se arregalam e ele parece angustiado, como se eu o tivesse ofendido profundamente.

— Das HQs — diz, pronunciando cada letra, como se eu fosse a criança e ele, o adulto.

— Bem, foi muito criativo da sua parte escolher uma personagem que também usa cadeira de rodas — digo.

O homem ao lado dele inspira profundamente e depois solta o ar, um longo fluxo de ar, antes de dizer:

— Ele não é deficiente.

— O Professor Xavier? — pergunto, confusa.

— Não, meu filho — diz, indicando o menino com a cabeça.

— Ah.

Não sei ao certo o que dizer em seguida. E, francamente, estou um pouco surpresa com o parentesco dos dois, afinal. Olho para o menino na cadeira, que sorri para mim, e fico impressionada, não só porque é a primeira vez que ele sorri, mas porque o sorriso ilumina todo o seu rosto. Não posso deixar de retribuir o sorriso para aqueles grandes dentes salientes que ocupam o lugar dos lábios.

— Não acho que foi muito... apropriado, mas ele insistiu, e... — murmura o pai, e então interrompe a si próprio. — Não importa.

Ele aponta para os livros sobre o balcão, sinalizando o fim da conversa e indicando que é hora de registrar a saída.

Tiro meus olhos do menino e o ajudo, pegando o primeiro livro da pilha. É *Crepúsculo*. Olho-o mais uma vez — com certeza, ele é muito jovem para este livro. Mas, de novo, parece bastante precoce e tem uma riqueza de conhecimento sobre assassinos em série. Escaneio o livro e o coloco de lado.

O próximo é *As Virgens Suicidas*. Um dos meus favoritos, e deixo escapar um pequeno e involuntário suspiro.

— O que foi? — pergunta o pai.

Olho para ele.

— Ah, nada. Desculpe. Adoro este livro.

Ele franze a testa para mim, dando-me o mesmo olhar decidido que me deixou nervosa durante o círculo de leitura com as crianças.

— Adora?

Desvio os olhos, deixando sair um rápido "sim", e passo para os dois últimos livros: *A Redoma de Vidro*, de Sylvia Plath, e *Diário de uma Paixão*, de Nicholas Sparks. Escolhas estranhas tanto para um menino de 8 anos (mesmo maduro para a sua idade) quanto para um adulto.

Depois de escanear os livros, pego as chaves em sua mão e escaneio o cartão da biblioteca que ele tem no chaveiro. Olho para a tela e um nome aparece: Eric Keegan.

Imprimo o recibo, coloco-o no meio do livro que está no topo da pilha, que agora é *Diário de uma Paixão*, e levanto a pilha do balcão na frente do homem.

— Todos devem ser devolvidos daqui a três semanas, Sr. Keegan — digo. — Vinte e um de novembro.

Ele concorda com a cabeça e olha para o garoto.

— Vamos — diz ele. Quando o menino começa a manobrar a cadeira de rodas com esforço exagerado, o pai suspira novamente. — Você não pode simplesmente se levantar e empurrar? O evento com as fantasias já acabou.

— O Professor Xavier não podia simplesmente levantar — diz o menino. — E eu também não.

Em uma explosão de energia, o menino bate a cadeira no balcão com força suficiente para derrubar um porta-lápis na minha frente.

— Eu falei para você usar os óculos — murmura o pai.

— O professor Xavier não usa óculos — responde o menino.

— Desculpe — diz o homem para mim enquanto pego os lápis e os coloco de volta na peça derrubada.

Quero lhe dizer que está tudo bem, mas não consigo fazer as palavras saírem da minha boca. Tudo parece demais para mim: esse homem com esse olhar intenso, toda essa conversa, que poderia ser a mais longa que já tive depois de anos, neste dia. Meus dedos encontram meu pulso, e começo a bater nele, querendo que as batidas do meu coração se ajustem ao ritmo.

O homem segura a cadeira e ajuda o menino a dar meia-volta, na direção da saída.

— Para lá — diz ele.

Finalmente, penso, feliz por ver que o homem não é um completo idiota. Levanto a cabeça para vê-los indo embora, mas, assim que faço isso, ele olha para mim.

Envergonhada por ter sido flagrada examinando os dois, desvio os olhos para o computador.

— Obrigado — diz ele. E, então, depois de um segundo, acrescenta: — Emily.

Surpresa, viro rapidamente a cabeça na direção dele, mas ele já tinha virado para a frente, empurrando lentamente a grande cadeira de rodas com o filho em direção à porta.

Louise aparece atrás de mim e diz baixinho:

— Eu disse que eles eram estranhos, não disse?

Não respondo, ainda atordoada com toda a conversa.

— O pai parece meio babaca, se me perguntar — continua ela.

Concordo lentamente com a cabeça. Ele era um pouco... sério. Mas, por outro lado, também conhecia Emily Dickinson de cor e, para ser honesta, não sei bem ao certo o que pensar disso.

Ao meu lado, Louise suspira ruidosamente e depois diz baixinho:

— Todos os bonitões são.

oito

ERIC

MINHA MÃE ADORAVA esse poema, "A 'Esperança' é uma Ave". Suas letras bordadas em ponto de cruz ficavam penduradas no final do nosso corredor, e muito embora eu o visse todas as noites quando ia para a cama, era uma daquelas coisas que deixei de notar porque me acostumei com ele como parte do cenário.

Mas, então, ouvi a primeira estrofe, e me lembrei. E soube no mesmo instante que aquela bibliotecária estava vestida de Emily Dickinson.

No entanto, isso realmente não explica seu cabelo rebelde.

Ou as luvas.

Ou por que, quando olhei para ela, não consegui parar, como se seu rosto fosse um ímã e meus olhos, aço. Talvez porque tinha essa estranha qualidade — quase de fera. Como um gato escondido no fim de um beco que salta em movimentos bruscos e corre na direção oposta das pessoas. Para ser honesto, com aquele estilo ela parecia um pouco uma paciente de um hospital psiquiátrico.

Porém, mais tarde naquela noite, quando abro *Crepúsculo* e seu rosto surge, espontâneo, em minha mente pela terceira vez, tenho que admitir: talvez seja a louca mais linda que já vi.

PARTE II

Eu moro na possibilidade.

Emily Dickinson

(Vinte anos atrás)

The New York Times

(...continuação da página 3B) De volta a 1947, 42 anos antes do nascimento de Jubilee Jenkins, um cientista chamado Frank Simon realizou um pequeno estudo para descobrir se a raiva humana poderia ser a causa de alguns casos de eczema — particularmente o eczema infantil. Os resultados deram positivo. Cinco pacientes desenvolveram dermatite atópica quando entraram em contato com as células cutâneas de outras pessoas. Publicado no *Journal of Investigative Dermatology*, o estudo atraiu pouca atenção, uma vez que a dermatite atópica era uma reação cutânea leve e se sabia que era causada por muitos alérgenos — agora, graças ao doutor Simon, inclusive por outras células cutâneas humanas.

No entanto, o trabalho do doutor Simon não passou despercebido pelo doutor Gregory Benefield, um expert em alergia formado na Johns Hopkins, em 1967, e pós-graduado com residência na Mount Sinai. "Ele foi a primeira pessoa que me veio à cabeça quando examinei a ficha médica de Jubilee", diz com a voz profunda e séria de um barítono.

Na verdade, tudo o que diz respeito ao doutor Benefield é sério — desde a sua gravata-borboleta asseada e os óculos bifocais com moldura grossa aos olhos escuros que só brilharam quando mencionei o nome de Jubilee pela primeira vez.

"Ah, sim." Ele sorriu. "Meu pequeno mistério ambulante da medicina."

Embora o doutor Benefield nunca tivesse se deparado com um caso de uma pessoa com uma alergia tão grave a outros seres humanos (e, de fato, só existem outros três casos documentados do problema — nenhum nos Estados Unidos), ele tinha um palpite sobre a possível causa.

"Lembrei-me do trabalho do doutor Simon da época dos meus estudos de pós-graduação", diz ele. "E todo médico antes de mim — e houve muitos — descartou quase todas as demais possibilidades. Eu só pensei: *E se?* Realizei alguns testes simples — experimentos, na verdade. Nós a mantivemos em uma ala de isolamento por uma semana, e seus sintomas melhoraram. Então toquei seu braço para ver o que aconteceria. Como era de esperar, uma hora depois, uma erupção cutânea. Parecia ser a causa do seu problema."

Seu problema, que, após mais testes, finalmente teve um diagnóstico: alergia a seres humanos.

"É a coisa mais fascinante, geneticamente falando", diz o doutor Benefield. "Quando o indivíduo é alérgico a algo, como uma proteína alimentar, por exemplo, seu corpo a confunde com um invasor e a ataca, liberando anticorpos e histaminas. É uma confusão compreensível até certo ponto — é uma proteína estranha, não apenas peri-

gosa. Porém, para o corpo humano, atacar outras proteínas *humanas* significa que a pessoa afetada não tem pelo menos uma dessas proteínas — esses elementos fundamentais que nos tornam humanos. Tecnicamente falando, isso a torna *não* humana?"

Uma teoria surpreendente, com certeza, mas o doutor Benefield não fala literalmente, ele me assegura. "Há, obviamente, alguma mutação genética no seu DNA — uma variação que a deixa sem uma ou mais proteínas humanas." Estima-se que o corpo humano seja composto por mais de dois milhões de proteínas. "Ela seria uma candidata fascinante para mapeamento genético."

Ele não é o único a pensar assim. Uma vez divulgado o problema peculiar de Jubilee, a senhorita Jenkins recebeu inúmeros telefonemas e pedidos de pesquisadores de todo o país — e, em alguns casos, internacionais — para estudarem o problema da menina.

Contudo, mais testes ou o sequenciamento genético poderiam levar à cura?

"Talvez no futuro", diz o doutor Benefield. "Ainda há muita coisa que não sabemos, particularmente como curar alguém com esse problema. Estudos estão em andamento, mas nossas melhores práticas no momento consistem em administrar sintomas — no caso de Jubilee, mantê-la longe de qualquer contato pele a pele com outro humano — e em alimentar a esperança de que as crianças se livram das suas alergias com a idade."

"Isso acontece com frequência?", pergunto.

"Acontece", diz ele. "Embora normalmente não com alergias muito graves."

"Como a de Jubilee?"

"Como a de Jubilee." (... continua na página 26E)

nove

ERIC

— AJA! O CÃO precisa comer — grito enquanto pego a cafeteira e começo a encher minha primeira xícara da manhã. Desisti de parar de tomar café, especialmente depois que trouxemos para casa esse vira-lata do abrigo de animais uma semana atrás. Aja não conseguia pensar em um nome, por isso o estamos chamando de O Cão, embora O Filhotinho seja mais apropriado, uma vez que ele acorda muitas vezes por noite, precisa sair, quer brincar e chora sem nenhuma razão visível, trazendo lembranças do primeiro ano de vida de Ellie, quando era impossível dormir direito.

Atravesso o corredor, O Cão vem no meu encalço.

— Aja! — digo, batendo firmemente com os nós dos dedos uma vez em sua porta quando passo por ela.

Em meu quarto, coloco a caneca de café sobre a mesa de cabeceira e pego o livro *As Virgens Suicidas* de onde o deixei na noite passada. Dou uma folheada, passando os olhos em alguns parágrafos aqui e ali, na expectativa de que algo que deixei passar nas duas primeiras vezes que o li essa semana salte aos meus olhos.

Aquele livro de vampiros? Eu o li em um piscar de olhos, e enviei uma mensagem para Ellie:

Li *Crepúsculo*. Torci por Jacob até o fim. Pai

Bom que ela também torceu — de acordo com seu diário, ela achava que ele era "muuuuito mais *goxxtouso* do que Edward" —, porque aquele vampiro parecia ter alguns problemas sérios de controle.

Mas este livro? Não consigo entender por que Ellie escreveu: "Esse Eugenides sabe das coisas. Sabe mesmo das coisas." Penso em suas palavras e volto a olhar para o livro: o que exatamente ele sabe?

Estou tentado a pedir que Aja o leia, porque estou bem certo de que ele é mais esperto do que eu, mas não acho que o conteúdo (meninos com binóculos espionando meninas, sexo debaixo de arquibancadas, virgens sendo atravessadas por estacas de cercas) tenha sido uma leitura apropriada para Ellie, muito menos que seja apropriada para um menino de 10 anos.

— Não! — grito.

O Cão se agachou no tapete à minha frente e está se aliviando com os olhos pretos úmidos fixos em mim, como se dissessem: *Eu disse que precisava sair.* Suspiro, e percebo que Aja ainda não respondeu. Estou estendendo as mãos para levantar O Cão quando um ruído alto faz minha cabeça se virar na direção da sala de estar.

— Aja?

Silêncio. Atravesso o corredor correndo em direção ao barulho, em pânico com a possibilidade de ter me esquecido de alguma regra da Arte de Educar os Filhos com Segurança — algo que Stephanie teria sabido de forma natural, como, talvez, o fato de que eu deveria ter prendido a tela plana no suporte da TV com parafusos. Imagino Aja estendido debaixo dela, esmagado por 1,20 metro de tecnologia LCD.

Porém, quando chego lá, Aja está de pé, olhando não para a TV, mas para a mesinha de centro de vidro, que já não parece uma mesinha de centro. Foi estilhaçada, provavelmente pelo martelo que, por razões inexplicáveis, se sobressai no centro.

— Aja! — grito, parando subitamente ao ver a cena, o coração ainda palpitando por causa da corrida pelo corredor. — O que *aconteceu*?

Meus olhos percorrem os pedaços grandes de vidro com pontas afiadas até os seus pés descalços, cercados por milhares de pequenos cacos cintilando no tapete. O Cão, que veio atrás de mim desde o quarto, está dançando e latindo em volta da bagunça. Agarro-o pela coleira e depois olho para Aja, esperando uma explicação do que estou vendo.

Sua cabeça se inclina, os olhos fixos no chão; ele está tão imóvel que passa rapidamente pela minha cabeça o terrível pensamento de que um caco, de alguma forma, atingiu diretamente seu coração e o matou onde ele está.

— Aja! — digo de novo, mas então percebo que não quero que ele se mova, uma vez que pedaços de vidro certamente entrariam na sola dos seus pés se ele desse qualquer passo em qualquer direção. — Não se mexa.

Sinto-me um pouco ridículo quando as palavras saem; é como dar uma ordem a uma estátua de mármore. Vou com O Cão até a caixinha dele no canto da sala de estar, coloco-o dentro dela e depois me volto para Aja, tentando evitar que o vidro se esmague debaixo dos meus tênis, sem sucesso.

— Aja — digo novamente quando, ao seu lado, olho para o alto da sua cabeça, onde o cabelo preto sedoso está espetado em vários ângulos e, de cada lado, as hastes de seus óculos estão por cima das suas orelhas delicadas. Tão perto assim, percebo que seu corpo está tremendo um pouquinho, como se uma vibração da terra estivesse acontecendo exatamente debaixo dos seus pés.

Dobro os joelhos até meu peito chegar à altura da sua cabeça e coloco os braços em torno do seu corpo pequeno, levantando-o facilmente no ar. Seu corpo, com os braços rígidos nas laterais, está tão reto como um lápis, e quase tão leve quanto.

Quando o desço delicadamente na cozinha, ficamos parados ali, sem nos tocarmos ou falarmos, e me pergunto se ele está traumatizado ou em choque. Busco em meu cérebro os tratamentos de primeiros socorros que aprendi quando era escoteiro. Aprendemos sobre choque?

Enquanto decido entre dar um tapa em seu rosto (parece duro, mas a cena de um filme no qual isso funciona passa rapidamente pela minha cabeça) e jogar um copo de água fria nele (idem), Aja fala. Ou pelo menos acho que ele falou.

— O quê?

Curvo-me um pouco, tentando ver seu rosto para decifrar as palavras que sua boca está formando.

— Desculpa — diz Aja tão baixinho que levo um minuto para registrar a palavra.

Antes que eu possa responder, Aja desaparece, sai correndo da cozinha e atravessa o corredor. A porta do seu quarto se fecha, o barulho da batida reverbera nos meus ouvidos.

Fico ali, os pés colados ao piso de linóleo, olhando para aquela bagunça reluzente na sala de estar e imaginando que merda acabou de acontecer.

DEPOIS DE RECOLHER os cacos grandes e de varrer e aspirar os pedacinhos que restaram, fico de quatro para olhar debaixo do sofá e ter certeza de que limpei tudo. Antes mesmo de poder olhar, entretanto, sinto uma fisgada forte na palma. Levanto a mão para ver e uma longa lasca de vidro reluz para mim, uma gota de sangue vermelho já se instalando na almofada macia debaixo dos meus dedos.

Xingo baixinho:

— Merda.

A dor é concentrada e intensa, e sei que vai doer ainda mais quando eu puxar o vidro. Embora tivesse contido a raiva, uma vez que Aja correu para seu quarto obviamente traumatizado, ela brota de algum lugar profundo. A intuição me diz que Aja bateu aquele martelo no vidro de propósito, mas não faço ideia do porquê. No que ele estava pensando? Mantenho a mão pressionada enquanto sigo pelo corredor, assim o sangue se acumula na minha palma e não pinga no tapete. À porta do quarto de Aja, faço uma pausa. Aproximo mais a cabeça, o ouvido quase tocando a porta, e ouço o barulhinho das teclas no teclado. Suspiro e sigo para o meu quarto, buscando o kit de primeiros socorros sob a pia do meu banheiro, pisando no local molhado deixado pelo Cão.

Merda de novo.

DEPOIS DE FAZER o curativo na mão e limpar o xixi do cachorro no tapete, sei que deveria ir conversar com Aja, mas, em vez disso, pego o celular e ligo para Connie.

— Meu Deus, Eric — diz ela depois do meu breve resumo do incidente. — E ele não disse o que aconteceu?

— Não.

— Você *perguntou*?

— Claro que perguntei — digo, tentando lembrar. Não perguntei? — Acho que perguntei. Eu não sei, ele parecia muito traumatizado ou algo assim.

— Cadê ele agora?

— No quarto.

— Você tem que ir falar com ele e fazer esse menino saber que acidentes acontecem. Pelo jeito, ele está se sentindo péssimo.

Abro a boca para dizer que não acredito ter sido um acidente, mas, ao perceber o quanto isso soa horrível, mudo de assunto.

— Você já leu *As Virgens Suicidas*?

— O quê?

— O livro, *As Virgens Suicidas*. Você já leu?

— Hã... Acho que não. Por quê?

— Só queria saber.

— Eric, sério. Vai falar com ele.

— Tudo bem, tudo bem — digo.

Jogo o telefone na cama, esfrego a mão intacta no rosto com barba por fazer, e sinto um cheiro forte na minha axila. Vou falar com ele depois de tomar banho.

Quinze minutos depois, quando entro no corredor com o cabelo ainda molhado, a primeira coisa que noto é a porta aberta do quarto de Aja.

— Aja?

Dou uma espiada no quarto. Está vazio.

— Aja? — grito novamente. Silêncio.

Pergunto-me se ele levou O Cão para passear. Vou para a sala de estar e lanço os olhos na caixinha na sala de jantar, onde O Cão está deitado, com a cabeça sobre as patas, olhando para mim com olhos tristes. Meu coração começa a bater um pouco mais rápido.

— Aja! — grito, embora seja uma tentativa inútil. Sei que não vou obter uma resposta. Uma olhada na cozinha confirma o que o frio que acabei de sentir na barriga está tentando me dizer. Aja saiu.

Saio correndo pela porta da frente e desço os degraus de concreto em direção ao estacionamento, chamando seu nome com ainda mais urgência. O céu azul claro me força a estreitar os olhos e os pelos do meu braço reagem ao ar frio inesperado — não estava 18° C no início da semana? — enquanto corro os olhos pelos carros, pela calçada, pela rua. Um homem de sobretudo encurvado e parcialmente calvo, dois prédios depois de mim, está andando com uma bola de pelo que parece um spitz alemão. O homem fica olhando para mim, boquiaberto, e olho para baixo, dando-me conta do que ele vê: um cara descalço em um roupão, respirando pesadamente e gritando.

— Você viu um menino? — pergunto, olhando para ele. — Ele tem dez anos, mas é pequeno para a idade dele. Parece ter sete.

Ele leva a mão à orelha, da qual, mesmo a essa distância, posso ver que sai um punhado de pelos brancos longos.

— Dez, você disse? — Sua voz é rouca.

Assinto.

Seus lábios se fecham, formando uma linha, e ele faz que não com a cabeça, enquanto seu cachorro levanta a perna e urina no pneu de um carro.

Enquanto me viro para voltar para dentro de casa e pegar as chaves do meu carro, pergunto-me: estou exagerando? Quando eu tinha dez anos, eu ficava fora de casa durante horas com meus amigos. Tento até me lembrar do que fazíamos. Tenho uma vaga lembrança de jogar pedras nas coisas. Bem, meus amigos jogavam pedras. Eu, muito provavelmente, ficava observando.

Porém, Aja não tem nenhum amigo. E nunca mostrou o menor interesse em sair — está sempre no computador.

O computador!

Entro correndo no seu quarto e movo o mouse para ativar a tela, rezando para que tenha obedecido à minha regra de não o deixar protegido com senha. Uma sala de bate-papo surge no monitor, e sinto um grande alívio. Ele é um bom garoto.

Examino as mensagens trocadas.

ProfX729: N funfou
IggyPodeVoar: O q vc tentou?
ProfX729: Martelo. Mesinha de centro destruída
IggyPodeVoar: Q?! Manoooo! Aposto q seu pai tah P

ProfX729: Meu pai, ñ
IggyPodeVoar: Blz. Foi mau
ProfX729: Axo q preciso d algo >>>. + Ec
IggyPodeVoar: Tipo? Um carro? ;)
ProfX729: Tvz
IggyPodeVoar: Cara, brinks. Se ligou na carinha? ^^
ProfX729: Tive uma ideia. Falo dpois
IggyPodeVoar: Peraí. N um carro, ta? Mt novo p dirigir.
IggyPodeVoar: Ei, taí?
IggyPodeVoar: Taí?

De cada três palavras só consigo entender uma, mas duas coisas estão claras: 1) Aja bateu o martelo na mesinha de centro de propósito e 2) ele saiu para tentar o que quer que estivesse tentando com outra coisa. Algo maior. Algo que pode ou não ser um carro. Meu pânico está aumentando a cada segundo, inundando meu corpo com alarde, dizendo-me que, independentemente do que ele esteja fazendo, é algo perigoso.

E a única pergunta que resta é: *posso encontrá-lo a tempo?*

dez

JUBILEE

— Bem, esse foi o primeiro — diz Louise.

Tiro os olhos das devoluções que estou examinando.

— Encontrei isso na estante — diz ela, segurando um chinelo de dedo.

— Chinelos? — pergunto.

— Só um — responde. — Já encontrei um monte de coisas estranhas aqui... Guardo tudo em uma caixa nos fundos, mas nunca um pé de chinelo. — Ela dá a volta no balcão. — A gente acha que a pessoa notaria se entrasse com dois chinelos e saísse com um.

Roger aparece sobre o ombro de Louise.

— Na estante? — pergunta ele, fazendo um sinal de cabeça para o chinelo.

Ambos estão atrás do balcão agora e os pelos da minha nuca começam a se levantar. A área está parecendo um pouco cheia. Começo a dar tapinhas no pulso esquerdo.

— Sim — diz Louise. — Pode ser a coisa mais esquisita até agora.

— Sei lá — diz Roger. — E aquela boneca American Girl nua com alfinetes espetados nos olhos, lembra? Aquilo foi bem assustador.

— Ah, querido, sim. Foi estranho.

— Um amigo meu que é bibliotecário na cidade, sabe? Encontrou uma daquelas tornozeleiras de prisão domiciliar, aberta — diz Roger.

— Ah, meu Deus! Dá para imaginar?

Roger e Louise riem e continuam conversando, mas em um tom mais baixo, e é assim que sei que alguém está se aproximando. Ergo os olhos, esperando que não seja alguém me perguntando como usar a internet novamente. Aquela foi uma experiência tomada pela ansiedade. Meus olhos se deparam com Madison H. Estou surpresa em vê-la, uma vez que só faz uma semana que ela esteve aqui, e ela não me parece alguém que vem à biblioteca com tanta frequência assim, mesmo fazendo parte da diretoria.

— Oi — diz ela, sorrindo. O gloss espesso nos lábios brilha como um pirulito que acabou de ser lambido.

— Oi — digo, olhando para ela. Olho para suas mãos à procura de livros, mas ela não segura nenhum. — Hum... em que posso ajudar?

— Ah, bem, pensei que tínhamos falado em sair para almoçar semana passada. Eu estava por essa região; ainda quer almoçar?

Hã. Acho que ela quis dizer isso quando perguntou no Halloween. Dou uma olhada para o relógio; são 12h10, e eu, tecnicamente, poderia fazer uma pausa agora, se quisesse. Volto a olhar para seu rosto esperançoso.

— Desculpe, você já comeu? Eu deveria ter ligado primeiro.

— Não, não — digo, voltando minha atenção para a tela do computador. — Hum... só me deixe acabar de registrar esses livros e, hum... estarei pronta.

Madison manobra seu carro em direção à vaga do estacionamento em frente a TeaCakes. Fica a apenas alguns quarteirões da biblioteca, mas ela disse que iria de carro por causa da mudança brusca do tempo, que ficou frio nos últimos dias.

Ela estaciona o carro, enquanto olho para a fachada da cafeteria — a grande extensão da janela, onde as pessoas do outro lado estão comendo, conversando e gesticulando com as mãos. Porém, quando imagino que Madison e eu logo estaremos sentadas em uma daquelas mesas, o punho gigante começa a apertar meu peito, e meu corpo, membro por membro, congela. Não consigo sair do carro. E sei que quantidade nenhuma de tapinhas mudará isso.

Por isso, fico sentada ali, em silêncio — diante das pessoas comendo e gesticulando e que fazem parecer tão fácil ser humano. De certo modo, eu as odeio. Não de forma a desejar que algo ruim aconteça com elas, mas daquele modo que você odeia a menina bonita e popular da escola. Do modo que eu, mais ou menos, odiava Madison H.

— Você vem? — pergunta ela.

Fico olhando para ela, e meu rosto se enche de calor.

— Não — digo, minha garganta seca expele a palavra como se fosse uma migalha entalada.

— Não? — Ela inclina a cabeça.

Meu cérebro corre para encontrar uma desculpa, algo plausível que explique por que não posso sair do carro, e, então, olho para baixo.

— Esqueci meu casaco.

É verdade, deixei-o na sala dos fundos da biblioteca, chocada e confusa com o convite de Madison para almoçar, mas sei que é uma justificativa fraca, considerando que fui até o carro sem ele, e a TeaCakes está a apenas alguns metros à nossa frente.

Seus olhos se fixam em mim por um instante, e me pergunto se ela começará a rir. Ou se simplesmente me levará de volta à biblioteca, parabenizando-se por tentar ser minha amiga, mas *c'est la vie*: no fim, eu sou estranha demais e, bem, ela tentou.

Ela mantém os olhos meio fechados, olha na direção da cafeteria e depois de novo para mim. Fico ansiosa.

— Quer comer no carro? Eu poderia ir lá dentro rapidinho e comprar alguns sanduíches para viagem.

Tento esconder minha surpresa e concordo com a cabeça.

— Isso seria uma boa.

Dez minutos depois, Madison está de volta ao carro, oferecendo-me um sanduíche embrulhado em papel-manteiga. Eu o pego com a mão enluvada.

— Gosta de atum? Eu deveria ter perguntado. Também tenho salada de frango.

— Está ótimo — digo.

Enquanto comemos, ela me fala sobre o soco que Hannah deu em um menino que a empurrou para fora de um balanço.

— Sério, bem no peito — conta, rindo. — Sei que deveria estar puta, e é claro que fingi estar na frente da outra mãe, mas, no fundo, estou orgulhosa dela. Gosto de ver que ela não deixa ninguém se meter com ela.

Concordo com a cabeça e viro uma saída de ar voltada para mim, como se estivesse ficando estranhamente quente dentro do carro agora.

Mastigamos nossos sanduíches em silêncio por alguns minutos.

— Não foi porque você esqueceu o casaco, foi?

— O quê?

— Por que você não quis entrar?

Não digo nada, concentrando-me nas últimas duas mordidas do meu sanduíche de atum. Na verdade, não gosto de atum, ou talvez seja apenas porque o gosto não é bom se não tiver picles, que foi como cresci comendo. Engulo. Como vou explicar, não apenas meu problema, mas meu medo irracional de lugares e pessoas novas? Parece ridículo dizer isso em voz alta, então só faço um pequeno não com a cabeça.

— É... você está... — Ela gagueja as palavras, e percebo que é a primeira vez que vejo Madison H. titubear. — Quer dizer, houve rumores na escola, mas nunca soube com certeza quais eram verdadeiros.

Fico olhando para ela, sem saber o que dizer.

— Que rumores?

— Acho que o mais comum era o de que sua pele se queimou completamente do pescoço para baixo em um incêndio doméstico quando você era pequena. Por isso, as luvas. — Ela gesticula para minhas mãos. — Alguns diziam que você era de outro planeta, mas a maioria não acreditava nisso. Humm... vamos ver. Acho que alguém disse que você era mórmon? E por isso não podia mostrar qualquer parte da pele. Esses são os mórmons? Ou muçulmanos? Não lembro. Mas, aí, você não cobria o rosto, e isso era o que mais deixava as pessoas confusas, acho. E, então, depois do Donovan... bem, você sabe.

Quando ela menciona o nome dele, meu rosto pega fogo. Sei de imediato que ela está se referindo ao Incidente, e parte de mim quer disparar do carro. A ironia é que não posso.

— Ele disse que você era alérgica. A pessoas.

Ela me examina como se estivesse tentando descobrir a verdade pela expressão no meu rosto.

— Não acho que alguém acreditou de verdade nele, mas eu acreditei. — Ela faz uma pausa e depois zomba. — Meu Deus, eu acreditava em tudo o que ele dizia naquela época, mas havia alguma coisa nessa explicação, por mais louca que parecesse, que parecia particularmente verdadeira. Ou só achei que ele era idiota demais para inventar algo assim.

Ela olha para mim de novo, e espero a sensação. A que eu tinha no ensino médio, como se eu fosse uma coisa rara. Algo em exibição, como a cobra de duas cabeças flutuando no formol na aula de biologia. Porém, ela não vem.

Encho a boca com o último pedaço de sanduíche sob seu olhar atento e mastigo lentamente, enquanto amasso o papel-manteiga, fazendo dele uma bola. Engulo, depois viro para encontrar seus olhos.

— É verdade.

— O que o Donovan disse?

— Não, o lance de eu ser de outro planeta.

Ela ri, e sinto um calor se espalhando por minha barriga, diferente do calor que sentia tomar meu rosto. Gosto de ouvi-la rir e saber que foi por algo que eu disse. É como a satisfação de plantar uma semente e depois colher um tomate, mas melhor.

— E aí? Sério. O que isso significa? Você não pode, tipo, tocar as pessoas?

Tenho uma sensação espetacular de *déjà vu*, minha cabeça parece voltar no tempo e estou sentada em uma pedra no pátio da minha escola do ensino médio olhando para os olhos curiosos de Donovan, no lugar dos de Madison.

Sinto algo no estômago.

Eu me forço a voltar para o presente.

— Sim, esse é o ponto principal — digo.

Os olhos de Madison se arregalam.

— Então você pode *morrer* ao ser tocada?

Dou de ombros.

— Hipoteticamente. Na maioria das vezes, só tenho uma erupção feia na pele. Tive choque anafilático algumas vezes quando criança, mas foi antes de ser diagnosticada, por isso não sabem se foi muito contato pele a pele que sobrecarregou meu sistema ou se eu, de alguma forma, ingeri células cutâneas, como dividir uma maçã com minha mãe ou algo assim. — Faço uma pausa. — E aí, é claro, houve o que aconteceu com o Donovan. O problema é que as alergias são imprevisíveis. Havia uma garota que era alérgica ao leite, então os pais dela cuidavam para que ela nunca tomasse leite. Então, em um café da manhã, a jarra de leite virou e parte do líquido espirrou no braço dela, e ela teve um choque anafilático e morreu. Bem assim. Os pais da garota não conseguiram chegar com ela no hospital a tempo.

— Meu Deus!

Conheço um montão dessas histórias de horror. Minha mãe as contava para mim como se fossem histórias que outros pais liam para os filhos na hora de dormir. Eram para ser advertências, mas só conseguiram me aterrorizar.

Depois de mais alguns minutos de silêncio, ela diz:

— Eu gostaria que o Donovan tivesse isso. Uma alergia a pessoas.

Levanto as sobrancelhas para ela. Quem desejaria isso a alguém?

— Ele me traiu quando éramos casados — diz ela. — Muito, eu acho. Ah.

— Eu sinto muito.

— Eu também. — Ela encolhe os ombros, depois volta a prestar atenção em mim. — Você quase morreu mesmo?

Faço que sim com a cabeça.

— Nossa — diz ela. Ficamos sentadas em silêncio no carro enquanto isso é assimilado.

— Espere, e depois? Você não voltou para a escola. Não estava na formatura. É como se tivesse desaparecido da face da Terra. Algumas pessoas disseram que você *realmente* havia morrido, mas eu sabia que teria saído algo no jornal. — Faz uma pausa. — Para onde você foi?

Meus lábios se separam enquanto ela fala, depois secam com minha respiração lenta. Não posso acreditar que ela notou minha ausência na escola. Na formatura. As pessoas ficavam olhando para mim no ensino médio como se eu fosse uma coisa rara, mas não pensei que alguém tivesse me *notado* alguma vez. Era uma sensação estranha: ser vista, mas ser invisível ao mesmo tempo. Sempre me senti um pouco como uma aparição. Lá, mas não lá. Enfim, até Donovan me beijar. Depois, eu me senti uma tonta.

E, então, pergunto para mim mesma: Ela me procurou no jornal? Procurou a minha morte? Sinto um calafrio diante da morbidez. Madison está olhando para mim, esperando, os cílios engrumados de rímel se projetando dos olhos redondos como penas de pavão.

— Realmente não fui a lugar nenhum — digo. — Meio que fiquei em casa.

— O quê... por alguns meses?

Eu me protejo, a região dos ombros ficando tensa.

— Um pouco mais.

— Quanto tempo?

Hesito novamente.

— Nove anos.

Seus olhos se arregalam.

— Nove? Mas, sério, você saiu, né? Você não tinha que trabalhar? Só não entendo por que ninguém viu você. Porque *eu* não vi. Ou ouviu falar de você. Essa cidade não é exatamente grande.

Ocorre-me uma citação do meu professor do sexto ano: "Quem está na chuva, é para se molhar." Respiro fundo e chego à conclusão de que posso me abrir completamente com Madison H.

— Eu não saía de casa de jeito nenhum. Nunca. Para nada. Fiquei meio eremita, reclusa. O que você quiser chamar. E aí meio que fiquei um pouco agorafóbica, acho, e *não conseguia* sair de casa. Para nada. Porém, tive que sair. Fiquei sem dinheiro e precisei trabalhar. Ainda não gosto de estar fora de casa — gesticulo para a cafeteria à nossa frente — como é o caso aqui. Com outras pessoas. A biblioteca tem sido difícil o suficiente.

Mantenho os olhos fixos no meu colo, esperando sua reação. Com o canto do olho, todavia, vejo que Madison é uma estátua. Está em silêncio por tanto tempo que me pergunto se me ouviu. Ou se o tempo está, de alguma forma, sendo manipulado e o que parecem minutos para mim não passam de segundos para ela. Viro um pouquinho a cabeça na sua direção para dar uma olhada, e é quando ela fala.

— Então — diz. — Você não vai, tipo, à Starbucks? Ou ao cinema? Ou arrumar o cabelo?

Levanto as sobrancelhas para ela.

— Parece que arrumo o cabelo?

Ela sorri.

— Enfim, eu não poderia deixar que arrumassem meu cabelo nem que eu quisesse. Não posso ser tocada, lembra?

— Ai, meu Deus, então você nunca foi à manicure? — Ela olha para as próprias unhas brilhantes, com esmalte cintilante roxo hoje.

— Não.

— Ou fazer uma massagem?

— Hã-hã. — Faço que não com a cabeça.

Então seus olhos ficam grandes e ela estende a mão como se fosse me deter, embora eu não esteja fazendo nada.

— Espera. Ai, meu Deus! Você nunca fez *sexo*.

Ela sussurra a palavra "sexo", o que me parece engraçado, considerando que ela quase gritou a palavra "foder" em uma biblioteca alguns dias atrás. Estou perplexa com o jeito que decide quando ser discreta.

Nego com a cabeça.

Ela suspira e leva a mão ao peito, as unhas feitas se estendem sobre seu coração, como se para se certificar de que ainda está batendo.

— Você não *tem vontade*?

Reflito sobre essa pergunta como se ninguém nunca tivesse me perguntado isso. Principalmente porque ninguém nunca me perguntou isso.

— Eu não sei — digo.

Porém, então, lembro aqueles adolescentes se devorando às escondidas entre as estantes na biblioteca, e meu corpo lateja da cabeça aos pés, e me pergunto se, talvez, isso não seja verdade.

ENQUANTO PEDALO PARA casa, o vento cortante atravessa meu casaco, como se eu nem estivesse usando um. Faço uma anotação mental para me lembrar de pesquisar roupas térmicas, e algum tipo de máscara facial, pois não consigo sentir meu nariz. E quem sabe um farol dianteiro? Será que fazem para bicicletas? Às 17h30, ainda está claro lá fora, mas sei que é só questão de tempo para que isso mude. Enquanto me aproximo da ponte do rio Passaic, fico imaginando quando virão os primeiros flocos de neve e como farei para ir trabalhar nessa época, quando noto uma figura em pé logo abaixo da ponte, encostada em uma das vigas de apoio. Diminuo o ritmo e olho, com os olhos meio fechados, dois carros passarem rapidamente um atrás do outro. Parece um menino, mas não consigo entender como ele chegou ali — ou o que está fazendo. E, de repente, ele está no ar — o corpo na horizontal, como um paraquedista sem paraquedas, e, então, bate na água com tanta força que sei, mesmo da minha posição vantajosa, que deve ter doído horrores. Ofegante, olho ao redor à procura de outras crianças. Talvez ele esteja participando de um desafio, mas não vejo uma alma viva. Os carros que passaram por mim já estão na ponte lá longe, e não parece que notaram o menino. Olho novamente para o rio, onde vejo braços se agitando e olhos arregalados de pânico, com sua boca abrindo e fechando como a de um peixe, procurando ar quando sobe à superfície. *Qual é*, eu o encorajo em silêncio. *Nade para a margem*. Porém, seu corpinho permanece lá no meio, e a corrente o leva rio abaixo.

E, então, ele submerge.

Fico olhando para a água turva, atordoada demais para me mexer. Parece que estou em um filme, ou que talvez minha mente esteja me pregando alguma peça esquisita. Olho ao redor novamente à procura de uma pessoa — qualquer uma — que possa ajudar, mas estou sozinha. Minha boca seca, olho de novo para a água a tempo de ver o alto da sua cabeça, com seu cabelo preto, romper a superfície, agitando-se como se fosse uma boia. E sei que tenho que fazer alguma coisa.

Largo a bicicleta no acostamento e desço a ribanceira coberta de relva pisando em falso, com os olhos fixos na cabeça flutuante do menino, enquanto tiro o casaco. Quando chego lá embaixo, corro em paralelo ao rio até passar pelo menino, então salto, com um ataque de ousadia correndo em minhas veias como se eu fosse uma maldita super-heroína — até que meu corpo bate na água gelada e rouba meu fôlego. Solto um grito involuntário e começo a agitar os braços, imitando a própria reação do menino quando caiu na água. Então, abaixo os pés e percebo, com certo alívio — especialmente porque faz mais de dez anos que não nado — que consigo tocar o fundo. Fico em pé, com a água fria arranhando meu peito, e, com os olhos no menino de novo, começo a mover as pernas em direção ao meio do rio. Com um temor cada vez maior, vejo seu corpo vindo mais rápido — a correnteza deve ter aumentado — e não tenho certeza se vou chegar a tempo ao nosso ponto de encontro. Movo as pernas com mais força, usando as mãos enluvadas para fazer meu corpo atravessar ainda mais rápido a água. Então, no último segundo possível, eu me jogo para a frente, estico as pontas dos dedos até onde é possível e agarro o tecido molhado do seu suéter. Com uma boa parte do suéter na mão, começo a puxar o menino na minha direção — surpresa com a leveza do seu corpo encharcado — enquanto procuro um ponto de apoio para meus pés novamente no leito do rio. Com a cabeça fora d'água, o menino começa a falar de modo confuso, expelindo grande quantidade de água pelos lábios; até que sua cabeça cai para o lado, inconsciente.

O retorno à margem parece ilogicamente mais rápido — talvez impulsionado por meu ímpeto de sair da água fria ou pelo meu pânico diante do seu corpo imóvel. Gemendo, empurro seu pequeno corpo para a margem enlameada e me arrasto para sair depois dele.

Tremendo — e meu coração pula, ao que parece, no mesmo ritmo com que meus dentes batem —, inclino-me sobre ele.

— Ei — digo, cutucando-o no braço com um dedo enluvado.

Ele não responde. Sei que o próximo passo lógico é a reanimação cardiopulmonar. Eu a vi em uns mil dramas médicos, mas sempre parece tão intuitiva, como se fosse uma habilidade inata codificada no seu DNA. Espero que meu corpo assuma o controle, faça o que precisa ser feito, mas a única coisa que minha intuição está gritando para mim agora é que, se eu não fizer alguma coisa imediatamente, esse menino vai morrer. Olhando para seus lábios roxos, penso por um instante se ele já morreu. Hesitante, coloco as mãos sobre seu peito e pressiono, mas não faço ideia se estou fazendo isso no local certo ou aplicando a quantidade correta de força. Depois de pressionar umas dez vezes ou algo assim, hesito. Sei o que preciso fazer em seguida. E também sei que isso pode me matar.

Merda! Merda! Merda! Viro sua cabeça com uma das mãos enluvadas, aperto seu nariz e cubro sua boca com a minha. Libero ar para seus pulmões. Uma vez. Duas vezes. E, em seguida, volto a pressionar seu peito, sentindo aquele formigamento familiar em meus lábios. Ouço um grito e ergo os olhos. Alguns carros param antes da ponte e de um deles sai um homem, balançando o celular no ar. Sinto um alívio inundar meu corpo dormente. Abro a boca para gritar para que ele chame uma ambulância, mas minha garganta está muito fechada para expelir o ar. Respiro com dificuldade, tentando puxar o ar, enquanto ainda pressiono o peito do menino. Minha visão começa a escurecer, pontinhos escuros surgem nas extremidades, enquanto olho para o rosto do garoto para ver se minha ajuda está fazendo alguma diferença — e é quando percebo que o reconheço. Já vi esse menino antes. De todas as coisas, a expressão "assassina em série" surge espontaneamente em minha mente.

O homem vindo do carro, de repente, está ao meu lado, e me afasto, observando-o imediatamente começar a pressionar o peito do menino. Apertando minha própria garganta, implorando em silêncio para que minhas vias respiratórias se abram, caio para trás na grama. Ouço um ataque de tosse, mas não tenho certeza se é meu ou dele. Em algum lugar à parte disso, ouço a sirene de uma ambulância à distância. Meu corpo inteiro está quente, e o deixo afundar mais na terra, enquanto o pânico por não conseguir respirar estranhamente começa a diminuir.

E tudo fica preto.

onze

ERIC

QUEM INVENTOU ESSAS pequenas cadeiras hospitalares que se transformam em camas portáteis deveria ser executado. Depois de cinco horas deitado em uma delas, os músculos das minhas costas agora se contraem em uma longa sequência de nós, como aquela corda que usávamos para fazer escaladas na aula de educação física. Estou impressionado com o fato de que as cadeiras não tiveram uma melhoria significativa nos 14 anos desde a última vez que dormi em uma delas, quando Ellie nasceu. Meu coração palpita quando penso no seu rosto amassado e nos gemidos baixinhos que saíam dos seus lábios franzidos. Naquela noite, não consegui dormir, não por causa da cadeira desconfortável, mas com medo de algo acontecer com Ellie — e se ela, de repente, parasse de respirar, rolasse para o lado ou, de algum jeito, conseguisse se livrar da faixa que envolvia seu corpo, passasse por aquela terrível proteção plástica que deveria servir de berço e caísse no chão? Deitado, passei a noite toda em claro, ouvindo cada vez que ela respirava e choramingava, perguntando-me como eu conseguiria descansar novamente algum dia. Agora olho no escuro para o rosto sereno de Aja, como se para me lembrar de que é essa criança que está sob os meus cuidados.

Seu peito sobe e desce enquanto ele dorme, e repasso mentalmente os eventos do dia: dirigir por toda a cidade com Connie à procura de Aja, o alívio e o temor que tomaram conta de mim no instante em que recebi a ligação avisando sobre o seu paradeiro no St. Vincent's Hospital depois de sofrer um incidente de quase-afogamento, o médico nos dizendo que ele era um "menino de muita sorte" e que só precisaria passar a noite em observação.

Estou tentando permanecer concentrado nas protuberâncias duras da cadeira enterradas em minha espinha e meu quadril, no bipe metódico do monitor de frequência cardíaca de Aja, nos passos do zelador no corredor, o vaivém do esfregão deslizando no piso de linóleo, na luz dos postes que atravessava as brechas entre as venezianas de plástico de má qualidade — em tudo, menos no fato de que Aja quase morreu. Que sou um grande fracasso como pai não só de um, mas de dois filhos. Que eu daria qualquer coisa para que Ellie falasse comigo de novo — para, quem sabe, neutralizar parte da minha culpa pela situação atual com Aja. Em um momento de esperança, penso se, talvez, ela tentou enviar uma mensagem durante a noite, enquanto eu estava cuidando de Aja. Sento-me e tiro o celular do bolso. A tela anuncia a hora em números brilhantes — 3h14 —, e nada mais.

Meus dedos se contorcem sobre as teclas, querendo escrever para ela, mas sei que está muito tarde.

Na manhã seguinte, a primeira coisa que vejo é Aja sentado, lambendo uma colher com pudim de chocolate. Pisco, espantado por ter realmente dormido em algum momento.

— Ei, fera — digo, gemendo à medida que tento colocar meu corpo rígido na posição sentada. Esquecendo-me da lesão na minha mão, apoio na palma com curativo para me levantar e faço uma cara de dor aguda.

— Oi — diz ele, com os olhos fixos no pote de pudim.

— Como está se sentindo?

— Bem.

Eu estava cheio de perguntas quando Connie me deixou no hospital na noite passada antes de ela ir buscar O Cão, mas Aja já estava dormindo, seu corpinho estava exaurido. Agora que está acordado, na luz da manhã, não faço ideia do que lhe dizer. Será que grito com ele? Deixo-o de castigo? Abraço-o? Pergunto que diabos ele estava pensando? Sou um misto de emoções, sendo a principal delas o medo familiar de que direi a coisa errada. De que o afastarei ainda mais de mim. Cometi esse erro com Ellie, e não posso me dar ao luxo de cometê-lo novamente.

Olho para o quadro de avisos das enfermeiras na parede, que diz: *Tricia—Ext. 2743.* Volto a olhar para Aja.

— E aí? Como foi o mergulho?

Ele mantém a colher parada na língua, na metade da lambida, e parece pensar na pergunta. Em seguida, ele a coloca na bandeja.

— Frio.

Concordo com a cabeça, passando a mão nos pelos ásperos do meu rosto.

— Aja, você tem que me ajudar aqui, amiguinho. O que você estava...

— Cadê a bibliotecária? — pergunta, os olhos fixos em mim.

— O quê?

— A bibliotecária. Eles a levaram embora.

O médico disse que Aja estava acordado e alerta quando chegou ao hospital, deixando pouca preocupação com algum dano neurológico permanente, mas faz uma semana que estivemos na biblioteca, e me pergunto se ele está tendo algum tipo de lapso de memória. Volto a olhar para o número de Tricia.

— Sabe que dia é hoje? — pergunto, com as sobrancelhas unidas.

Aja pensa.

— Domingo.

— Quem é o presidente?

Aja me encara com seus olhos castanho-claros.

— Você *não* sabe?

Uma leve batida na porta antecede uma enfermeira que a abre e entra.

— Bom dia — diz, cantarolando. — E como está o nosso paciente nessa manhã?

Ela está olhando uma prancheta que tem na mão, por isso não sei ao certo se está falando comigo ou com Aja. Nenhum de nós responde. Ela ergue os olhos.

— Vamos verificar essa pressão, hein?

Coloca o prontuário no pé da cama e prende o velcro em volta do braço fino de Aja. Depois disso, mede a temperatura dele e escuta seu peito com um estetoscópio. Em seguida, rabisca no papel com o qual entrou.

— O doutor Reed passará por aqui na próxima hora ou mais ou menos isso, ok?

— Tricia?

— Ah, não. — Ela vai até o quadro e apaga o nome com um apagador.

— Era a enfermeira da noite. Eu sou Carolyn.

— Ah. Desculpe — digo, e depois aceno na direção de Aja. — Como ele está?

Ela olha para o prontuário, como se já tivesse esquecido.

— Os sinais vitais estão ótimos — diz. — Acredito que poderá ir para casa hoje à tarde. — Ela aperta o prontuário contra o peito. — Alguma outra pergunta? — diz e se vira para Aja. — Precisa de alguma coisa?

— Meus óculos — diz Aja. — Não consigo ver nada.

A enfermeira sorri e vai até a bancada onde estão os óculos de Aja. Ela os pega e os entrega a ele.

— E cadê a mulher? A bibliotecária? — pergunta ele enquanto encaixa as hastes nas orelhas.

Bem, aqui vamos nós. Cubro meu rosto com as mãos.

— A que salvou você? — Levanto a cabeça rapidamente.

Aja faz que sim.

— Está se recuperando no quarto andar — diz ela. — Teve algumas, hã... complicações.

— Um minuto, o que aconteceu? — E me dou conta de que estava tão focado em Aja que nem sei, de fato, o que aconteceu com ele. Sei que, de alguma forma, ele caiu no rio e algum transeunte o avistou e ligou para a emergência. Não pensei em perguntar mais nada. *Típico de homem*, posso ouvir Stephanie em minha cabeça.

— Uma mulher que estava andando de bicicleta viu seu filho e mergulhou atrás dele. Ela fez a RCP até alguém chamar a ambulância.

— Era aquela bibliotecária. Do outro dia — interrompe Aja, lançando-me uma expressão vazia que interpreto como *Eu falei*.

Sinto a boca seca e estou estranhamente ciente de que meu coração está batendo no meu peito. Emily. Tenho certeza de que não é o nome verdadeiro dela, mas é o único pelo qual a conheço. Vem-me uma súbita imagem dela mergulhando de braços abertos no Passaic com sua longa camisola branca. Olho para a enfermeira.

— Você disse alguma coisa sobre complicações. Ela está bem?

— Desculpe, eu realmente não tenho permissão para dizer.

Não posso acreditar que aquela mulher — aquela mulher pequenina e tímida que estava apenas recitando poesia e dando saída nos nossos livros na biblioteca — salvou a vida de Aja. Sinto-me em dívida com ela. E preciso ter certeza de que ela está bem.

— Posso vê-la?

A enfermeira faz uma pausa.

— Vou ter que perguntar a ela. Eu o informarei. — Ela volta a olhar para o prontuário. — Ah, e a assistente social passará aqui mais tarde.

— Assistente social? — pergunto.

— Apenas protocolo padrão — diz ela, mas não retribui meu olhar.

Depois que se vai, tiro a bibliotecária da cabeça e volto a atenção para Aja.

— E aí? Vai me dizer por que estava naquela ponte?

Ele encara o pote vazio de pudim como se quisesse enchê-lo novamente com a mente. Droga, talvez seja exatamente isso que está tentando fazer.

— Tudo bem — digo. — Por que não começamos com a mesinha de centro?

Ele não se mexe.

— Aquilo não foi um acidente, foi?

Ele permanece como uma estátua, e eu fico olhando, lembrando-me de um truque jornalístico que ouvi uma vez, embora não faça ideia de onde eu a teria ouvido: apenas ficar em silêncio. O silêncio estimula seu entrevistado a preenchê-lo com palavras. Então, espero. Sento-me com os braços cruzados e espero mais um pouco. Depois do que parecem ser dez minutos, mas, na realidade, é mais provável que tenha sido um ou dois, percebo que eu seria um péssimo repórter.

— Aja — digo. — Olhe para mim. — Não consigo espantar o desespero da minha voz, e talvez seja isso que o faz olhar para cima até que seus olhos encontram os meus. — Fale comigo.

Ele abre a boca e murmura algo.

— O quê? — Inclino-me na cadeira para tentar ouvi-lo melhor.

— Energia cinética.

Lembro-me do termo das aulas de física, mas estou confuso quanto ao motivo pelo qual ele disse isso.

— O que tem ela?

— Eu estava tentando usá-la — diz.

— Tuuuudo bem — digo, estudando seu corpo e rosto minúsculos.
Ele suspira e se senta um pouco.

— Sabe a Primeira Lei de Newton?

— Acho que sim — digo.

— Um objeto em repouso permanece em repouso a menos que sobre
ele atue uma força externa.

— Certo.

— Tenho tentado mover objetos em repouso. — Ele me olha por trás
dos óculos com seus olhos grandes, como se isso explicasse tudo.

— Com sua mente — digo.

— Exato.

Ele se encosta ao travesseiro, empurrando a mesa de rodinhas com
a bandeja do café da manhã e o pote de pudim vazio, e percebo que ele
terminou de falar. Que pensa que explicou tudo.

— Hum. Vou precisar de um pouco mais — digo.

Ele me dá uma olhada tão parecida com uma das expressões de Ellie,
Você é tão idiota, pai, que quase me quebra ao meio. Começa assim tão cedo?
Aja suspira.

— Percebi que durante esse tempo todo eu estava tentado converter
a energia potencial de um objeto, quando faz muito mais sentido tentar
manipular sua energia cinética. Se um objeto já está em movimento, não
deveria ser mais fácil movê-lo? Como um carro que não dá partida; talvez você precise de algumas pessoas para empurrá-lo, mas, uma vez que
está se movendo, uma pessoa pode facilmente mantê-lo em movimento.

Considero a questão e o que ele está dizendo faz sentido, mas ainda não
sei ao certo o que isso tem a ver com minha mesinha de centro quebrada
e o incidente no qual ele quase se afogou.

— Tudo bem — digo, concordando com a cabeça. E, então, é como se
o sol tivesse rompido as nuvens e eu pudesse ver tudo claramente. — Um
minuto. Você *jogou* o martelo para que ele gerasse energia cinética, então
seria mais fácil movê-lo com sua mente?

— Eu não *joguei* o martelo — diz ele. — Só meio que deixei ele cair. Eu
estava usando a gravidade como a ação, a força externa para transformar
a energia potencial em cinética. Existe uma fórmula...

— Não estou nem aí para a *fórmula*. — Quase cuspo a palavra. — Mas por que a *mesinha de centro*? Por que não deixar o martelo cair no tapete?

— Eu tentei! Comecei com o tapete, tentando com a minha mente impedir o martelo de cair, ou pelo menos mudar a trajetória dele, mas não estava dando certo. Pensei que, se houvesse uma consequência maior, algo que eu não quisesse mesmo que acontecesse, então meu cérebro teria mais poder, se esforçaria mais ou algo assim.

Fico olhando para ele, incrédulo.

— Não deu certo — acrescenta.

— Não, não deu. — Eu me sento, com a cabeça girando, e me lembro da conversa que li em que ele queria tentar algo maior, talvez um carro.

— E aí? O que estava tentando deixar cair no rio?

Ele olha para os lençóis do hospital e cobre as pernas pequenas. É nesse momento, do nada, que minha ficha cai.

— Ah, meu Deus! Era *você* que deveria cair no rio. — Realmente não posso acreditar que ele se jogaria em um rio agitado de propósito, mas, assim que olho para seu rosto, sei que é verdade. — Aja, você nem sequer sabe nadar!

Sua voz é baixa.

— Eu pensei que seria... motivador.

— Para ajudar você a *levitar*?

E percebo que *essa* era a ótima ideia, a coisa sobre a qual ele estava falando com o amigo pela internet.

Ele estuda o canto do quarto onde o teto se encontra com a parede como se fosse a coisa mais fascinante que já viu, e sei que terminou de falar.

Ficamos sentados lá, eu olhando para ele e ele olhando para o teto, enquanto tento examinar as emoções conflitantes em meu cérebro. A que predomina é o medo de que talvez sua imaginação não seja tão inocente quanto pensei. De que minimizei demais a importância do assunto. De que não quis ver o que estava bem na minha frente. De que talvez Stephanie, a terapeuta e a orientadora da escola possam estar certas — talvez Aja precise de ajuda.

*

SEU CABELO ESTÁ bem parecido com o penteado do dia em que a vi pela primeira vez na biblioteca — fios castanhos compridos e desgrenhados, como se fossem vinhas emaranhadas emergindo da sua cabeça e avançando sobre o travesseiro atrás dela. Ocorre-me que talvez seja esse o único penteado que ela usa, em vez de parte de uma fantasia ou o resultado de alguma missão heroica.

No entanto, seu rosto... seu rosto está diferente. Ela está pálida — mais do que me lembro — e tem círculos escuros sob os olhos como se não dormisse há uma semana. Há manchas vermelhas em torno dos seus lábios, e uma se arrasta até a bochecha. Cubro minha boca com a mão, esperando esconder minha surpresa com a sua aparência.

Ela se surpreende um pouco quando me vê, e tem a mesma expressão assustada em seus olhos — e percebo que, embora ela tenha dito à enfermeira que eu poderia visitá-la, ainda sou um estranho no seu quarto.

Ficamos olhando um para o outro em silêncio por alguns segundos, até que me recupero o suficiente para falar.

— Obrigado — digo. — Você sabe, por... — Ocorre-me que não sei exatamente ao certo qual foi seu papel em salvar a vida de Aja. Pigarreio.

— Tudo bem — diz ela, mas as palavras saem roucas, como se tivesse acabado de fumar um maço inteiro de cigarros. — Não foi nada. Eu estava voltando do trabalho para casa. Lugar certo, hora certa, acho.

— Bem, não diga que não foi nada — respondo, pensando *Olhe para você*. Em vez disso, digo: — Você está no hospital.

Ela dá de ombros e começa a tossir, mas soa mais como um chiado que faz minha própria garganta coçar.

Noto que tem um monitor cardíaco como o de Aja.

Ela provavelmente quase se afogou ao resgatá-lo — quero perguntar, mas, de algum modo, sei que é muito pessoal. Então, ocorre-me que ainda não sei seu nome.

— A propósito, eu sou Eric.

Ela acena com a cabeça e, então, ao abrir a boca para responder, a porta se abre.

— Jubilee Jenkins — diz uma voz muito forte.

Um homem de óculos trajando jaleco branco entra na sala em seguida. Ele é encorpado, como se tivesse sido jogador de futebol no ensino médio e nunca tivesse parado de comer como um. Saio do seu caminho e ele mal olha para mim, com os olhos fixos em Emily, cujo nome, ao que parece, é Jubilee.

— Eu não tinha certeza se veria você de novo — diz ele. — Queria que fosse em circunstâncias melhores, é claro. Quanto tempo faz? Cinco, seis anos?

— Nove — responde Jubilee.

— Nove! Caramba! Onde vai parar o tempo? — diz ele. — Apesar disso, nunca me esqueci de você. Você tem sido assunto de muitas conversas à mesa do jantar. Quer dizer, não o seu nome, claro, sigilo de paciente e tudo aquilo. — Ele pigarreia. — Enfim, você teve sorte de o médico do pronto-socorro ter notado seus lábios inchados e ministrado epinefrina. Ele já cuidou de muitos casos de anafilaxia para saber, eu acho. No entanto, você realmente deveria usar uma daquelas pulseiras de identificação de alergia... Você tem uma? Se não tiver, posso arrumar para você. — Ele olha o prontuário médico que tem na mão, sacode a cabeça e deixa escapar um longo assobio. — Menina, você realmente tem sorte. Então, como estamos nos sentindo?

Os olhos de Jubilee estão grandes, e ela parece tão desconcertada com esse homem quanto eu me sinto. Não acho que ele vá parar de falar. E o que era aquele papo de alergia? Ela foi picada por uma abelha ou algo do tipo enquanto estava tentando salvar Aja?

— Estou bem — diz Jubilee, e não posso dizer se foi imaginação minha ou se seus olhos se voltaram para mim por um segundo. — Quando posso ir para casa?

— Bem, seu batimento cardíaco está bom, mas não estou gostando desse chiado persistente que você tem aí — diz. — Você ainda não está fora de perigo. A anafilaxia pode acontecer de novo em até 72 horas após o evento, e a sua foi muito grave. De acordo com o laudo do médico do pronto-socorro, você estava inconsciente quando foi encontrada.

Ela faz que sim delicadamente com a cabeça.

— Quer dizer, se tiver alguém para cuidar de você, eu estaria mais predisposto a liberá-la. — Ele olha para mim, como se finalmente me notasse em pé ali. — Você é da família?

Começo a fazer que não quando Jubilee diz:

— Sim.

O desespero em seus olhos é tão terrível que mudo imediatamente a direção de minha cabeça para um movimento que vai de cima e para baixo.

— Eu sou — começo. — Um... primo dela?

Ela move a cabeça para cima e para baixo, imitando a minha.

— Ele é. Ele pode cuidar de mim.

— Tuuuudo bem — diz o médico, então se aproxima de Jubilee. — Olha só, quem é o seu alergista? Verifiquei com a enfermeira do doutor McCafferty, mas ele não tem a sua ficha.

Ela faz que não.

— Outra pessoa?

Ela nega brevemente com a cabeça outra vez.

— Jubilee! Você precisa ser acompanhada por um médico. Houve tantos avanços com alergias nos últimos anos. Talvez você consiga controlar essa coisa de algum jeito. Com quem você consegue a receita para comprar epinefrina? Não me diga que é com algum charlatão na internet.

— Eu não... — começa ela, sua voz falha. — Minhas injeções estão vencidas.

O médico tem uma reação visceral, e acho que é possível que ele saia de si.

— Você não tem *epinefrina*? Meu Deus! Era preferível que você dissesse que estava conseguindo na internet.

Ela não responde.

O médico a encara por um instante, depois olha para o relógio.

— Jubilee, no mínimo, no *mínimo*, você precisa andar com a epinefrina e uma pulseira. No mínimo. — Ele a encara. — Estou falando sério. Não quero ver você aqui de novo. — E faz uma pausa, como se para dar um efeito dramático. — Não consigo imaginar você com essa sorte uma segunda vez.

Funciona. Em mim, pelo menos.

Então, ele se vai, e fico parado ali, com os olhos nos de Jubilee, o ar pesado entre nós. Há tantas perguntas, mas sei que as respostas não são da minha conta, por isso só espero, na expectativa de que talvez ela fale primeiro. Ela não fala. O único som que posso ouvir é o do meu coração batendo como se fosse a cauda de um cachorro que vem ao encontro do dono cheio de euforia. Pergunto-me por que ele está fazendo isso. Gostaria de saber se ela pode ouvi-lo também.

— Bem, prima — digo, sorrindo, na tentativa de amenizar a estranheza. — Posso levá-la para casa?

QUANDO VOLTO AO quarto de Aja, há uma mulher em pé do lado de fora, junto à porta. Com uma calça preta informal, uma blusa cinza e tênis sem cadarço, ela se parece com outros visitantes pelos quais passei no corredor, com exceção do crachá com aspecto oficial ao redor do seu pescoço e da pasta que está carregando. Seja como for, não a reconheço, então a primeira coisa que me vem à cabeça é que ela está no quarto errado.

— Com licença — digo, ao esbarrar nela para alcançar a maçaneta da porta.

— Senhor Keegan? — pergunta ela.

Eu paro.

— Sim?

— Latoya Halliday, assistente social aqui da equipe médica — diz ela, estendendo a mão para mim.

Ah, verdade, a enfermeira mencionou isso.

— Entre — digo, dando um leve aperto na sua mão estendida e voltando a segurar a maçaneta em seguida. — Vamos ver se ele está acordado.

— Ah, não, eu queria conversar com o senhor — diz. — Em particular. Já conversei com Aja.

Dou um passo para trás.

— Conversou? — pergunto. — Quer dizer, isso é legal, sem minha presença?

— Procedimento padrão — diz ela, fazendo eco ao que a enfermeira havia dito antes.

Estreito os olhos.

— Procedimento padrão para o que, exatamente? — pergunto. — Você visita todas as crianças que dão entrada no pronto-socorro?

— Não — responde, desviando os olhos para a porta e depois para mim. — Só quando julgam ser necessário.

— Quem julgou ser necessário?

Tenho a sensação de que estou perdendo alguma coisa, como se não estivesse chegando ao xis do problema com minhas perguntas, mas sou pego de surpresa e minha cabeça está girando.

— Por que não nos sentamos, senhor Keegan? — Ela faz sinal na direção de um banco no corredor.

Sem muita escolha, sigo-a como um cachorrinho com uma coleira. Uma vez acomodados, ela olha diretamente para mim, e sinto uma mudança em seu tom.

— Nossa preocupação é que a queda de Aja não tenha sido um acidente.

Enquanto seus olhos procuram os meus, percebo imediatamente o que ela está insinuando.

— Ah, não, não. Ele não estava tentando se matar. — E, então, paro. Não sei muito bem como explicar o que ele *estava* fazendo.

Ela aperta os lábios, e seu rosto se transforma em uma expressão de preocupação.

— Entendo que seja difícil, mas se o senhor puder apenas responder a algumas perguntas... — Ela olha ao redor, como se esperasse que alguém se materializasse no corredor. — Existe uma senhora Keegan? A mãe de Aja está... envolvida?

— Não — digo. — Os pais dele morreram há alguns anos, e eu o adotei. Sou... hum... divorciado. — Embora seja comum, odeio dizer em voz alta. É como se estivesse anunciando que falhei, que sou um fracasso. — Espere... tudo isso está na ficha dele. Você não a tem?

— Em Nova Jersey? Não havia nada sobre ele.

— Ah, verdade. Acabamos de nos mudar para cá.

Ela assente rapidamente e, então, retoma o assunto em questão.

— O senhor notou algum comportamento depressivo ou estranho de Aja nas últimas semanas?

Massageio meu maxilar, sendo, finalmente, pego pela falta de sono da noite anterior.

— Como assim? — pergunto.

— Passar um tempo anormal no quarto e/ou na cama dele, afastar-se dos amigos, afastar-se do senhor, idealizar coisas que poderiam prejudicá-lo, como armas, explosivos...

Quase engasgo com uma risada e começo a tossir para disfarçar. A mulher olha para mim de um jeito engraçado.

Meu telefone toca, e consigo sorrateiramente tirar ele do bolso e ver quem está ligando. É Stephanie. Minha ex-mulher raramente liga, mas ela terá que esperar. Eu o coloco no modo silencioso.

— Não há nada fora do comum no comportamento habitual dele — digo, recompondo-me. — Olha, receio que tudo isso tenha sido um grande mal-entendido.

— E receio que o senhor não esteja entendendo a gravidade daquilo pelo qual seu filho está passando — diz ela, com um tom incisivo na voz. — Há algum histórico de doença mental na família dele?

— Não — digo, com firmeza, mas paro. A verdade é que não sei nada sobre os pais e os avós de Dinesh e Kate além do pouco que me contaram.

— Problemas na escola? Algum bullying?

Hesito, pensando na suspensão de três dias que ele recebeu e em Jagger, aquele grandalhão do quinto ano. — Um pequeno mal-entendido. Uma vez.

O telefone vibra em minha mão. Stephanie de novo.

— Desculpe — digo. — Deixe-me só... bem rápido... — Deslizo o dedo sobre a tela e o levo ao ouvido.

— Stephanie, desculpe, estou no meio de uma...

— Aconteceu algo com a Ellie.

Estou com o coração na mão quando me levanto. Olho para a assistente social e levanto o dedo.

— Você pode me dar só um minuto? Desculpe. Tenho que...

Vou me afastando no corredor sem esperar uma resposta.

— O que aconteceu? Ela está bem?

— Ela está bem. Só achei que você deveria saber... bem, ela foi suspensa.

— Da *escola*?

— Bem, sim, Eric, de onde mais ela seria suspensa?

Ignoro seu sarcasmo.

— Por quê?

Stephanie faz uma pausa.

— Ela foi pega fumando.

— Cigarro? — Sussurro, olhando para Latoya. Ela está olhando seriamente para mim.

Dou as costas para ela.

— Não exatamente.

— Maconha?

— Sim.

— Meus Deus, Stephanie!

— Calma, Eric! Foi só um pouquinho de maconha. Não é heroína.

— Não é hoje.

— Ah, não comece com aquela merda de acesso às drogas. Nós fumamos maconha. É uma coisa que os adolescentes fazem.

Não posso acreditar que ela está tão tranquila em relação a isso.

— Não aos 14 anos!

— Sim, aos 14 anos. Nós tínhamos 17. Pouca diferença. Olha, admito que foi uma má escolha, e disse isso a ela, mas não acho que precisamos fazer um escândalo por isso.

— Não, tenho certeza de que você não — digo. — Ponha ela no telefone.

— Não. Ela não quer falar com você — diz. — E, mesmo que quisesse, ela não está aqui.

Aperto os dentes e falo em voz baixa para que Latoya não consiga me ouvir.

— Ela foi suspensa da escola por causa de drogas e você a deixa sair de casa? Que tipo de mãe é você?

Assim que as palavras saem de minha boca, sei que não deveria tê-las dito. Fecho os olhos e espero pelo tsunami que vai vir.

— Que tipo de mãe sou eu? Está falando sério? Sou o tipo que está aqui, algo que não pode ser dito sobre você, não é?

Pressiono entre as sobrancelhas com a mão livre, reconhecendo a ironia. Não, eu não estou lá. Estou com meu outro filho, que está, nesse momento, no hospital.

— São só seis meses, e você concordou que eu deveria aceitar. Que seria a melhor coisa — digo, cansado. — Olha, não vamos... prometemos que não faríamos isso.

— Sim, bem, prometemos um monte de coisas um para o outro, não é?

E, então, ouço um clique encerrando a ligação.

Aperto o telefone com mais força, e resisto à vontade de atirá-lo no corredor e vê-lo se quebrar em uma centena de pedaços. Odeio quando faz isso — se finge de santa quando o assunto é nosso divórcio, como se ela não o quisesse tanto quanto eu, ou até mais do que eu. Respiro fundo e lembro onde estou. Recomponho meu rosto e me viro para Latoya, ainda sentada no banco com uma expressão preocupada.

— Onde estávamos? — pergunto, caminhando em sua direção.

Ela inclina a cabeça com ceticismo, como se quisesse perguntar sobre a ligação, mas, felizmente, volta a olhar para as suas anotações.

— Estamos preocupados com o estado emocional do seu filho...

— O que exatamente ele disse para você? — pergunto, interrompendo-a. Ela abaixa os olhos.

— Bem, não muito — admite. — Fiz as perguntas usuais: se ele quis se machucar, se já tinha pensado nisso, se já pensou em machucar os outros. Ele me ignorou na maior parte do tempo.

Aceno com a cabeça, um pouco ridiculamente grato por saber que não sou só eu que ele ignora.

— Mas, quando perguntei se ele queria pular daquela ponte, ele disse que sim.

Pigarreio.

— Não acho que ele quis dizer que estava tentando cometer suicídio — digo, e depois faço uma pausa, tentando descobrir como explicar isso. — Recentemente, ele tem se interessado muito pela ideia de... poderes mentais. Telepatia, telecinesia, coisas do tipo X-Men. Acho que o que ele estava tentando fazer na noite passada, por mais ridículo que possa parecer, era levitar sobre o rio. — Acrescento uma risada pouco convincente, tentando expressar um tom do tipo *Crianças sendo crianças, hã?*, mas a mulher não sorri.

Ela franze os lábios e cruza os braços.

— Entendo — diz. — O senhor sabe que esses tipos de delírio podem ser indicativos de um problema psiquiátrico mais sério...

— Eu sei — digo. — Ele fez terapia. Algumas vezes, enfim, e não conseguiram dar um diagnóstico.

— O senhor também sabe que é possível que ele não esteja lhe dizendo toda a verdade? Não estou dizendo que seu filho é um mentiroso, longe disso, mas as crianças nem sempre são sinceras com os pais.

O rosto de Ellie surge em minha mente.

— Nem me fale — digo.

— E não podemos subestimar a possibilidade real de que tenha sido uma tentativa de suicídio — termina ela.

Abro a boca para argumentar, mas perdi a vontade. Sei que Aja não estava tentando se matar, mas também sei que o que ele estava tentando fazer não é muito melhor. Ficamos sentados em silêncio por alguns segundos e, então, ela pega a pasta ao seu lado e a abre. Revira os papéis até chegar ao que está procurando.

— Certo, bem, eis o que eu gostaria de fazer, senhor Keegan. Dadas as circunstâncias, não penso que a transferência de Aja para o setor psiquiátrico seja necessária nesse momento, mas gostaria de encaminhá-los a vários profissionais de saúde mental que tratam de crianças; esses são os que conheço. O senhor precisará marcar uma consulta nesta semana, e, então, esse médico irá aconselhá-lo sobre outro plano de tratamento. — Ela me passa um pedaço de papel com uma lista de nomes e números telefônicos. — Também acho que ele precisa de supervisão 24 horas por dia. O senhor trabalha?

— Sim — digo.

— Quem leva Aja à escola?

— Sou eu. Eu o deixo lá e depois vou para a estação de trem.

— Quem cuida de Aja depois da escola?

— Ninguém — admito, pensando na nossa rotina nas últimas semanas. — Ele pega o ônibus, e eu ligo para ter certeza de que chegou bem. Então, ele joga no computador e faz o dever da escola até eu chegar em casa. São só algumas horas. Sei que não é o ideal, mas...

— O senhor precisará fazer outros ajustes na rotina. Ele realmente não deve ficar sozinho, caso decida agir novamente com base nas coisas em que acredita — diz. — Vou preparar um formulário para o senhor assinar, afirmando que concorda com essas condições, antes de Aja ter alta do hospital. Vou transferir o caso para o Departamento de Crianças e Famílias, que o estará acompanhando por meio de telefonemas e uma visita domiciliar para se certificar de que o senhor está cumprindo essas condições. O não cumprimento poderá resultar na retirada da sua guarda. — Ela parece uma máquina escrevendo oitenta palavras por minuto, monótona e superficial.

— Um minuto... mais devagar. Retirada da minha... você vai tirá-lo de mim? — Raiva e medo querem correr por minhas veias. Fico em pé para que tenham mais espaço para circular.

Ela levanta a mão.

— Calma, senhor Keegan — diz, com a voz mais suave, como se tentasse me acalmar com o tom. — Só preciso conscientizá-lo dos procedimentos convencionais. Se o senhor cumprir essas obrigações, dificilmente isso acontecerá.

— Pode ter a maldita certeza de que não vai acontecer — digo.

A mulher se acomoda pacientemente, esperando minha frustração passar. Isso me lembra de como eu lidava com os ataques de raiva de Ellie quando ela era pequena, e percebo que, neste cenário, sou a criança. Fecho a boca. Depois de alguns momentos de silêncio, ela fala:

— Veja, todos aqui queremos o melhor para Aja — diz, colocando a mão no meu braço. É a primeira vez que ela me toca, e é um gesto tão gentil, que sinto, alarmantemente, um excesso de água se acumulando em minhas córneas. Viro a cabeça e arregalo os olhos na esperança de que sequem. — Se ele estava tentando se matar ou não, ele quase conseguiu — continua. — E precisamos cuidar para que isso não aconteça novamente.

Meus ombros caem sob o peso do que ela disse. Sei que tem razão. Sei que eu deveria ter ouvido Stephanie com relação à Ellie, a última terapeuta de Aja e a orientadora da escola desde o começo. Sei que falhei em mais uma coisa como pai, mas o que também sei, mais do que qualquer uma dessas coisas, é este fato: não vou perder Aja também.

doze

JUBILEE

NUNCA USEI AS roupas de um homem. Parece estranhamente íntimo — ainda mais porque o casaco de moletom de Eric não cheira a roupa lavada. Cheira um pouco a mato — cheiro doce e de pinheiro ao mesmo tempo. Como ele, eu acho.

Entrei em pânico quando o doutor Houschka disse que não me daria alta se eu não tivesse alguém para cuidar de mim. Se eu tivesse que ficar mais um segundo naquele hospital, naquele estranho quarto com aqueles estranhos entrando e saindo, eu tinha certeza de que morreria. E lá estava aquele homem sério da biblioteca, Eric Keegan, parado, e a ideia simplesmente surgiu.

Estou realmente surpresa por ele ter concordado com ela. Tudo a seu respeito parece tão tenso — não só sua postura, sua coluna rígida, seus ombros tensos e quadrados, mas também a intensidade dos seus olhos, a maneira como seus lábios permanecem alinhados e paralelos, como um sinal matemático de igual.

Porém, eles se levantaram, só um pouco, quando ele se ofereceu para me levar para casa, e me surpreendeu mais uma vez.

Agora, sentada ao lado de Eric no banco do passageiro do seu carro, todos os traços de qualquer jovialidade se foram e ele está segurando o volante, imóvel e pétreo como uma estátua — Atlas segurando o peso do mundo nos ombros.

É verdade, seu filho quase morreu, mas não morreu. E, mesmo tendo dito a Eric que não foi nada, eu achava que ele seria um pouquinho mais caloroso, mais grato a mim, em vez de agir de forma tão indiferente.

Talvez ele seja meio babaca, como Louise sugeriu.

Por outro lado, também é meio educado.

Tipo, depois que o doutor Houschka saiu do meu quarto, ele não me encheu de perguntas sobre o motivo pelo qual eu estava no hospital ou o que havia de errado com meu rosto.

Ele levou para mim as roupas extras que tinha no seu carro — a blusa de moletom de Wharton e um par de calças de ginástica, uma vez que minhas roupas ficaram tão encharcadas e enlameadas por causa do ocorrido no dia anterior que tiveram que ir para o lixo.

Fez que não me ouviu quando me ofereci para me sentar no banco de trás para que seu filho, apresentado a mim como Aja, pudesse ficar no banco da frente.

Tanto faz. Realmente não me interessa quem é esse cara, exceto que ele é o meio pelo qual, finalmente, estou chegando em casa. Após os eventos inesperados das últimas 24 horas — e ter passado a noite inteira em claro em um quarto de hospital —, só consigo pensar em passar pela porta da frente da minha casa e ficar sozinha. Segura.

No caminho até lá, quebro o silêncio insuportável algumas vezes com uma ou duas palavras: "Direita, aqui." "Esquerda." E, quando Eric para na entrada da garagem, faço todo o esforço do mundo para não saltar do carro antes de ele parar completamente e correr para dentro de casa, girando o trinco atrás de mim com um clique de satisfação.

Sei que seria falta de educação da minha parte.

— Obrigada pela carona — digo, abrindo a porta do carro e fazendo esforço para expelir cada palavra da minha garganta ferida.

Ele puxa o freio de mão entre nós e vira a chave, desligando o motor.

— Vou pegar sua bicicleta — diz, abrindo sua porta também.

Abro a boca para protestar, mas, quando me levanto, estou tão exausta que, se eu mesma tivesse que levantar a bicicleta, seria uma tarefa impossível. Além disso, a calça de moletom que estou usando ameaça cair até meus tornozelos a qualquer segundo, embora eu tenha puxado o cordão para apertá-la o máximo possível e dado um nó. Coloco minha bolsa no ombro e seguro uma boa parte do cós elástico para me sentir segura.

— Onde você quer que eu a coloque? — diz Eric, parado atrás do porta-malas.

— Dentro do portão está ótimo — digo, gesticulando com a mão livre para o fim do caminho da garagem ao lado da casa.

Em vez de empurrá-la no chão como eu faria, ele a levanta pelo quadro com uma das mãos fechadas e faz conforme o instruído, enquanto vou em direção à varanda. Quando chego à porta da frente, viro-me para fazer um rápido aceno, mas me assusto quando vejo que ele está no pé da escada, bem atrás de mim. Ele coloca uma das mãos no bolso e coça a parte de trás da cabeça, sua postura é tão desajeitada quanto o que sinto. Fico olhando para ele, com a mão na maçaneta, louca para entrar.

Ele dá um aceno com a cabeça, como se estivesse selando um acordo nosso.

— Bem, hum... você vai ficar bem? — pergunta, olhando para Aja mais uma vez. — Talvez possamos ficar por aqui... Você sabe, o médico disse...

— Estou bem — digo, e meu pânico aumenta ao pensar nele, ou em qualquer um, entrando na minha casa. — Vou ficar bem. Bem, obrigada. Obrigada por, hum... tudo.

— Não, pelo amor de Deus — diz. — Eu que agradeço a você. — Ele põe a mão direita no bolso traseiro e tira uma carteira. Meus olhos se arregalam, alarmados. Ele vai me dar dinheiro? Como recompensa por salvar seu filho? Lembrando-me do meu reflexo no espelho do hospital, talvez eu pareça mesmo tão necessitada assim.

Ele abre a aba de couro e tira algo dela, depois o oferece a mim. Meus ombros relaxam quando vejo que é apenas um cartão de visita.

— Fique com meu número — diz. — Por favor. Para o caso de precisar.

Tiro a mão da maçaneta e pego a ponta do cartão, tomando cuidado para não tocar as pontas dos dedos dele com os meus. Minhas luvas, ainda úmidas por conta do episódio do dia anterior, estão no fundo da minha bolsa.

— Tudo bem — digo, jogando o cartão dentro da bolsa e tentando desajeitadamente pegar minhas chaves com uma das mãos; a outra ainda está segurando minha calça. — Bem, Hum... tchau. — Levanto a mão com as chaves, fazendo um pequeno aceno, e me viro para entrar em casa sem esperar uma resposta.

— Ei, espere — diz ele. Paro, lutando contra a vontade de gritar de frustração ou desespero, não sei qual, e viro a cabeça na sua direção.

— Sim...?

— Isso não tem nada a ver, eu sei, mas você não disse que *As Virgens Suicidas* era seu livro favorito?

Faço uma pausa.

— Um deles.

— Por quê? — pergunta ele. — Quer dizer, o que há de tão bom nesse livro?

Estreito meus olhos para ele, a pergunta do nada me faz lembrar a sua estranha escolha de livros na biblioteca.

— Não sei — respondo, não querendo prolongar a conversa. Mas eu sei. Lembro exatamente como me senti quando entrei na vida das irmãs Lisbon. Me senti compreendida.

— Mas você sabe. Tem que saber — diz. — Se é um dos seus favoritos.

Eu o encaro, querendo que leia minha linguagem corporal, que está gritando *Deixe-me entrar!*, mas ele só olha para mim, esperando a resposta. Respiro fundo e uso a pausa momentânea para examinar seu rosto. *Bonitão*. Essa foi a outra coisa de que Louise o chamou; e ele é, uma vez que seu rosto é impressionante, quase um convite à exploração. *Boa estrutura de ossos*. Isso é o que mamãe teria dito. Sempre achei engraçado, porque, se você já viu um crânio humano, a posição do osso é bem universal. O que me atrai, o que não consigo deixar de encarar, são seus olhos. São verdes, como duas azeitonas que caíram no centro do seu rosto, com um brilho molhado. E são intensos, sim, mas também há uma bondade neles. São uma contradição, semelhante ao próprio Eric. E acho difícil olhar desviar o olhar.

Percebo que ele ainda está esperando minha resposta. Que só vai embora quando eu responder. Pigarreio.

— É simplesmente tão real — digo. — Eu o li quando era adolescente, e ele me cativou... não sei, tudo. A solidão. O modo como idolatramos a vida de outras pessoas. O desejo de ser aceito. Ser notado.

Ele fica olhando para mim, com a boca um pouco entreaberta, e começo a me sentir exposta, como se ele, de alguma forma, pudesse ver através de mim. Desvio do seu olhar e finjo examinar as pedras aos seus pés.

— Hum... para mim, pelo menos. Foi o que eu gostei.

Ele ainda não responde, e sinto o calor subir pelas minhas bochechas novamente.

— Bem, é melhor eu entrar — digo, e me viro novamente para a porta.

— Ok — diz ele atrás de mim. E depois: — Tchau, Jubilee. — É a primeira vez que diz meu nome, e as chaves se desequilibram da minha mão, caindo na varanda. Rapidamente me agacho para pegá-las, tendo o cuidado de não soltar o cós da calça de moletom, ciente de como devo estar ridícula.

Eu me aprumo, coloco a chave na fechadura e a viro, girando a maçaneta com alívio. Entro correndo e fecho a porta, trancando-a com um movimento rápido do pulso. Encosto-me na porta, deixando minha bolsa cair aos meus pés, ao lado da pilha de correspondências que se acumulou ali durante a minha ausência. Suspiro, olhando ao redor. Minha casa.

Estou na minha casa. Enquanto estava deitada na cama do hospital, fiquei imaginando todas as coisas que gostaria de estar fazendo em casa: deitada na minha própria cama, para começar, lendo um livro na minha confortável poltrona de canto, fazendo ovos e torradas, esfregando o piso, assistindo à próxima aula da série de Harvard.

Por isso, surpreendo até mesmo a mim quando a primeira coisa que faço não é subir e trocar de roupa. Vou até a janela e delicadamente empurro a cortina para o lado e fico observando enquanto Eric se senta no banco da frente do seu carro. Observo seu rosto enquanto ele se vira para dizer algo para Aja, que ainda está no banco de trás, e o observo lentamente tirar o carro da entrada da garagem. Eu me imagino no banco do passageiro, ao seu lado. O que devo ter parecido — o que *nós* parecemos para as pessoas que passavam de carro por nós.

NÃO CONSIGO DORMIR nessa noite. As palavras do doutor Houschka não saem da minha cabeça: *Talvez você consiga controlar essa coisa.* Essa é a razão pela qual mamãe se mudou comigo do único lar que conheci, no Tennessee, para a escola de ensino médio em Nova Jersey: para que pudéssemos estar mais próximas da doutora Zhang e conseguir controlar essa *coisa*. (Embora, para ser honesta, eu também ache que ela fugiu dos homens com quem namorou na nossa pequena cidade de Fountain City.)

Porém, depois da primeira consulta, recusei-me a voltar. Estava claro que não haveria uma cura mágica e, além disso, eu não gostava do modo como a doutora Zhang ficava olhando para mim, com aquele brilho nos olhos. Ela queria me *estudar*, como se eu fosse alguma espécie de alienígena.

Eu não estava interessada em ser a sua cobaia. Mamãe me incentivou a lhe dar outra chance, mas não me forçou — não podia me forçar — a ir.

Ainda não estou interessada em ser um rato de laboratório, mas sei que Houschka está certo a respeito de uma coisa: não quero acabar no hospital de novo da mesma forma que ele não quer me ver lá. E não posso mais ficar escondida em casa. Tenho um emprego, um emprego de que preciso. E se ele estiver certo sobre as demais coisas? E se souberem muito mais coisas sobre alergias? Quem quer que *eles* sejam. E se houver algo que possa ser feito?

Saio da cama e me arrasto escada abaixo, não querendo interromper o silêncio com o rangido da madeira. No escritório, sento-me na cadeira junto à mesa e mexo o mouse do computador. A tela clareia ao ganhar vida e quase me deixa cega. Quando meus olhos se adaptam, digito "Doutora Mei Zhang" no Google. Sua foto imediatamente aparece sob o cabeçalho *Universidade de Alergia & Imunologia George Watkins*. Estremeço, lembrando-me de como me senti sob seu olhar fixo. Como se eu fosse um sapo na aula de ciências e ela estivesse feliz da vida segurando um bisturi. Porém, talvez isso fosse apenas um medo irracional de infância, como imaginar monstros debaixo da cama. Clico no link, pego uma caneta e um pedaço de papel na mesa e anoto seu número de telefone e e-mail. Fico olhando para a anotação, usando a luz do monitor, e sou dominada por um sentimento. É uma emoção tão estranha que não consigo identificar de imediato.

Esperança.

Parece tão inocente, a esperança que eu levava de um lado para o outro como o cobertor do Linus, imaginando uma nova vida — uma vida sem essa alergia debilitante — surgindo diante de mim, mas lá está ela, brotando na minha barriga, e não posso contê-la. Não de imediato. Quer dizer, não tenho a intenção de sair por aí fazendo RCP em estranhos o tempo todo, mas, e se eu pudesse trabalhar na biblioteca sem minhas luvas e apertar as mãos das pessoas — ou, sei lá, aceitar um cartão de visita e deixar meus dedos roçarem os delas, como uma pessoa normal? Talvez isso não seja normal: pensar em tocar com os próprios dedos os de um quase estranho.

No escuro, olho para o casaco de moletom de Wharton que ainda estou usando — que eu, no fundo, simplesmente não queria tirar — e me pergunto se talvez isso também não seja normal.

Então lembro: o doutor Houschka disse "controlar", não "curar". Porque não há cura. *Não há cura.* Digo a frase em voz alta para que ela entre na minha cabeça. Eu sempre vou usar luvas. Não há uma vida nova à minha espera em um futuro próximo.

Olho para o número de telefone no pedaço de papel uma última vez antes de amassá-lo, jogá-lo no cesto de lixo ao lado da mesa e subir a escada para voltar para a cama.

Acordo com um sobressalto pela manhã, os cabelos grudados no rosto e o travesseiro molhado de suor. Estava tendo um pesadelo. Com as mãos de Eric. Seus dedos estavam inchados, exageradamente grandes, como em um desenho animado, e tocavam os meus — os envolviam, na verdade —, a ponta dos seus polegares esfregavam os nós dos meus dedos. Eu tentava lhe dizer para parar, que não posso ser tocada, mas era como se eu estivesse debaixo d'água, como se minha boca não obedecesse ao meu cérebro, como se minhas palavras fossem roubadas no ar, incapazes de cumprir seu dever de serem ouvidas. Quanto mais difícil era mover a minha boca, mais eu tentava, até que fiquei paralisada de medo, e o pânico consumiu cada nervo do meu corpo.

Sento-me, tentando desacelerar meu coração disparado, mas, enquanto respiro fundo, repassando a cena na minha mente, quase posso sentir o calor áspero dos seus dedos na minha pele. Ou como imagino que seria — faz tanto tempo que não sou tocada. Desde que o doutor Benefield me colocou naquela sala de isolamento plástico quando eu tinha seis anos. Pouco antes de ser diagnosticada, antes do momento no qual meu mundo inteiro mudou. Durante meses e anos depois, tentei me lembrar daquela última interação com minha mãe. A última vez que ela me tocou. Ela apertou meu rosto? Beijou o alto da minha cabeça? Envolveu seus braços em torno do meu corpo minúsculo e me apertou muito? Tenho certeza de que disse algo reconfortante como: "Vai ser só uma semana. Estarei aqui, querida." No entanto, as palavras não importam. Se ao menos eu soubesse que era a última vez que seria tocada, a última vez que sentiria a palma da sua mão no meu braço, sua respiração no meu rosto, eu teria aguentado um pouco mais, gravado a sensação da ponta dos seus dedos na minha pele. Teria procurado me lembrar.

Só que não foi assim. E agora, sentada na minha cama, a tentativa de lembrar o toque de Eric em meu sonho — realmente senti-lo em minha pele — é o mesmo esforço inútil que fiz por anos tentando lembrar o último toque da minha mãe. E, então, à medida que meu batimento cardíaco desacelera, começo a me perguntar se realmente foi um pesadelo. Pergunto-me se meu coração estava palpitando porque eu estava apavorada — ou porque foi muito maravilhoso.

— FOI BOM o seu fim de semana, querida? — pergunta Louise quando vou para o balcão na segunda de manhã. Ela se vira para olhar para mim e suspira.

— Ah, *querida* — diz, cobrindo a boca com a mão. A erupção cutânea em torno da minha boca havia diminuído quando olhei no espelho antes de sair, mas algumas manchas vermelhas persistiam e meus lábios ainda estavam um pouco machucados e inchados. Encontrei um tubo de batom na cômoda da minha mãe, mas só serviu para acentuar o problema, por isso o tirei.

— O que aconteceu? — pergunta Louise.

Meus ombros ficam tensos e, em silêncio, castigo-me por não ter preparado uma resposta. Eu esperava que ninguém percebesse.

— Reação alérgica — digo. Uma vez que a resposta não parece satisfazê-la, acrescento: — Batom novo. — Porque é a primeira coisa que passa pela minha cabeça.

— De que marca? Me lembre de nunca comprar *essa*.

— Não lembro — digo fracamente, enquanto Roger se aproxima do balcão, segurando uma caneca de café.

— Bom dia, senho... eita! — diz, olhando para mim.

— É apenas uma reação alérgica — diz Louise, mandando-o embora com a mão. — E não é de admirar, de verdade. Você sabe o que colocam no batom? Insetos esmagados. Insetos! E chumbo, acho, se não me engano. Li um artigo sobre o assunto há algumas semanas.

Olho para uma pilha de devoluções sobre a mesa e começo a examiná-las, enquanto a conversa de Louise e Roger se transforma em uma discussão sobre coisas estranhas na comida, como partículas de tapete usado para praticar ioga no pão de forma. Eu me desligo deles, por isso não sei ao certo se ouvi direito quando, cerca de cinco minutos depois, Louise diz:

— Não importa, vamos todos ser demitidos de qualquer jeito.

Minha cabeça se vira rapidamente na direção dela.

— O quê?

Ela olha para mim.

— Ah, não ouviu? Maryann está em outra briga grande com a cidade, tentando evitar que nossa verba seja cortada *de novo*. Tínhamos quatro assistentes no balcão, dá para acreditar? Mas aquele idiota do Frank Stafford, presidente do Conselho de Finanças da cidade, continua a concentrar o dinheiro no centro de recreação, porque o filho dele joga em um time mirim de futebol americano, e ele está convencido de que o menino vai ser o próximo Ted Brady, que é um quarterback, certo?

— Eu acho que é Tom — diz Roger.

— Ted, Tom — diz ela, balançando a mão. — Enfim, ela tem tentado provar que somos importantes para a comunidade, mas o número de visitantes está baixo e os poucos programas que temos quase não têm participantes...

— Podemos mesmo ser demitidos? — interrompo.

— Ah, querida — diz ela, e estende a mão para dar tapinhas na minha mão enluvada. Afasto-me dela. — Não quis alarmar você. — Suspira. — Mas não sei mesmo como vamos manter as portas abertas e as luzes acesas se cortarem ainda mais o orçamento. Já está escasso como está.

Fico olhando para ela, minha cabeça gira. Esse trabalho basicamente caiu do céu, e não posso perdê-lo. Preciso do dinheiro. E, apesar de tudo, estou praticamente à vontade aqui. Não consigo imaginar a ideia de procurar outra coisa, entrar em todos aqueles edifícios estranhos, conversar com pessoas novas. Só de pensar, um torno ameaça apertar meu coração e fazê-lo parar de uma vez por todas.

QUANDO SAIO DA sala de descanso às quatro da tarde, sou surpreendida com a imagem de Madison H. em pé ali, com a bebê no colo. Fico curiosa para saber por que ela vem à biblioteca com tanta frequência, já que nunca retira livros. Talvez tenha algo a ver com o fato de participar da diretoria.

— Jubilee! — diz, quando me vê, e seus olhos denunciam seu espanto. Levo a mão enluvada à boca, querendo que o vermelhão desapareça. — O que aconteceu?

— Longa história — digo, caindo na minha cadeira.

Ela coloca a bebê do outro lado e olha para mim de maneira direta e incisiva. Suspiro e olho para trás, certificando-me de que Maryann e Louise ainda estão na sala dos fundos. Em seguida, dou-lhe uma versão resumida do fim de semana, terminando com a visita do doutor Houschka.

Ela me olha com a boca aberta.

— Meu Deus! Eu a deixo sozinha por dois dias e você vai e quase se mata.

— Que drama — digo.

— Bem, você marcou a consulta?

— Com quem?

— Com um alergista. Para conseguir esse lance da pulseira. E a epinefrina. Você deveria carregar injeções de epinefrina na bolsa! Meu sobrinho tem alergia a pasta de amendoim e não sai de casa sem isso.

— Não preciso de epinefrina. Nem de pulseira. Acontece que não vou sair por aí fazendo reanimação nas pessoas — digo, reiterando meus pensamentos internos da noite anterior.

— Bem, e se houver outro tipo de emergência?

— Tipo?

Ela pensa por um minuto e olha para a bebê.

— E se uma criança babar em você?

— Eu teria erupções na pele — digo, tentando fazer com que não pareça nada de mais, porém estremeço diante da possibilidade, pensando na menina que quase morreu por causa de um pingo de leite na pele. Então minha barriga começa a latejar e queimar perto do umbigo como se eu tivesse provocado uma erupção só em dizer a palavra em voz alta. A mente é algo engraçado e poderoso. Começo a coçá-la através do material da minha camisa. — E aí ficaria longe daquela criança.

— E se ela mordesse você?

Meus olhos se arregalam.

— Por que uma criança me morderia?

Ela dá de ombros.

— Por que as crianças fazem qualquer coisa? Hannah encontrou um pote de mel e o passou por todo o rosto e cabelo da Molly na semana passada quando eu estava no banheiro. Parecia que ela estava com uma máscara de beleza. Tem ideia do quanto foi difícil limpar?

Eu a fito, tentando decidir se deveria continuar seu jogo.

— Não acho que uma criança vá me morder.

Ela suspira.

— Olha, só vou sair com você quando você estiver com a epinefrina, está bem?

Olho para ela, confusa.

— Sair comigo *para onde*?

— Uma aventura — diz, com um sorriso cheio de segurança no rosto. Se bem que não sei ao certo se ela tem outro tipo de sorriso. Acho que Madison H. já saiu do ventre da sua mãe irritantemente confiante. — Foi o que vim dizer a você. Vou ser sua guia oficial em todas as coisas que você perdeu nos últimos nove anos.

Olho francamente para ela agora, com minha boca em um formato oval de descrença.

— Você só pode estar de brincadeira comigo.

— Não.

— Isso é ridículo.

— Não, não é — diz, colocando a bebê novamente do outro lado. — Vai ser divertido.

— E se eu não quiser?

— Ah, qual é! — diz, fazendo um biquinho como se estivesse chateada. — Você quer. E precisa. Me dê pelo menos uma noite. Se achar horrível, a gente nunca mais repete. Palavra de escoteira.

— Você foi escoteira? — pergunto, com a barriga queimando novamente. Devo ter levado uma picada de inseto ou algo do tipo.

— Não — responde. — É isso que essa frase significa?

Bufo e nego com a cabeça. Em seguida, mudo de assunto.

— Ei, a diretoria se reuniu esse mês?

Ela se surpreende:

— Ah! — A bebê salta em seus braços, assustada. — Não — diz, mais calma. — Nós nos reunimos, tipo, uma vez por ano. Por quê?

— A biblioteca está com um problema de verba. A cidade quer cortá-la.

— Qual a novidade?

— Ah. Bem, vocês podem fazer algo a respeito?

— Na verdade, não — diz. — A diretoria é meio que uma piada. Na maioria das vezes, nós nos reunimos para fofocar e comer o bolo de rum da Enid. Na verdade, não temos poder nenhum. Não como a câmara municipal.

— Hum — digo, enquanto meu coração acelera debaixo da blusa. Alguém deve ter poder para fazer *algo*. Não posso perder esse emprego. Não vou perdê-lo. Preciso de dinheiro.

Ela coloca a bebê do mesmo lado de quando chegou.

— E aí? Você vai?

Dou-lhe um último olhar feio e levanto as mãos como se estivesse me rendendo.

— Por que não? — pergunto, engolindo a verdadeira pergunta que está me queimando profundamente por dentro: *Por quê?* Por que Madison H., a garota mais popular da escola, de repente quer ser minha amiga? Ela não tem coisas melhores para fazer com seu tempo? Por que está tão preocupada comigo?

Contudo, mais tarde, enquanto organizo uma exibição de livros sobre Índios Norte-Americanos para o Dia de Ação de Graças, censuro-me por ter esses pensamentos infantis. Não estou mais no ensino médio. Somos adultas. Ela está sendo legal. Eu deveria parar de questioná-la tanto e simplesmente aceitar a ideia pelo que ela é. Além disso, tenho que admitir, é bem legal ter uma amiga.

Ergo o último livro, *Alce Negro Fala*, no final da fileira e, distraidamente, coço novamente minha barriga. Está queimando um pouco agora, e fico me perguntando se ter coçado tantas vezes minha erupção fantasma, de algum modo, irritou a pele. Levanto a blusa para examiná-la, e um suspiro audível escapa de meus lábios quando vejo minha pele nua — furúnculos inflamados e protuberâncias vermelhas formam uma faixa que está queimando do umbigo até o quadril. No entanto, não entendo — não toquei em ninguém, e ninguém me tocou. Respiro fundo. É provável que seja apenas uma... apenas uma... erupção cutânea. Por causa de outra coisa. Sabão para lavar roupa — não é isso que as pessoas sempre dizem? Mas não troquei de sabão. E já vi essa reação o suficiente na vida para saber exatamente o que é.

O que me assusta é que não faço ideia de como ela foi parar ali.

treze

ERIC

SETE RECADOS NA caixa postal. Cento e quarenta e dois e-mails. Vinte e três mensagens de texto. (Nenhuma de Ellie.) Essa é a merda que estou tentando limpar, sentado à mesa da cozinha às 17h30 na quarta-feira, enquanto um pacote inteiro de macarrão parafuso cozinha no fogão.

Fato pouco conhecido: se pensam que seu filho possivelmente tentou suicídio, só vão deixá-lo voltar à escola quando um profissional disser que ele já não é um risco para si mesmo nem para os outros. E esse profissional talvez só tenha horário na quinta-feira. E, uma vez que o paciente deve ser supervisionado o tempo todo, e como eu não consegui encontrar uma babá em um prazo tão curto, aqui estamos nós.

Porém, as tantas coisas das quais tenho que me inteirar não são culpa de Aja. Em vez de trabalhar em casa durante a semana toda, como disse ao meu chefe que faria, passei os três dias com o nariz enfiado em um livro. A manhã inteira e grande parte da tarde de segunda-feira foram dedicadas à releitura de *As Virgens Suicidas*. Era como se uma luz tivesse se acendido, e sei que foi Jubilee quem apertou o interruptor. Frases começaram a saltar diante dos meus olhos, como se fossem escritas só para mim.

Como: *Naquele momento o sr. Lisbon sentiu que não sabia quem ela era, que filhos eram apenas estranhos com quem a gente concorda em viver.*

E me perguntava se esse Jeffrey Eugenides realmente *era* um gênio. Ou talvez apenas um pai. Depois da notícia de Stephanie, tentei ligar para Ellie algumas vezes para falar sobre sua suspensão, mas ela não atendeu. Pensei em lhe enviar uma mensagem sobre o assunto, mas fiquei com medo de afastá-la ainda mais. Em vez disso, enviei-lhe mais uma das minhas frases favoritas do livro. A resposta de Cecilia, que, quando perguntada por seu médico por que havia tentado suicídio quando era muito jovem para saber quanto a vida fica ruim, disse: *"É óbvio, doutor, você nunca foi uma menina de 13 anos."*

Ah!, escrevi após a citação. *Boa! Com amor, pai.*

Agora estou no meio de *A Redoma de Vidro*. Ellie escreveu em seu diário que queria ser editora de revistas em Nova York, o que me surpreendeu. Nem sabia que ela gostava de escrever. Ou ler revistas. No entanto, o que mais me preocupa é o modo como disse que "se identifica totalmente" com Esther, a personagem principal, que está claramente passando por algum tipo de depressão maníaca.

Fecho meu e-mail e me pego pensando em Jubilee, no que ela diria sobre esse livro. Sobre Esther. Sobre Ellie.

— A água da panela está derramando.

Levanto os olhos e vejo Aja parado à porta. Depois olho para o fogão.

— Droga!

Dou um salto e, sem pensar, pego o cabo da panela para tirá-la da boca do fogão. O impacto do calor na palma da minha mão com minha estúpida falta de jeito, de alguma forma, faz a panela inteira parar no chão, e uma cascata de água fervente e macarrão se espalha por todo o piso. Milagrosamente, escapo dos respingos, mas meus sapatos já estão absorvendo o líquido gosmento quente e meus pés começam a queimar.

— Tudo bem? — pergunto.

Aja fica parado ali, de braços cruzados.

— O macarrão já era.

Suspiro.

— Sim. — Vou deslizando até onde ele está para poder me livrar das meias e dos sapatos encharcados de água. — Quer pizza?

— Cachorro-quente com chili.

Abro a boca para dizer que não existe entrega de cachorro-quente com chili, mas estamos trancados nessa casa o dia todo, e acho que poderia ser bom sair um pouco.

— Maravilha — digo. — Deixa o papai limpar essa bagunça e nós vamos.

Vinte minutos depois, estamos saindo do drive-thru. Eu deveria virar à esquerda para ir para casa, mas, em vez disso, viro à direita.

Quero vê-la. Jubilee.

Faz parte da educação. Ver como ela está. Ter certeza de que está bem.

Engulo um cachorro-quente no caminho e, quando entramos no estacionamento, olho pelo espelho retrovisor para ver se estou com alguma sobra de pão nos dentes.

— O que estamos fazendo aqui? — pergunta Aja entre uma mordida e outra.

Olho para ele.

— Tenho que renovar meus livros.

— Você não trouxe nenhum livro.

Merda. Ele tem razão.

— Acho que conseguem fazer isso pelos computadores.

Ele tira um salgadinho enrugado de dentro do pacote no colo.

— Posso ficar no carro?

Hesito. Realmente não quero deixá-lo sozinho depois de tudo o que aconteceu, mas é o estacionamento de uma biblioteca, penso, e poderei vê-lo pela janela.

— Acho que sim — digo, e então: — Mas apenas coma o seu lanche. Nada desse negócio telecinético ou de destruição ou qualquer coisa, entendeu?

Ele assente, e eu me pergunto quantas outras pessoas precisam dar essa ordem aos filhos antes de deixá-los sozinhos por cinco minutos.

Tiro os olhos de Aja e olho pelo para-brisa dianteiro do carro. De onde estou no estacionamento, tenho uma linha de visão direta do interior iluminado da biblioteca. E de Jubilee. Ela está em pé junto ao balcão, com o rosto parcialmente ofuscado pelas vinhas rebeldes de cabelo. Não sei por que estou tão atraído por ela. Ela é bonita, sim, mas é mais do que isso. Há algo diferente nela... O modo como é comedida, mas, ao mesmo tempo, completamente vulnerável. Ela é como um cubo mágico em que me vejo ansioso para formar um padrão que faça sentido. Ou talvez eu esteja ansioso para descobrir por que não paro de pensar nela. Não sei. Nunca conheci ninguém como ela. E nunca fui bom em cubos mágicos.

Meu estômago faz barulho. Tomo um gole da água que veio com meu lanche para tentar silenciá-lo. Não deveria ter comido tão rápido.

Ao entrar, percebo que a biblioteca está praticamente vazia, exceto por um homem sentado em um travesseiro, jogando o que parece ser um videogame de golfe em uma mesinha individual. Pergunto-me se ele acabou de passar por uma cirurgia ou algo assim.

— Noite parada — digo quando chego a poucos metros do balcão e de Jubilee.

Ela se assusta e olha para mim com os olhos arregalados. Nunca realmente os notei, além do fato de serem castanhos. Porém, sob a luz fluorescente da biblioteca, parecem chocolate salpicados de caramelo.

— Desculpe. Não quis assustar você.

Ela suaviza a expressão.

— Tudo bem — diz. — Estava tão quieto aqui. Não ouvi você entrar.

Ficamos olhando um para o outro por alguns segundos, e examino seu rosto de perto. Seus lábios e bochechas parecem um pouco melhores, não tão vermelhos ou inchados. Tiro os olhos da sua boca e os passo pelo seu pescoço, pelo terninho mal ajustado, pelas mãos revestidas com luvas de couro. As mesmas luvas que usou no Halloween. Olho para elas por um instante.

— Hum... posso ajudá-lo? — Ela olha para a parede ao nosso lado, e acompanho seu olhar. Um relógio. Ele marca 18h55.

— Sim, desculpe. — Dirijo meus olhos para seu rosto novamente. — Preciso renovar meus livros.

Ela olha para minhas mãos vazias e depois estreita os olhos.

— Você não acabou de retirá-los? No Halloween?

— Sim.

— Você tem três semanas. Só se passaram... — Ela calcula os números na cabeça. — Onze dias.

— Ah. — Bato os nós dos meus dedos levemente no balcão. — Certo. Bom, bom. Então não expiraram.

Vim com a intenção de lhe perguntar sobre *A Redoma de Vidro*, mas agora vejo que não sei como fazer isso. Ou talvez eu não queira que a conversa acabe tão rápido.

— Como está se sentindo? — pergunto no exato momento em que ela pergunta:

— Você está fazendo alguma aula ou algo do tipo?

Nós dois rimos.

— Você primeiro — digo.

Ela repete a pergunta.

Inclino a cabeça.

— Como assim?

— Sei lá; você está tendo aulas de literatura moderna? Só estava tentando descobrir por que está tão interessado em *As Virgens Suicidas*. Você não faz parte exatamente do público-alvo.

— Não? Quer dizer que não tem muitos homens de meia-idade retirando livros para jovens adultos o tempo todo?

— Você está longe da meia-idade — diz ela, depois olha para baixo.

Está fazendo aquela coisa novamente, quando é ousada e atrevida, mas, em seguida, fica subitamente tímida e sem jeito. É uma dança, e não sei os passos.

— É para a minha filha — digo.

Ela franze as sobrancelhas.

— Filha?

— Sim. Ellie. Ela tem 14 anos. Mora em New Hampshire com a mãe. — E acrescento: — Minha ex.

Ela franze a sobrancelha.

— Então... vocês fazem parte de um clube do livro de pais e filhas ou algo assim?

Ofereço um sorriso largo, mas sei que é um triste impostor. Como explico o que estou fazendo? Afinal, o que *estou* fazendo?

— Mais ou menos isso — digo. — Só estou, sei lá, lendo alguns dos livros que ela leu, tentando me identificar com ela, acho. Tentando compreendê-la melhor. — Ela olha novamente para o relógio. — Desculpe, é... que horas a biblioteca fecha?

— Às sete — diz. — Mas tudo bem. Michael ainda está aqui.

Ela faz um sinal na direção do homem com o travesseiro. Olho para ele e depois novamente para ela e decido que devo ir ao que interessa.

— Então, você leu *A Redoma de Vidro*, certo?

— Claro — responde, como se todo mundo tivesse lido, enquanto eu só fiquei sabendo da existência dele por causa do diário de Ellie.

— Se alguém se identifica para valer com Esther, acha que isso é preocupante? Tipo, talvez essa pessoa seja, sei lá, suicida ou algo assim?

— Estamos falando da sua filha?

— Sim.

Ela franze a boca como se realmente estivesse pensando, ou talvez apenas estivesse tentando lembrar detalhes do livro, e noto que tem uma leve projeção do lábio inferior, forçando o superior a se projetar também, como se fosse a aba de um chapéu minúsculo. Fico olhando para ele, incapaz de desviar o olhar. Finalmente, ela diz:

— Acho mais preocupante quando uma adolescente não se identifica com Esther.

— Sério? — pergunto, levantando os olhos para encontrar os dela. — Por quê?

— Bem, ela está se debatendo, certo? Ela se sente presa, insegura, não sabe ao certo quem é e qual é o seu lugar no mundo. Mesmo fazendo aquele estágio glamoroso pelo qual outras garotas matariam, ela se sente uma impostora.

— E isso é bom? Baixa autoestima?

Ela prende o minúsculo lábio inferior nos dentes.

— Melhor do que a alternativa.

— Que é...?

— Você já esteve no ensino médio. Existe alguma coisa pior do que um adolescente arrogante?

Rio e, em seguida, sinto uma pequena angústia ao pensar em Ellie lutando com essas grandes questões da vida, imaginando onde se encaixa.

— Mas, então, mais uma vez — diz Jubilee —, esse livro é parcialmente autobiográfico, e Sylvia Plath se matou um mês depois da publicação. Então, o que eu sei?

Fico olhando para seu rosto inexpressivo, até que ela abre um pequeno sorriso.

150

— Obrigado — digo, com uma risada suave, tentando esconder minha surpresa com sua sagacidade. — Ajudou muito.

Ela olha para as mesinhas individuais com computadores. Sigo seu olhar e vejo que Michael acabou de desligar a tela do computador e está em pé agora, alongando-se. Observo-o pegar o travesseiro e lentamente seguir em direção à porta.

— O que você tem que fazer para fechar a biblioteca? — pergunto.

— Não muito — diz. — Apenas apagar as luzes. Trancar.

— Posso acompanhá-la? — A pergunta simplesmente sai da minha boca, mas, então, quando ela olha para a mesa, receio que foi muito atrevido da minha parte.

— Hum...

— Desculpe, culpa da minha avó.

— O quê? — pergunta ela, olhando para mim, confusa.

— Sei que estamos na era moderna — explico, esfregando minha mandíbula —, mas tenho certeza de que ela se levantaria do túmulo e me mataria se eu, pelo menos, não me oferecesse para isso.

— Hum... tudo bem — diz, levantando o lado direito da boca. — Só preciso pegar meu casaco.

Do lado de fora, olho para o banco da frente do carro, onde Aja está tomando refrigerante com o canudo. O ar da noite havia antecipado temperaturas ainda mais baixas, e espero que ele não esteja congelado, sentado lá dentro. Colocando minhas mãos nos bolsos do meu casaco para tentar mantê-las quentes, viro-me na direção de Jubilee, que está atrapalhada com as chaves e a fechadura. Quando termina, pigarreio. Olho para o estacionamento, iluminado pelo poste de luz da rua, e é quando percebo que o meu carro é o único lá.

— Onde *está* o seu carro?

— Ah, hum. Venho trabalhar de bicicleta.

Sei que ela estava de bicicleta quando salvou Aja, e estava frio naquele dia, mas não *tão* frio quanto hoje.

— Você é uma ambientalista assumida ou algo do tipo?

— Não — responde e, então, faz uma pausa, considerando. — Quer dizer, fecho a torneira quando escovo os dentes.

Meus lábios se abrem em um sorriso.

— Então, por que vem trabalhar de bicicleta com esse tempo? Eu vi um carro na sua garagem ontem.

Ela faz que sim com a cabeça.

— Ele não pega. Esperava que fosse apenas porque estava sem combustível, mas não era isso.

— Posso ajudá-la com isso? — A pergunta sai de minha boca antes que eu possa pensar, mas ela salvou a vida de Aja e isso é o mínimo que posso lhe oferecer.

— Você quer comprar um carro novo para mim?

Tenho um ataque de riso, como um tiro de canhão passando pelo cano. O som atravessa o ar. Ela sorri para mim, e é como se algo tivesse se quebrado entre nós. A estranha falta de jeito que parecia pairar como uma névoa no hospital, em frente à sua casa e agora na biblioteca, se vai. Minhas mãos já não sentem frio.

— Ah, não — digo. — Não exatamente, mas eu poderia dar uma olhada no carro para você. Ver qual é o problema.

— Você sabe consertar carros?

Encolho os ombros.

— Um pouco.

Ela morde o lábio enquanto pensa no assunto, e tento não olhar. Não consigo.

Depois do que parecem ser dois minutos inteiros de silêncio, seus olhos encontram os meus novamente.

— Tudo bem.

— Tudo bem — digo. — No sábado?

— Tudo bem — repete.

Olho para Aja, que está olhando pelo para-brisa, seu lanche há muito se foi. Sei que preciso levá-lo para casa, mas, estranhamente, me vejo sem vontade de sair do lado de Jubilee.

Viro-me para ela.

— Bem, posso dar uma carona para você? Está congelando essa noite. Literalmente. O termômetro no banco marcava abaixo de zero.

— Não, estou bem — diz. — Estou acostumada com isso.

Insisto mais uma vez.

— Tem certeza?

— Sério. Não precisa — diz ela. — Mas obrigada.

— Tudo bem — digo, aceitando a derrota. — Bem, boa noite, Jubilee.

— Boa noite.

Sento-me no banco do motorista e fico observando-a passar uma das pernas por sobre a bicicleta, tirá-la do estacionamento e ir embora pela rua silenciosa, uma pequena massa escura sob a luz dos postes. Noto que não há nenhum refletor na bicicleta, e tenho o súbito impulso de segui-la. Mantê-la segura. Observo-a pedalar até perdê-la de vista e, então, encosto-me no apoio para cabeça do banco e expiro.

MENTI. NÃO SEI nada sobre consertar carros.

Meu pai sabia fazer tudo sozinho. Ele sempre tinha algum tipo de sujeira e graxa debaixo das unhas e passava finais de semana inteiros na garagem fazendo sabe lá Deus o quê. Connie se juntou a ele quando tinha idade suficiente, e os dois analisavam problemas de carro durante o jantar como se discutissem procedimentos médicos de vida e morte. Ele tentou me ensinar a trocar o óleo uma vez, mas eu simplesmente não conseguia entender onde ele queria chegar quando havia uma oficina mecânica a menos de três quilômetros e meio da nossa casa.

Não sei por que me ofereci para dar uma olhada, exceto que tinha esse desejo fortíssimo de *fazer* algo por Jubilee. Por essa mulher que, em tão pouco tempo, fez tanta coisa por mim. Como saltar na correnteza fria e puxar meu filho para a segurança. O mínimo que eu poderia fazer era tentar consertar seu carro. Pelo menos era isso que eu estava dizendo a mim mesmo.

Sentado na sala de espera da terapeuta enquanto Aja termina sua sessão na tarde de quinta-feira, teclo uma mensagem para Ellie:

Não sabia que você queria trabalhar com revistas. Pai.

Em seguida, procuro no Google: *Carro não dá partida*. A primeira entrada que aparece é "solução de problemas de carro para estúpidos". Em vez de me sentir ofendido, estou grato. Talvez realmente entenda parte da terminologia. Porém, depois de examinar os primeiros parágrafos, percebo que é impossível e guardo o telefone. Fico em pé para me servir, em um copo de isopor, do que estou certo de que é café frio, de dentro do recipiente de vidro de uma máquina que está sobre uma mesa abarrotada de revistas. Enquanto dou um gole no líquido lamacento morno, a espessa porta de madeira à minha frente se abre e Aja sai. Coloco um sorriso acolhedor no rosto.

— Como foi lá, amiguinho? — Minha voz está carregada de uma alegria forçada, como se ele tivesse acabado de jogar uma partida de basquete, em vez de passar uma hora na terapia.

Ele encolhe os ombros sem olhar na minha direção e pega o iPad que deixou na cadeira ao meu lado. Senta-se e coloca os fones enquanto a terapeuta, que se apresentou como Janet quando chegamos, aparece na porta pela qual Aja acabou de sair.

— Senhor Keegan? Poderia entrar para conversarmos?

— Já volto — digo a Aja, que já está absorto no mundo da sua tela.

Ele não me nota. Constrangido, olho para Janet, que me oferece um sorriso de consolação.

No consultório, sento-me na cadeira em frente à sua mesa. Uma foto de três crianças louras, todas com sorrisos bonitos e roupas brancas e cáqui combinando, em uma praia cheia de areia, olha para mim.

— São suas? — pergunto.

Ela afirma com a cabeça, e tenho que me controlar para não revirar os olhos. Pergunto-me se já lhe ocorreu como é desagradável ver uma família perfeita exposta enquanto você está ali para discutir as imperfeições da sua. Talvez seja sua forma de apresentar credenciais. *Olha, meus filhos podem ficar em fila e sorrir ao mesmo tempo com roupas sem rugas e que combinam! Sua família pode ser tão bem-ajustada quanto a minha, assim que encontrarmos uma solução para esses pensamentos suicidas/delirantes!*

— Todos já são adultos agora — diz ela. — Difícil de acreditar.

— Hummm. — Eu a observo mais de perto.

À primeira vista, pensei que tivesse, no máximo, uns 39 anos. Agora posso ver uma fina linha cinza aparecendo na raiz das suas mechas louras, presas firmemente em um coque. E a pele do seu rosto está um pouco esticada demais. Ao examiná-la mais de perto, vejo que ela parece bem preservada.

— Bem, é óbvio que você tem um filho muito inteligente ali fora — diz, sentando-se lentamente em sua grande poltrona de couro.

Eu normalmente diria obrigado, mas estou muito estressado — em relação ao trabalho, Aja e à vida — para lidar com sutilezas. Vou direto ao assunto.

— Você acha que ele é suicida?

Seus olhos se arregalam por um instante, e ela faz um não rápido com a cabeça, como se entendesse que só quero seguir com isso.

— Não — responde. — Não acho.

— Ótimo. — Entrelaço as mãos à minha frente. — Você assinou a papelada necessária? Preciso dela para a escola dele.

Ela tira uma folha de papel da pilha à sua frente e a desliza pela mesa, em minha direção.

— Eu gostaria de ver Aja uma vez por semana.

— Por causa desses delírios? — pergunto. — Está ótimo. Vou conciliar com o trabalho. — Pego meu telefone e a folha de papel que ela me deu e começo a me levantar.

— Não — responde ela.

Congelo, com o corpo ainda não completamente estendido; e olho-a.

— Não? Não o quê?

— Não quero vê-lo por causa dos delírios, embora seu modo de agir com base neles seja preocupante. E discordo da avaliação da terapeuta anterior. Acho que ele pode estar no espectro — diz ela. — Mas, nesse momento, eu gostaria de vê-lo por causa da dor que ele sente.

A gravidade me faz sentar novamente na cadeira e franzir as sobrancelhas.

— Dor?

Tento me lembrar de Aja chorando ou se comportando de forma triste. Não consigo. Nem mesmo acho que ele chorou no funeral, embora minha memória daquele momento seja fragmentada, na melhor das hipóteses, considerando que eu estava no meio de uma enorme auditoria, trabalhando 16 horas por dia, com a notícia de que meu melhor amigo estava morto e que descobri, da noite para o dia, que o número de filhos que eu tinha dobraria.

— Eu não... não sei ao certo... os pais dele morreram há mais de dois anos. Ele comentou isso com você?

— Não... ele não disse muita coisa. Eu li a ficha dele — diz. — Mas percebi isso por causa das poucas coisas que ele disse pelas quais nunca sofreu. Acho que não sabe como fazer isso.

Tento assimilar o que ela disse. Existe uma maneira adequada de sofrer? Um passo a passo? Pensei que a gente apenas chorasse um pouco e seguisse em frente. Minha mente lembra rapidamente o dia em que cheguei da escola, quando era criança, e Alvin, meu ratinho, estava deitado na gaiola, imóvel. "Ânimo", disse minha mãe. "A vida continua." Só me lembro de pensar: *Não para o Alvin*.

— Você fala sobre os pais dele? — pergunta ela, interrompendo meu devaneio. — Fala com ele sobre o passado? Conta histórias?

Fico pensando. É claro que sim. Penso em Dinesh tantas vezes. O que ele faria em meu lugar. Como ele era um pai, um marido, *tudo*, muito melhor do que eu. Como ele não estragaria as coisas do jeito que muitas vezes eu estrago. Mas falo sobre ele? Com Aja?

— Não tenho certeza — digo.

— Humm — diz ela, mas aquela sílaba curta carrega um mundo de julgamento.

— O que isso significa?

— Nada — diz ela. — Eu gostaria que você tentasse fazer isso nessa semana. Fale para Aja alguma coisa sobre o pai dele; qual era o nome dele?

— Dinesh — digo. Minha voz embarga no "nesh", e isso me surpreende. Pigarreio.

— Ou sobre a mãe dele.

— Kate.

A imagem dela aparece rapidamente diante de mim. Os cachos escuros, como os de uma elfa, emoldurando as bochechas rechonchudas e um sorriso grande demais para o rosto dela. Quase posso ouvir sua risada extravagante em resposta às palhaçadas de Dinesh. Soava como um sino em um dia tempestuoso. Ou talvez seja só minha lembrança disso.

Engulo em seco.

— Você pode fazer isso?

— Sim — digo. — Posso fazer isso. — Junto as minhas coisas e me levanto pela última vez. — Obrigado, doutora... — Olho ao redor na tentativa de ver uma placa de identificação, já tendo me esquecido do seu sobrenome.

— Ah, por nada. É Janet.

A CAMINHO DE casa, Aja ainda está entretido com seu jogo. Dou um tapinha no seu ombro.

— Você pode, por favor, tirar esse negócio?

— Hã?

— Os fones de ouvido. Tire — digo, mais alto.

Ele engancha um dedo em cada fio e tira.

— Precisamos conversar — digo.

Ele olha para o painel do carro.

— Volto a trabalhar amanhã — digo. — E você vai voltar para a escola.

Silêncio.

— Mas a assistente social no hospital diz que não posso mais deixar você sozinho à tarde, por isso aquela mulher boazinha que veio na terça-feira, a senhora Holgerson, estará à sua espera quando você descer do ônibus. Ela vai ficar com você, arrumar o apartamento e fazer o jantar para nós dois. Ao que parece, ela é muito boa em fazer comida sueca.

Quando percebi que precisava de alguém para cuidar de Aja depois da escola, Connie perguntou em seu escritório e uma assistente jurídica conhecia uma babá aposentada que estava procurando algo de meio expediente. Glenda Holgerson cheirava um pouco a cebolas cozidas, mas tinha um currículo impressionante e uma conduta firme, mas gentil, e não hesitou quando lhe falei sobre os problemas recentes de Aja. Contratei-a no mesmo instante e acrescentei isso à lista bem longa de coisas que devo à minha irmã.

— Aja — digo.

Ele não responde, e continuo falando:

— Você se lembra daquelas almôndegas que comia na IKEA? Acho que ela pode fazer umas iguais. Ela mencionou algum tipo de sobremesa também. Fila? *Fika*? Alguma coisa assim. De qualquer forma, será bom tentarmos algumas coisas novas.

Aja murmura algo.

— O quê?

— Disse que não preciso de uma babá.

— Eu sei. Na verdade, ela não é uma babá. Apenas alguém que estará por perto caso você precise de alguma coisa.

— É uma estranha — diz ele. — Não gosto de estranhos.

— Na verdade, ela não é uma estranha. Quer dizer, você a conheceu na terça.

— Por que as coisas não podem continuar como eram?

— Porque não, está bem? — Digo, e minha voz sai mais alta do que gostaria.

A essa altura, Aja pega os fones e volta a colocá-los nos ouvidos.

Suspiro e ligo a seta enquanto entro no estacionamento do complexo de apartamentos. Meu telefone toca no bolso pela terceira vez desde que entramos no carro e, quando estaciono, tiro-o para checar as ligações do trabalho e as mensagens que sei que perdi.

Cinco são do meu chefe, como eu suspeitava.

Mas a sexta? Ah, a agradável sexta. É de Ellie.

catorze

JUBILEE

Sᴇɴᴛᴀᴅᴀ ᴀ̀ ᴍᴇsᴀ do meu escritório na sexta à noite, aperto o pedaço de papel amassado na minha mão fechada e encaro a minha caligrafia. Madison ligou duas vezes nessa semana para me lembrar de que só poderíamos ter nossa primeira "aventura" (sua palavra, não minha) quando eu estivesse com a epinefrina. *Não serei responsável pela sua morte prematura*, disse no que agora reconheço como sendo o estilo bem dramático de Madison H.

Porém, não é isso que está me fazendo entrar em contato com a doutora Zhang. Enfim, não a única coisa.

A erupção — a da minha barriga — foi subindo desde o meu umbigo e se espalhou como uma planta trepadeira por todo o meu peito, ombros e costas. Tentei todos os remédios caseiros nos quais minha mãe se tornou especialista para ajudar a aliviar a coceira e amenizar as manchas vermelhas irritadas e escamosas — banhos de aveia, colheres de chá do anti-histamínico Benadryl, cremes anti-histamínicos em camadas generosas como a cobertura de um cupcake. Nada está funcionando. E sei que somente a doutora Zhang pode me ajudar.

Digito o e-mail que estou tentando escrever durante a maior parte dos últimos dois dias. Tenho que enviá-lo direto para ela, porque, quando liguei na sexta-feira para marcar uma consulta, a recepcionista animada informou que a doutora Zhang está com uma lista de espera de sete meses para novos pacientes. Tentei explicar que eu não era exatamente uma paciente nova, mas ela apenas riu: "Sua última consulta foi há 12 *anos*? A-hã, você é uma paciente nova, querida."

Torno a ler o que escrevi. Parece queixoso, extremamente simplista e um pouco desesperado, mas estou desesperada e é o melhor que posso fazer.

Clico em "enviar".

E espero.

Quatro minutos depois, minha caixa de entrada faz um som metálico curto.

Jubilee! Claro que me lembro de você. Pode estar aqui na terça às dez horas?

Vou para a cozinha, meu coração bate excessivamente para o mínimo esforço, e ligo para Madison. Ela não responde, por isso deixo uma mensagem. Então, mesmo não sendo nem oito da noite, subo a escada e vou para a cama.

TUM. TUM. TUM.

Abro os olhos e, piscando, examino o quarto. Meu travesseiro está úmido no lugar onde aparentemente babei durante o sono. Limpo meu queixo com as costas da mão. A luz que passa pelas janelas indica que é manhã, mas não faço ideia de que horas são. Ou se esse barulho de batida foi real ou apenas parte de algum sonho.

Tum. Tum. Tum.

Bem, isso responde a uma pergunta. Sento e me pergunto quem poderia ser. Provavelmente um vendedor ou uma testemunha de Jeová — houve algumas batidas na porta de cada um deles nos últimos nove anos. Eu sempre esperava em silêncio na cozinha até que fossem embora.

Agora a curiosidade me empurra para fora da cama e vou lentamente até a janela. Com cuidado, afasto a cortina azul para dar uma espiada lá fora. Não consigo ver a varanda desse ângulo, mas posso ver...

O carro de Eric. Na entrada da minha garagem. Rapidamente me afasto da janela, com o coração batendo forte contra o peito. Esqueci completamente que ele disse que viria hoje — mas, o mais importante, por que concordei com isso? Nem me importo com o fato de o Pontiac funcionar ou não — pretendo dirigi-lo. Minha bicicleta me leva e traz da biblioteca muito bem. Fui pega desprevenida, acho. Ele estava sendo tão... tão *diferente* do Eric que conheci. Mais do que apenas educado como de costume, ele estava sendo gentil, caloroso e até um pouco engraçado, mas, agora, à plena luz do dia, sinto-me como um caso patético de caridade ao qual ele acha que deve alguma obrigação porque salvei seu filho, e é uma pena que eu não tenha dito não.

Tum. Tum. Tum.

Permaneço completamente imóvel, esperando que ele vá embora se eu esperar o suficiente.

Tum. Tum. Tum.

Conto lentamente e, no momento em que chego a cem e penso que ele está desistindo...

Tum. Tum. Tum.

Acho que não. Visto uma legging batida que deixei na cadeira. Desço a escada e abro a porta no momento em ele está levantando a mão fechada para bater novamente. Uma rajada de ar frio me atinge no rosto.

— Desculpe, eu... hã... acabei de acordar — digo, olhando de Eric para Aja e depois para Eric de novo. A mão de Eric está parada no ar e me pergunto por que ele não está se mexendo. Sei que meu cabelo está uma vassoura, mas não acho que pareço uma louca *desvairada*. Pelo menos não louca o suficiente para justificar os olhos arregalados no rosto de Eric.

Por fim, ele pigarreia e abaixa lentamente a mão fechada.

— Bom dia, Jubilee.

Ao ouvir meu nome, os olhos de Aja se abrem, tão arregalados quando moedas, chamando minha atenção. Então, olho novamente para Eric, mas ele não está olhando para mim. Não nos meus olhos, afinal. Está olhando, eu acho, diretamente para o meu peito. *Não há muito para ver*, ouço a voz da minha mãe em meu ouvido, seguida por sua gargalhada de fumante. Era algo que ela me dizia com frequência. Cruel, sim, mas verdadeiro — não herdei os atributos particulares da minha mãe —, e não consigo imaginar o que atraiu a atenção de Eric.

Curiosa para saber se estou em algum sonho estrambólico e vou me ver com os peitos de fora, vulnerável e desesperada para acordar, olho para baixo. O que vejo é pior. Luto contra o desejo desenfreado de fechar a porta na cara os dois, voltar lá para cima e me enfiar na cama para nunca mais sair.

Estou usando o casaco de moletom dele. O de Wharton. Aquele com o qual estou dormindo toda noite desde que ele me trouxe do hospital para casa. Não porque é *dele*, é claro, é apenas... confortável. E tem um cheiro bom. Porém, tudo o que ele vê é que o estou usando e tudo o que quero fazer é morrer um pouquinho.

O calor sobe pelo meu rosto até que o sinto pegando fogo.

— Bem, obrigada por vir — digo, tentando manter a voz firme e calma. — O carro está... bem, você sabe onde está o carro. Fale se precisar de alguma coisa.

Começo a fechar a porta, mas Eric estende a mão, parando-a.

— Espera.

Olho para seus dedos estendidos contra o nó da madeira. Lembro-me do sonho, dos seus dedos tocando os meus, e minha respiração acelera. Uma das minhas aulas on-line de Harvard foi de introdução à arte: Como Desenhar a Forma Humana. O professor disse que as mãos eram a parte mais difícil do corpo de ser desenhada, não só por causa da complexidade das articulações, das linhas e das proporções corretas que se deveria obter, mas porque elas são igualmente tão expressivas quanto o rosto em termos de gesto e emoção. Tinha achado aquilo idiota. Até agora. Engulo com dificuldade.

— Na verdade, estou esperando minha irmã, Connie. Ela disse que me ajudaria com o carro. Você se importa se a gente entrar por um minuto?

Dou um passo para trás, tentando garantir uma distância entre mim e as mãos de Eric, mas ele entende isso como um convite. Sem escolha, dou outro passo para trás.

— Claro — digo. — É... entrem.

Fecho a porta assim que eles entram e, então, ficamos parados ali, ao pé da escada, em um silêncio constrangedor. Sei que deveria dizer algo, falar para ficarem à vontade, ou alguma outra expressão genial, mas não consigo parar de pensar no fato básico de que há outras duas pessoas dentro da minha casa. Convidados. Que, na verdade, não convidei, mas aqui estão eles. O som de Eric esfregando as mãos na tentativa de aquecê-las me traz de volta ao momento. Abro a boca para dizer algo — qualquer coisa para quebrar o silêncio —, mas, então, suas mãos chamam minha atenção de novo, dessa vez porque me pergunto por que ele não está de luvas nesse tempo — e é aí que minha ficha cai. Esqueci de colocar as *minhas* luvas. Aperto as mãos atrás de mim.

— Hum... já volto — digo, encontrando o primeiro degrau da escada com o pé. — Vocês podem se sentar. — Faço um sinal com a cabeça em direção à sala de estar. — Quer dizer, se vocês quiserem.

No andar de cima, tiro o moletom de Eric e jogo-o no cesto de roupas sujas, com a humilhação de ser pega nele fazendo minhas bochechas pegarem fogo mais uma vez. O ar imediatamente parece fresco na minha pele nua, mas também provoca uma sensação de irritação que intensifica a coceira. Sei que coçar causará mais dor do que alívio, então resisto à vontade aplicando rapidamente mais um pouco do creme ineficaz na pele áspera, e passo uma camiseta limpa e um suéter de lã pela cabeça. Espero que a gola cubra a ponta da erupção que ameaça subir até minha clavícula.

Coloco as luvas, respiro fundo e desço novamente as escadas.

Quando chego ao último degrau, paro. Aja está concentrado em um iPad e sentado na poltrona forrada de veludo. Minha poltrona. Eric está sentado no sofá, na última almofada à esquerda. Onde minha mãe se sentava.

Eu não sabia que era o lugar da minha mãe — ou, mais precisamente, que ainda penso nele dessa forma — até vê-lo sentado ali, e um tipo de consciência incômoda toma conta de mim.

Então começo a notar outras coisas:

A maneira como a almofada da poltrona de veludo afundou, não oferecendo apoio ao pequeno físico de Aja e lhe dando a aparência de uma marionete frágil, solta no assento.

O cinzeiro no meio da mesinha de centro. Tirei dele o cigarro fumado pela metade por mamãe anos atrás, mas nunca cheguei a limpar as cinzas, agora mofadas.

E os livros. Meu Deus, os livros. Pilhas deles cobrem quase toda a superfície. Dois ou três aqui; uma pilha de 15 ou mais que vai do chão ao lado da minha poltrona até a altura perfeita para apoiar uma caneca de café. Não que eu não os guarde; a questão é que não tenho um lugar para colocá-los. As prateleiras estão abarrotadas, todos os cantinhos ocupados por um livro, criando um quebra-cabeça de lombadas. E, de repente, fico constrangida em pensar quanto dinheiro gastei com *leitura* ao longo dos anos. E descubro a ironia: se tivesse ido à biblioteca para retirá-los, talvez não tivesse que trabalhar lá agora para pagar minhas contas.

Pergunto-me se Eric pensa que sou uma espécie de acumuladora. Como aqueles irmãos que foram encontrados mortos no apartamento deles em Nova York entre 140 toneladas de coisas.

Com exceção dos livros e do cinzeiro, pelo menos a casa está limpa — estou momentaneamente grata pelos meus meticulosos esforços em manter ácaros e teias de aranha longe das minhas coisas.

Pigarreio, e Eric ergue os olhos.

— Desculpe pela, hum... bagunça — digo, indicando todos os livros com um movimento da mão.

— Ócios do ofício?

— Sim — digo, sorrindo, sem conseguir evitar. É o novo Eric que está falando, o que é caloroso e que solta umas observações engraçadas que me pegam de surpresa.

Então meu sorriso desaparece, e fico parada ali, porque Aja está no meu lugar e, desde que minha mãe foi embora, nunca tive duas pessoas na minha sala de estar e não sei o que fazer.

Uma batida na porta me assusta.

— Deve ser a Con — diz Eric, já se levantando.

Sinto uma sensação absurda de alívio ao ver que o lugar da minha mãe ficará vazio mais uma vez.

Viro-me e abro a porta para uma mulher que segura uma caixa de ferramentas.

— Você deve ser a Jubilee — diz ela, entrando mesmo sem ter sido convidada, e a contagem mental de pessoas em minha casa, além de mim, sobe para mais uma. Eu me pergunto: o teto sempre foi tão baixo? As paredes sempre foram tão imponentes? Muito embora o ar frio venha atrás dela, minha pele começa a pinicar de suor.

— Você tem sorte por Eric ter me falado sobre o seu carro — diz Connie, como se estivéssemos retomando uma conversa que demos por encerrada na noite anterior. — Ele só teria piorado as coisas.

Fico olhando para os olhos dela — réplicas exatas das azeitonas de Eric.

— Dá para ficar pior do que não dar partida?

— Você não faz ideia — diz ela, virando-se para Eric. — Tenho que voltar para o escritório daqui a algumas horas. Vamos começar?

— As chaves estão naquela mesa — digo, apontando para elas. Eric as pega e sai pela porta atrás de Connie. Expirando, fecho a porta atrás deles. Só no momento em que levanto os olhos é que percebo que Aja não saiu da minha poltrona. Sua atenção está tão focada no jogo que ele não percebe que seu pai e Connie saíram.

Fico ali, perguntando-me se devo dizer algo, mas, depois de um minuto, meu estômago ronca, empurrando-me para a cozinha para preparar o café da manhã. Só quando estou fazendo o café percebo que deveria ter oferecido um pouco a Eric. Na verdade, deveria ter lhe oferecido alguma coisa. É isso que as pessoas fazem nos filmes quando chega uma visita: chá, água e um petisco. Lembro-me de Aja e fico imaginando se está com fome. Coloco a cabeça na sala de estar.

— Ei, Aja — digo. Ele tira os olhos do videogame e olha para mim.
— Ovos?

Ele pisca.

— O quê?

— Estou preparando o café da manhã. Quer um pouco?

Ele faz careta, e percebo que talvez ovos não sejam interessantes para o paladar de uma criança. Mas não tenho cereais ou... o que mais as crianças comem?

— Hum... biscoitos?

Ele faz que não com a cabeça e volta a olhar para baixo, o que me deixa contente, porque, logo depois de dizer, lembrei que havia comido os três últimos do pacote na quinta-feira.

Depois do café da manhã, lavo a panela, o prato, o garfo e a caneca, e volto para a sala de estar. Não estar sozinha está me deixando mal-humorada. Sinto-me acanhada, como se alguém estivesse dando testemunho de cada uma das minhas ações, muito embora Aja não tenha levantado os olhos desde que perguntei sobre o café da manhã.

Pego alguns livros na mesa atrás do sofá, como se quisesse guardá-los, mas não sei exatamente aonde levá-los, então começo a reorganizá-los na pilha, colocando os maiores na parte de baixo.

— Seu nome é Jubilee mesmo?

Viro a cabeça na direção da voz baixinha de Aja, surpresa com o som, e levanto o queixo.

— Ah, sim — digo. — Acho que, na verdade, não cheguei a me apresentar no outro dia.

Ele mantém a cabeça firme; atrás dos seus óculos, os olhos grandes permanecem fixos nos meus.

Então, faz um rápido aceno com a cabeça, e noto que seu foco se volta para as minhas mãos. Ao estudá-las, de verdade, suas sobrancelhas escuras se franzem.

— Por que você usa luvas? — pergunta.

Olho para baixo, meus dedos estão apertando uns aos outros, brincando com o material das luvas. Volto a erguer os olhos.

— Bem, hum... é meio difícil de explicar — digo.

Ele funga, seus olhos encontram novamente os meus. Quando fala, suas palavras saem como um sussurro reverente.

— É porque você não pode tocar as pessoas, não é?

Meu estômago revira. *O quê?* Como ele pode...

— Você não pode controlar, pode? — Seus olhos estão dançando agora, são borrões brilhantes de tinta.

Estreito os olhos na sua direção. Será que uma enfermeira lhe disse? No hospital? Sigilo de paciente uma ova! Ah, Deus, isso quer dizer *Eric* sabe? Minha boca fica seca.

— Tudo bem. Você pode me contar — diz ele, inclinando-se para a frente na poltrona. — Juro que não vou contar. Para ninguém.

Olho para a porta, esperando que Eric passe por ela, mas, por outro lado, não querendo que ele fique sabendo dessa conversa. E me pergunto por que me preocupo tanto com o que ele pensa.

— Pode me mostrar? — pergunta Aja, e viro rapidamente a cabeça de novo na sua direção.

— Mostrar? — Agora estou confusa. Ele quer ver as minhas mãos?

— Sim, uma bola de fogo! Que tamanho elas têm? Elas vão para onde você quiser?

Bola de fogo? Estreito os olhos, minha mente está confusa.

— Aja — digo, interrompendo sua sequência de perguntas. — Do que você está falando?

— Da sua energia pirotécnica! — diz, tão animado que está saltando um pouco na poltrona, e receio que a almofada caindo aos pedaços não vá aguentar.

— Minha piro o *quê*?

— E você fingiu que não tinha ouvido falar dos X-Men — diz. — Eu deveria saber. Na hora em que vi você. Você até parece um pouco com ela.

— Com quem?

— A Jubileu! — diz. — Você é a Jubileu!

Faço que sim com a cabeça, mas mais porque ele finalmente disse algo que é, de fato, uma declaração verdadeira. Algo com que posso concordar.

— Bem, sim. Esse é o meu nome, mas...

— Dos X-Men! E você pode soltar rajadas de plasma em forma de fogos de artifício pelas pontas dos dedos — começa ele, apontando para as coisas, fazendo pequenos sons de chiado. — Isso explica por que você tem que usar luvas.

Dou a volta no sofá e me sento na outra ponta, a oposta ao lugar da minha mãe.

— Aja.

Ele continua a atirar de brincadeira nas coisas; sua euforia é quase frenética.

— Aja! — Ele para e olha para mim.

— Não tenho nenhum... poder — digo. — Não posso, hum... destruir coisas. Isso só acontece nos filmes.

Ele abre a boca, justamente do modo como lembro que fez durante a nossa conversa na biblioteca. Sei que irá me corrigir, então faço isso antes dele.

— Quer dizer, nas HQs. Desculpe.

Ele fecha a boca e esfrega o nariz, absorvendo a informação. O brilho nos seus olhos escurece um pouco, e é como se estivesse preso a uma corda em meu coração. E ele estivesse sendo puxado. Ridiculamente, vejo-me com vontade de poder atirar bolas de fogo pelas pontas de meus dedos, só para não decepcioná-lo.

— Mas... por que você usa luvas?

Olho para ele e me vejo obrigada a dizer a verdade.

— Eu tenho uma alergia.

Com isso, seus ombros caem.

— Uma alergia? Tipo, à pasta de amendoim?

— Mais ou menos — digo. — Mas a minha é muito mais rara do que essa. Ele inclina a cabeça.

— Quanto mais rara?

— Muito — digo, inclinando-me um pouco mais para perto dele. — Mas, se eu disser, você não pode contar para ninguém.

Ele se inclina, aproximando-se mais um pouco também, e é como se um manto de expectativa caísse sobre a sala.

— Sou alérgica a outros seres humanos.

Seus olhos ficam arregalados, brilhantes e iluminados novamente, e não entendo por que isso me agrada tanto, mas agrada.

— Por isso que fui parar no hospital depois de tirar você do rio. — Levanto meus dedos enluvados e os balanço. — Não posso tocar pessoas.

Suas sobrancelhas estão tão altas que quase se escondem debaixo da franja de grossos fios pretos na testa, e, então, em um instante, caem e se enrugam enquanto ele processa essa nova informação. Quase posso ver as engrenagens girando em seu cérebro. Quando finalmente fala, as palavras saem em um sussurro:

— Então, você meio que *é* uma mutante?

Penso na pergunta. E em como foi assim que me senti durante toda a vida. Como um objeto curioso. Um monstro. Uma aberração total da natureza. Porém, de algum modo, vinda da sua boca, essa possibilidade não parece tão ruim.

UMA HORA DEPOIS, Connie e Eric aparecem na antessala. Eles não batem à porta, mas, por outro lado, não sei por que deveriam. Estão me fazendo um favor.

— Há quanto tempo seu carro não dá partida?

— Hum... não tenho certeza.

— Vou usar outras palavras: quando foi a última vez que você o dirigiu?

Olho para Eric e murmuro uma resposta.

— O quê?

Pigarreio.

— Faz nove anos.

Sobrancelhas se erguem no rosto de Connie e de Eric como se fossem uma sequência de fogos de artifício.

— Uau. Tudo bem — diz Connie, movendo um pouco a cabeça para cima e para baixo. — Isso, hum... isso realmente faz sentido. O tanque de combustível está todo enferrujado. Não acho que vinagre vá adiantar alguma coisa. Tenho que esvaziar o tanque, colocar combustível novo e um aditivo. Além disso, você precisa de uma bateria nova, todos os fluidos novos e velas de ignição. Ah, pneus novos também. Eles não são seguros depois de seis anos ou mais, especialmente depois de terem ficado expostos às intempéries esse tempo todo.

Sobrecarregada por essa leva de informações, meus olhos vão de Connie para Eric. Ele encolhe os ombros, como se estivesse se desculpando.

Connie continua:

— Eu poderia trocar os fluidos, as velas de ignição e todos os componentes básicos. Poderia até trocar a bomba de combustível, embora essas coisas possam ser complicadas, dependendo do caso. Mas o resto? Vai além dos meus talentos para mecânica. Acho que é melhor deixar nas mãos de um profissional. Desculpe, queria ter notícias melhores. — Ela olha para o relógio. — Preciso voltar para o escritório.

Eric vai com ela até a porta, e consigo gritar um "obrigada" antes que ela vá embora.

— Ficarei feliz em chamar um guincho para você. Vamos levá-lo a um mecânico — diz ele, quando volta para a sala.

— Ah, meu Deus, eu dou um jeito — digo, sem intenção de fazer isso.

— Não faz mal — diz ele. — Vou fazer uma pesquisa hoje à tarde, descobrir o melhor lugar...

— Não — digo, usando mais força dessa vez.

Isso o faz parar de repente.

— Estou... estou bem com a minha bicicleta. Não é nada de mais.

— Me deixe fazer isso por você — diz, sem perder o ritmo. — Sério. Estou em dívida com você.

— Você não me deve nada! — digo, reconhecendo a ironia de que, no caminho do hospital para casa, não achei que ele tivesse sido grato o suficiente, mas agora está sendo demais. E eu queria que ele não mexesse nisso. — Não fiz nada.

— Você salvou...

— Não! — digo, um pouco mais alto do que pretendia. Até Aja tira os olhos do iPad, e depois volta a olhar para baixo. — Fiz o que qualquer ser humano teria feito naquela situação.

Ele não responde de imediato, lançando-me um olhar feio. Nenhum de nós pisca por alguns segundos, e começo a me contorcer sob seu escrutínio. É como se estivéssemos travados em algum tipo de batalha, mas não entendo por qual motivo ele está lutando. Ele fez o que veio fazer — dar uma olhada no meu carro — e agora estamos quites. Eric está livre da sua obrigação.

Ele quebra o silêncio.

— E se eu desse carona para você da biblioteca para casa, só até você conseguir dinheiro suficiente para consertar seu carro?

Meus olhos se arregalam. Isso está ficando ridículo.

— Não, sério... — começo.

Mas ele continua, como se eu nem tivesse falado.

— É perto da estação de trem, por isso nem fica fora do meu caminho. Além disso, já é bem ruim você andar de bicicleta no frio, mas no escuro também? Ela nem tem refletores. E se nevar?

Por que está preocupado com isso? Quero gritar. Cruzo os braços na frente do peito. Odeio o modo como ele está falando comigo — é arrogante, como se soubesse melhor das coisas. E odeio ainda mais que esteja um pouco certo — eu não tinha pensado na neve.

— Acabei de encomendar refletores *e* um farol — disparo contra ele. — Não que seja da sua conta.

Ele dá um passo para trás, e acho que ganhei a batalha, mas então ele abre a boca de novo e diz calmamente:

— Só me deixe ajudá-la. Por favor.

— Não preciso da sua ajuda — digo, com firmeza. — Você já fez mais do que o suficiente. Obrigada. — Faço um gesto com a mão esquerda na direção da porta. Sei que é rude, mas não estou nem aí. Só quero que ele saia da minha casa.

Ele dá outro passo para trás e concorda, lentamente, não tirando os olhos do meu rosto nem por um instante.

— Tudo bem — diz, pegando no bolso o gorro de lã. Ele desistiu da luta, e sei que venci. Ele se vira para Aja.

— Pronto, amiguinho? — pergunta alto o suficiente para Aja ouvir mesmo com os fones nos ouvidos.

Aja se levanta, coloca o iPad debaixo do braço e sai arrastando os pés. Eric se vira para ir atrás dele, mas me fita com um último olhar.

— Adeus, Jubilee.

Fico olhando feio para ele, tentando me agarrar à raiva que percorria todo o meu corpo, mas não consigo. Há algo nos seus olhos que eu não havia visto antes — uma angústia discreta, quem sabe? — que me derrete, e tudo o que sinto é uma ponta de arrependimento por ser tão dura. Entretanto, antes que eu possa dizer qualquer coisa, ele abaixa os olhos e se vai, e a porta se fecha com um clique atrás dele.

quinze

ERIC

SOU UM IDIOTA. Stephanie sempre disse que eu não sabia quando deixar as coisas como estão. Que, quando cismo com algo, forço a barra. E fiz isso com Jubilee. O que estou tentando descobrir enquanto volto de carro para casa é o motivo. Sim, ela salvou a vida de Aja. E, de algum modo, sinto-me em dívida com ela. Mas ela deixou claro que não quer a minha ajuda — que não precisa dela. Então, por que simplesmente não posso deixar as coisas como estão? Ocorre-me que pode muito bem ser algum desejo arraigado, movido pelo ego, de me sentir necessário para alguém — *qualquer pessoa* — a fim de estancar o sentimento bastante comum de ser totalmente inútil para todas as pessoas em minha vida.

Olho para Aja no banco de passageiro, onde ele está batendo naquela tela ridícula com os polegares. Olho para a estrada, tentando clarear as ideias, concentrar-me nas placas de rua e outras coisas relacionadas ao trânsito, mas parece que, quanto mais tento não pensar em Jubilee, mais me pego pensando nela.

Ela estava usando meu casaco de moletom quando abriu a porta. O de Wharton. O que lhe emprestei quando a levei do hospital para casa. E sei que é bem possível que não signifique nada — bem possível que tenha sido a blusa mais próxima quando, de forma tão mal-educada, acordei-a com minhas batidas na porta, e ela a vestiu correndo para me receber.

E ainda assim, por alguma razão, não consigo parar de pensar naquele casaco. E nos lugares onde o tecido encontrou na sua pele.

— Eric — diz Aja ao meu lado com seu tom monótono de sempre, interrompendo meus pensamentos.

— Sim? — Viro rapidamente a cabeça na sua direção.

— Você acabou de passar por aquele sinal vermelho.

— O quê? — Olho pelo retrovisor. De fato, o sinal estava vermelho. — Passei?

Mas Aja, olhando novamente para sua tela, não responde. Passo as mãos em meu cabelo e deixo o ar escapar, perguntando o que deu em mim.

O TRABALHO ESTÁ uma loucura tão grande na segunda-feira que só tenho tempo de fazer uma ligação rápida à tarde para ver se Aja chegou bem em casa e se a senhora Holgerson está lá. Quando finalmente entro no trem às 18h15, tiro o livro *Diário de uma Paixão* da bolsa. Só restam 15 páginas, mas, em vez de abrir o livro, fecho os olhos e encosto a cabeça no assento. Penso, não pela primeira vez, se realmente quero me tornar sócio da empresa.

Será que tudo isso vale a pena? É para isso que tenho trabalhado ao longo de toda a minha carreira. A resposta pronta que dava à Stephanie toda vez que se queixava da minha longa jornada de trabalho, da minha ausência na família, do meu nível de compromisso com ela, de Ellie, da casa. "Vai melhorar", sempre lhe prometia. "Quando eu me tornar sócio." O que eu não ressaltava era que eu era um pai melhor do que muitos dos meus colegas. Na verdade, eu de vez em quando saía do trabalho mais cedo para participar de uma reunião com professores, para um jogo de softball ou para a feira regional de ciências onde Ellie, quando estava no sexto ano, ficou em segundo lugar depois de concorrer com todos os demais alunos do ensino médio. Não consegui entender, na época, por que ela ficou com um D em ciências no oitavo ano.

"É sua matéria favorita", disse-lhe em um dos poucos fins de semana que consegui passar com ela depois do divórcio.

Ela revirou os olhos, um novo hábito que eu não conseguia suportar. "Não é mais."

"Desde quando?"

"Desde agora", disse ela. Isso foi pouco antes de me dizer que iria passar a noite na casa de Darcy, nossa primeira briga feia. Pelo menos, a primeira de que me lembro, não só porque foi a primeira vez que ela me disse que me odiava, quando a proibi de ir, mas porque ela também disse: *Entendo perfeitamente por que a mamãe se divorciou de você.*

Agora me pergunto se deveria tê-la deixado ir. Se, talvez, aquilo tenha sido o começo do fim.

Sei, é claro, que relacionamentos não se dissolvem por causa de um evento, uma briga. São centenas de golpes dados ao longo do tempo — golpes no queixo, socos no rosto, cruzados —, alguns a gente mal sente. E então, antes de se dar conta, você já está no chão vendo estrelas e se perguntando que merda aconteceu.

Penso na mensagem que ela me enviou na quinta-feira. *O que está tentando fazer? Pare já.*

Uma resposta! Minha filha, minha Ellie, me notou. As primeiras oito palavras que ouvi dela depois de mais de quatro meses. Não é exatamente a resposta emocional irresistível que eu esperava, mas a aceitei mesmo assim.

Passei duas horas tentando elaborar a resposta perfeita. Torturei meu cérebro à procura de outras citações de *As Virgens Suicidas* e *A Redoma de Vidro* para impressioná-la enquanto fazia cachorros-quentes para o jantar. Elaborei explicações longas enquanto enchia a máquina de lavar louça e limpava as bancadas. Inventei observações engraçadas enquanto verificava se a porta da frente estava trancada, apagava as luzes e parava à porta de Aja para dar boa-noite para ele e para O Cão.

Contudo, quando caí na cama naquela noite, mais tarde, descartei todas as possibilidades — muito cafonas, não muito engraçadas, muito estúpidas, muito cansativas —, e a única coisa que restou foi a verdade, cujas letras, uma a uma, teclei com o dedo indicador:

Não posso. Você é minha filha. Com amor, Pai

Quando desço do trem em meio à noite escura, o vento me acerta em cheio no peito, e abaixo mais a cabeça para proteger as orelhas debaixo do colarinho. Penso novamente em Jubilee de bicicleta nesse tempo e sinto um desejo ardente de que ela tivesse aceitado minha oferta de lhe dar carona.

Atravesso rapidamente o estacionamento em direção ao meu carro. Sento-me no banco da frente e ligo o aquecedor no máximo, esfregando as mãos para esquentá-las. Olho para o relógio. São 18h56. A biblioteca fecha às sete. E, de repente, sou impelido a ir até lá, mesmo sabendo que não deveria. Tentar uma última vez.

A UM QUARTEIRÃO de distância, ocorre-me que ela pode não estar lá. São 19h04 agora, e ela já poderia muito bem ter trancado as portas, subido na bicicleta e começado a voltar para casa. Mas não. Quando entro no estacionamento, ela está lá, em pé na porta, de costas para mim. Meu sangue começa a bombear mais rápido ao vê-la, e percebo que estou nervoso. Ouço sua voz na minha cabeça: *Não preciso da sua ajuda.* Engulo em seco. Por que vim aqui?

Eu deveria ir embora, mas é tarde demais. Meus faróis, iluminando sua silhueta, chamaram a sua atenção, e ela se vira, segurando um molho de chaves na mão direita, usando a esquerda para proteger os olhos da luz. Com um movimento de pulso, apago as luzes, para não a deixar cega. Ela pisca, olhando para o carro e, ao reconhecê-lo, seus olhos se arregalam. Engulo em seco mais uma vez e depois levanto as mãos, com as palmas para cima, e encolho os ombros, esperando expressar a forma não ameaçadora com que vim, não o comportamento assustador de um perseguidor que, acaba de me ocorrer, é o que provavelmente estou parecendo.

Fico na expectativa enquanto ela me fita, imóvel. Em seguida, ela lentamente balança a cabeça de um lado para o outro. Então vejo: o canto dos seus lábios levantando-se lentamente. É tudo de que preciso. Abro a porta e fico em pé.

— O que está fazendo aqui? — pergunta ela, mas seu tom está cheio de surpresa, não de raiva. Encho-me de alívio.

— Eu disse que era caminho de casa — digo. — Só pensei em dar uma passada aqui. Ver se alguém precisava de uma carona. Quer dizer, não *você*, é claro; você tem a sua bicicleta.

Ela sorri agora, um sorriso largo que se estende em seus lábios e ilumina seus olhos.

— Eu tenho — diz. — Tenho minha bicicleta.

Assinto, pensando rapidamente.

— Sabe, eu queria saber, no entanto, se você poderia *me* ajudar.

Ela ergue a cabeça, curiosa. À espera.

— Preciso de ajuda para decifrar o significado oculto de todos esses livros que estou lendo que vão muito além da minha compreensão. E acontece que você os entende — digo. — Estava pensando se, quem sabe, poderíamos fazer um acordo: você ser minha tutora enquanto eu dirijo.

Ao ouvir isso, ela joga a cabeça para trás e ri; um som pleno que me pega de surpresa. E sei que a envolvi. Sinto um frio na barriga.

Quando para de rir, ela me fita com um olhar.

— Alguém já disse que você é irritantemente persistente?

Concordo.

— Uma ou duas vezes — digo. — E aí? Temos um acordo? — Saio de trás da porta do carro e vou até ela, com a mão estendida na sua direção.

Porém, quando vejo sua expressão, paro de andar. Seu sorriso relaxado se transformou em algo que parece puro terror. Seu corpo está tenso, e Jubilee está olhando para a minha mão como se ela fosse uma cobra capaz de picá-la. Abaixo a mão e pigarreio. Ela olha para mim, e seu rosto muda com a mesma rapidez de antes.

— Eu só, hum... tenho que pegar minha bicicleta — diz, estendendo o polegar e fazendo um sinal na direção do bicicletário.

— Ah... ok. — digo, andando alguns passos atrás dela, mantendo certa distância. Não sei o que foi aquilo, mas não quero assustá-la novamente.

Quando chegamos à bicicleta, ela vai para a esquerda e eu, para a direita, colocando minhas mãos no quadro para levantá-la ao mesmo tempo em que ela segura o guidom.

— Ah, eu não quis dizer... posso levá-la — diz, sem soltá-la.

— Eu sei — digo. — Mas eu gostaria de fazer isso.

Seus olhos encontram os meus.

— Você já não está fazendo o suficiente?

Há um sorriso nos seus lábios, mas seu olhar é forte e inflexível. Meu Deus, ela é teimosa.

— Deixe que eu levo — digo com os dentes cerrados, levantando a bicicleta com mais força do que preciso por causa da minha frustração, não lhe dando outra escolha senão tirar as mãos do guidom.

Ela dá um passo para trás, olhando para mim, e depois me segue enquanto vou até o carro com a bicicleta na mão.

— E aí? Qual é o próximo livro? — pergunta, esperando-me, ao lado da porta do passageiro, colocar a bicicleta no porta-malas.

Levanto a sobrancelha para ela.

— Hein?

— Que vamos discutir. Sou sua tutora, você dirige, lembra?

— Ah, certo — digo. — Hã, é *Diário de uma Paixão*.

— *Diário de uma Paixão*?

— Sim.

Ela solta uma gargalhada.

— Se você precisa de ajuda para entender o *Diário de uma Paixão*, estamos com um problema.

Faço uma pausa, meus olhos encontrando os dela.

— Então, eu diria que estamos com um problema.

NÃO SEI AO certo o que acontece, mas, quando entramos no carro, a relativa naturalidade que tínhamos um com o outro no estacionamento desaparece e um silêncio desconcertante paira entre nós. Enquanto saio do estacionamento, o tique-taque da seta preenche o ar, parecendo, de repente, tão alto e ameaçador quanto uma bomba nuclear pronta para explodir. Olho para ela e vejo suas mãos enluvadas fechadas sobre o colo. Ela parece tão desconfortável e tensa quanto inesperadamente me sinto, e me pergunto se isso foi uma má ideia. Ela é claramente independente, mas fui cercado por mulheres decididas a minha vida toda, e ela parece ser mais do que isso. Ela é difícil de decifrar, não que eu sempre tenha sido bom em decifrar pessoas. É fria e quente como uma torneira com comando duplo, e nunca sei o que vou encontrar. Como o que aconteceu na sua casa no sábado. Era quase como se ela nem nos quisesse lá, mas, então, quando entrei na casa depois de mexer no carro, ela e Aja estavam rindo juntos. Fiquei confuso, e não só porque não tinha ouvido

Aja rir daquele jeito, bem, desde sempre, mas, meu Deus, o sorriso dela. Ocupou a sala inteira, e fiquei com ciúme — *ciúme!* — de um menino de 10 anos. Do meu próprio filho. Por ser para ele que ela estava sorrindo daquela maneira.

Massageio a barba cerrada em meu rosto. O que estou fazendo? Acabei de chegar aqui para fazer um trabalho temporário e dar espaço à minha filha e agora estou agindo como se fosse um estudante com uma queda estúpida pela bibliotecária.

— Você está bem?

— Hein? — viro a cabeça. Jubilee está olhando para mim.

— Você fez um barulho. Tipo um gemido.

— Ah... certo. Estou bem — digo, envergonhado. — Hã... apenas um dia difícil no trabalho.

— Ah.

Antes que ela tenha a chance de perguntar sobre isso, pigarreio e mudo de assunto.

— Então, hum... *Diário de uma Paixão* — digo. — Acabei de ler no trem.

— Você leu? — pergunta ela, e não sei se é imaginação minha ou se seu corpo relaxa um pouco. — Você chorou?

— O quê? Não — digo. Um semáforo à nossa frente fica amarelo. Piso no freio. — Por que choraria? *Você* chorou?

— Sim. Choro toda vez que leio esse livro.

— Toda... — Estreito os olhos para ela. — Espera aí, quantas vezes você leu *Diário de uma Paixão*?

— Sei lá. Seis ou sete. Mas faz alguns anos que não o leio.

Olho para ela, espantado.

— Por que raios você leria um livro seis ou sete vezes? Não me venha com esse papo de que não sabe o que acontece.

Ela me lança um olhar, um que conheço muito bem por causa de Ellie, que dá a entender que é inútil explicar se eu ainda não sei.

— Tudo bem, mas *esse* livro? — continuo. — É tão cafona. — Estendo a mão na direção do banco traseiro e tiro meu exemplar da bolsa aberta no chão do carro. Com uma das mãos no volante, uso a outra para virar as páginas até o exemplo que quero mostrar.

— O que está fazendo? Você não pode ler e dirigir.

— Olha, o semáforo está vermelho — digo, passando os olhos nas páginas para achar o que estou procurando.

— Não mais — diz.

Ergo os olhos e, de fato, o semáforo está verde. Olho para ela, e ela está sorrindo. Um carro buzina atrás de nós, e coloco o livro no colo.

— Bem, é a parte em que, na guerra, ele estava com um exemplar de *Folhas de Relva* no bolso da camisa quando levou um tiro. Lembra?

Ela faz que sim com a cabeça.

— Sim.

— Qual é! Um livro de poesia salvou a vida dele? — pergunto, rindo. — Não dá para ser mais brega do que isso.

Ela ri.

— Tudo bem, sim, talvez seja clichê em alguns detalhes, mas também é uma linda história de amor. É como *Romeu e Julieta*, só que do nosso tempo.

— Agora Nicholas Sparks é *Shakespeare*? Ah, meu Deus, isso para mim é uma blasfêmia. Ele deve estar se revirando no túmulo em algum lugar.

Embora devesse estar prestando atenção na estrada, olho de relance para Jubilee. Ela está rendida, com os lábios se abrindo em um sorriso de um lado ao outro do rosto, e sinto um leve arrepio subir pela espinha. O mesmo arrepio que senti quando ela estava sorrindo para Aja, só que agora o sorriso está direcionado a mim.

Meu telefone toca no console onde o deixei. Imagino que seja trabalho e o ignoro. Quando fica em silêncio, pego-o e fico surpreso ao ver o nome da senhora Holgerson aparecer na tela. Sei que estou um pouco atrasado, mas lhe avisei que isso aconteceria às vezes, especialmente nessa semana, já que estou levando Jubilee para casa primeiro. Não, deve ter mais coisa aí. Meu coração acelera quando clico no seu nome. O telefone chama e chama, mesmo ela tendo acabado de me ligar.

Meu coração pulsa forte nos meus ouvidos.

— Merda.

Viro abruptamente o volante, fazendo um retorno em U no meio da rua. Jubilee se segurava porta para se manter firme, mas, como ponto a seu favor, mal faz um som.

— O quê...

— É o Aja — digo, cortando-a, e meu pânico aumenta a cada segundo. Vou às pressas para casa, a mente criando os piores cenários com a mesma rapidez com que eu calculava raízes quadradas de números por diversão quando era criança. Será que ele fugiu de novo? Pulou de uma janela? Ou algo pior? Quando entro no estacionamento do apartamento, fico um pouco aliviado por não ver nenhum carro de polícia, bombeiros ou ambulância com as luzes piscando.

Sem esperar por Jubilee, subo as escadas de dois em dois degraus e destranco a porta, abrindo-a para ver a senhora Holgerson de quatro esfregando o tapete. O aroma pungente do produto para limpar tapetes e de algo mais — o jantar queimado? — enche minhas narinas. Fora isso, o apartamento está tranquilo.

Rugas de raiva se amontoam em seu rosto quando me vê.

— Não! — diz. — Não, não, não. — Ela luta para ficar em pé, e vou para junto dela, estendendo minha mão para que ela se apoie. — *Não* fui contratada para isso.

— O Cão teve um acidente? — pergunto.

— Tente *quatro* — diz, segurando um pano úmido. Meu coração desacelera quando percebo que é só com o filhote que ela está louca. — Mas isso não é nada comparado ao fogo!

— *Fogo?*

E foi quando senti o cheiro. A fumaça ácida persistente no ar que confundi com comida queimada. Sinto, em vez de ver, Jubilee à porta, atrás de mim.

— Seu menino! Quase pôs fogo no prédio inteiro — diz ela. — Ainda bem que fui dar uma olhada nele. E ele não tem nada a dizer para se defender. Nada! — Ela faz que não com a cabeça. — Você disse um probleminha, não um *delinquente*!

Faço uma pausa e estreito os olhos.

— Ele não é um delinquente.

— Tanto faz — diz ela.

— Não, não é tanto faz. Ele não é um delinquente — repito, mais firme dessa vez. — Me desculpe pela confusão, mas acho melhor a senhora ir embora.

Pego notas suficientes na carteira para cobrir a quantia que combinamos e estendo a mão na sua direção, sem tirar os olhos do seu rosto. Ela troca o pano úmido que está segurando pelo dinheiro e pega a bolsa na mesinha de centro.

— Adeus — diz, seca, e depois murmura algo que nem parece ser o meu idioma. Passa bufando por Jubilee, deixando a porta bater com força depois de atravessá-la.

Os olhos de Jubilee encontram os meus, e há uma pitada de orgulho em seu rosto, coincidindo com a mesma sensação de satisfação que tive ao pedir à senhora Holgerson que fosse embora, ao ficar do lado de Aja, ao lado do meu filho, mas esse sentimento logo é substituído por outra coisa.

— Merda — digo, com um pedaço de pano encharcado de urina na mão. — Acho que acabei de botar para correr a melhor, e a única, babá que arrumei para Aja.

Jubilee murmura algo baixinho. Parece algo do tipo: "Eu odeio ver o lado ruim das coisas." Sorrio.

— Eu tenho que... — Estendo o polegar na direção do quarto de Aja.

— Vá. — Ela me manda sair com um gesto, dobrando os joelhos para se sentar no sofá. — Estou bem aqui.

Levo o pano para a pia da cozinha e atravesso o corredor. O cheiro persistente de queimado fica mais forte a cada passo.

— Aja? — chamo, e coloco a cabeça na esquina do corredor, sem saber ao certo o que vou encontrar. Ele está sentado na cama com O Cão no colo. Seus olhos arregalados me acolhem quando entro.

— Amiguinho?

Ele está como uma pedra, com exceção dos pequenos tremores que posso ver pelo seu corpo, e minha mente lembra o incidente do martelo na mesa. Preciso lidar melhor com isso dessa vez. Sento-me na beira da cama e espero.

Ficamos olhando um para o outro por pelo menos três minutos, até que O Cão solta um gemido, como se também estivesse se cansando do jogo. Aja pisca.

— A polícia vai vir me pegar? — sussurra.

Sua voz soa tão jovem, tão impotente, nem um pouco como a maneira adulta com que ele normalmente fala, que parece que meu corpo inteiro está se liquefazendo. A raiva que subia por meus braços e pernas se dissolve, e estendo a mão em sua direção na cama, até onde ele me permite. Desejo envolvê-lo em meus braços.

— Não — digo, e repito a palavra para enfatizar. — *Não*. Foi isso que a senhora Holgerson disse? — Nossa! Realmente fiz um excelente trabalho na escolha da babá. — Me conte o que aconteceu.

— Foi um acidente.

— Tudo bem. Você estava tentando pôr fogo em alguma coisa? De modo telecinético ou algo do tipo?

Ele sacode a cabeça.

— Foi burrice — diz.

Espero, com receio de dizer algo que o faça se fechar. O silêncio persiste, até que Aja finalmente o rompe:

— Eu e Iggy? A gente estava no Skype.

— Iggy — digo, lembrando-me das mensagens instantâneas que li entre os dois, e me perguntando se esse Iggy é uma má influência e alguém com quem devo me preocupar mais. Por ora, decido apenas ouvir. — Certo.

Aproximo mais meus dedos até roçarem a rótula do seu joelho. Tento apertá-lo de forma reconfortante, mas ele mexe a perna. O Cão se levanta, desgostoso por ter sido perturbado, e volta a se acomodar no travesseiro de Aja com um suspiro.

— A gente estava jogando.

— Que jogo?

— O jogo do fósforo. — Ele termina cada palavra como se fosse a última. Como se nenhuma outra explicação fosse necessária. Continuo tentando.

— Como se joga?

— Cada um acende um fósforo ao mesmo tempo e quem soltar o fósforo primeiro perde.

Tento assimilar isso.

— E você soltou o seu?

Ele afirma com a cabeça.

— Sim. Estava queimando a ponta dos meus dedos. E a lata de lixo estava bem ali.

A lata de lixo ao lado da sua mesa finalmente chama minha atenção, e posso ver as manchas pretas de cima a baixo em seu interior, junto com algumas gotas de água onde, imagino, a senhora Holgerson apagou as chamas. Tudo o que posso pensar é: *Graças a Deus, não era de plástico.*

— Foi ideia do Iggy.

Massageio meu rosto com as mãos.

— Entendo — digo. Porque realmente entendo. Ele estava jogando. Um jogo idiota. E, quando a lata de lixo pegou fogo, ele provavelmente ficou paralisado de medo. Graças a Deus a senhora Holgerson estava aqui.

E, mesmo sabendo que deveria ficar zangado, não só por causa do fogo, mas pelo fato de Aja ter colocado para correr a única opção que pude arrumar em tão pouco tempo para cuidar dele depois da escola, um sorriso começa a surgir em meu rosto. Meus lábios se contorcem, e deixo escapar um som entre eles. Seguido de outro. E, antes que eu perceba, estou rolando de rir, como não ria há anos. Não sei o que é mais engraçado para mim: imaginar a cara da senhora Holgerson quando descobriu o fogo ou a cara de espanto de Aja quando percebeu que um fósforo aceso podia queimá-lo e procurou o recipiente mais próximo. Não consigo controlar as gargalhadas que continuam a vir de minha barriga. Lágrimas escorrem pelas minhas bochechas, e, só quando penso que posso finalmente respirar, Aja diz:

— Pelo menos a gente conseguiu se livrar do cheiro de cebola velha dela.

E me acabo de rir de novo, os ombros tremendo por causa do esforço. Quando finalmente começo a perder as forças, Aja está sorrindo para mim e, mesmo sabendo que ele odeia isso, levanto a mão para tocar seu ombro. Aja se esquiva antes que eu possa tocá-lo. Solto a mão e apenas olho para ele. Naquele momento, embora tenha o cabelo liso e grosso de Dinesh, os tufos de cabelo no alto da sua cabeça, sua covinha na bochecha direita, o nariz graciosamente grande, seus olhos — e o modo como estão olhando para mim — são de Kate. E estou tão feliz por tê-lo, fazendo-me lembrar das minhas duas pessoas prediletas que já não estão na Terra, que digo:

— Meu Deus, eu te amo.

Seu sorriso desaparece e ele olha para o colo, claramente constrangido com essa demonstração de afeto.

Pigarreio, sentando-se um pouco mais ereto. E me lembro do que Janet sugeriu, percebendo que essa é a oportunidade perfeita para falar de Dinesh para Aja e da vez em que ele quase pôs fogo na república masculina da faculdade com sua terrível brincadeira de soltar fogo pela boca.

— Sabe, os meninos fazem um monte de coisas idiotas — começo, sorrindo um pouco com a lembrança. — E seu pai, na verdade, tinha uma pequena obsessão com fogo. — Ao ouvir a palavra "pai", os olhos de Aja se abrem ainda mais, quase de pânico. Enquanto abro a boca para continuar a história, Aja coloca a palma das mãos sobre as orelhas e começa a sacudir a cabeça, emitindo um gemido com os lábios:

— Nãããããããããããããão-nãããããããããããão.

— Aja — digo, ficando em pé. Olho para ele, sem saber como reagir.
— Está tudo bem! Calma! Está tudo bem, amiguinho.

Mas ele não para. Os gemidos ficam mais altos, e ele aperta os olhos fechados como se o som ofensivo estivesse vindo de outra pessoa e ele quisesse bloqueá-lo. Fico parado ali, inútil, querendo saber o que Janet me aconselharia a fazer em seguida, quando Aja tira uma das mãos da orelha e aponta para a porta.

— Saaaaaaaaaaaaaaaaaai! — grita.

E saio.

Saio do quarto e fecho a porta, com o coração batendo alto nos meus tímpanos, tentando, mas incapaz de apagar da memória o som dos gemidos atormentados de Aja. Talvez por isso eu não tenha compartilhado nenhuma história sobre seus pais, penso, querendo direcionar toda a minha raiva para Janet e seu conselho furado.

No entanto, sei que a verdade é muito mais difícil de engolir.

JUBILEE SE LEVANTA quando me vê entrar na sala. Eu me assusto, depois de quase ter me esquecido de que ela estava aqui. Ela tirou o casaco, mas ficou com as luvas, como se fosse mexer com joias raras ou algo assim.

— Ele está... bem? — pergunta, atraindo meus olhos para seu rosto. Os gemidos diminuíram, mas ainda estão em meus ouvidos.

— Sim — digo, mas sei que não é nem um pouco convincente quanto parece. — Olha, vamos... hã... tudo bem se dermos um minuto para ele e depois eu levar você para casa?

— Que tal eu chamar um táxi? — pergunta, e o alívio com um quê de culpa toma conta de mim. Sinto-me mal por tê-la envolvido em meus problemas.

— Sim. Essa talvez seja a melhor opção.

Depois de chamar o táxi, sentamo-nos no sofá, separados pela almofada inteira de um assento. O silêncio parece se estender entre nós, de um lado ao outro da sala, até ser rompido por Jubilee.

— Qual é o nome do cachorro? — pergunta.

Eu rio.

— Na verdade, não temos um nome para ele. Estamos chamando de O Cão.

— O Cão — repete.

— Sim.

— É um nome horrível.

Arregalo os olhos diante da sua franqueza.

— Só não é pior que Rufus ou Petey.

— Não, na verdade, é — diz. — *Venha aqui, Rufus*. Esse soa bem. *Venha aqui, O Cão*. Esse nem sequer faz sentido gramaticalmente.

Rio, sentindo-me bem e aliviado.

— Acho que você tem razão. Tudo bem se ele se chamasse só Cão?

— Não sei — diz. — Eu meio que gosto de Rufus agora.

— Vou ter que pedir a opinião do Aja — digo.

Ela concorda, contente, e ficamos sentados em silêncio por mais alguns minutos. E então:

— O que você vai fazer?

Esfrego a mão no rosto.

— Em relação ao Rufus? — pergunto, mesmo sabendo que não é disso que ela está falando.

O fato é que não tenho resposta. O que *vou* fazer em relação a Aja, à *dor* dele, em relação à Ellie, em relação à minha aparente incapacidade de ser um pai com qualquer tipo de *know-how* ou perspicácia de verdade?

Ela sorri.

— Não, em relação ao Aja. Hum... a babá dele?

Ah. Certo. A senhora Holgerson.

— Não sei. — E, enquanto digo as palavras, o pânico começa a tomar conta de mim. O que *vou* fazer? De repente, arrependo-me de tê-la enxotado, embora tenha parecido bom naquele momento. Não posso faltar ao trabalho amanhã, não com essa enorme aquisição em andamento. Nem em qualquer outro dia dessa semana. Por mais que odeie, eu, na verdade, preciso dela. — Talvez eu tenha que ligar e implorar para ela voltar, pelo menos até encontrar outra pessoa.

— Hum... não acho que vai dar certo.

— Por quê?

— Quando ela saiu? Ela murmurou algo em sueco: *Fan ta dig, din jävel.* — Olho para ela, sem entender. — A primeira parte basicamente significa "Que o diabo te carregue", ou, como diríamos: "Vá pro inferno."

— E a segunda?

Ela faz uma pausa e, então, diz baixinho:

— "Seu filho da puta."

Meu queixo cai ao pensar naquelas palavras saindo da boca daquela senhorinha idosa e começo a rir. Jubilee se junta a mim, e nós dois nos sentimos bem e aliviados.

— Espera — digo, quando nos acalmamos. — Você sabe sueco?

— Não. — Ela encolhe os ombros. — Só os palavrões.

Eu sorrio, divertindo-me com esse detalhe inesperado.

Ela olha para baixo e depois levanta a cabeça novamente.

— Ele poderia ir à biblioteca.

Concentro meus olhos nela.

— Como assim?

— Tipo, depois da escola. Se você precisar de um lugar para ele.

Estreito os olhos em sua direção e nego com a cabeça.

— Não. Não, não posso fazer isso. Você não precisa... você tem muita coisa para fazer lá. — Mesmo não sabendo se isso é verdade. O que os bibliotecários *realmente* fazem o dia todo?

Ela encolhe os ombros.

— Só pensei... quer dizer, você vai me buscar nessa semana, afinal. — Ela olha para os pés. — Se, hum... se você ainda estiver com essa intenção, quer dizer.

— Claro. Sim — digo.

— Então, meio que faz sentido. Pelo menos por alguns dias, e aí você vê o que prefere fazer.

Olho para ela. Essa mulher. Essa bela e desconcertante mulher que, aparentemente, usa luvas 24 horas por dia (será que *dorme* com elas?) e pode traduzir palavrões do sueco. Sei que ela tem razão. Faz sentido. Cruzo os braços, afundando as costas na almofada atrás de mim, e aproveito a rara sensação de algo simplesmente entrando nos eixos. De verdade.

E então me ocorre de repente — que, entre nós, talvez ela não seja a única que precisa de ajuda.

Quando o táxi buzina, nós nos levantamos e vamos até a porta. Atrás de mim, ela diz:

— O que aconteceu com a sua mesinha de centro?

Ambos olhamos para ela. Não consegui repor o tampo de vidro, por isso, se você colocar uma bebida ou os pés sobre ela, eles vão parar no chão, o que significa que, a essa altura, já não é uma mesinha de centro, mas apenas uma armação de metal.

Esfrego minha mão no rosto novamente e suspiro.

— Longa história.

Ela desce as escadas atrás de mim e tiro sua bicicleta do porta-malas, a despeito dos seus já esperados protestos de que ela mesma pode fazer isso.

Enquanto entra no táxi, para e se vira para mim.

— Vejo você amanhã?

Afirmo com a cabeça.

— Amanhã — digo, e não sei ao certo se é imaginação minha ou se seus lábios se dobraram em um sorriso.

Então, ela entra no carro e se vai, deixando-me na calçada fria, com os olhos fixos nas luzes traseiras vermelhas do táxi e, depois, em absolutamente nada.

dezesseis

JUBILEE

QUANDO CHEGO AO carro de Madison na terça de manhã, ela está com as mãos estendidas em minha direção, com as palmas para cima. Em uma delas, há um donut. Na outra, uma pílula azul.

— O que é isso, *Matrix*?

— Hã?

Faço um sinal com a cabeça na direção do comprimido.

— Ah! Não. Essa foi boa! — Ela estreita os olhos para mim. — Espera aí! Como você conhece *Matrix*?

— Fiquei em casa por nove anos, não soterrada. Tenho televisão.

— Hum! — diz, levantando um pouquinho a mão direita. — Enfim, *isto* é um Xanax.

— Para mim? — Inclino a cabeça na sua direção. — Não precisa de receita?

— Siiiiim e, para sua sorte, estou dividindo com você.

Aperto os lábios, insegura em relação a esse presente.

— Olha só, você nem conseguiu entrar na TeaCakes no outro dia. Como vai conseguir ir para Nova York?

Sei que ela está certa. É a razão pela qual não dormi na noite passada, pensando nos edifícios, no trânsito, nas ruas abarrotadas de toda aquela *gente*. Remédios, entretanto, não me ocorreram como solução.

— É forte?

— Sei lá! — Ela dá de ombros. — Vai dar uma melhorada.

Aperto a pílula entre o indicador e o polegar enluvados, jogo-a na boca e engulo. Depois faço um sinal com a cabeça na direção do pão doce.

— Para que isso?

— Esta é a sua primeira aventura.

Olho para Madison.

— Hum, eu como donuts.

Sério, será que ela pensa que vivi em uma caverna?

— Sim, mas não o de maçã que acabou de sair do forno da padaria da McClellan's na Forsyth Street. Eles não entregam. E acredite em mim quando digo que é uma aventura para sua boca.

Delicadamente, arranco-o da sua mão, uma mistura de açúcar e canela cobre, no mesmo instante, a ponta dos dedos da minha luva. Ela observa enquanto dou uma mordida. Mastigo calmamente, não querendo lhe dar a satisfação de uma grande encenação, mas preciso de todo o meu autocontrole para não gemer alto. Ela tem razão. O donut é bom mesmo.

Um sorriso convencido surge no seu rosto, e sei que não consegui esconder completamente meu prazer.

— Não é? — pergunta.

— Mm-humm — murmuro, com a boca já cheia da próxima mordida. Dou-lhe um sorriso largo, com uma mistura de massa quente e canela presa nos meus dentes, e ela ri.

— Agora, vamos ao médico.

No caminho para a cidade, tento me distrair, deixando meus pensamentos divagarem — e eles vão direto para Eric, como vem acontecendo de vez em quando desde que saí do seu apartamento na noite passada. Fiquei surpresa quando ele apareceu na biblioteca enquanto eu trancava as portas, mas também um pouco aliviada. Estava me sentindo culpada desde sábado por causa do modo como o tratei. Sim, ele foi insistente, curiosamente insistente, mas, depois de pensar com calma no que aconteceu, tive a impressão de que ele realmente queria me ajudar, e foi difícil ficar zangada com aquilo.

Porém, quando ele veio em minha direção com a mão estendida, querendo selar nosso "acordo", congelei. Tecnicamente, era seguro — eu estava com as minhas luvas —, mas fazia anos que não tocava voluntariamente alguém, ou deixava alguém me tocar. Encarei os seus dedos — aqueles nos quais, estranhamente, pensei tanto desde que sonhei com eles, e que voltei a imaginar com mais detalhes do que qualquer pintor renascentista. Mas não era um sonho e, diante da realidade deles — do que poderiam fazer comigo —, fiquei apavorada. Ele abaixou a mão e não fez absolutamente nada, embora eu tivesse corado de constrangimento.

Talvez fosse isso, ou o modo como agiu na noite passada com a senhora Holgerson, defendendo Aja daquela maneira, ou como o procurou depois, visivelmente preocupado com o filho — não sei. Mas ele parece tão verdadeiro. Bom. E não muito parecido com o babaca que Louise e eu pensávamos que fosse.

No entanto, há outra coisa — outra razão pela qual não consigo parar de pensar nele, uma razão que eu não queria admitir nem para mim mesma até este momento: gosto do modo como olha para mim. Não como se eu fosse uma coisa estranha, mas como se fosse apenas uma garota normal, uma mulher. E não consigo me lembrar da última vez que me senti normal.

Do lado de fora do para-brisa dianteiro, a silhueta dos edifícios de Manhattan se agiganta, e percebo que o ansiolítico está começando a fazer efeito, uma vez que os músculos dos meus ombros e braços começam a relaxar, mas noto que não afeta o nervosismo que toma o meu estômago — esse que está me lembrando de que *não* sou normal, e é só questão de tempo para que Eric se dê conta disso também.

QUANDO CHEGAMOS AO estacionamento de vários andares na baixa Manhattan, aperto um e depois dois dedos na bochecha. Massageio a pele ao redor, empurrando-a e esticando-a em direções diferentes.

Não consigo sentir meu rosto.

Sei que deveria me alarmar com isso, mas acontece o contrário: uma onda suave de relaxamento me inunda. Dou uma risada.

— Qual é a graça?

— Nada. — A palavra, de certo modo, sai da minha boca, fazendo meus lábios vibrarem, o que é ainda mais divertido. Segue outra risada, e mudo de ideia. — Tudo.

Rio mais um pouco.

Madison estaciona o carro e franze as sobrancelhas.

— Hummm... talvez eu devesse ter cortado aquela pílula ao meio.

Bato de leve na sua testa com o indicador enluvado, ele ainda tem resíduos de açúcar e canela.

— Não se preocupe — digo. Uma música me vem imediatamente à cabeça, e sou obrigada a acrescentar: — *Be happy!* — Formo um "o" com meus lábios e canto: — Doooo-do-do-doodee-do-doodeedo-dee-do-dee--do. *Don't worry.* Do-dee-doo-dee-dodee-dooooooooooo.

Madison revira os olhos e abre a porta do carro.

— Vamos, Bobby McFerrin, vamos lá para dentro.

A música fica na minha cabeça durante a próxima hora enquanto andamos dois quarteirões até o Centro de Alergia & Asma, enquanto dou entrada na recepção, enquanto visto um avental descartável e uma enfermeira com luvas de borracha e uma máscara facial (que toma muito cuidado para não me tocar; ela deve ter sido avisada) confere todos os meus sinais vitais. Então, fico sozinha na mesa de exame, esperando a doutora Zhang, e é quando a lucidez me esmaga.

De repente, sou novamente criança, sentada em uma das centenas de consultórios médicos para os quais fui arrastada enquanto minha mãe tentava descobrir o que havia de errado comigo. Era tudo muito confuso para mim, de verdade. Eu era muito jovem. Então, uma memória, clara como o dia, me ocorre. É minha mãe, gritando com toda a força dos seus pulmões: *Não venha me dizer que você não sabe! É a minha* bebê *lá dentro. Você tem que nos ajudar. Você tem que.* Dói meu coração, o triste desespero em seu tom ríspido. Referindo-se a mim como bebê. E me lembro de como me senti naquele momento. Assustada, sim, mas também amada, protegida e defendida. E me pergunto se talvez eu tenha a tendência de me lembrar apenas do que havia de pior nela, e não de momentos como esse.

A porta se abre, interrompendo meus pensamentos. A doutora Zhang é mais baixa do que me lembro, menos intimidadora. E oferece um sorriso acolhedor.

— Jubilee. Como você *está?*

Penso na pergunta.

— Ainda alérgica a pessoas.

Ela assente e sorri.

— Entendo.

Durante a próxima hora, vasculhamos os 12 anos desde que a vi pela última vez, incluindo o incidente no ensino médio, meus anos trancafiada em casa e meu encontro mais recente com a morte e a visita ao hospital. Ela anota tudo meticulosamente em um bloco de papel, fazendo perguntas à medida que surgem, sem se sobressaltar com nada, o que me faz gostar mais dela. Porém, quando conto a história de Aja, ela diz:

— Talvez seja melhor deixar a RCP para a equipe médica de emergência da próxima vez!

Finalmente, ela dá uma olhada na minha erupção cutânea debaixo do avental.

— Você mudou alguma coisa recentemente? Seu sabão em pó? Loção? Lençóis novos?

— Não — respondo —, são todos os mesmos.

— E quanto a novas pessoas? Alguém esteve recentemente na sua casa?

Penso em Eric e Aja.

— Sim. Alguns... amigos. — É isso que eles são? — Eles estiveram na minha casa.

— Então se sentaram em seus móveis, suponho. — Ela faz uma pausa. — Pernoitaram lá?

Viro abruptamente a cabeça na sua direção.

— Não! — digo, mas meu rosto cora com o pensamento automático de Eric no meu quarto. Na minha cama. Tento me recompor. — Quer dizer, sim, eles se sentaram nos meus móveis, é claro, mas não passaram a noite.

Ela faz que sim com a cabeça.

— Estou apenas tentando entender se e como qualquer contato indireto poderia ter ocorrido. Pessoas trocam as células cutâneas o tempo todo e, embora isso não tenha sido um problema para você no passado, já que sua alergia sempre foi causada pelo contato direto de pele com pele, penso que seus anos de reclusão deixaram seu corpo ainda mais sensível. Talvez até a troca de células cutâneas seja um problema para você agora. Pense: há algo que pôde estar em contato com seu tronco dessa forma? Você não está dormindo em lençóis nos quais outra pessoa dormiu. Está usando roupas ou outra coisa que lhe foram emprestadas?

Ao ouvir essa pergunta, meu coração salta. O casaco de moletom de Eric.

— Usei uma blusa — digo. — Hum... que não é minha.

— Humm. — Ela bate de leve nos lábios com a caneta. — Poderia ser. Especialmente se a pessoa a usou antes de emprestá-la para você.

Penso no cheiro da blusa; nada de cheiro de sabão, mas de mato, como ele. Quando ela cogita essa possibilidade, tenho certeza de que essa é exatamente a causa.

— Quando a usou pela última vez?

— Hum... na noite passada.

— Mas a erupção começou antes disso, certo? — E volta a olhar para suas anotações. — Há uma semana?

Sinto um rubor subir pelo pescoço.

— Eu, hã... meio que a estou usando toda noite. Nunca reagi a isso antes; roupas, lençóis ou qualquer coisa de outras pessoas — digo, pensando nas minhas travessuras de infância na cama quente da mamãe e nos vestidos do seu armário que eu colocava para brincar.

A doutora Zhang assente.

— As alergias podem ser estranhas assim. Uma vez peguei um paciente que comeu camarão a vida toda e, de repente, aos 26 anos, quase morreu em um buffet de frutos do mar. É um mistério. Esse é um caso extremo, mas dá para entender o que quero dizer. As alergias, e o que as provocam, podem mudar de modo inexplicável. — Ela apoia o bloco de notas na bancada. — Então, que tal isto? Nada mais de pegar roupas emprestadas, a não ser que estejam limpas — diz, abrindo a torneira na pia. — E, por acaso, você não pode lavar esse casaco?

Posso. Penso nisso. E fico surpresa ao descobrir que a ideia, de certo modo, me deixa arrasada.

A doutora Zhang esfrega as mãos debaixo do fluxo de água e coloca as luvas de borracha.

— Agora, vamos fazer um exame completo, preparar uma receita de hidrocortisona com epinefrina para você e seguir em frente. Tudo bem?

Depois do exame, eu me visto e vou me sentar no consultório da doutora Zhang enquanto espero por ela. Tento me lembrar da consulta há 12 anos, com minha mãe sentada na cadeira de plástico ao meu lado.

192

Tenho certeza de que ela estava usando algo bem decotado e provocativo, mas não consigo visualizar a roupa exata. E percebo, alarmada, que não consigo visualizar a minha mãe. Posso ouvir sua voz, clara como água, mas seu rosto está um pouco embaçado.

A doutora Zhang entra e se senta à mesa, de frente para mim.

— Então — diz. — Jubilee. Não quero causar uma ansiedade desnecessária, mas o que está me preocupando é que sua pele está reagindo ao contato indireto agora.

Olho para ela.

— Por usar a roupa de outra pessoa — esclarece. — Você precisa tomar o máximo de cuidado até que possamos resolver isso — diz. — Isso significa não tocar absolutamente em nada. Sei que você sabe disso, mas enfatizar nunca é demais. Não temos ideia de como seu corpo vai reagir.

— Tudo bem — digo, mas só o que estou realmente ouvindo é "até que possamos resolver isso", e sei que essa é a parte em que ela vai pedir para me examinar. Para me transformar em um dos seus projetos de pesquisa. Essa também é a parte em que vou embora. Mais uma vez.

— Então, não sei se você já leu alguma coisa das minhas pesquisas...

Faço que não com a cabeça. Aqui vamos nós.

— Venho realizando alguns testes clínicos nos últimos cinco anos com um tratamento fitoterápico chinês para curar alergias alimentares graves. Obtivemos uma taxa de aproximadamente 60% de sucesso.

Sei que deveria ficar impressionada com isso. Alergias são males controversos na comunidade médica. Não fazem sentido em termos evolutivos, especialmente a minha. Por que meu corpo lutaria contra a mesma coisa que é sua única chance de procriar? E ninguém sabe a causa fundamental delas: é o ambiente? Genética? Quando as origens de um problema não são claras, é quase impossível encontrar uma solução. Fico sem expressão no rosto, sem saber aonde ela quer chegar com isso.

Ela continua.

— Não acho que você seria uma boa candidata. Pelo menos, não ainda. Sendo sua alergia tão... rara. Não faço ideia se ela responderia da mesma forma que as alergias alimentares.

Concordo, esperando.

— Mas já ouviu falar de imunoterapia?

Faço que não com a cabeça.

Ela aperta as mãos na frente do corpo.

— É um tratamento comum para alergias como rinite ou pólen de abelha. Os pacientes recebem pequenas quantidades da substância à qual são alérgicos, aumentando, na teoria, a tolerância com o passar do tempo. A intenção é reduzir a reação do sistema imunológico ao alérgeno. Muitas vezes leva ao alívio dos sintomas alérgicos durante muito tempo depois da interrupção do tratamento.

— Como uma cura? — pergunto.

Ela faz uma pausa.

— Eu hesito em chamá-lo assim — diz, resguardando-se. — Digamos que é mais um sistema de administração; uma maneira de manter a alergia sob controle, dessensibilizar a pessoa o suficiente para que possa tolerar aquilo a que é alérgica. — Ela olha para ter certeza de que estou entendendo a diferença. Afirmo com a cabeça. — Agora estão fazendo isso no caso de alergias alimentares, coisas como pasta de amendoim e ovos. É uma terapia oral na qual é dada diariamente uma pequena quantidade de pasta de amendoim ou aquilo a que o paciente é alérgico, construindo, com o passar do tempo, uma tolerância. Estudos iniciais se mostraram promissores.

— Tudo bem. O que isso tem a ver comigo?

— Bem, o doutor Benefield acredita, e eu concordo com ele, que você tenha algum tipo de mutação genética. — Ao ouvir a palavra "mutação", fico surpresa ao perceber que não me encolho de medo, como fazia. Penso em Aja, e meus lábios se levantam. — E ela faz com que lhe falte uma das milhões de proteínas que todos os seres humanos têm, que é aquela à qual você provavelmente é alérgica.

— Certo, mas você disse que não havia como dizer qual era.

— Bem, isso não era exatamente verdade. A sequência genética *poderia* nos dizer, mas, há 12 anos, teria custado milhões de dólares e levado vários anos, se não décadas, para testar e isolar uma única proteína.

Meu coração começa a socar meu peito.

— E agora?

— É mais barato. E um pouco mais rápido.

— Quanto mais rápido?

— Acho que poderíamos encontrá-la em um ano. Ou menos.

— E quando a encontrarem...

— Isolamos a proteína. Desenvolvemos uma solução contendo quantidades muito pequenas dela e a ministramos todos os dias, na expectativa de que você desenvolva tolerância e de que seu corpo pare de lutar contra ela.

Cruzo os braços na cadeira, meu coração bate forte nos meus ouvidos. Uma cura. Tudo bem, um "sistema de administração". Mas, mesmo assim. Balanço um pouco a cabeça, não acreditando totalmente nisso.

— Qual é a pegadinha?

Ela prende a caneta atrás da orelha como minha mãe fazia com o cigarro.

— Não tem pegadinha, mas você precisa estar ciente de que pode não funcionar. E ainda é caro. Você teria que concordar em fazer parte da pesquisa que estou desenvolvendo. Eu precisaria explicar tudo ao departamento, escrever um artigo sobre isso para um jornal. A menos que você tenha centenas de milhares de dólares por aí.

Resmungo.

— Não exatamente.

— Imaginei — diz ela, mas não de forma indelicada.

Ficamos olhando uma para a outra enquanto considero sua oferta. Esse é o momento com o qual sonhei tantas vezes na infância. Um médico dizendo que havia um tratamento — pelo menos uma chance —, em vez de olhar para mim como se quisesse me cortar em fatias e me colocar em uma placa de Petri para um estudo mais avançado com o intuito de saciar sua curiosidade egoísta. Então, por que não estou empolgada? Pulando de alegria? Por que as batidas do meu coração nos ouvidos parecem mais de medo do que de euforia?

— Obrigada, doutora Zhang — digo, olhando-a diretamente nos olhos. — Mas acho que vou precisar pensar no assunto.

NA BIBLIOTECA, NAQUELA tarde, enquanto coloco os livros devolvidos em ordem, meu corpo parece paralisado, como se estivesse no piloto automático. Pergunto-me se isso é um sintoma do choque. Não posso acreditar que existe um tratamento, um tratamento de verdade, que poderia me ajudar. Sinto um friozinho na barriga só de pensar nisso — uma pontinha de entusiasmo surgindo.

Porém, ela é ofuscada por uma grande emoção — o medo, que parece ter passado de uma simples ansiedade comum para um terror absoluto enquanto estava no consultório da doutora Zhang. E tenho que me fazer a mesma a pergunta que ensaiei desde que saí do consultório da médica: realmente *quero* ser curada? É claro que sonhava com isso quando era criança, como seria ser *normal*, ser abraçada e brincar no pátio com outras crianças no recreio. Mas o que as crianças sabem? Talvez ficar de escanteio tenha me impedido de quebrar o pescoço nas barras do parquinho. Talvez essa alergia tenha, na verdade, me poupado o tempo todo. Talvez seja a coisa — a única coisa — que me impede de me machucar.

Paro de organizar os livros quando me deparo com um que obviamente deixaram cair em uma banheira. Suas páginas estão inchadas e enrugadas, e, para piorar as coisas, a capa está cheia de marcas de dentes. Não consigo acreditar que alguém simplesmente o jogou na caixa de devolução sem dizer nada. Olho ao redor à procura de Louise para lhe mostrar e perguntar o que devo fazer, mas não a vejo em nenhum lugar. Quando passo os olhos na seção infantil, Roger ergue os olhos e faz contato visual.

— Cadê a Louise? — Movo a boca sem emitir som, e ele estende o dedo indicador da mão que está levantada na direção das estantes; especificamente, uma fileira atrás das mesinhas individuais com computador. Olho naquela direção, mas não a vejo. Os assentos ali estão quase vazios, com exceção de Michael, o golfista do travesseiro, que está sempre lá (pensei que Louise estivesse exagerando, mas ele realmente vem todos os dias), e de uma mulher mais velha, papuda e de óculos fundos, sentada a poucos centímetros de distância do monitor.

Ando em direção à estante para a qual Roger apontou e, quando viro a esquina, Louise está ali, curvada, com a cabeça enfiada na prateleira entre duas fileiras de livros.

— Louise? — chamo. Ela se move abruptamente e bate a cabeça no alto da prateleira.

— Ai — exclama e, ainda curvada, olha de soslaio em minha direção, colocando o dedo indicador nos lábios. Com a mesma mão, pede que eu me aproxime. Vou até ela.

— O que está fazendo? — sussurro.

— Olha só — diz, sem som, apontando para o espaço na prateleira entre os livros. Eu me inclino e dou uma espiada, observando a nuca da mulher mais velha à mesinha do computador. De perto, seu cabelo é fino, revelando grandes faixas do couro cabeludo em meio aos tufos de fios brancos sem brilho, cuidadosamente enrolados e penteados no sentido oposto no que imagino ter sido uma tentativa de criar uma aparência mais satisfatória.

Olho novamente para Louise, sem entender.

— Olha para a *tela* do computador dela — sussurra, enfatizando as palavras enquanto fica indicando com o dedo o formato de cada sílaba.

Volto a olhar e movimento a cabeça para poder ver além do penteado da mulher.

— Oh! — A exclamação inadvertidamente escapa dos meus lábios quando percebo que o que estou vendo é um homem nu em primeiro plano. Especificamente, sua região pélvica.

Os lábios franzidos de Louise formam uma linha de quem diz com satisfação consigo mesma: *Eu disse.*

— É pornografia, né? — sussurra.

— Como *eu* vou saber? — sussurro em resposta. Meus olhos voltam para a tela, como se a imagem fosse a de um terrível acidente de carro e eu não conseguisse deixar de olhar. Inclino a cabeça para ter um ângulo melhor. — Não sei — digo. — Aquilo são *marcas*? Parecem meio clínicas.

— Bem. De qualquer maneira, é contra as regras. Não podemos ter festas privadas nos computadores. E se uma criança passar por ali?

Entendo o que ela quer dizer.

— Tenho um livro que preciso que você olhe — sussurro. — Todo estragado.

Ela me dispensa com um gesto de mão.

— Dou uma olhada quando voltar para o balcão.

Permaneço ali por mais um minuto, com outra coisa me incomodando.

— Olha, você se lembra do que disse um tempo atrás? Sobre o corte de verba da câmara municipal?

— O que tem isso? — pergunta, sem tirar os olhos da tela.

Engulo em seco e vou direto ao ponto.

— Vou ser demitida?

Ela se vira para olhar para mim, com os olhos brilhando de forma empática.

— A verdade?

— Sim.

— Provavelmente — diz, torcendo o nariz em um pedido de desculpas. — O último a ser contratado é o primeiro a ser demitido e por aí vai. Honestamente, fiquei surpresa quando Maryann contratou você. Aquele cargo estava vago havia quatro meses. Achei que não podíamos pagar para preenchê-lo. E, se cortarem a verba outra vez, com certeza não poderemos mantê-lo.

Faço uma pausa, assimilando o que ela disse: por que eles *realmente* me contrataram? Eu nem era qualificada para o trabalho.

— O que podemos fazer? O que *eu* posso fazer? Não posso perder esse emprego — digo, tentando manter a voz baixa, evitando destoar da dela.

Ela encolhe os ombros.

— Não sei. Descobrir uma maneira de encher de gente todos os cantos deste lugar todos os dias? Prove para Frank Stafford que o povo de Lincoln quer esta biblioteca e *precisa* dela.

— Mas precisa! Toda cidade precisa de uma biblioteca.

— Bem, *nós* sabemos disso, mas os números de visitantes dizem outra coisa — sussurra. E acrescenta com um tom bem mais grave: — Se bem que duvido que ele saiba interpretá-los, para dizer a verdade.

Ignoro isso e reflito sobre as duas coisas mais importantes que ela disse: precisamos de mais livros sendo retirados e mais pessoas entrando. Que bom que me antecipei e convidei Aja para vir à biblioteca todos os dias. Mas ele é apenas uma pessoa. Como vou conseguir mais?

A porta se abre e nos viramos para olhar. Entra um homem. Ele vem toda terça, Louise o chama de Ladrão de Papel Higiênico, já que uma vez o pegou tentando roubar papel higiênico do banheiro masculino. Ela acha que ele é um morador de rua e, pelo aspecto do seu casaco sujo e surrado e pelo fedor terrível que vem dele, acho que tem razão. Ele vai direto para o banheiro.

Bem atrás dele está Aja. Ele dá alguns passos para a frente e fica parado no corredor marrom da entrada, como se esperasse um convite para vir mais para dentro. Há uma espécie de reconhecimento silencioso entre nós, e ele para de me olhar e trota em direção a um computador do outro lado do corredor em que estou, jogando a mochila no chão ao lado de um assento vazio.

— Enfim, olha, você tem que ir lá falar com ela — diz Louise, ainda sussurrando.

— Falar o que para quem?

— Para essa senhora — diz, fazendo um sinal de cabeça no meio da estante. — Ela não pode ficar vendo essas coisas.

— Por que *eu*? — chio, não conseguindo moderar a voz.

Louise levanta rapidamente as sobrancelhas.

— Psiu!

— Foi você quem viu — sussurro, mas Louise já está na metade do corredor, rebolando o quadril com a velocidade dos seus passos.

Merda.

Enquanto ando em direção à mulher e tento explicar gentilmente a política da biblioteca, meu rosto queima, vermelho, e sinto os olhos de alguém em mim. Viro-me, e meu olhar encontra o de Michael. Sua boca se abre em um sorriso, que ele tenta cobrir com a mão, antes de se virar para a tela do computador. Ótimo, até o golfista do travesseiro está rindo de mim.

Às 18H45, LOUISE aparece ao meu lado, de casaco, com as chaves na mão.

— Sei que é a minha vez, mas você pode trancar as portas hoje? — pergunta.

Inclino a cabeça na direção de Aja, que ainda está sentado.

— Sim, tenho que esperar o pai dele passar aqui mesmo. Eu disse que tomaria conta do menino.

— Ah. Não percebi que ainda tinha alguém... espera... você, o quê? — Ela estreita os olhos.

— Você disse que precisamos de mais pessoas — digo, oferecendo-lhe meu sorriso mais encantador.

— Sim, mas não oferecemos serviço de babá.

— Bem, não, mas também não somos abrigo para moradores de rua nem salão de jogos — digo, fazendo um sinal de cabeça na direção do

Ladrão de Papel Higiênico, que agora está passeando pela seção de DVDs e, em seguida, na direção de Michael, o golfista do travesseiro sentado à sua costumeira mesa em frente ao computador.

— Você mesma disse que o trabalho tem a ver com livros e serviço comunitário.

Suas sobrancelhas desaparecem sob a franja grisalha que forma uma cortina em sua testa.

— Verdade — diz. — Eu acho. Desde que você não se importe. — E olha para seu relógio. — Tenho que ir. É noite do bingo na escola da minha neta mais velha, e prometi que estaria lá. Acaba daqui a meia hora.

Olho para ela, curiosa para saber quantos netos ela tem, e me pergunto por que nunca pensei em indagar.

Depois que ela sai, limpo o balcão, organizando os lápis, clipes, elásticos e outros materiais de escritório. Em seguida, fico sentada ali, olhando para o relógio. São 18h51. Bato os dedos na superfície laminada e depois fico em pé.

Dou uma passeada pelas mesinhas com computadores e finjo procurar um livro na prateleira perto de Aja.

— E aí? Por que a sua mãe pôs esse nome em você: Jubilee?

Dou um salto porque sua voz me assusta, e me viro para olhar para ele.

— Acha que ela era uma grande fã dos X-Men?

— Ah, não. Com certeza, não — digo.

Todo ano, no meu aniversário, minha mãe contava a história do meu parto: *Trinta e cinco horas. Foi um inferno. Você teimou, lutou e, no final, quando chegou a hora de eu fazer força — bem depois de passar o efeito daquela maldita anestesia epidural —, você estava tentando sair, a testa primeiro, mas o cordão estava enrolado no seu pescoço e o médico teve que colocar a mão lá dentro, agarrar e puxar. Como se houvesse espaço suficiente para as mãos dele também! A pior dor que já senti. Fiquei muito feliz quando você finalmente saiu e aquela tortura acabou. Pura alegria. Era assim que eu ia chamar você. Joy, de alegria. Mas aí uma das enfermeiras disse que aquilo era um júbilo, uma razão para comemorar ou algo assim. E achei mais chique. Se aparecer Joy em um convite de casamento, é provável que o convidado compre um presente em qualquer loja, mas Jubilee? Esse é um nome digno de uma loja de luxo. Alto nível.*

Foi assim que recebi meu nome. Ela ficou muito feliz por se ver livre de mim. Muito feliz porque eu não lhe causaria mais problemas, mas não quero contar isso a Aja.

Por isso, minto:

— Minha mãe ficou feliz por eu finalmente estar lá, em seus braços. "Jubileu" significa "uma celebração alegre".

Aja assente.

— Faz sentido.

— E o seu? Por que seus pais lhe deram o nome de Aja?

Ele fica quieto por tanto tempo que me pergunto se me ouviu. E, então, diz baixinho:

— Eles não me deram.

— O quê?

— Esse não é o meu nome de verdade.

— Qual é o seu nome de verdade?

Ele faz que não com a cabeça.

— Qual é! Não pode ser tão ruim assim.

Ele murmura algo.

— O quê?

— Clarence — diz, fixando os olhos em mim. — É Clarence.

Tento não rir, mas uma risadinha escapa. Aja estreita os olhos para mim e tento me recompor.

— Por que deram esse nome para você? Clarence?

— Meu pai queria que eu tivesse um nome americano — diz. — Para eu me encaixar.

Ao ouvir isso, a risada sai para valer.

— Com *Clarence*?

— Sim — diz, com o lado esquerdo da boca se levantando. — Terrível, né?

— O pior! — digo, ainda rindo. — Sinto muito, mas esse é muito ruim.

Quando finalmente me acalmo, digo:

— E aí? Como você foi parar no Aja?

Ele encolhe os ombros.

— É um apelido. Da minha mãe. Quando eu nasci, ela estava tentando aprender sânscrito. Os pais do meu pai são hindus...

— Espera, então o Eric não é o seu...

Ele balança a cabeça.

— Ele me adotou, quando... — Mas não termina a frase.

Apenas olha para o tapete, com os ombros curvados. Quando os vi pela primeira vez, suspeitei que Eric não fosse seu pai biológico, por causa do leve sotaque britânico de Aja que Eric não tem — sem falar na diferença física: a pele bronzeada e os olhos escuros de Aja em contraste com a pele clara e os olhos verdes de Eric —, mas eu não sabia com certeza. Era possível que a ex-mulher de Eric fosse a responsável por passar essas características. Porém, com a revelação, meu coração se parte um pouco por Aja, ao mesmo tempo em que se enche um pouco por Eric, com mais essa afirmação da sua genuína bondade de caráter.

— Sinto muito — digo, não querendo que Aja se estenda sobre o evento obviamente devastador, seja lá o que tenha acontecido com seus pais. — Então a sua mãe... ela estava aprendendo sânscrito?

Ele fica quieto por um momento, e me pergunto se não consegui distraí-lo. Mas, então, sua voz baixinha continua:

— Ela esperava que isso fizesse com que gostassem mais dela. Queria poder conversar com eles, mostrar que estava se esforçando muito para aprender coisas sobre a cultura deles, algo assim.

— Ela estava aprendendo a falar sânscrito? Pensei que fosse apenas uma língua escrita.

— Em geral é, mas acho que alguns sacerdotes hindus ainda a usam e que é a língua oficial de Uttarakhand, na Índia, onde os meus avós nasceram. Enfim, ela disse que eu fazia um barulho quando era bebê; não era um grito, mas era tipo um miado agudo. Como um cabritinho. E a palavra "cabra" em sânscrito é...

— "*Aja*" — digo.

— É. — E olha novamente para baixo, chutando uma parede invisível com o dedo do pé. — Então o meu nome, na verdade, é Cabra.

Dou risada.

— É melhor que Clarence.

— Absolutamente — diz de modo formal, provocando outro sorriso em mim. Ele volta para sua revista em quadrinhos, e entendo o gesto como um sinal de que nossa conversa acabou. Começo a voltar para o balcão, na tentativa de encontrar outra coisa para fazer até Eric chegar.

— Procurei por você no Google.

Paro e volto-me para ele.

— Procurou?

— Sim.

Levanto a cabeça.

— Como descobriu o meu sobrenome?

Ele encolhe os ombros.

— Está no site da biblioteca.

— É?

Ele faz que sim com a cabeça.

— Não dá para acreditar que você apareceu no *The New York Times* — diz, com os olhos arregalados. — Esse é, tipo, o maior jornal de todos. — É minha vez de encolher os ombros. — Você tem sorte — diz.

— Na verdade, não é nada de mais. Foi só um artigo.

— Não, sério, não ter que tocar ninguém. Odeio ser tocado. Especialmente por estranhos. Sabe, tipo quando alguém tosse e aí quer apertar a sua mão logo em seguida? — E faz uma careta. — Não, obrigado, mas você não tem que lidar com isso.

— Sim, acho que não.

Ele olha para baixo novamente, como se tivesse dito tudo o que queria dizer e *esse* fosse o fim da nossa conversa. Olho por cima do seu ombro.

— Isso é uma revista em quadrinhos?

— Sim — responde, sem tirar os olhos dela.

— X-Men?

— Claro.

Espero alguns segundos, não querendo incomodá-lo, mas não tenho nenhum outro trabalho para fazer, e estou curiosa. Não sobre a revista em quadrinhos, na verdade, mas sobre ele. Ele é diferente. Tão prático. Sempre diz o que está pensando. Gosto disso.

— É sobre o quê?

Antes que ele possa responder, a porta se abre e Eric entra, apressado.

— Cheguei! Cheguei! — diz. — Sinto muito pelo atraso. — Rosadas por causa do frio, suas bochechas têm um aspecto corado quase infantil.

Olho para o relógio. São só 19h05.

— Tudo bem — digo, ainda sorrindo por causa da conversa. — Estávamos apenas... — Volto a olhar para Aja, mas ele está concentrado novamente na revista em quadrinhos — Ah, conversando.

Eu me endireito no lugar onde estava encostada em uma estante e começo a andar na direção da sala de descanso para pegar meu casaco. Não sei ao certo se é imaginação minha ou se posso realmente sentir os olhos de Eric em mim. E se estou quente porque estou ciente disso ou porque seu olhar parece o sol.

— Aja, você está pronto, querido? — pergunta, quando chego à sala de descanso.

Quando saio alguns minutos depois, os dois estão parados à porta da frente. Aja está usando seu casaco, cabisbaixo, mas Eric está olhando para mim.

Pego as chaves no balcão e ando na direção deles.

— Obrigado — diz ele. — Por fazer isso.

— Não é trabalho nenhum, de verdade.

Ele assente.

— Mesmo assim.

Vira-se para a porta e a abre, permitindo que uma rajada de ar frio entre de uma vez. Apago as luzes, viro-me para ter certeza de que nada escapou aos meus olhos e, então, passo pela porta que Eric está segurando, adentrando a noite escura. Dou um passo para o lado enquanto ele deixa a porta se fechar e, em seguida, começo a trancá-la sob seu olhar atento, enquanto Aja vai para o carro.

— Então — digo, tentando me livrar da sensação de que estou sob um holofote. — Acabamos? Com a discussão do *Diário de uma Paixão*?

Ele ri.

— Acho que acabei quando você o comparou com Shakespeare — diz. — Mas, sério, as pessoas não falam mesmo daquele jeito umas com as outras.

— É baseado em uma história real — digo, pouco convincente.

Sua sobrancelha esquerda é como uma flecha apontada para a linha do cabelo.

Ele suspira enquanto vamos pegar minha bicicleta no bicicletário.

— Acho que estou com medo de que Ellie tenha gostado tanto a ponto de ter estabelecido esse padrão maluco e inexistente para amor e relacionamentos.

Fico pensando nisso. Não sei nada sobre amor e relacionamentos, mas sei que livros e filmes podem criar expectativas irrealistas. Depois de ler *Píppi Meialonga*, quando criança, fiquei convencida de que meu pai simplesmente apareceria na porta da frente, um dia, com alguma explicação plausível de por que havia desaparecido durante toda a minha vida — talvez abandonado em uma ilha dos Mares do Sul como o Capitão Meialonga. E, sim, foi deprimente aceitar a verdade quando eu já tinha idade suficiente. Porém, por outro lado, penso em como seria a vida sem essas fantasias. Essas esperanças.

— Não sei — digo. — A infância não é a época para ser idealista? A época para sonhar? Ela terá muito tempo para ser cética quando crescer.

Ele levanta o queixo.

— Como você faz isso?

— O quê?

— Pega tudo o que eu penso e transforma em algo bonito.

Sinto minha garganta apertar com o elogio; pelo menos, acho que é um elogio, por causa do modo como ele está olhando para mim. Percebo que não é só como se eu fosse normal, o modo como ele está olhando para mim. É como se eu estivesse recitando de cor quinhentas casas decimais do pi. Como se eu fosse algo incrível. Só por dizer o que penso. Sinto um movimento nas entranhas, e olho para o asfalto preto do estacionamento. Pedacinhos dele brilham como diamantes sob a luz do poste. E fico imaginando se é isso que as pessoas querem dizer quando falam que estão se apaixonando por alguém. Quando falam que estão sentindo frio na barriga. Quer dizer, não que eu esteja. Apaixonada por ele.

A lua está brilhante hoje, como uma lâmpada perfeitamente redonda emoldurada pela janela do carro. Aja a nota também e, uma vez que ainda estou com dificuldade para olhar diretamente para Eric, fico aliviada quando Aja e eu começamos uma conversa sobre viagens espaciais.

— Você sabia que as fitas originais de 1969 sobre o pouso na Lua foram acidentalmente apagadas pela NASA?

Fico contente quando ele diz que não, e nossa discussão passa para teorias da conspiração, principalmente sobre alienígenas e o Projeto Montauk, um suposto projeto de pesquisa do governo em Long Island similar ao Área 51, sobre o qual ele parece saber muito para um menino de 10 anos.

Quando Eric para à entrada da garagem, finalmente crio coragem para me virar para ele.

— Qual é o próximo?

Minha pergunta interrompe seus pensamentos, e ele olha para mim, me encarando por um segundo antes de responder.

— Ah, hum... algum livro de Stephen King — diz.

Faço uma pausa.

— Qual? Não curto terror.

Ele ri.

— Bem, minha filha lê. Leu três dele: *Carrie, A Estranha; Misery, Louca Obsessão*... e um outro. Acho que tem a ver com um eclipse.

— *Eclipse Total?*

— Sim, acho que é esse.

— Vamos falar desse. Tem mais a ver com suspense psicológico.

— Tem diferença?

Dou risada do seu olhar confuso.

— Sim.

— Tudo bem, vocês têm um exemplar na biblioteca? Vou pegá-lo amanhã.

Saímos do carro ao mesmo tempo, e ele vai até o porta-malas para tirar minha bicicleta.

— Tenho certeza de que temos — digo. — E acho que tenho um exemplar em algum lugar. Vou dar uma olhada hoje à noite.

— Naquelas pilhas enormes lá dentro? — pergunta, fazendo um sinal de cabeça na direção de minha casa. — Vai mesmo tentar *mexer* nelas? Vai ser enterrada viva.

— Ha-ha — digo. Muito engraçado.

— Estou falando sério — diz por cima do ombro enquanto leva minha bicicleta até o portão. — Aquelas pilhas podem cair a qualquer momento. — Ele a coloca no chão e volta a andar na minha direção. — Se você não aparecer no trabalho amanhã, vou chamar uma equipe de busca.

Sorrio para ele, ciente dos dois pés de distância entre nós e dos meus sentimentos conflituosos com relação a isso: como é não estar perto o suficiente e estar muito perto ao mesmo tempo.

— Obrigada pela carona — digo, e me viro para subir a varanda da frente.

Sinto um movimento no estômago de novo e coloco a mão sobre ele para estabilizá-lo. E me lembro, enquanto coloco a chave na fechadura, que é exatamente como me senti quando Donovan se inclinou para me beijar muitos anos atrás.

Pouco antes de eu quase morrer.

dezessete

ERIC

A DINÂMICA DA CARONA mudou, agora que Aja está conosco. E lembro por que um trio de crianças nunca deu certo no parquinho — alguém sempre fica de fora. No carro, essa pessoa sou eu. Quando Aja não está concentrado em seu iPad, ele e Jubilee conversam. Constantemente. Sobre coisas estranhas, coisas das quais nunca ouvi falar, nem sei se são reais, como a anatidaefobia, o medo irracional de que, não importa onde você esteja, está sendo observado por um pato. Aja ri tanto com isso no banco de trás que até se dobra, segurando a barriga de dor.

Os dois conversam muito, mas nossas conversas se resumiram a um olá, perguntas do tipo sim ou não, e o "até amanhã" que ela responde toda vez que a deixo em casa, tiro sua bicicleta do carro e digo: "Até amanhã?".

Por isso, não faz sentido que eu me veja ansioso para chegar logo o fim do dia. Que meus braços e pernas se sintam mais leves quanto mais perto estou da biblioteca. Que seja ela — mesmo quando está falando de patos — com quem eu mais quero estar.

Sexta-feira não é diferente. Durante todo o trajeto para casa, eles falaram sobre invenções, embora fosse mais uma troca de fatos do que uma conversa.

— A senhora que inventou biscoitos com gotas de chocolate vendeu a ideia para a Nestlé por um dólar.

— O plástico bolha foi um acidente. Estavam tentando fazer um papel de parede tridimensional.

— O inventor da Fender Stratocaster nem sabia tocar guitarra.

É como se houvesse um bolso extra no cérebro onde eles guardam fatos inúteis, como alguém guardando um lenço de papel sujo, caso venha a precisar dele novamente.

Quando chegamos à casa de Jubilee, ocorre-me que só irei vê-la novamente na segunda-feira, e essa ideia me incomoda. Ela põe a mão na maçaneta da porta.

— Acabei de ler *Eclipse Total* — deixo escapar. Não é exatamente verdade, pois ainda estou na metade.

Sua mão para.

— O que achou?

— Eu não queria ser o cara que encheu o saco dela.

Ela ri.

— Então, você quer... — Meus lábios estão secos, e molho o inferior com um movimento rápido da língua. — Eu sei que é fim de semana, mas talvez pudéssemos... sei lá. Nos encontrar. Falar sobre ele.

Ela olha para as janelas escuras da sua casa, como se a resposta estivesse colada em uma das vidraças.

— Hum... sim — diz. — Claro. Quer vir aqui amanhã? Eu não... eu vou estar de folga.

— Sim, ótimo — digo. — Que ótimo! Trago o almoço. Está marcado.

— Tudo bem — diz, saindo do carro em seguida.

Em uma ação que agora se tornou rotina, saio do carro, tiro a bicicleta do porta-malas, coloco-a atrás do portão e espero para ter certeza de que ela está segura dentro de casa antes de voltar para o carro e dar marcha à ré.

— Você acabou de marcar um *encontro* com ela? — Aja abre a boca no banco de trás.

— Não. Não, é claro que não. Ela só está me ajudando com... uma coisa.

— Ah — diz, e volta a atenção para seu jogo.

Assim que chegamos à casa de Jubilee no sábado, Aja vai de mansinho para a poltrona, coloca os fones de ouvido e começa a bater com os dedos no iPad, deixando Jubilee e eu sem jeito, olhando um para o outro. Dessa vez sou até grato a esse aparelho idiota, já que me dá a oportunidade de conversar a sós com ela.

— Aceita um chá? Um café? — pergunta.

— Sim, o café seria ótimo — digo, embora já tenha tomado duas xícaras nessa manhã e, na verdade, não devesse tomar mais.

Porém, estou mais inclinado a apenas admitir a derrota no plano de diminuir o consumo. Tiro o gorro de lã com a mão livre. Na outra, carrego uma sacola de papel com sanduíches. Vou até Jubilee para lhe oferecer um, mas ela se vira e sai pela porta dos fundos da sala. Observo-a, perguntando-me se deveria apenas sentar e esperar, quando ela chama:

— Você pode vir aqui?

Sigo sua voz pela sala até chegar a uma cozinha antiga com eletrodomésticos da década de 1980 e um papel de parede amarelado forrado de cerejas. Jubilee está em pé junto à bancada, de costas para mim. Tento não notar a forma como o sol, entrando pela janela, destaca o louro avermelhado do seu cabelo. Ou como seus cachos caem nas costas, chegando quase às curvas da sua cintura. O modo como sustenta todo o peso em um pé, projetando seu quadril arredondado, a curva do seu...

— Como você gosta? — pergunta por cima do ombro.

Pigarreio.

— Hum... preto está ótimo.

Ela se vira com a caneca na mão e faz sinal para que eu me sente à pequena mesa. Coloco a sacola na mesa à minha frente e ela coloca a caneca diante da sacola. Fico olhando para suas luvas, uma vez que parecem ser o lugar mais seguro para eu concentrar meus olhos. Por que ela está sempre com essas malditas luvas?

— E aí? — Senta-se na cadeira à minha frente. — *Eclipse Total.*

— *Eclipse Total* — repito.

A mesa é pequena, com pouco mais de meio metro de diâmetro. Uma mesa para dois, feita para que as pessoas se sentem muito perto uma da outra. Tão perto que, se estenderem a mão apenas alguns centímetros, podem se tocar.

— O que a sua filha achou?

— Não sei — digo. — Gostou de umas frases.

— Deixe-me adivinhar: a frase que diz que ser uma megera às vezes é a única coisa que uma mulher tem para se agarrar?

— Não — digo, tirando do bolso o bloco de anotações que fechei e pus ali, abrindo-o na página certa. — *Eu entendi outra coisa também: que um beijo não mudou nada. Afinal, qualquer um pode dar um beijo.*

— Hum — diz Jubilee, cruzando os braços.

— Sim, essa foi a minha reação também. Quer dizer, acha que ela já está beijando as pessoas? Os meninos?

— Bem, ela tem 14 anos.

— *Só* 14 anos — digo. — Você saía beijando aos 14 anos?

— Não — sussurra, olhando para a mesa. E vai ficando tão vermelha que me sinto mal por ter feito a pergunta.

Depois de alguns segundos de silêncio, pego a sacola de papel.

— Trouxe sanduíches — digo.

Ela se levanta e pega pratos e guardanapos no armário. Levo um sanduíche para Aja e o coloco na mesinha de centro diante dele. Ele nem levanta os olhos.

Quando volto para a cozinha, Jubilee diz:

— Essa é uma citação bem irônica. Não parece que você precisa se preocupar tanto com o jeito dela de idealizar o amor.

Suas palavras me acertam no estômago, e percebo que Jubilee estava certa: prefiro que Ellie seja uma idealista em se tratando do amor a alguém que não acredita nele. E estou apreensivo porque, se ela já for cética, a culpa é minha. Como um filho pode acreditar no amor quando seus próprios pais fugiram dele?

— Então, qual você vai ler agora? — pergunta Jubilee enquanto comemos. — *Carrie, A Estranha* ou *Misery, Louca Obsessão*?

— Não sei.

— Você deveria perguntar a ela. Ver o que ela acha.

Deixo escapar uma risada curta e triste.

— É. Não acho que... não tenho certeza se isso vai funcionar.

Jubilee inclina a cabeça para o lado. Sei que preciso lhe dizer a verdade.

— Ellie não está falando comigo. Ela não fala há, ah... — Faço as contas de cabeça e me encolho — Seis meses. Com exceção de uma mensagem de texto, pedindo basicamente que eu a deixasse em paz.

— Ah — diz, e fico imaginando o que ela está pensando. Ou melhor, sei o que está pensando, o que deve estar pensando, e odeio isso. — Por quê?

A pergunta de um milhão de dólares. Não sei como responder até que minha boca se abre e as palavras saem:

— Eu a chamei de vagabunda.

Por mais doloroso que seja admitir, é um alívio dizer isso, tirar o peso desse terrível segredo dos meus ombros. Confessar. Tenho um súbito e inesperado estalo sobre as visitas semanais de Stephanie ao padre para fazer suas próprias confissões de culpa.

— Você o quê? — Os olhos de Jubilee se arregalam. — A sua filha?

— Sim. Não estava no meu melhor momento.

Dou outra mordida no meu lanche e mastigo, cuidadosamente, como se contasse as mastigadas até chegar às trinta necessárias antes de engolir. Jubilee apenas me encara, esperando.

Viro a orelha na direção da sala, mas tudo o que ouço são as batidinhas fracas de Aja na tela do iPad. Solto um sopro forte.

— Há mais ou menos um ano, Ellie começou a andar com uma menina, a Darcy. Ela não passava de uma dessas meninas encrenqueiras, com uma família desunida, essas coisas; o tipo de pessoa com quem você espera que o seu filho nunca se junte. — Apesar de dizer isso em voz alta, agora vejo a ironia: Ellie vem de uma família desunida também. — Enfim, na nossa cidadezinha, a rede de rumores estava cheia de acusações contra Darcy: ela batia nos professores do sexo masculino, usava drogas, não só maconha, mas coisas mais pesadas, como oxicodona e Ritalina. Quer dizer, sei que crianças podem ser cruéis, e que rumores são apenas isso... rumores. Mas eram tantos que devia existir alguma verdade por trás deles. Então, nos fins de semana que eu ficava com a Ellie, eu não a deixava sair com Darcy. Isso era algo em que Stephanie e eu não estávamos de pleno acordo; ela tinha essa postura de "crianças são assim mesmo" e "você tem que dar espaço para elas experimentarem". Para mim, era uma reação violenta à própria educação rígida da Stephanie. Isso me deixava furioso. Tivemos brigas feias por causa disso. Um fim de semana, quando Ellie estava comigo, pensei que estava no seu quarto, com fones nos ouvidos; ela sempre estava com eles. Eu estava brigando com a Stephanie porque não queria que Ellie fosse à festa de aniversário da Darcy. Ao que parece, ela já tinha deixado a menina ir sem falar comigo, o que me irritou. Aí ela me perguntou por que eu tinha que ser tão controlador o tempo todo. Eu me exaltei e gritei: *Porque a nossa única filha está virando uma vagabunda viciada em drogas como a Darcy, e você não parece estar nem aí para isso!*

Jubilee puxa o ar.

— Ai!

— E quando me virei...

— A Ellie estava lá.

Faço que sim.

— Ela ouviu a conversa toda. Bem, o suficiente, enfim. — Balanço a cabeça. Nunca vou me esquecer da expressão nos seus olhos. Era de dor, não a explosão de raiva habitual à qual eu estava acostumado. Eu podia lidar com a raiva, mas com a mágoa... Saber que eu era o responsável por ela era angustiante. — Pedi desculpas na mesma hora, é claro, mas ela não quis saber. Disse que ia fazer a mala e queria voltar para a casa da mãe. Eu não ia levá-la; não podia deixá-la ir embora sem que entendesse meus motivos, ou pelo menos que me perdoasse. Mas, finalmente, no sábado, quando percebi que meus esforços estavam sendo inúteis, e que mantê-la na minha casa a estava deixando com mais raiva ainda de mim, eu a levei para a casa da Stephanie. Desde então, ela não fala comigo.

— Mas vocês não têm nenhum tipo de acordo em relação à guarda?

Cruzo os braços na cadeira e passo a mão no rosto antes de responder.

— Fim de semana sim, fim de semana não. Passei a guarda total para a Stephanie, porque não queria que a Ellie ficasse de lá para cá. Eu sabia que estabilidade era mais importante para ela, mas, depois que eu disse... o que eu disse, ela não quis vir mais, e achei que forçá-la só pioraria a situação. E, honestamente, pensei que ela apareceria. Sei que o que eu disse foi horrível, mas ela é uma criança. E sou o pai dela. — Encolho os ombros. — Acho que o estrago foi grande demais. Ela já me odiava por causa do divórcio.

Pego novamente o lanche, e Jubilee faz o mesmo. Ficamos sentados ali, ouvindo um ao outro mastigar o lanche, até que o silêncio se torna insuportável. Parte de mim quer saber o que ela está pensando, enquanto a outra parte tem pavor de ouvir a verdade.

— Isso é uma droga mesmo — diz ela, finalmente. — Mas, se servir para fazer você se sentir um pouco melhor, você ainda é muito melhor do que meu pai.

Viro bruscamente a cabeça na sua direção. Passei meses tentando convencer Aja de que poderes paranormais não são reais, mas poderia jurar que ela estava lendo minha mente.

— Onde ele está?

Ela dá de ombros.

— Nem sei *quem* ele era. Minha mãe nunca me disse.

Tento assimilar isso.

— Ah, bem — digo, tentando aliviar o clima. — Então não sou o *pior* pai do mundo, apenas o segundo pior.

— Exatamente. Viu? Ânimo!

Eu rio e pego minha caneca. Enquanto dou um gole no café, observo Jubilee com o canto do olho, desviando meu olhar para seus lábios. Sigo a curva deles; meus olhos são como o carrinho de uma montanha-russa: subindo até os picos e mergulhando no vale entre eles. São lindos. Seus lábios. Espanto-me ao pensar que ela pode vê-los todos os dias, toda vez que olha para um espelho ou um reflexo na janela do carro. Como consegue tirar os olhos deles?

É então que noto a maionese, uma pequena protuberância no canto da sua boca.

Estico a mão, o polegar estendido para limpá-la para ela, eufórico como uma criança com a oportunidade inesperada de tocá-la. Jubilee congela, os olhos fixos em mim.

— Você tem um...

No último segundo, ela joga a cabeça para trás, tirando-a do meu alcance, e leva a própria mão à boca, deixando meu polegar suspenso no ar, triste.

— Um pouquinho de maionese — digo, trazendo minha mão de volta aos meus lábios, simulando em mim mesmo onde ela deve limpar.

Suas bochechas ficam coradas, fazendo minha respiração parar na garganta, enquanto ela limpa a mistura gordurosa com um guardanapo.

— Saiu? — pergunta.

Faço que sim com a cabeça.

213

Ficamos sentados ali por um minuto, olhando um para o outro.

E, uma vez que não posso me conter, ou não quero mais, estendo a mão mais uma vez, dominado pela necessidade de acabar com a distância que nos separa, de me conectar de alguma forma com ela. Jubilee congela novamente, tensionando os músculos dos ombros, mas, dessa vez, não me importo. Minha mão encontra um cacho do seu cabelo. Delicadamente, enrolo meus dedos nele, envolvendo-os no emaranhado macio de cachos, com meu olhar perdido nas mechas castanhas que não têm fim.

Ouço uma forte tomada de ar, e isso me faz cair em mim. Estou invadindo seu espaço, sendo ousado demais. Subitamente constrangido com minha falta de controle e minha respiração irregular, solto seu cabelo como se estivesse pegando fogo e endireito a coluna. Porém, antes que possa me desculpar, antes que possa encontrar as palavras em meu cérebro confuso para explicar meus atos estranhos, ela pega meu pulso com uma das mãos. Seu aperto é forte, e juro que posso sentir o calor dos seus dedos através do material das suas luvas. Encontro seu olhar novamente. E, com minha visão periférica, vejo seu peito arfante, inspirando e expirando de forma tão irregular quanto o meu.

E então seus lábios se abrem. E é o único convite de que preciso. Com a mão esquerda presa, me inclino em sua direção, levantando a mão livre para tocar seu rosto, já imaginando o doce relevo da minha boca na...

— *Pare!*

O grito alto faz exatamente isso. Faz-me parar no mesmo instante. Viro-me, com a mão a alguns centímetros do rosto dela; em minha cabeça, um misto de desejo e confusão. Vejo Aja parado no batente da porta com os olhos arregalados e a boca formando palavras que estou tentando decifrar.

— Você não pode tocá-la! Tire a mão, tire a mão!

Ele está puxando meu braço agora, aos gritos. Será que está tendo algum tipo de surto? Levanto-me, agarrando-o pelos ombros, tentando fazê-lo olhar para mim e se acalmar. Mas nada. Ele continua gritando e seu pânico aumentando, até que finalmente entendo o que parece ser o clímax assustador do seu confuso delírio:

— Você vai *matá-la!*

dezoito

JUBILEE

Fico SENTADA ALI, atordoada demais para me mover. Ele ia me beijar. Pelo menos acho que ia, pelo modo como estava tentando me tocar. É bem verdade que me falta experiência nesses assuntos, mas sua mão estava quase tocando meu rosto, e ele estava se inclinando em minha direção, assim como os atores fazem nos filmes — mesmo eu tendo segurado sua mão, tentando impedi-lo de me tocar. E, então, os gritos de Aja... tento me concentrar no que está acontecendo diante de mim.

— Não estou inventando isso! Juro! Pergunte para ela — diz Aja.

Ambos se voltam para mim. Percebo que perdi grande parte da conversa, ainda que possa preencher os espaços. Aja olha para baixo quando olho para ele.

— Desculpa — murmura. — Sei que não era para contar a ninguém.

Deixando de olhar para ele, Eric me encara novamente, com uma expressão estranha no rosto.

— Jubilee, do que ele está falando?

Sinto todo o meu corpo ficar quente e, de repente, gostaria de desaparecer. Ou que eles desaparecessem. O que eu estava *pensando* ao deixá-los entrar na minha vida dessa maneira? Na minha *casa*? Deixando Eric quase me beijar? Como se eu fosse simplesmente uma pessoa normal?

Meu rosto queima de humilhação, e é como se eu tivesse sido transportada para o pátio da escola onde Donovan me beijou, e tudo o que

215

posso ouvir é a risada do que parece ser uma centena de adolescentes alegres gritando no meu ouvido.

Não acredito que você beijou a menina!

Você mereceu as cinquenta pilas, cara.

Que verdadeiro show de horror!

Aff! O que está acontecendo com o rosto dela?

— Jubilee?

O rosto de Eric volta ao meu campo de visão e detesto o modo como está olhando para mim. Uma mistura de confusão, piedade e... não sei, como se não me conhecesse nem um pouco. E minha humilhação começa a ficar confusa, meu rosto está pegando fogo, meu coração está batendo forte nos meus ouvidos e só quero que tudo isso acabe.

Levanto-me, batendo os joelhos ao levantar, fazendo a cadeira cair no chão.

— Vocês precisam ir embora.

— O quê? — As sobrancelhas de Eric se juntam, e a expressão de preocupação em seu rosto passa para uma de perplexidade absoluta. — Por quê?

— Quero que saiam daqui! — grito dessa vez, esperando que isso esconda qualquer outra emoção que esteja surgindo.

Cruzo os braços, tentando engolir um nó do tamanho de uma bola de golfe em minha garganta.

Ele fica ali por mais um segundo, os olhos me secando, curiosos.

— Jubilee — diz, a voz tranquila, mas insistente.

Não respondo. Não hesito.

— Tudo bem — diz, finalmente. — Tudo bem. Vamos. Vamos, Aja.

Tenta colocar uma das mãos no ombro de Aja, para guiá-lo para fora da cozinha, mas Aja a empurra. Eles saem um atrás do outro e, quando finalmente ouço a porta se abrir e depois se fechar com um clique abafado, debruço-me sobre a mesa, agarrando-me na borda dela com o peito arfante e lágrimas quentes banhando os olhos.

Fico ali assim, aliviada porque eles se foram, mas esperando que voltem, até que os nós dos meus dedos começam a doer e sinto que meus joelhos vão entortar. Então, lentamente pego a cadeira que derrubei e me sento nela, de ombros curvados, examinando a cena diante de mim. Os dois pratos. Duas canecas de café. Dois guardanapos amassados. Para qualquer outra pessoa, essa cena seria normal: o resultado das ações de duas pessoas que lancharam à mesa de cozinha. No entanto, para mim, é um lembrete peculiar e doloroso de que, pela primeira vez em nove anos, alguém estava aqui, e agora se foi.

EM ALGUM MOMENTO enquanto a tarde se fez noite, minha humilhação se transformou em um vago sentimento de raiva, mas não posso identificar com precisão o motivo pelo qual estou me sentindo assim. Donovan? Aquelas crianças cruéis? Eric, por ir embora, mesmo tendo sido exatamente isso que lhe pedi para fazer? Eu, por lhe pedir para ir embora?

Deitada na cama, imagino o rosto de Eric inclinado na minha direção e me concentro em outra pergunta: ele realmente iria me beijar? Continuo repassando o momento na minha cabeça, como uma música no replay, lembrando o olhar no seu rosto, o modo como estava inclinado, o grito de Aja, até que a constatação do que está me incomodando se materializa. Sento-me ereta. Eu queria que ele me beijasse — na fração de segundo em que pensei que era isso que ele estava tentando fazer. E o que isso diz a meu respeito? Que tenho algum tipo de vontade estranha de morrer?

Viro-me para o criado-mudo onde está a caneca de Eric. Mais cedo, quando estava limpando as coisas, não consegui lavá-la. Nem guardá-la. Então a trouxe para meu quarto, como um souvenir de uma loja de presentes do aeroporto. Agora encaro a borda onde a boca de Eric tocou poucas horas antes e resisto ao desejo de levá-la aos lábios. O que há de errado comigo? Tiro os olhos dela, apago o abajur e fico deitada no escuro, mas, à medida que o sono toma conta de mim, a verdade entra no meu cérebro. A verdade de que talvez algumas coisas sejam maiores do que o medo da morte. Como o medo de nunca mais ser olhada do modo como Eric estava olhando para mim. Como, durante aquele segundo inteiro, fui a única pessoa que importava.

— POR QUE você não está pronta?

É quase noite no domingo, e Madison está em minha varanda. Mesmo tendo imaginado que ela desistiria se eu a deixasse batendo na porta, ela não desistiu e eu, a contragosto, abri a porta.

— Não vou — digo. O abatimento do dia anterior ainda é tão recente que tenho certeza de que ela poderá vê-lo estampado no meu rosto.

Ela não percebe.

— Para trás, estou entrando — diz.

Sem nenhuma outra escolha, dou um salto para sair do caminho, e Madison entra na sala. Ela olha ao redor, absorvendo tudo. Espero-a fazer algum comentário petulante sobre todos os livros, mas, em vez disso, pergunta:

— Quando vocês se mudaram para cá mesmo?

— Há uns 12 anos.

— E quanto a sua mãe pagou por esse lugar?

— Sei lá, tipo 230, eu acho. Por quê?

— Porque talvez valha, tipo, três vezes isso agora.

— Ah! — digo, porque não me importo com a casa agora, nem com seus benefícios imobiliários; tudo o que me importa é voltar para minha cama e fazer de conta que o dia anterior não aconteceu.

— E aí? Qual é o problema? — pergunta, soltando a bolsa no chão. — E não venha dizer que é uma longa história. Sabe que vou arrancá-la de você.

— Venha — murmuro, fechando a porta atrás dela. Vou atrás dela até a sala de estar e, não querendo colocar minhas luvas, sento-me na poltrona o mais longe possível dela, enquanto ela se acomoda no sofá.

— Vamos. Desembucha — diz.

Então começo. Falo de Eric e da maionese na minha boca, do beijo que quase aconteceu e de Aja gritando e...

— Espera, espera, espera — diz, levantando a mão. — Ele ia beijar você? E você ia *deixar*?

— Isso não... tem nada a ver com o assunto. O que importa é que Aja surtou geral. Então eu meio que surtei também... e, basicamente, o coloquei para fora da minha casa. Eu acho.

— Hum, não *tem nada a ver com o assunto*. Pelo que parece, tem tudo a ver com o assunto. Você está a fim desse cara?

— O quê? Não! — digo. — Por que você... isso é ridículo.

Ela estreita os olhos e posso dizer que não acredita em mim.

— Tudo bem... Acho que ele é... — O que *realmente* penso sobre Eric? Que ele às vezes é sério e sincero, mas, quando você menos espera, é surpreendentemente engraçado. Ele é inteligente de um modo terrivelmente lógico. E também cuidadoso, carinhosamente cuidadoso, sobretudo quando se trata dos seus filhos. Apenas gosto de estar perto dele. Talvez mais do que admito para mim mesma. — Acho que ele é... alinhado — digo, finalmente.

— Alinhado? — grita. — O quê... ele é um terno bem-feito? Um armário bem organizado? Você tem 11 anos? — Ela se acaba em risos.

— Pare! — digo, embora não possa deixar de rir junto com ela. — Ok, bem, eu gosto dele. Não sei... ele me faz me sentir... quente.

— Ah, bem, ele foi promovido a um casaco. Uma lareira. *O sol*, acho. Mas não quero dar mais munição à Madison.

— Você pode falar sério só por um minuto? — pergunto.

— Sim, sim, desculpe. — Ela passa a mão na frente do rosto como se, em um passe de mágica, tivesse transformado os lábios levantados em uma linha reta. — Séria agora. — Mas, então, ela sussurra "alinhado" mais uma vez e se joga para trás no sofá, gargalhando.

— Madison!

— Jube! Desculpe. É... tudo bem... sério agora. — Ela abafa uma risadinha aqui e outra ali por mais alguns segundos e tenta novamente. — Por que você simplesmente não contou para ele sobre o seu problema? Antes de hoje?

— Sim, porque essa é uma conversa *muito* fácil.

— Bem, acho que é uma conversa importante, para ele não sair limpando a maionese do seu rosto e, sem querer, fazê-la ir para o hospital.

— Isso é impactante.

— Bem, você não sabe. Você mesma disse que nunca sabe como o seu corpo vai reagir. — Ela me fita com um olhar sério. — Qual é! Por que você simplesmente não contou para ele?

— Sei lá. — Então começo a examinar e roer um pedacinho de pele solta de canto de unha que ficou pegando em minha luva. — Acho que fiquei com medo de ele pensar que eu era um monstro ou algo assim e não querer mais estar perto de mim.

— Bem, isso é ridículo. Quem não gostaria de estar perto de você? Você é a pessoa mais engraçada que eu conheço. Especialmente quando dopada.

— Ha-ha.

— Mas é sério. Se você gosta dele... se quer beijá-lo... não acha que deveria pelo menos tentar esse tratamento sobre o qual a médica estava falando? Talvez você possa...

— Não — interrompo. — É uma agulha no palheiro. Mesmo que consigam encontrar o gene, *se* a teoria deles estiver certa, para começar, não há nenhuma garantia de que possa funcionar. E levaria meses, ou anos, para descobrir. Enfim, nada disso importa mesmo. Pelo jeito que agi ontem, tenho certeza de que não vou ver Eric de novo tão cedo.

— Sim, mas...

— Madison, não — repito, dessa vez com mais firmeza.

Depois de alguns minutos de silêncio, ela se levanta.

— Vá. Coloque uma roupa — diz, enxotando-me com as mãos. — Vamos para a nossa aventura, porque deixei as crianças na casa do Donovan, mesmo não sendo a noite dele de ficar com elas, e tive que ouvir as lamúrias dele por vinte minutos inteiros por causa disso.

Jogo a cabeça para trás.

— Ah, eu não quero, de verdade. Você pode pelo menos dizer o que é?

— Cinema.

— Cinema? Isso não parece muito uma aventura.

— Mas é! É um filme em 3D. Com dinossauros. Será que *existiam* filmes em 3D da última vez que você foi ao cinema?

Fico olhando para ela.

— Ah, e as besteirinhas para comer! Quando foi a última vez que você comeu pipoca do cinema? Há pelo menos nove anos, eu sei, o que é completamente inaceitável.

Suspiro.

— Você só vai embora se eu fizer isso, né?

— Sim — diz. — Faz parte do meu charme.

Na segunda-feira à tarde na biblioteca, Louise está em um estado elevado de pânico constante.

— Meu genro é intolerante a glúten, minha neta odeia qualquer coisa verde e minha filha agora é, ao que parece, vegetariana; o que vou fazer para o Dia de Ação de Graças? Ar?

Ela tecla no computador, buscando receitas e murmurando baixinho. Faço um "Ã-hã" preocupado aqui e ali, mas, na verdade, não estou prestando atenção. Aja não veio hoje. Às 16h30, disse para mim mesma que o ônibus dele estava atrasado. Às 17h30, pensei que talvez ele estivesse doente e tivesse ficado em casa, mas são quase 19h, e tenho que aceitar a realidade: pedi a Eric e a Aja que fossem embora, e eles foram. E não vão voltar. Sei que é o melhor, que é o que eu queria, mas, mesmo assim.

— Ah, ótimo, são as Irmãs Gato — ouço Louise sussurrar e, quando ergo os olhos, ela já está fora de cadeira e na metade do caminho que leva à sala dos fundos.

Viro a cabeça na direção da porta. Aproximando-se do balcão estão duas das maiores mulheres que já vi, tanto em altura quanto em peso. Meus olhos se arregalam, não apenas de surpresa, mas para poder enxergá-las por inteiro. Então, quando elas ainda estão a cinco passos de distância, minha ficha cai. Um fedor horrível que parece uma mistura de água de esgoto e amônia. Fecho a boca para não sentir o gosto.

Uma das mulheres coloca com força uma pilha de livros no balcão à minha frente, e uma bola de pelos de animal sobe no ar, voltando a repousar no balcão em seguida. Pelo de gato. As Irmãs Gato. O apelido está começando a fazer sentido.

— Você é nova? — pergunta, com uma voz tão grave que ergo os olhos para ela, imaginando se confundi o gênero.

Exceto por alguns pelos grossos no queixo de uma e a estatura de jogadoras de basquete de ambas, elas, sem dúvida, parecem mulheres. Enquanto estudo as duas, noto que suas roupas (uma está usando um sobretudo bege batido e a outra, um suéter bem grande) estão cobertas de pelo de gato.

— Sim — digo, ainda tentando não respirar.

— Nossos livros chegaram? — pergunta a outra mulher, com a voz tão rouca quanto a da irmã.

— Hum, quais são os livros? — pergunto.

— A série *Winged Dragon*. Fiz um pedido especial à Ling Ling.

Continuo a encará-la, perplexa.

— Sabe, aquela menina oriental.

Faço uma pausa, perguntando-me se deveria dizer quanto é rude se referir a uma pessoa de descendência asiática como oriental, mas deduzo que, se elas têm o hábito de chamar Shayna de "Ling Ling", na cara dela ou pelas costas, elas provavelmente não vão se importar. Empurro a cadeira para trás, grata por criar espaço entre nós.

— Vou verificar — digo.

A mulher franze a testa, e a irmã repete o movimento, como se ambas estivessem de mau humor.

Quando entro na sala dos fundos, vejo Louise em pé perto de uma caixa de pães doces que restaram da manhã. Ela leva um pedaço de torta de blueberry à boca. Seus olhos se arregalam quando me vê, e ela congela no meio da mordida.

— Desculpe sair tão de repente — diz, com migalhas caindo na blusa. — Eu só precisava, hum... cuidar de uma emergência na biblioteca.

— Ha-ha — digo, dirigindo-me à prateleira onde mantemos os livros em espera.

— Como estão as Irmãs Gato hoje? — pergunta.

Olho para ela.

— Hum... malcriadas.

— É. Elas são assim.

— E fedorentas — acrescento.

— Não é de matar? — Ela sorri, revelando pedaços de massa presos entre os dentes.

Irritada, não respondo. Pego um maço com três livros grandes presos com um elástico. A capa do primeiro tem um enorme e fantástico dragão cuspindo fogo em uma paisagem urbana moderna. Levo-os até o balcão e os entrego às Irmãs Gato.

— Achei.

— Demorou — murmura a que está de sobretudo.

Fecho a mão enluvada e sento-me, pegando o cartão da biblioteca que a de suéter me ofereceu e começo o processo de empréstimo. Quando entrego os livros e devolvo o cartão, e elas finalmente vão embora, respiro fundo o ar puro e encaro a tela preta do computador na minha frente, tentando separar a bruma de autopiedade que não fez outra coisa senão aumentar desde o cinema.

Um grito ensurdecedor vindo da seção infantil me faz virar a cabeça como se fosse uma marionete. Uma menina, com a cabeça cheia de trancinhas e miçangas, está sentada no chão, berrando e apertando com força o joelho.

— TÁ DUENO! TÁ DUENO! — diz com sua linguagem infantil.

— *Shh* — diz a mãe, em pé perto dela. — Falei para você não correr aqui dentro. Levanta, querida, você está bem. — Isso só leva a menina a chorar ainda mais. Tentando outra tática, o corpo da mulher vai abaixando, como uma sanfona, até que ela fica no nível dos olhos da filha. — Deixe a mamãe dar um beijinho — diz, levando delicadamente a perna da menina à boca. A menina choraminga, mas seu ataque histérico vai diminuindo até que ela se atira nos braços da mãe. As duas se juntam como se estivessem jogando um jogo infantil de azar: pedra, papel e tesoura.

Outras crianças na seção seguem em frente, tirando livros das prateleiras. Alheio ao par, Roger digita devagar, catando milho no teclado do seu computador. E não consigo tirar os olhos delas. A demonstração flagrante de afeto das duas. O amor palpável que passa de mãe para filha de modo tão natural quanto um rio seguindo a correnteza.

Meus pulmões se contraem no peito, o punho gigante está de volta exigindo vingança, e não posso...

— Jubilee?

Olho para cima e vejo os olhos cor de azeitona de Eric. Fico curiosa para saber há quanto tempo ele está ali, em pé.

— Você está bem? — pergunta, com uma expressão preocupada no rosto.

E é a visão dele, o calor da sua voz, que faz brotar água em meus olhos, que faz minha visão embaçar. Percebo que não, não estou bem. Não estou nem um pouco bem.

— Minha mãe morreu — digo, a voz embargando na palavra "morreu". E, então, sinto meu rosto enrugar como se fosse um castelo de areia malfeito e começo a soluçar.

SENTADA NO BANCO da frente do carro de Eric, assoo o nariz escandalosamente em um lenço de papel que ele me deu. Ainda estamos no estacionamento da biblioteca, mas não sei exatamente como cheguei ali.

Lembro que ele me disse que estava lá para me levar para casa, e a atitude foi de uma gentileza tão inesperada que comecei a chorar copiosamente, arrancando Louise da sala dos fundos. Imagino que eles trocaram alguns olhares e, então, alguém me entregou meu casaco e minha bolsa e eu segui Eric, passando pela porta da frente, mal conseguindo, em meio às lágrimas, manter os olhos na parte de trás do seu casaco.

Ele está em silêncio pelo que parece ser um tempo recorde, enquanto eu grasno e me desmancho em lágrimas. Quando finalmente começo a me acalmar, limpo o fluxo de muco com o lenço e respiro fundo algumas vezes. Meus ombros tremem. Só então me ocorre a ideia de ficar com vergonha do espetáculo que, com certeza, dei.

Olho para ele, sentado imperturbavelmente no banco do motorista, apertando e soltando o volante com a mão esquerda, a direita descansando calmamente na sua coxa. Respiro fundo mais uma vez.

— Me desculpe... por... hum... tudo isso — digo, com a voz ainda instável.

Ele vira a cabeça para mim.

— Não, está tudo bem — diz. — Sinto muito pela sua mãe.

— Bem, já faz uns meses. — Fungo e limpo o nariz novamente. — Acho que tudo meio que me pegou de uma vez. Isso, pelo jeito, parece ridículo.

— Não — diz Eric. — Não.

Ficamos sentados em silêncio por mais alguns minutos.

— Vocês eram próximas? — pergunta Eric.

— Na verdade, não. Fazia nove anos que eu não a via. Eu meio que tinha ódio dela, para ser honesta.

Eric estreita os olhos para mim, e sei que está ouvindo, esperando por mais.

Porém, como explicar minha mãe? *Ela fumava, usava blusas apertadas e era obcecada por homens e dinheiro. Ria de mim por prazer. E me tratava como se eu fosse sua colega de quarto.* E é quando finalmente dou voz ao que está me incomodando há tantos anos.

— É que... ela me deixou. — Engulo em seco, tentando aliviar minha garganta áspera. — Me deixou quando eu mais precisava dela. Bem quando... — Penso em Donovan e na humilhação, mas sei que isso não é tudo. Não é o que está fazendo minhas mãos tremerem e meus ossos parecerem ocos. E então a mulher e a menina da biblioteca me vêm à mente, e meu peito se despedaça como vidro caindo no chão. — Ela nunca me tocou. Nunca. Não depois que fui diagnosticada. Quer dizer, eu sei que ela não podia me dar abraços nem beijos com frequência, mas ela poderia ter, sei lá, colocado luvas e acariciado minhas costas ou apalpado minha cabeça, pelo amor de Deus! Ou... ou... não sei, me enrolado num cobertor e me abraçado com força. — Sei que estou divagando, mas sou um cano que se rompeu agora, sem nenhum controle sobre as palavras que jorram. — Ela agiu como se eu fosse uma pária. Quer dizer, eu estava acostumada a isso porque as crianças da escola me tratavam assim também. Mas a minha própria *mãe...*

Rios de lágrimas caem dos meus olhos, misturando-se ao muco que escorre do meu nariz, mas não me importo. Limpo o rosto com a mão enluvada e encosto a cabeça no apoio do banco, deixando as lágrimas caírem, até parecer não restar mais nenhuma. Fungo.

— Desculpe — digo. — Não sei por que estou dizendo tudo isso.

Ele não responde. Encaro-o novamente, mas ele está apenas sentado ali, como se fosse feito de bronze ou algo assim. Por que *estou* contando tudo isso? De repente, sinto-me tão envergonhada das minhas confissões que quero saltar do carro e pedalar minha bicicleta para bem longe.

— Você vai dizer alguma coisa? — pergunto.

Eric muda de posição no banco e massageia a mandíbula, como se, com um pouco de esforço físico, pudesse esfregar os pelos pretos espetados até saírem do seu rosto.

— Entãooo... — Ele para de esfregar o rosto e se vira para mim. — Você queria que a sua mãe a *sufocasse?*

Encaro-o. Sei que meus pensamentos estavam bem confusos, mas, sério? Foi a isso que ele se prendeu? Mas, então, um pequeno sorriso se abre em um dos lados do seu rosto. Tento encolher minhas sobrancelhas: como ele pôde *brincar* com isso? Mas seu sorriso é contagiante, e não consigo me deter. Uma risadinha escapa dos meus lábios, e mais uma. Então começo a rir sem parar e me pergunto se pareço tão louca quanto me sinto.

Tento recuperar o fôlego, mas meu corpo assumiu o controle de si mesmo agora, alternando entre ataques de riso e leves soluços, e preciso deixá-lo seguir seu curso. Quando finalmente começo a me acalmar, espero Eric dizer outra coisa, ligar o carro ou fazer algo, mas ele fica sentado ali, olhando para o para-brisa.

Por isso fico sentada ali também, com o silêncio no carro aumentando até que se torna tão ensurdecedor que me contorço no banco, procurando alguma coisa, qualquer coisa, para dizer a fim de acabar com a estranha tensão que paira no ar à nossa volta. É nesse momento que Eric pigarreia e diz:

— Sabe, uma vez, quando Ellie era pequena, tipo, seis meses de idade, eu a levei ao apartamento do Dinesh.

Continuo olhando para ele.

— Dinesh?

Ele dá uma olhada na minha direção, como se tivesse acabado de perceber minha presença.

— O pai do Aja — diz. — E meu melhor amigo. Bem, ele *era* o meu melhor amigo. — E volta a olhar para o para-brisa. — Enfim, ainda estávamos na faculdade, e eu queria provar para ele que a paternidade não tinha me mudado, não *iria* me mudar, então coloquei as coisas dela em uma bolsa e fui até lá para ver futebol, como sempre fazíamos, e talvez beber uma ou duas cervejas. No meio do jogo, Ellie teve uma dor de barriga terrível. Quer dizer, "violenta". Era cocô para todo lado. Pelas costas e pernas dela, foi se espalhando pela colcha do Dinesh sobre a qual eu estava tentando trocá-la. — Eric ri. — Eu me lembro dele atrás de mim, gritando: "Amigo! Amigo! Ponha ela para dormir! É aí que a mágica acontece!" Precisei lavá-la, certo? Era a única maneira de deixá-la limpa àquela altura do campeonato. Levei-a até o banheiro do Dinesh, sentei-a na pia e abri a torneira. A água estava congelando, e ela começou a gritar. Sério, gritava tão alto que eu só queria fazê-la parar. Como havia cocô para todo lado, não pensei muito, só fechei a água fria e abri a quente. Mas não lembrei que a água do Dinesh ficava muito quente, escaldante, muito rápido. Então Ellie recomeçou a gritar. Quando percebi o que eu tinha feito, tirei-a da pia, mas era tarde demais porque a pele dela já estava queimada. Não chegou a ser queimadura de terceiro grau ou algo do tipo, mas ela ficou bem vermelha. Enrolei-la, com cocô e tudo, em uma toalha e apenas a abracei, dizendo várias vezes que sentia muito, até que, finalmente, ela começou a se acalmar.

Ele se vira para mim novamente.

— O que estou tentando dizer é que não há nada pior, sério, nada, do que ver um filho com dor. E saber que a culpa foi sua. Ainda me culpo por queimá-la daquele jeito. E ainda posso ouvir nitidamente os gritos dela.

— Mas ela ficou bem — digo.

Eric assente.

— Sim, graças a Deus. Olha, não conheci a sua mãe, mas se algo tão pequeno como aquilo me deixou daquele jeito, não consigo imaginar como seria saber que suas ações poderiam fazer algo pior acontecer com a sua filha. E saber que ela *realmente* machucou você, durante anos, antes de você ser diagnosticada. Que foi o simples amor dela por você que causou a sua dor. — Ele nega com a cabeça.

Fixo os olhos nele, sentindo-me como Mary quando vê o jardim secreto pela primeira vez. Eric me deu uma perspectiva que eu nunca havia considerado — talvez ela tivesse tanto medo de me machucar novamente que não tinha coragem de me tocar de jeito nenhum. Parece bonito, assim como uma explicação plausível, e quero acreditar nela com todas as minhas forças, mas não consigo tirar o senhor Walcott da minha cabeça: "Se parece bom demais para ser verdade, é provável que seja."

E então me ocorre outra coisa. Estreito os olhos.

— Como você sabe disso? Que levei anos para obter um diagnóstico?

— Eu, ah... Aja me mostrou aquele artigo sobre você. No *Times*.

Olho para meu colo, e meu rosto fica quente. Ele liga o carro e engata a marcha à ré.

— Ele acha que você é famosa.

Pigarreio.

— Sim, bem, ele também achou que eu fosse uma X-Men ou sei lá como vocês as chamam — digo. — Ele tem muita imaginação.

— Nem me fale — diz Eric, saindo da biblioteca.

Andamos em silêncio por um minuto, até que crio coragem para lhe dizer o que estava pensando.

— Eu, hã, realmente não esperava que você viesse hoje.

— Por que não?

— Pela forma como agi no sábado? Não fui exatamente... agradável.

Ele dá de ombros.

— Eu disse que daria carona para você até o seu carro ficar pronto. E cumpro minha palavra.

Concordo com a cabeça, sem saber ao certo o que responder. O que eu esperava que ele dissesse (*não consegui ficar longe de você*, tipo uma daquelas falas de mau gosto de um filme)?

Ele respira fundo e passa a mão no cabelo, bagunçando-o ainda mais.

— Olha, sinto muito. Não posso acreditar que quase... bem...

Inclino-me para a frente um pouquinho, minha respiração está forte. Quase me *beijou*. Diga.

Ele não diz.

Instala-se um constrangimento entre nós.

— Bem, eu não vou... eu prometo que vou manter distância de agora em diante. Você não precisa se preocupar comigo.

Relaxo no banco, perguntando-me por que não estou aliviada com sua promessa.

— E aí? Cadê o Aja? — pergunto, mudando de assunto. — Por que ele não veio hoje?

— Foi à terapia. Normalmente é às quintas, mas mudaram o horário. — Eric dá uma olhada para mim e vê minhas sobrancelhas levantadas. — Foi exigido, desde o incidente em que ele quase se afogou. Connie o levou. Tive uma reunião da qual não pude sair.

— Ah.

— Eu ia dizer para você no sábado, mas aí...

— Certo.

Uma pausa, e então Eric diz:

— Sabe, você é muito boa com ele.

— Ele é um bom menino. Inteligente. E engraçado! Meu Deus, aquela história sobre o nome dele!

— O lance da cabra? — sorri. — É. Não pude acreditar que Dinesh e Kate tinham colocado aquele nome nele: Clarence. Eu o provoquei muito... — Ele para de falar abruptamente. Vira-se para mim. — Espera. Como você sabe dessa história?

Eu me mexo no assento sob seu olhar.

— Ele me contou.

— Contou?

— Sim. — Ele massageia um dos lados do rosto e expira. — Eric, qual é o...

— Ele não conversa comigo. Digo, na verdade não conversa sobre muita coisa, mas, com certeza, não fala sobre os pais dele. A única vez que tentei... bem, não deu muito certo. Não sei como você conseguiu. — Ele diz a última frase mais para si mesmo do que para mim.

Dou de ombros, querendo ter a resposta que ele está procurando.

— Eu só converso com ele.

— Não. Não é isso. — Ele vira o volante e expira novamente, estufando as bochechas. — Acredite em mim. Já tentei.

Poucos minutos depois, ele para o carro na entrada da minha garagem e o desliga. Olha para mim, e fico imaginando se está sentindo a tensão entre nós.

— Você vai ficar bem? Com relação à sua mãe, quero dizer.

— Sim — digo, afirmando com a cabeça. — Eu vou.

Ele assente.

— Bem, mesma hora amanhã?

— Até amanhã — concordo, abrindo a porta e saindo na noite fria.

— Ei, Jubilee?

Paro minha mão antes de fechar a porta.

— Sim?

— Então, nós estamos, hum... podemos ser amigos?

Meu olhar vai dos seus olhos cor de azeitona até aos seus lábios secos, passando pela barba em seu rosto, então voltam para o ponto de partida.

— Amigos — digo, e fecho a porta do carro.

Sei que deveria estar feliz. É algo bom: ainda posso ter Eric e Aja na minha vida, e eles sabem sobre o meu problema, por isso estou segura. Mas, ao abrir a porta de casa e entrar na sala escura, largando a bolsa no chão, não consigo entender por que não estou aliviada. Por que parece que cada batida do meu coração está fazendo minhas veias vibrarem com uma emoção específica, que não é felicidade. É frustração.

dezenove

ERIC

UMA ALERGIA A pessoas. A *pessoas*! À pasta de amendoim, já ouvi falar. Abelhas? Com certeza. Eu mesmo tenho um primo que é alérgico a coentro. Mas a *pessoas*? Embora Aja tenha me explicado no caminho para casa no sábado depois de sairmos da casa dela, eu só acreditei depois de ver o caso impresso naquele artigo do *Times*. Isso explicava muitas coisas, na verdade. As luvas, para começar. O jeito às vezes arisco dela. Por que ela foi parar no hospital depois de tirar Aja do rio. Ela literalmente arriscou a vida — mais do que eu imaginava — para salvá-lo. E então... meu Deus, não posso acreditar que tentei beijá-la.

Porém, aquilo no que realmente não posso acreditar, ao vê-la seguir em direção à porta da frente depois de deixá-la em casa na segunda à noite, é o quanto ainda quero beijá-la.

Quando chego em casa, Connie está sentada no sofá, folheando uma revista. É a primeira vez que tenho a oportunidade de conversar com ela em alguns dias — ela ficou no escritório o dia todo no domingo e só teve tempo de responder à minha mensagem perguntando se podia levar Aja à terapia. Sua resposta: *Sim. Mas você fica me devendo. De novo.*

— Como foi, maninho? — pergunta, olhando para mim.

Sento-me ao seu lado e passo as mãos pelo cabelo.

— Foi... interessante — digo. — Você provavelmente não vai acreditar nisso.

E então lhe conto os detalhes sobre Jubilee, o problema dela, o beijo que quase lhe dei.

Não sei ao certo o que esperava como reação, talvez choque, como a minha? Mas, quando paro de falar, Connie ri.

Não, ela não *apenas* ri.

Ela cai na gargalhada.

Ela se acaba de rir.

Ela literalmente não consegue respirar.

— Não é engraçado — digo. — Eu poderia ter matado a moça!

Ela ri mais um pouco e, em seguida, recupera lentamente o fôlego.

— Não, não. Você tem razão. Essa parte não é engraçada. Mas o resto? Ai, meu Deus! — Ela cai na risada novamente e fico ali, parado, esperando que se controle.

— Connie! Sério — digo, sentando-me na outra ponta do sofá. — O que há de tão engraçado nisso?

— Só você mesmo — diz ela entre risadinhas. — Só você.

— Como assim?

— Ah, qual é! Como se você não soubesse.

Não sei, por isso fico sentado em silêncio, esperando que ela esclareça as coisas para mim.

— Eric! Você é o exemplo vivo do cara que vai atrás de mulheres indisponíveis.

— O quê? Eu não!

— Sim. Você é.

Reviro os olhos.

— Stephanie foi o único relacionamento que tive. Desde que eu tinha 17 anos, lembra?

— E a Teresa Falcone?

— A Teresa Fal... eu estava no *ensino fundamental*. Isso realmente conta?

— Conta. A mãe da menina tinha acabado de morrer, e ela não estava a fim de ficar com ninguém. Mas você ficou em volta dela, chorando por ela, como se fosse um cachorrinho machucado.

— Ah, que bela imagem! Que bom que você me tinha em tão alta estima.

— E depois a Penny Giovanni?

— O que tem ela?

— Você pediu para ela ir para casa com você no segundo ano da faculdade.

— E?

— Ela era lésbica! Bem, ainda é, acho. Mas todo mundo sabia disso, menos você.

Hum. Eu me lembro dela puxando a mão quando finalmente criei coragem suficiente para segurá-la quase no fim da noite.

— Sério?

— Sim! E a Stephanie...

— Espere. Eu me casei com ela. Então, ela não estava nem um pouco indisponível.

— Você se lembra de quanto tempo levou para sair com ela? Aquele louco do pai dela era um católico controlador que jurava que a filha virgem dele manteria as pernas fechadas até o fim dos tempos ou algo assim. Ele odiou você, especialmente, um branquelo protestante de descendência europeia.

Rio. Havia me esquecido dos esforços elaborados que fiz para conseguir fazê-la sair comigo, incluindo o interrogatório de uma hora do seu pai na sala de estar quente e abafada da casa deles.

— Enfim — diz Connie. — Só estou dizendo que esse é o seu histórico em se tratando de mulheres. E aí você me aparece com alguém que tem alergia a *pessoas*? Bem, está claro por que eu me divirto.

— Bem, obrigado, irmãzinha, pela empatia e por revirar o baú de lembranças.

— Por nada — diz e, em seguida, bate as mãos nos joelhos. — Mas, por mais divertido que esteja, preciso ir. O dia vai ser longo amanhã, especialmente porque deixei muito trabalho acumular à tarde para socorrer você *de novo*.

— Sim, sim. Obrigado, você é incrível! Não sei o que faria sem você e tudo mais.

Em pé, ela veste o casaco, enrola um cachecol no pescoço e coloca um gorro de lã na cabeça. Quando põe a mão na maçaneta da porta da frente, para.

— Vai ligar para a Ellie na quinta?

Olho para baixo.

— Não sei — digo, de modo pouco convincente.

— Eric, é aniversário dela.

— Eu sei — digo.

Cai no Dia de Ação de Graças esse ano. Quando criança, Ellie adorava quando isso acontecia, porque Stephanie a deixava escolher todas as sobremesas para a refeição; por isso, tínhamos bolo junto com dois ou três tipos diferentes de torta, brownies e biscoitos de açúcar e canela, seus favoritos. — Vou mandar um presente pelo correio. Um diário novo.

— Você deveria ligar para ela.

— Por quê? Para Steph me dizer que ela não quer falar comigo? De novo?

— Não. Para ela saber que o pai dela ligou no aniversário dela. Que pelo menos você tentou.

— Tudo o que tenho feito é tentar.

— Eu sei — diz Connie, amolecendo a voz. Ela coloca a mão no meu braço e o aperta.

— Ah, mais uma coisa.

— Sim?

— A mamãe e o papai vão vir para o jantar de Natal, e eu disse a eles que o faríamos aqui. Na sua casa.

— Você o quê?

Ela tira a mão da maçaneta e a coloca no quadril, olhando para mim.

— Você deveria me agradecer. Eles queriam vir para o Dia de Ação de Graças, mas eu disse que estaria trabalhando. Enfim, você sabe que não cozinho.

Isso é verdade. Quando Aja e eu nos mudamos para a cidade, ela trouxe uma caixa de hambúrgueres congelados para a nossa festa de inauguração da casa.

— Para ser sincera, não aguento a mamãe criticando cada detalhe da minha casa. *Você sabe que uma parte do armário é para guardar roupas de cama e banho, não sabe, querida?* — Ela faz uma imitação fiel da voz da nossa mãe.

— Que medo!

— É bem a cara dela.

— Não, não é.

— Tanto faz. Você é o filho que não erra, mesmo depois de ter se divorciado, adotado um filho mestiço e afastado a filha. — Respiro fundo.

— Desculpe, falei demais?

— Sim. Olha, nem tenho mesa de jantar.

— Eu trago uma dobrável e algumas cadeiras. Vai ser ótimo.

— Ótimo. A mamãe vai adorar isso.

— Ela vai ficar bem, Menino de Ouro. Na sua casa, ela provavelmente vai achar um charme.

QUANDO CONNIE VAI embora, atravesso o corredor até chegar ao quarto de Aja. Depois do incidente no rio e com o fogo, estabeleci uma política rigorosa de portas abertas, por isso coloco a cabeça na porta sem bater.

— Ei, amiguinho.

Ele não tira os olhos do computador.

— Ei.

— Como foi na terapia?

— Tudo bem.

— Vocês conversaram sobre algo... interessante?

Penso em como ele conversou com Jubilee sobre seus pais e me pergunto se deveria tentar novamente. Não tive coragem para tocar no nome de Dinesh e de Kate depois da histeria terrível da última vez.

— Não.

Tudo bem, então. Bato os nós dos dedos no batente da porta.

— Bem, boa noite — digo.

O dia foi longo, concluo. Não é o melhor momento para uma conversa importante. Porém, em vez de dar um passo para trás e ir para meu quarto, sem mais nem menos, dou um passo para a frente e olho por cima do seu ombro. Ele clica rapidamente no "x" para fechar a guia na tela.

— É... não — digo. — Nada de segredos no computador. — Seus ombros caem. — Abra de novo, por favor.

Relutante, ele abre a página outra vez e eu a examino. O título, por si só, *Como Fazer Telecinesia: Técnicas Avançadas*, faz-me parar na mesma hora. A sinopse se refere a um homem chamado Arthur que discute suas "habilidades" e oferece seus programas educacionais para diversos níveis de habilidade — cada um pelo preço acessível de 39,95 dólares, naturalmente, bem como um suplemento feito de ouro monoatômico e Chi líquido, o que quer que sejam essas coisas, que ajudam a aumentar os poderes da mente.

— Aja, achei que esse assunto já estivesse encerrado. — Ele não diz nada. — Ouça uma coisa. Isso não é real. Telecinesia não existe. Esse cara é um golpista. Um impostor. E só está tentando ganhar dinheiro.

— Você não sabe disso — diz ele, em voz baixa.

— Eu sei, amiguinho. Eu sei disso.

— Não, você não sabe! — grita e pula, fazendo sua cadeira cair. — Não é um golpe! É *verdade*! — E começa a chorar. Lágrimas grandes e pesadas caem dos seus olhos.

Levanto as mãos.

— Tudo bem. Tudo bem, amiguinho. Calma!

— Não! Você não acredita em mim! Saia. Saia!

Ele se joga na cama e enterra o rosto no travesseiro, chorando com toda a sinceridade agora. Fico dividido entre envolvê-lo em meus braços (o que sei que ele odeia) e sair do quarto, por isso fico ali, em silêncio, observando-o. Espero que grite comigo de novo para sair, mas ele não grita. Então, pego a cadeira caída, sento-me nela e fico o observando mais um pouco, enquanto ouço o tique-taque de cada minuto no relógio digital ao lado da sua cama. Desejo, pela centésima vez, que Dinesh esteja aqui. Não só porque ele saberia o que fazer, mas também porque Aja não era assim quando seus pais estavam vivos. Claro que era superinteligente e um pouco desajeitado socialmente — tudo bem, muito —, mas não tinha problemas emocionais sérios, pelo menos nada de que Dinesh tivesse falado. E, embora eu não necessariamente tivesse notado que ele não tinha sofrido o luto corretamente, como mostrou a terapeuta, não é preciso ser um gênio para perceber que a morte dos seus pais o transformou de um jeito profundo, e que eu não o ajudei a lidar com isso de modo algum. Tenho que dar um jeito nisso. Tenho que ser melhor. E vou começar por não sair quando ele quer que eu saia.

Cruzo os braços, determinado, e fico sentado ali, com os pés firmemente plantados no chão, até que Aja para de chorar, sua respiração fica mais lenta e, finalmente — finalmente —, ele adormece.

O Dia de Ação de Graças chega sem muito alarde. Como eram ingleses, Dinesh e Kate, na verdade, não celebravam o feriado, por isso não é grande coisa para Aja também. Comprei um peito de peru assado e purê de batatas no supermercado, e comemos na sala de estar enquanto assistimos a reprises de *Jornada nas Estrelas*.

Quando Aja vai para seu quarto jogar no computador, respiro fundo e pego meu telefone para ligar para Ellie. Ela não atende o celular, então ligo para o telefone residencial.

Stephanie atende no terceiro toque.

— Feliz Dia de Ação de Graças — digo, da maneira mais amigável possível.

— Para você também — diz ela.

— A aniversariante está em casa?

— Está.

— Posso falar com ela?

— Eric...

— Por favor? — digo, cortando-a. — Você pode tentar?

Stephanie suspira, e fico na expectativa enquanto a ouço falar com Ellie. Ela provavelmente colocou a mão no fone, porque só consigo distinguir algumas palavras, mas tenho que lhe dar o crédito; é como se estivesse fazendo o possível para persuadir a nossa filha. E funciona.

— Alô.

Meus joelhos quase amolecem quando ouço sua voz. Ela faz 15 anos hoje, mas, ao telefone, parece muito mais jovem. Muito mais parecida com a minha doce menina, embora haja uma ponta de raiva bem distinguível na forma como me cumprimenta. Eu nem me importo. Estou muito aliviado porque estou falando com ela.

— Ellie — respiro. — Feliz aniversário! Quinze anos, meu Deus, não posso acreditar. Parece que você nasceu ontem. — Sei que estou exagerando, que preciso ir com calma. Seguro o telefone com mais força, como se isso fosse mantê-la na linha. — Recebeu meu presente? O diário?

— Sim.

— Bom, muito bom. Achei que você pudesse gostar, já que fez um ótimo trabalho para a escola com seu diário literário. Vai ser ótimo para você escrever, sabe, uma boa maneira de praticar para ser editora de revistas.

— O quê?

— Você sabe, você disse que queria ser editora de revistas depois de ler *A Redoma de Vidro*.

Ela zomba.

— Isso foi, tipo, há um ano.

— Ah, bem, sim. As coisas podem mudar. Claro. Você tem tempo todo o tempo do mundo para descobrir o que quer fazer.

— Tanto faz.

— Sabe, estou lendo *Carrie, A Estranha* agora e...

— Você disse dois minutos — diz, cortando-me, embora não pareça que está falando comigo. Ouço Stephanie ao fundo. Ela diz algo como "só mais um pouco. Você não vai morrer".

— Não — diz Ellie. Ouço um barulho e, em seguida, a voz de Stephanie ao telefone.

— Eric, está aí?

— Sim.

— Desculpe — diz. — Ela só... você sabe.

— Sim — digo. — Bem, olhe, dê um grande abraço nela por mim, ok? Pode fazer isso?

— Sim, *claro* — diz Stephanie.

— Ok, bem, boa noite.

— Boa noite.

Desligo o telefone e fico olhando para ele. Como cheguei até aqui? Olho de um lado ao outro do meu apartamento. Não só a esse lugar, não só New Jersey, mas ao ponto de não saber o que dizer à minha própria filha. Gostaria de poder estar lá com ela agora. De alguma forma, forçá-la a falar comigo, voltar ao modo como as coisas eram, mas sei que não posso.

Pelo menos, já cumpri metade do meu contrato aqui. Em três meses estarei de volta, na mesma cidade que ela. Talvez então, quem sabe, eu descubra o que dizer e o que fazer. Descubra como ter minha filha de volta.

*

Depois de apagar a luz do quarto de Aja e cobri-lo com o cobertor, deito na minha cama e abro o romance de Stephen King. Está claro que Ellie não se importa que eu esteja lendo esses livros, mas não vou desistir. Nesse momento, ainda que seja um plano ruim, é o único que tenho para me conectar a ela.

Começo a ler, perdendo-me na mente perturbadora dessa adolescente, mas, quando chego à cena em que Carrie faz o coração da sua mãe parar, coloco o livro de lado com o coração martelando no meu peito.

Vou até a cozinha pegar um copo de água e, cansado de esmiuçar meu relacionamento rompido com Ellie, meus pensamentos vão para Jubilee. Fico me perguntando o que ela está fazendo. De modo impulsivo, pego a lista telefônica que está no balcão da cozinha desde que nos mudamos e a folheio, curioso para saber quando foi a última vez que abri uma.

Corro o dedo pela página de papel de jornal com a indicação J até chegar a *Jenkins*. Há quatro, mas nenhuma Jubilee. Fico frustrado por ela não estar na lista, até que o nome Victoria chama minha atenção. E minha ficha cai — lembro-me de que esse é o nome da sua mãe no artigo do *Times*. Arranco a página da lista, levo-a para meu quarto e digito o número no celular.

Jubilee atende no quarto toque.

— Você estava certa. Esse livro é assustador — digo.

— Hein? — Sua voz está rouca, cansada.

— *Carrie, a Estranha*, o livro. Eu estou lendo. Desculpe, acordei você?

— Acho que sim — diz, bocejando. — Estava lendo no sofá. Devo ter pegado no sono. — E boceja novamente. — Como você conseguiu o meu número?

— Na lista telefônica — digo.

— Espera... sério? Ainda usam isso?

— Bem, posso afirmar que pelo menos uma pessoa a usou esse ano. — Ela ri, e fico feliz por ter ligado. — O que você está lendo?

Uma pausa, e então:

— *Carrie, a Estranha*.

Abro um sorriso largo.

— Pensei que você não gostasse de terror.

— Abri uma exceção.

— Como você conseguiu dormir lendo esse livro? Acho que vou demorar anos para dormir.

Ela ri.

— Sei lá. Não acho que seja tão assustador assim.

— É horrível — digo. — Não posso acreditar que minha filha leu isso.

Jubilee dá risada e faz um som evasivo, então, o ritmo da nossa conversa vai diminuindo até parar. Depois de alguns segundos de silêncio, digo:

— É aniversário dela hoje. Da Ellie. Liguei para ela.

— Como foi?

— Ela disse quatro palavras ao todo, acho. Então, você sabe, foi melhor.

— Sinto muito — diz.

— Sim. Eu também.

O silêncio surge novamente, e me vejo tentando imaginá-la; se está sentada ou em pé, o que está vestindo, se está sozinha. Esforço-me para ver se consigo ouvir alguém ao fundo. Se bem que não sei quem poderia estar com ela, uma vez que seus pais estão fora de cogitação. De repente, odeio a ideia de que ela passou o Dia de Ação de Graças sozinha. Que pena que não pensei em convidá-la!

— Então — digo, mudando de assunto. — Se *Carrie, a Estranha* não lhe dá medo, o que dá?

— O quê?

— Me diga uma coisa — digo. — Uma coisa que lhe dá medo.

Ela faz uma pausa.

— Bem, ser tocada, obviamente.

— Sim — digo. — Achei que desse. — Mexo-me na cama, colocando o braço atrás da cabeça e me inclinando para trás. — Diga algo que não seja óbvio.

O silêncio entre nós fica sério. Quando ela fala novamente, sua voz está tão baixa que aperto mais o telefone contra o ouvido para não perder uma palavra.

— Tenho medo de ter esquecido como é.

— Ser tocada?

— Sim. — Respiro fundo. Não sei o que esperava que ela dissesse. E não sei o que responder. — Acho que tenho medo de ter formado uma ideia na cabeça — continua.

— Como assim? — Meu tom de voz é igual ao dela.

— Sei lá. Tipo, tem um vídeo do YouTube que vi uma vez para uma das minhas aulas on-line, Religiões do Mundo, acho. Era um grupo de monges tibetanos cantando e meditando juntos. Era um clipe de uma hora de duração e, mesmo tendo uma ideia depois de um minuto ou dois, vi o vídeo todo. Não sei por quê; fiquei paralisada ou algo assim. Pude literalmente sentir a vibração do zumbido deles por todo o meu corpo. Começou no peito e foi expandindo para a minha cabeça, para os meus braços e pernas, para a ponta dos meus dedos. E coloquei na cabeça que essa seria a sensação de ser tocada novamente. Como eletricidade. E, mesmo apavorada com isso, ao mesmo tempo eu queria. Sei que não faz sentido.

— Não. Não, faz sentido. Faz todo o sentido do mundo.

Ela fica novamente em silêncio. E então, quando penso que preciso dizer algo, talvez mudar de assunto, ela fala.

— E aí? É assim?

— Ser tocado?

— Sim.

Penso por um minuto.

— Acho que sim; às vezes é assim — digo, abrindo um sorriso. — Depende de onde você estiver tocando.

Arrependo-me da piada assim que as palavras saem da minha boca, com medo de ter estragado o momento, ou de que ela pense que estou rindo dela ou tentando deixá-la constrangida e vermelha, como ela fica com tanta frequência. Porém, quando abro a boca para me desculpar, ouço algo. Parece uma fungada. Meu coração para. Meu Deus, eu a fiz chorar. Dou um tapa no meu rosto, encolhendo-me de vergonha, tentando descobrir o que posso fazer para melhorar a situação.

Então, uma gargalhada irrompe no meu ouvido, e outra, e outra. Ela está rindo. E o som é, ao mesmo tempo, surpreendente e familiar, como o canto de um pássaro que está de volta depois de um longo inverno, e desencadeia algo no meu peito.

O RESTO DO mês é frio, mas brando. Alguns flocos de neve, mas nada pesado. Estou contente por causa de Jubilee, mas, embora a busque todas as noites, ela ainda tem que ir de bicicleta *para* o trabalho. Ofereci-me novamente para levar seu carro a um mecânico e até pagar pelo conserto, mas ela não quis nem conversar. E acho que talvez Connie esteja certa. Há um denominador comum nas mulheres da minha vida: elas são irritantemente teimosas.

No entanto, quando estou ao lado de Jubilee no banco da frente do carro, noite após noite, sou forçado a considerar também a outra teoria de Connie. É verdade que a atração por Jubilee só aumentou desde que soube do seu problema. Sem dúvida isso aconteceu a despeito do problema, e não por causa dele. Senti-me atraído por ela antes mesmo de saber, mas, agora, desde a nossa conversa ao telefone no Dia de Ação de Graças, não consigo parar de pensar nela.

Em tocá-la.

Não apenas as partes óbvias, mas seu colo. A linha que divide seu cabelo. O interior exposto do seu pulso onde a luva não encontra a manga da blusa. Estou dominado pelo desejo.

E não acho que seja porque não faço sexo há um tempo e naturalmente sinta desejo. Afinal, sou homem, e uma modelo comendo um hambúrguer de forma sedutora na TV já é suficiente para despertar meu interesse. É que nunca senti um desejo como *esse*.

Parte de mim quer mencionar o assunto à terapeuta de Aja, falar sobre isso com *alguém*, mas sei que não estou ali para isso.

Sentado, apoio meus cotovelos nos braços de madeira da cadeira em frente à mesa de Janet, pronto para nossa conversa mensal.

— E aí? Como ele está?

Ela ergue a cabeça.

— Como *você* acha que ele está?

Meu Deus! É claro que eu não deveria esperar uma resposta direta de uma psiquiatra.

— Bem. — Então digo, de modo evasivo: — Bem melhor, acho.

Não houve nenhum episódio crítico desde o ataque de nervos por causa do site sobre telecinésia, e estou contando isso como ponto positivo.

— Você falou com ele sobre os pais dele?

Mexo-me na cadeira. Eles poderiam, pelo menos, ter colocado uma almofada nela.

— Eu tentei.

— Como foi?

— Não muito bem.

— Hum.

Está um silêncio tão grande que posso literalmente ouvir os segundos passando no relógio de parede à minha direita.

— Quem é Jubilee?

Lanço os olhos nos dela.

— O quê?

— Ele fala muito sobre ela.

Pigarreio.

— Ela é bibliotecária — digo. — Foi a moça que salvou a vida dele. No rio.

— Ele parece gostar muito dela.

— Sim, sim. — Coço a nuca com a mão. — Acho que eles se entendem ou algo assim.

Ela assente, pensativa.

— De qualquer forma, a minha preocupação é a de que ele esteja abrigando alguns delírios no que diz respeito a ela também.

— Como assim?

— Parece que ele acredita que ela é alérgica a pessoas.

— Como? — Sinto uma necessidade de ficar na defensiva, como se quisesse proteger Jubilee. Sua vida e seu problema não dizem respeito à Janet, mas também não quero que Aja pareça mais esquisito do que já é. Minha lealdade como pai fala mais alto. — Bem, na verdade, ela é.

É a vez de Janet levantar a sobrancelha. Sinto certo prazer em desestabilizá-la.

— Sério?

— Sim, é um problema genético, como uma mutação. É raro.

Li o artigo do *The New York Times*. Duas vezes. Na primeira, espantado, como se estivesse lendo sobre uma pessoa estranha. Depois, mais uma vez, com Jubilee em mente, tentando compreender como deve ter sido a vida dela. Como ainda é a vida dela.

Janet volta a colocar uma expressão simpática no rosto.

— Mas, pelo que você sabe, ela não tem nenhum poder... mental, certo? — E oferece um pequeno sorriso, como se compartilhássemos a mesma piada.

Não retribuo o sorriso.

— Não. Que eu saiba, não.

Ela concorda com a cabeça.

— Parece que Aja acredita que a mutação que causa a alergia dela, a qual, a bem da verdade, não pensei que fosse real, marca Jubilee como uma espécie de milagre da evolução, e que ela talvez tenha usado ou não poderes sobrenaturais.

Mesmo sabendo que essa é a parte séria, com a qual eu deveria estar preocupado, não posso deixar de sorrir, imaginando Jubilee como alguma super-heroína determinada a salvar o mundo. Minha intuição volta a se perguntar até onde Aja realmente precisa de terapia. Sim, sei que ele tem alguns... problemas, decorrentes da morte dos seus pais. Mas isso não é só a imaginação hiperativa de um menino de dez anos?

Digo exatamente isso à Janet, terminando com:

— Ele lê muito os *X-Men*. É a revista em quadrinhos favorita dele, e é exatamente isso que eles são: mutantes genéticos com habilidades extraordinárias.

— Muito bem — diz ela, mostrando a palma da sua mão. — Só quero tentar de tudo e não deixar escapar nada, dadas algumas escolhas que Aja fez no passado. Quero ter certeza de que estamos fazendo tudo ao nosso alcance.

Baixo um pouco a guarda.

— Eu sei e entendo. Eu também.

Levanto-me e tiro meu casaco do encosto da cadeira onde o pendurei. Enquanto o visto e caminho em direção à porta, Janet me chama.

— Eric?

Viro-me.

— Sim.

Ela me fita com um olhar amável, mas sério.

— Converse com ele. Você tem que continuar tentando. Com crianças, muitas vezes é preciso fazer várias tentativas.

Concordo com a cabeça, pensando em Ellie. E eu não sei?

vinte

Jubilee

Dezembro é cheio de surpresas. Na primeira semana, Madison me forçou a comprar um telefone celular.

— É estranho você não ter um — disse ela. — Celulares são praticamente obrigatórios. — Metade de um Xanax e, uma hora depois, eu estava eufórica por ter um, mas agora ele parece meio inútil, porque a única pessoa que liga para mim é Madison.

Na segunda semana, Eric me convidou para passar o Natal com eles. Não acho que ele realmente quisesse a minha presença — provavelmente foi mais uma questão de não ter escapatória e não ter, na verdade, uma escolha.

— O que você vai fazer no Natal? — perguntou, em tom informal, enquanto voltávamos para casa certa noite.

— Quando vai ser, na próxima sexta?

Ele riu, e percebi que ele estava falando sério.

— Hum, sim — disse. — Você comemora ou algo assim?

Fiz um rápido não com a cabeça.

— Não. Odeio o Natal. — Não tinha a intenção de dizer isso, mas simplesmente saiu.

— Você *odeia* o Natal?

Faço que sim com a cabeça.

— Por quê?

Os primeiros anos depois que minha mãe foi embora, fiz um esforço. Colocava o CD *Now This Is Christmas*, com melodias populares do terrível feriado, ao som das quais ela ficava dançando pela casa. Tirava do armário a caixa de decorações com metade delas caindo aos pedaços e colocava algumas aqui e ali. Mas, quando realmente chegava o dia, o fato de olhar para elas, especialmente para a estatueta de plástico de Papel Noel sem metade da barba de algodão, deixava-me triste. Nunca me importava de morar sozinha — de verdade, não —, exceto naquele dia. Aquele dia inevitável em que cada programa e comercial na TV e cada música fazem você se lembrar de que deveria estar com alguém. Porque, na verdade, de que adianta comemorar um feriado que se resume a dar presentes quando você não tem ninguém a quem dar um presente? Meu aniversário não é muito melhor, para ser honesta, mas, pelo menos, não há uma centena de lembretes de que estou sozinha nesse dia.

O fato é que tudo isso parece meio patético, até mesmo para mim, por isso tentei explicar desta forma:

— Não sei, o comércio. Toda aquela alegria forçada. Ah, e as luzes! Meu Deus, as luzes. Olhe para esse bairro — digo, sacudindo a mão em direção à janela. — Parece uma pista de aeroporto! Como se esperassem um 737 pousar a qualquer minuto.

Eric ri alto.

— Um Grinch da vida real. Eu nunca teria imaginado. E agora? Vai se enfiar em todas as casas para roubar os presentes das crianças?

— Quem sabe — respondo, dando-lhe um sorriso de lado.

— Você deveria ir lá para a nossa casa — disse Aja. — Eric vai cozinhar.

E foi quando Eric se mexeu no banco e pigarreou.

— Sim, você deveria ir. Você é bem-vinda. Sério, se você quiser. Sem pressão.

Viu? Não acho que ele realmente quisesse me convidar, o que explica por que hesitei antes de sair do carro.

— O convite está feito — gritou depois que saí. — A menos que você não tenha o coração do tamanho certo!

*

A MAIOR SURPRESA acontece na terceira semana do mês, quando entro na biblioteca na segunda de manhã e encontro Roger em pé no balcão, parecendo desesperado. Ou confuso. Não sei dizer.

— Louise foi demitida — disse.

— *O quê?*

— A primeira coisa que aconteceu hoje de manhã. Ela entrou. Maryann a chamou lá nos fundos e fim de papo.

Não consigo encontrar palavras. *Louise?* Pensei que ela fosse como um objeto permanente na biblioteca.

— Há quanto tempo ela trabalhava aqui?

— Desde antes de eu começar. E isso faz oito anos. Eu diria, tipo, uns 15 anos, pelo menos. — Ele balança a cabeça. — Foi horrível; você devia ter visto. E numa segunda-feira, também. Ela estava chorando. Então *eu* comecei a chorar. — Ele engasga um pouco enquanto fala e põe um dedo sobre a boca. Com lágrimas se acumulando nos olhos, ele mantém os olhos em mim por um segundo e, em seguida, vai para a sala dos fundos.

Atordoada, fico parada ali, ainda de casaco e com a bolsa atrás do balcão. Não tenho certeza do que fazer. Como Louise foi demitida? *Por quê?* Se a câmara municipal cortou a verba, eu é que deveria ter sido demitida. *O último a ser contratado é o primeiro a ser demitido*, como ela mesma disse.

Maryann sai da sala dos fundos e para quando me vê. Seus ombros ficam tensos.

— Olá — diz ela.

A palavra soa estranhamente formal, mas, por outro lado, ela acabou de demitir uma mulher que parecia ser não só uma colega de trabalho, mas também uma amiga, por isso imagino que seu humor não esteja muito bom.

— Bom dia — digo.

— Já ficou sabendo, né?

Afirmo com a cabeça.

— É terrível.

Ela joga um pouquinho a cabeça para trás e morde o lábio, como se estivesse evitando chorar.

— Bem, vamos todos ter que acelerar um pouco as coisas por aqui, já que estaremos com menos mão de obra.

— Claro — digo. — O que for preciso.

Ela pigarreia e segue em direção à mesa para pegar uma pasta, depois volta para os fundos sem dizer outra palavra.

O dia passa voando e, apesar de Louise e eu nem sempre termos tido o mesmo horário de trabalho, é estranho não a ter por ali. Estranho saber que ela não voltará. É emocionalmente desgastante e, quando Aja entra, às quatro horas, dou-lhe meu habitual aceno e, em seguida, deixo-o em paz para aproveitar a tarde. Não tenho energia para as nossas conversas de sempre.

— Qual o problema? — pergunta Eric no caminho para casa.

— Hã? — pergunto, ainda pensando em Louise.

— Parece que você... não está bem.

E me pergunto como sou para ele. Quem sou. O que ele pensa de mim quando estou "bem".

Conto o que aconteceu na biblioteca e sobre a falta de verba, e que Louise era a última pessoa que alguém esperava ser demitida.

Eric ouve atentamente e depois diz:

— Antes ela do que você, né? — Mexo-me no banco do passageiro, mas não respondo. — Desculpe, foi insensível de minha parte.

Concordo com a cabeça.

— Se servir para alguma coisa, tive um dia de merda também.

— Você não deveria dizer "merda" — manifesta-se Aja no banco de trás.

— Você também não — diz Eric.

— O que aconteceu? — pergunto.

— Um dos nossos clientes está adquirindo uma S&P 100 e a diligência devida está uma b... — Ele olha para Aja no banco de trás e tosse. — Está péssima — diz. — Não conheço a minha equipe, já que sou novo no escritório, por isso não estou 100% confiante de que eles consigam o LAJIDA ou o fluxo de caixa esperado, ou qualquer outra coisa nesse sentido, e argh, é muita... muita supervisão. Muita pressão.

Fico olhando para ele.

— Você falou a minha língua?

Ele ri e balança a mão.

— Deixa para lá. Chega de falar de trabalho — diz.

Porém, depois desta declaração, parece não haver mais assunto e o carro fica em silêncio pelo restante do trajeto.

Na quinta-feira daquela semana, Madison me envia minha primeira mensagem de texto.

Deixei uma coisinha para você na varanda.

Abro a porta da frente e encontro uma dúzia de donuts de maçã em uma caixa branca, um envelope com um Xanax e um cartão que diz: *Sei que vou precisar de um no Natal — pensei que você talvez precisasse também. P.S.: Só tome meio comprimido por vez, Bobby McFerrin.*

Vou para a cama com os donuts e como quatro deles enquanto releio *O Parque dos Dinossauros*. Acabo dormindo em um mar de migalhas.

Na manhã seguinte acordo e dou uma olhada no relógio. São 9h15. Resmungo, estico-me, olho para a mesinha de cabeceira onde deixei o comprimido e pego o livro, abrindo-o na página em que parei na noite anterior. Ao meio-dia, olho novamente para o comprimido. Realmente não preciso dele — não vou a lugar nenhum hoje. Mas, então, mais uma vez, por que não? Se ele me ajudou a dominar minha ansiedade na cidade, talvez me ajude a odiar um pouco menos o Natal. Jogo-o na boca e engulo, só então me lembrando da instrução de Madison para cortá-lo ao meio. *Vixe!*

Deito de barriga para cima e espero a sensação relaxante começar a fazer efeito. Não demora muito. Às 15h, estou morrendo de fome e percebo que ainda não comi hoje. Enjoada de donuts de maçã, desço e reviro a geladeira. Quase sem mantimentos — o mercado só entrega as compras na segunda —, fico em pé junto ao balcão, comendo um pedaço de pão puro, uma massa mole e sem graça na minha boca seca. É quando me lembro do que Aja disse quando me convidou: Eric vai cozinhar! Meu estômago ronca.

Acho o cartão de visita de Eric na minha mesa e ligo para ele. Ele atende no terceiro toque.

— A oferta ainda está de pé? — percebo, tarde demais, talvez, que foi ousado, quase deselegante, e muito diferente de quem sou, mas realmente não estou nem aí. A frase da música, *Don't Worry, Be Happy*, fica se repetindo na minha cabeça sem parar.

— Hã, Jubilee?

— Sim. Desculpe. Sou eu.

— Você estava... hã... você está bem? Você está falando esquisito.

— Ah. Tomei um remédio. Estou com fome.

— Remédio?

— Sim.

— Que tipo de remédio?

— Ah. Só um Xanax. Para ajudar a relaxar. Acho que está fazendo efeito.

— Tudo bem... — diz ele. Imediatamente o imagino passando a mão na parte de trás da cabeça, bagunçando o cabelo. Ele faz isso quando está pensando. Parece que está pensando. — Bem, nós acabamos de comer, mas tem muita comida. Quer que eu vá buscá-la?

— Não, posso ir de bicicleta. Qual é o seu... qual é o seu... — Começo a rir. — Não consigo me lembrar da palavra que quero. Onde você mora?

— Hã, vou buscá-la.

Trinta minutos mais tarde, estou de roupa trocada e dentes escovados. Percebo que deveria levar alguma coisa para ele e para Aja. É Natal! Enquanto penso se terei tempo de ir de bicicleta ao Wawa, ouço o carro de Eric parar na frente da casa. É quando me lembro dos donuts. Subo correndo a escada, de dois em dois degraus, e pego a caixa ao pé da minha cama. Restaram apenas oito e, uma vez que parecem meio solitários na caixa, levo um minuto para ajeitá-los um pouco e preencher o espaço vazio.

Depois de colocar as luvas e o casaco, abro a porta no momento em que Eric está batendo.

— Oi — digo, um pouco sem fôlego.

— Oi — diz ele, sorrindo. Gosto do seu sorriso.

Entrego a caixa de donuts para ele.

— Feliz Natal.

— Ah! Obrigado. — Ele pega a caixa.

— Já comi quatro. Ontem à noite. — Não sei por que me sinto coagida a lhe dizer a verdade, mas digo.

Ele ri e sacode cabeça.

— Tudo bem. Pronta para ir?

— Sim.

QUANDO CHEGAMOS AO apartamento de Eric, passo pela porta atrás dele, esperando ver Aja. Não esperava ver a sala cheia de rostos me cumprimentando. Congelo.

— Ah, meu Deus — digo baixinho. — Você tem companhia... eu deveria ter...

A sensação leve e relaxada que eu ainda estava sentindo no trajeto do carro desaparece, e me pego desejando que Madison tivesse colocado um segundo comprimido naquele envelope.

Eric se vira e me olha nos olhos.

— Está tudo bem — diz, de modo caloroso.

— Você conhece o Rufus. — Ele aponta para o cachorro, que está mordiscando algo nos seus calcanhares, e sorri para mim. Sinto uma sensação boa.

— Você mudou o nome dele.

Ele pisca para mim.

— E você se lembra de Connie, é claro.

— Oi! — Ela dá um pequeno aceno com a mão de onde está sentada no sofá.

Eu a cumprimento.

— E estes são meus pais, Gary... — Ele faz sinal para o homem sentado em uma cadeira dobrável na sala de jantar — E Deborah. — Sua mãe está em pé perto da TV. E começa a andar na minha direção, com os braços abertos.

— Ah, é Natal — diz ela. — Podemos nos cumprimentar com um abraço.

Um "Não!" em coro a faz parar onde está.

Confusa, ela olha para Eric e Connie. Em seguida, os dois começam a falar ao mesmo tempo.

— Ela está com um resfriado terrível!

— Ela não gosta de ser tocada!

— Ela é uma mutante! — comenta Aja, alegre. Ele acaba de aparecer no corredor.

Os olhos da mãe de Eric se arregalam a cada explicação, e ela põe a mão sobre o peito, como se o alvoroço estivesse fazendo seu coração acelerar e ela precisasse se acalmar. Constrangida, ofereço-lhe um sorriso e balanço os dedos enluvados da mão direita para ela.

Obviamente confusa, ela ergue a cabeça na minha direção, como se perguntasse: *O que é, afinal?*

Pigarreio.

— Ah, praticamente o que Aja disse. Tenho uma alergia rara. Uma alergia a, bem, outras pessoas. Não posso ser tocada.

— Ah! — urra, do seu assento, o pai de Eric, até então em silêncio. — Como a minha esposa! Né, Deborah? — E ri da própria piada. Sua barriga redonda literalmente treme com o esforço.

— Gary! — Ela o repreende rispidamente. E alivia o tom. — Acho que bebemos uísque demais, não é?

— Ah, que nada, meu bem. — Ele olha para mim e começa a balançar a mão levantada. — Vem para cá. Estávamos para atacar a sobremesa.

Dou uma olhada para Connie, que está revirando os olhos, e depois para Eric, que enche as bochechas e solta o ar lentamente. Aproximando--se de mim, sussurra:

— Esqueci de dizer que também odeio o Natal.

Quando todos estamos sentados nas cadeiras dobráveis de metal, Deborah começa a servir pedaços de torta de maçã em pratos de papel. O cachorro se senta aos meus pés como uma estátua, olhando para mim com seus olhos grandes de filhote.

— Está uma delícia, Eric — diz Deborah, limpando a boca com um guardanapo.

— Foi a Connie que trouxe.

— Ah — diz ela, virando-se para a filha. — Que qualidade de maçã é essa? Gala?

— Sim, acho que sim — diz Connie, animando-se.

— Da próxima vez, experimente a Fuji ou a Verde. Realmente são as melhores para ir ao forno.

— Ah. Anotado — diz Connie, lançando um olhar para Eric. Ele ri.

— Posso ir para o meu quarto agora? — pergunta Aja. Meus olhos se arregalam com seu prato vazio. Ainda estou na primeira garfada.

— Não — diz Eric. — O vovô e a vovó só vão passar a tarde aqui. Faz meses que eles não veem você.

— Eles não são os meus avós — diz Aja, placidamente. — E o Iggy tem o novo *King's Quest* também. Ele está me esperando para jogar.

— Ah, tudo bem, Eric — diz Deborah. — Deixe o menino ir. É Natal! Eric suspira pela terceira vez.

— Tudo bem. — Aja se levanta da mesa com um pulo e sai correndo. — Alguém precisa de alguma coisa? — Ele olha para mim e pergunta em voz baixa: — Você está bem?

Assinto com a cabeça.

— Então, Jubilee, não quero me intrometer, mas nunca ouvi falar da sua alergia — diz Deborah. — Você não pode mesmo ser tocada?

— Como o Jimmy Bolha — declara Gary, alguns decibéis mais alto do que os demais à mesa. Ele estende a mão para pegar o copo de uísque, mas Deborah gentilmente coloca a mão sobre seu braço.

A mesa fica silenciosa, e sinto os olhos de todos em mim.

— Hum. Não, exatamente. Ele tinha um tipo de doença ou deficiência imunológica, por isso era, na verdade, suscetível a germes do ambiente e de outras pessoas. O meu é apenas uma alergia, como uma alergia a ovos ou pasta de amendoim. Acontece que é só a células cutâneas de outros seres humanos.

— Fascinante — diz Deborah, tomando um gole de café. — Então o que isso significa exatamente?

— O que você acabou de dizer, na verdade. Não posso ter contato de pele com pele com ninguém. — Olho para Eric. Meu rosto está ficando quente, e espero que ele não perceba. — Fico com erupções muito feias, e há o risco de um choque anafilático.

— Ah, meu Deus. — Deborah coloca a mão no peito, e dou uma garfada na minha torta, esperando que ela não faça mais perguntas. — Coitada da sua mãe.

Puxo o ar ao ouvir suas palavras, e um pedaço da massa da torta fica preso na minha garganta, fazendo-me tossir violentamente. Meus olhos lacrimejam, e tomo um gole de café.

Eric fala alto:

— Então, mãe, hum... a Jubilee adora Emily Dickinson. Ela não é a sua poetisa favorita também? — Olho para ele, esperando expressar gratidão pela mudança de assunto, por mais estranho que possa ser.

— Sim, uma delas.

— Minha mãe é especialista em Língua Inglesa pela Smith.

— Ela é brilhante, na verdade — acrescenta Connie. Em seguida, diz baixinho: — É uma pena que nunca fez nada com isso.

Deborah dá uma olhada para a filha.

— Bem, felizmente, uma mulher pode levar uma vida realizada de várias maneiras, Connie.

Dou um pedacinho da massa da torta para o cachorro debaixo da mesa.

— Jubilee é bibliotecária — diz Eric.

Pigarreio.

— Assistente de circulação.

— Que maravilha! — diz Deborah. — Você deve adorar ler tanto quanto eu.

— Você deveria ver a casa dela — ri Eric. — Não dá para atirar uma pedra sem acertar um livro.

— Quais são alguns dos seus favoritos? — pergunta Deborah. — Estou focada em T. S. Eliot ultimamente. Ele era um homem interessante.

— "A Canção de Amor de J. Alfred Prufrock" — digo, lembrando-me do poema em uma das aulas de literatura norte-americana de 1800 que fiz on-line. O professor deu uma aula apaixonada sobre ele, cerrando o punho para enfatizar as palavras. *Este não é um poema de amor [punho cerrado], mas, sim, um poema sobre desejo [punho cerrado]. Eliot quer o amor romântico, sim, mas, mais do que isso, ele quer se conectar [punho cerrado]. Ele quer encontrar sentido [punho cerrado] em sua rotina estagnada de bebedor de chá.* — Gosto dele.

Deborah inclina a cabeça, estudando-me.

— Sim — diz ela, com bondade nas palavras. — Eu também.

A mesa fica em silêncio, e o único som é o dos garfos raspando o que resta nos pratos. Uma tranquilidade se instala na sala, e me ocorre que é assim que deve ser. Família. União. Embora seja uma intrusa, permito-me ter um momento indulgente e faço de conta que eles são minha família, passando lentamente os olhos de um rosto para outro, para outro, até pararem em Eric.

Eric.

A voz estrondosa arranca-me do meu devaneio.

—*"Vamos juntos, então, você e eu. A noite já se estende pelo céu."*

Connie olha para o pai, confusa.

— Pai?

— Ah, Gary — Deborah dá uma risada nervosa. — Honestamente. — Ela se vira para Connie. — Ele só está recitando o poema. O de Eliot.

— Mas realmente deveríamos ir embora — diz Gary. — Temos um longo caminho pela frente.

A confusão está armada: a limpeza da mesa, quem vai fazer o quê, e, então, Deborah e Gary colocam os casacos e os chapéus e se preparam para partir.

— Aja! — grita Eric.

— Ah, não perturbe o menino — diz Deborah. — Vamos entrar rapidinho e dar tchau.

Quando voltam para a porta da frente, Connie anuncia que está indo embora também, e é aquela confusão de um abraçando o outro. Fico afastada, perto da mesinha de centro sem tampo de vidro, o cachorro sentado perto dos meus pés, de modo a não ficar no caminho de ninguém. Deborah preenche os espaços entre as despedidas, os votos de Feliz Natal e as declarações de "Eu te amo" com conversas banais, do tipo: "Você ouviu falar da nevasca que vai chegar na semana que vem?" e "Esse conjunto de mesa e cadeiras dobráveis serviu muito bem para nossa festinha, Eric. Um charme!". Ao ouvir isso, Connie dá uma risada sarcástica e uma cotovelada na costela de Eric. Então, Deborah vem em minha direção e levanta as mãos.

— Nada de abraços desta vez, juro — diz.

Sorrio.

— Foi muito bom conhecê-la. Talvez nos vejamos outra vez.

— Eu adoraria — digo.

*

QUANDO TODOS SE vão, Eric se vira para mim e encolhe os ombros como se dissesse: *Família. O que a gente pode fazer?*

— Você ainda está com fome? Tem um pouco de peru lá dentro. E mais torta.

— Sim, estou, de verdade — digo, com o estômago roncando. A torta não foi suficiente para me satisfazer. — Peru parece ótimo.

Sigo-o até a cozinha, o cachorro ainda no meu encalço, e Eric começa a tirar coisas da geladeira.

— Sua mãe é muito simpática — digo, enquanto ele coloca, com dois garfos, um pouco de peru em um prato.

— Sim. Mas não diga isso à Connie.

— Elas não se dão bem?

— Você sabe, é só aquele lance típico de mãe e filha. — Ele para, com os garfos suspensos no ar. — Desculpe. Sou um babaca. Sua mãe acabou de... e eu...

— Tudo bem — digo. — De verdade.

Mesmo sentindo um nó se formando em minha garganta. Pisco para evitar as lágrimas. Estive pensando mais na minha mãe desde a conversa com Eric, e fico me perguntando se talvez minha ira com ela fosse, em parte, a revolta típica de adolescente. Nunca tive a oportunidade de resolver isso com ela. Ou nunca lhe dei a oportunidade. Penso em todas as vezes que me convidou para ir a Long Island ao longo dos anos, e a frustração na sua voz quando eu dizia que não. Mas, meu Deus, tudo sempre girava em torno *dela*. Isso simplesmente era muito irritante.

Talvez pessoalmente tivesse sido diferente, ou talvez, à medida que envelhecêssemos, pudéssemos ter-nos dado melhor. Eu simplesmente nunca lhe dei a oportunidade. Ao mesmo tempo, depois de observar Connie e Deborah essa noite, pergunto-me se, talvez, as mães são sempre irritantes, não importa quantos anos você tenha. E talvez você as ame de qualquer maneira.

Como em silêncio enquanto Eric coloca um par de luvas de borracha e começa a lavar a montanha de pratos empilhados na bancada e na pia. Dou a Rufus alguns pedaços de peru toda vez que Eric vira de costas para mim.

Quando termino de comer, pego o prato, jogo no lixo o que sobrou e o coloco na bancada, junto aos outros pratos sujos.

— Obrigado — diz Eric.

Apanho um pano de prato na porta do forno no qual ele está pendurado e pego uma panela que ele acabou de lavar. As gotas de água que ficaram nela imediatamente molham minhas luvas, e as tiro para mantê-las secas.

Eric olha para mim.

— Isso é seguro?

— Não sei. Você vai conseguir resistir à tentação de tocar minhas mãos muito sexys? — Mexo os dedos, provocando-o. Não sei ao certo de onde veio esse surto ousado de confiança, mas fico contente quando ele ri. Pego novamente a panela e começo a secá-la. Fazemos o serviço em silêncio, uma linha de produção sossegada, até que expresso algo que vem me incomodando.

— Você descobriu muito sobre mim ao ler aquele artigo do *The New York Times*.

— Sim. — Eric dá uma olhada para mim, como se esperasse para ver aonde quero chegar com isso.

— Não é justo — digo. — Me conte algo que eu não saiba sobre você.

Ele continua a lavar a louça, esfregando vigorosamente uma travessa de vidro. Está fazendo isso há tanto tempo que começo a pensar que talvez não tenha ouvido minha pergunta.

De repente, ele para de esfregar, e a cozinha fica em silêncio.

— Eu matei o meu melhor amigo — diz.

Fico ali parada, um pouco atordoada.

— Bem — digo, recuperando-me um pouco. — Eu meio que esperava algo nesta linha: *Minha cor favorita é roxo*. Ou: *Eu tenho seis dedos no pé esquerdo*.

Ele não ri.

Pego uma colher de pau limpa e começo a secá-la. Então, pergunto delicadamente:

— O que aconteceu?

Ele enxágua o recipiente de vidro, coloca-o na bancada para eu secar e, em seguida, fecha a torneira.

— Eu tinha um cliente, a Bilbrun & Co., que estava adquirindo uma fábrica de alumínio em Kentucky. Uma pequena fábrica de quinhentos funcionários. A minha equipe era responsável pela diligência devida, e achei que a fábrica estava supervalorizando a propriedade. Tive que contratar uma corretora de imóveis que eu não conhecia em Kentucky, por isso quis ir até lá e acompanhar tudo com ela, ter certeza de que o trabalho era confiável. — Ele faz uma pausa e coloca as mãos na bancada, apoiando-se nela.

— Ellie tinha um jogo do campeonato de futebol naquele fim de semana, e eu já tinha perdido um monte dos jogos dela naquela temporada. Então, perguntei ao Dinesh se ele podia ir a Kentucky no meu lugar.

— Então vocês trabalhavam juntos?

— Sim. Não na mesma equipe, mas estávamos sempre fazendo pequenos favores como esse um para o outro. "Sempre quis conhecer o Estado da Grama Azul", disse ele quando lhe perguntei. "Talvez leve a minha esposa para andarmos a cavalo enquanto estivermos lá." O lado da boca de Eric se levanta com a lembrança, formando um pequeno sorriso. — A Bilbrun fretou um avião. Só soube que ele tinha levado a Kate quando recebi a ligação de que o avião tinha caído no voo para lá. Falha do motor ou algo assim.

— Ah, meu Deus! — sussurro.

Quero dizer outras coisas, mas um grito tão primitivo enche o ar e rouba meu fôlego. De repente, Aja está na cozinha, sua boca emitindo o som louco, seus pequenos punhos cerrados de ambos os lados, os olhos bem apertados e o rosto bronzeado ficando vermelho-pastel. Então, os gritos começam a se transformar em palavras.

— VOCÊ MATOU ELES! VOCÊ *MATOU* ELES! COMO PÔDE FAZER ISSO? — Lágrimas gotejam dos seus olhos como café passando por um filtro, e suas palavras começam a se embolar, como se estivessem cansadas de serem palavras e quisessem voltar a ser apenas sons. — VOCÊMATOUELESVOCÊMATOUELESVOCÊMATOUELESVO-CÊMATOUELES.

— Ah, meu Deus! Aja — ouço Eric sussurrar.

Ele dá um passo em direção ao filho, mas Aja o vê e corre como uma flecha, batendo a porta do seu quarto com tanta força que o som reverbera pelo corredor.

Eric vai atrás dele, e ouço batidas leves na porta e palavras sussurradas, mas, um minuto depois, ele está de volta, segurando o encosto da cadeira da cozinha e debruçando-se sobre ela.

— Merda! — diz, prolongando a palavra.

— Ele está bem? — pergunto.

Ele faz que não com a cabeça.

— Não sei. Ele não vai falar comigo. Não vai abrir a porta.

— Quer que eu tente?

Pressionando os lábios em uma linha reta, ele diz:

— Acho que não. Vamos dar um minuto para ele se acalmar.

Ele estica as costas de modo abrupto, ficando totalmente aprumado.

— Preciso beber alguma coisa — diz.

Ele vai até a sala de jantar, pega a garrafa de uísque na mesa e a traz para a cozinha, onde divide o que restou em dois copos pequenos.

— Ah, eu não... eu nunca...

— Bebeu uísque? — pergunta.

— Bebi nada — digo.

Ele levanta as sobrancelhas para mim.

— Só curte drogas pesadas, né?

Abaixo a cabeça.

— Elas eram *prescritas*.

Nós dois rimos, e a tensão se dissipa um pouco. Ele abre o freezer, coloca alguns cubos de gelo em um dos copos e o entrega para mim.

— Deixe o gelo derreter um pouco antes de provar.

Pego o copo e o levo à boca mesmo assim. Será que é muito ruim? Dou um gole.

Ruim. A resposta é muito ruim. Tusso e cuspo a pequena quantidade do líquido que desceu pela minha garganta queimando tanto quanto se eu tivesse engolido gasolina e alguém colocasse um fósforo aceso nela.

Ele sacode cabeça e murmura:

— Teimosa — depois vai pegar um copo de água, o qual aceito com gratidão.

Depois que me recupero, ele se senta comigo à mesa da cozinha, e ficamos ali, sorvendo nossas bebidas. No meu caso, a água.

— Aaaaaahhhhh. — Um barulho sai da sua boca, uma mistura de um gemido e um suspiro. — Cara, estou fazendo o papel de pai para burro esse ano.

Olho para ele e, mesmo preocupada com ele e com a gravidade do que acabou de acontecer com Aja, não posso ajudá-lo. Dou uma risadinha nervosa.

— O quê? — pergunta.

— *Para burro?* — pergunto.

— O quê? Significa...

— Sei o que significa — digo, interrompendo-o. — É que... isso é da década de 1950? Você é tão velho assim?

Seus lábios se levantam em um sorriso genuíno, e fico feliz.

— Ah, desculpe. Desculpe se minhas expressões não são modernas e elegantes o suficiente para você.

Devolvo um sorriso largo para ele. Enquanto estamos sentados em um silêncio gostoso, repasso na cabeça o que Eric estava contando para mim. Tomo outro gole da minha água e pigarreio.

— Foi assim que o Aja passou a ser seu filho? Ele me disse que você o adotou depois... mas eu não sabia exatamente o que tinha acontecido.

Ele respira fundo.

— Sim — diz, expirando. — A Stephanie não achava que deveríamos. Adotá-lo, digo. Foi a nossa última briga feia. Bem, como casal.

— O quê? Por quê? — pergunto. — Não consigo imaginar uma pessoa não querendo o Aja.

Ele me examina por um minuto, dá um pequeno sorriso e toma outro gole do uísque.

— Ela achava que ele tinha que ficar com os parentes dele. Na Inglaterra. Mas isso não era o que o Dinesh queria. Além disso... — Ele faz uma pausa e olha de relance para o corredor, querendo confirmar que Aja não reapareceu como em um passe de mágica. — Ela estava preocupada com a Ellie. E como isso iria afetá-la. Eu estava preocupado também, é claro, mas as crianças se adaptam. Pensei que seria bom para ela, uma lição de que a vida pode dar uma grande reviravolta às vezes. E que temos que estar ao lado das pessoas que amamos. Acolhê-las.

Ele levanta a mão direita para bagunçar o cabelo, esquecendo que ainda está com as luvas de borracha. Quando percebe, ele a coloca novamente sobre a mesa.

— Stephanie não concordou. Disse que simplesmente não podia levar isso adiante. E eu não podia deixar isso para lá.

— Nossa!

Ele esvazia o copo.

— O fato é que — diz — isso foi meio que o fim do fim para nós, para mim e para a Stephanie. Preenchemos a papelada do divórcio logo depois que eles morreram.

Coloco as mãos em volta do meu copo frio, absorvendo tudo o que Eric acabou de me contar. Tudo pelo que ele passou. Meu coração dói por ele de um modo que nunca doeu nem por mim. Olho para ele. Eu o estou assimilando, não apenas sua "boa estrutura" e os olhos cor de azeitona, mas as pequenas linhas ao redor da sua boca; o jeito espetado do seu cabelo, como se tivesse acabado de sair da cama, por mais que tivesse tentado ajeitá-lo; seu colarinho desabotoado revelando a parte vulnerável de pele no pé do pescoço; as ridículas luvas amarelas de borracha ainda em suas mãos.

E é quando noto.

Uma das luvas de borracha está se movendo. Em minha direção. Sobre a mesa.

Fico ansiosa, observando-a. Esperando.

Ela para a milímetros da minha mão, que ainda envolve o copo.

— Não posso, você sabe — diz ele, com a voz rouca, quase em um sussurro.

— Não pode o quê? — pergunto, na mesma altura de voz.

— Resistir às suas mãos muito sexys.

Delicadamente, ele puxa meu pulso, forçando minha mão a soltar o copo. Observo seus dedos passearem da base do meu polegar, pela palma de minha mão, até meus dedos nus, até que nossos dedos se entrelaçam como as raízes de uma árvore muito velha.

Ele suspira.

— Meu Deus, pisei mesmo na bola com Aja, né? — sussurra.

Sim, mas ele não precisa que eu lhe diga isso, então não respondo.

E ficamos apenas sentados ali, de mãos dadas na mesa da cozinha como se fôssemos um casal normal e como se esta fosse uma noite comum de terça ou quarta-feira em nosso apartamento.

Mas não é. É Natal.

Meu feriado favorito.

*

SHAYNA ESTÁ SENTADA no balcão quando chego ao trabalho na segunda-feira. Ela está de cabeça baixa, uma cortina de seda de cabelos escuros esconde seu rosto e, ao me aproximar, vejo que está concentrada, pintando as unhas. Preto, parece. Acho que só percebeu que passo por ela quando a ouço dizer:

— Ouviu falar daquela nevasca que está para chegar? — Ela não ergue os olhos, nem quebra o ritmo da pintura com pinceladas curtas. — Pelo que dizem, o céu vai despejar mais de meio metro de neve em nós.

— Sim — digo, lembrando que a mãe de Eric disse algo a respeito.

— Mas talvez não seja nada — diz ela, soprando as unhas da mão direita. — Você se lembra do ano passado? Disseram a mesma coisa: era para termos, tipo, quase um metro, e tivemos 17 centímetros. — Ela revira os olhos.

— É — digo, embora não me lembre.

Vou para a sala dos fundos deixar meu casaco e minha bolsa. Maryann está sentada no seu escritório, com a porta aberta. Dou-lhe um pequeno aceno. — Como foi o Natal?

Ela olha para mim e deixa os olhos caírem no que quer que esteja trabalhando.

— Muito bom — diz.

— Que bom — digo, não esperando que ela pergunte como foi o meu.

Ela está áspera e impaciente desde que despediu Louise, e tenho tentado evitá-la e entendê-la um pouco. Não deve ser fácil demitir uma amiga, especialmente uma amiga com quem você trabalhou por tanto tempo.

A NEVE COMEÇA a cair logo depois que acaba o expediente de Shayna, às três. Apenas flocos minúsculos caem das nuvens no início, como grãos de arroz branco sendo jogados por convidados eufóricos em um casamento.

Por volta das quatro, pego-me com os olhos fixos em Aja, coberto de neve. Os flocos aumentaram de forma exponencial — de pequenos grãos de arroz a marshmallows rechonchudos e úmidos em diagonal — e estão grudados no seu cabelo e no casaco de inverno estofado.

Faço um sinal com a cabeça para ele, e ele segue para a mesinha do computador, largando a mochila no chão.

Eric liga às cinco.

— Ei — diz. — Está uma confusão nos trens. Todo mundo está tentando sair da cidade. Estarei aí assim que puder.

— Sem problema — digo. — Está tudo bem por aqui. Não acho que vai ser tão ruim como todo mundo está dizendo.

Eric diz algo, mas há um chiado na linha e sua voz é cortada.

Desligo o telefone e olho ao redor, surpresa quando percebo que Aja e eu somos as únicas pessoas que restaram na biblioteca. Até o golfista do travesseiro já foi embora.

— Ei — digo, caminhando até ele. — Quer fazer uma brincadeira? — Ele olha para mim, indeciso. — Qual é! — digo. — Vai ser divertido. Vá pegar uma pilha de livros nas prateleiras. Uns cinco ou dez. Qualquer livro.

Pego alguns também, e nos sentamos no chão em frente ao balcão, cercados pelos livros que escolhemos. Levanto um deles.

— Tudo bem, agora vou dizer três frases para você. Duas vão ser frases que eu inventei, enquanto uma vai ser a frase verdadeira do livro. Você tem que adivinhar qual delas é a verdadeira.

Aja se concentra na brincadeira, e ficamos jogando por mais de uma hora. Estamos rindo tão alto que só percebo que a porta se abriu quando ouço uma voz abafada gritar:

— Hum, aqui! Hum, aqui.

Olho para trás, e Eric está debruçado, metade do corpo para dentro da porta, e, ao que parece, respirando fortemente. É difícil dizer, no entanto, por que ele está com um cachecol enrolado da metade para baixo do rosto e um chapéu cobrindo a metade de cima. Na verdade, seus olhos são a única parte que podem ser vistos. Levanto-me e corro em sua direção, percebendo seu olhar agitado, seu peito arfante, e me pergunto se ele está tendo um ataque cardíaco.

— Está tudo bem? O que aconteceu?

Ele se apruma e entra um pouco mais, tirando o cachecol coberto de neve enquanto caminha. Para alguns metros à minha frente e responde às minhas perguntas com suas próprias perguntas.

— Já deu uma olhada lá fora? É uma nevasca de verdade. Tive que deixar o carro a três quarteirões daqui, na Prince Street. — As luzes piscam, como se estivessem pontuando seu relato. — Não dava para ver dois palmos à minha frente. Tive sorte de não me perder vindo para cá.

A curiosidade impulsiona meu corpo na direção da porta. Não olhava para a rua desde que as janelas ficaram escuras, uma hora mais cedo. Dou uma espiada na noite lá fora e abro a boca de espanto. Não consigo ver o poste de luz no final do estacionamento, mas o brilho suave que ele emite é suficiente para revelar um mundo banhado em branco. É impossível distinguir o céu dos flocos de neve no asfalto.

Estreito os olhos, tentando encontrar a silhueta da minha bicicleta no lugar onde a deixo, não mais do que a cinco metros da porta.

— Cadê o seu carro? Vamos ter que andar até ele? Nessa neve? — pergunto, como se ele já não tivesse pensado nisso.

Ele fica quieto, com as sobrancelhas erguidas, a gola do casaco levantada até metade na parte de trás.

— Hã... não vamos a lugar nenhum — diz. — Pelo menos, não esta noite.

É tão sombrio, como uma cena de um filme de terror, que uma gargalhada sufoca minhas cordas vocais.

Aja diz alto:

— Aposto que a energia vai...

E então acontece. As luzes se apagam, silenciando Aja, como se a energia também controlasse sua voz. Não me mexo. Está um breu, e não consigo ver nada.

— Eric? — chamo enquanto espero meus olhos se adaptarem e, pelo menos, me darem formas e vultos.

Em resposta, um grito atravessa a escuridão, tão agudo, tão assustador, que os pelos da minha nuca se arrepiam, em alerta.

vinte e um

ERIC

— AJA! — GRITO, tentando encontrar meu celular. Tiro-o do bolso, mas ele desliza da minha mão e cai no chão. Os gemidos continuam. Lembram a noite em que tentei contar aquela história sobre Dinesh.

— Você está bem? Você se machucou?

Fico de joelhos e apoio as mãos no chão, apalpando ao redor na tentativa de encontrar o aparelho. Um grito agudo irrompe logo acima de mim, aumentando a cacofonia.

— Desculpe, esse é o seu pé — digo à Jubilee, movendo minha mão.

— Estou procurando o telefone.

Não sei se ela conseguiu me ouvir; o choro queixoso de Aja é tão alto que soa como um cantor de heavy metal gritando diretamente em um microfone. Em meu ouvido.

— Achei! — Minha mão alcança o telefone. Quando o pego e encontro a configuração da lanterna nele, a sala fica em silêncio. — Aja? — grito, colocando no modo "lanterna" e apontando meu telefone na direção que imagino ser a de onde veio o barulho. Ele não está lá. Movo o telefone em um círculo lento, passo por Jubilee. Seus olhos estão arregalados, preocupados. — Fique aí — digo, com a mão levantada.

— Acho que tem uma lanterna de verdade nos fundos. Vou dar uma olhada — diz ela.

Bem, sim, essa talvez seja uma ideia melhor. Exceto...

— Você não vai conseguir enxergar nada!

— Meu celular está no balcão — diz ela.

— Tudo bem — digo, lançando a luz do meu telefone para que ela consiga chegar ao balcão. Quando ela chega lá e vejo que ligou a luz do seu celular, volto-me para as fileiras de livros à minha frente.

— Aja, cadê você? Saia agora — digo com a voz mais séria possível, tentando esconder o pânico que há nela.

Ouço um gemido e caminho na direção das estantes. Jogo a luz em cada uma, até que, finalmente, na quarta fileira, vejo-o cabisbaixo, sentado no chão, abraçando os joelhos e de costas para os livros. Ele olha para mim, estreitando os olhos para a luz. Suas bochechas estão molhadas.

— Desculpe, desculpe — diz várias vezes. — A culpa é minha.

Corro para acabar com a distância entre nós e me ajoelho.

— Que culpa, amiguinho?

— As luzes! Fui eu que apaguei as luzes.

— Não, não. Foi a tempestade, a nevasca. Tenho certeza de que ela derrubou um cabo elétrico em algum lugar. Não foi você.

Coloco a mão no seu ombro, mas ele se esquiva. Sento-me na sua frente e coloco o celular no chão para que a luz fique direcionada para o teto, como um farol no meio do mar. Aja está balançando a cabeça.

— *Fui* eu! — grita. — Fui *eu*. — E então começa a chorar intensamente de novo. — Eu estava... praticando... a coisa... errada — diz em meio a soluços.

— O quê? Respire fundo para que eu possa entender você.

— Cadê a Jubilee? — pergunta. — Quero falar com ela.

— Não — digo, coçando a barba de um dia em meu queixo. — Não. Você tem que falar comigo, Aja. Você *tem* que falar comigo.

Ele olha para baixo, mas não diz nada. Espero. Não faço a menor ideia de quanto tempo se passa, mas ele, finalmente, *finalmente*, fala.

— Esse tempo todo... eu pensei que... fosse telecinético. Era isso que... eu estava praticando, tentando... controlar. Mas não é isso. Eu controlo a eletricidade... assim como... o Vulcano.

Pisco com os olhos meio fechados, tentando entender o que ele está dizendo, mas não consigo.

— Quem é Vulcano?

— Um dos X-Men — diz, e, mesmo em seu estado, há um quê de irritação na sua voz que soa como: *Sério que você não sabe quem é Vulcano?*

Sorrio, aliviado com isso. Aí está o Aja que conheço.

— O nome verdadeiro dele é Bradley e ele trabalha para o Stryker.

— Quem é Stryk...

— O vilão! — diz, interrompendo-me. Ele abaixa voz, como se estivesse falando para si mesmo, não para mim. — O que faz sentido, sério. Eu sabia que era mau. Sei que sou mau. Sou o cara mau. — E começa a bater na própria cabeça com os punhos cerrados.

Agarro seus braços.

— Aja! Aja, pare com isso. Você *não* é mau. Você não é um cara mau. Por que acha isso? Pare com isso! Calma, amiguinho.

Aja fica com os punhos parados, mas as lágrimas caem dos seus olhos como uma torneira pingando. Sento-me ao seu lado.

— Você tem que conversar comigo, Aja. Estou preocupado com você. Você tem que me contar o que está acontecendo.

Ele aperta os olhos e balança a cabeça.

— Não, não posso. Eu não posso, eu não posso, eu não posso.

— Por favor. *Por favor.* Quero ajudar você.

Ele para de mexer a cabeça e se encolhe ainda mais, os punhos cerrados contra as bochechas. Preocupado que ele comece a bater em si mesmo de novo, estendo as mãos para tocar seus braços, mas é nesse momento que ele sussurra algo.

Inclino-me mais.

— O quê?

— A culpa não é sua. A culpa não é sua. É minha.

— O quê? As luzes? Não, já disse, amiguinho, que foi por causa da neve. Você não...

— Os meus *pais!* — grita, jogando a cabeça um pouquinho para trás. — Eles estão mortos por minha culpa!

— Os seus pais? Não. Não, Aja. Como poderia ser culpa sua?

As lágrimas caem mais rápido agora, e espero, com a cabeça rodando.

— Não queria que eles fossem — disse, finalmente. Ele funga. — O papai... — Sua voz embarga ao dizer a palavra e ele tenta novamente. — O papai... tinha prometido que a gente ia ver o filme novo dos X-Men.

Estava estreando naquele fim de semana. Mas, então, ele teve que fazer aquela viagem de trabalho.

— Certo — digo, encorajando-o.

— Aí, quando eles saíram, fiquei pensando que talvez alguma coisa pudesse acontecer. Talvez o avião não conseguisse voar, ou o tempo impedisse a decolagem. E fiquei pensando nisso! Eu não parei! Fiquei pensando, pensando, pensando e aí... e aí...

Ele desaba, a cabeça apoiada nos joelhos, os ombros tremendo. Hesitante, coloco o braço em torno dele, mas ele se esquiva.

— Eu pensei que eu devia ser telecinético — diz em voz baixa — e que precisava aprender a controlar isso para não machucar mais ninguém.

— Então era por isso que você estava praticando isso o tempo todo? Ele faz que sim com a cabeça.

— Mas agora acho que foi a eletricidade. Devo ter feito o controle do motor do avião parar de funcionar, assim como apaguei as luzes, sem querer, hoje à noite.

— Aja — digo, agarrando os ombros dele e o virando para mim.

— Não me toque! — grita.

— Desculpe! — digo. — Desculpe.

Espero ele se acalmar e olhar para mim, e depois continuo:

— Detesto ser a pessoa que vai dizer isso, mas... você não tem nenhum superpoder. O que aconteceu naquele avião...

— Você não acredita no que eu falo! Você *nunca* acredita! O meu pai... ele sempre acreditou em mim. — Seus punhos se fecham novamente.

— Não, não acredito — digo, e ele levanta a cabeça, e seus olhos me fuzilam de raiva. — Mas — digo, de forma mais delicada —, acredito *em* você. E acredito... não, eu sei... que não foi você que fez aquele avião cair. Não foi ninguém. Foi só algo que aconteceu. Uma coisa terrível, uma merda, que aconteceu, mas não foi culpa de ninguém.

Ele me olha com ceticismo. Sei que não está completamente convencido, que ainda é provável que me odeie um pouco por ser a razão pela qual eles estavam no avião, em primeiro lugar. Mas ainda me odeio um pouco por isso também, então estamos quites.

Os olhos molhados de Aja estão iluminados com a luz do iPhone.

— Você falou "merda" — diz, fungando.

Concordo.

— Falei.

— A gente não deveria falar essa palavra.

— Eu sei. Mas, honestamente? Às vezes é a única que serve.

JUBILEE NÃO ENCONTROU a lanterna, mas encontrou dois cobertores no escritório da sua chefe. Montamos um acampamento na seção infantil, usando a lanterna do meu telefone como se fosse uma fogueira. Dobrei um dos cobertores para servir de colchão para Aja e coloquei o outro em cima dele, mesmo achando que Jubilee deveria ficar com um deles.

— Vou ficar bem — diz ela, recusando minha oferta. — Estou usando roupas térmicas.

Sorrio para Jubilee, muito embora ela não possa realmente me ver no escuro.

— Você está tentando me seduzir? — pergunto, baixinho, para que Aja não possa ouvir.

Ela dá uma risada sonora.

Agora, grato por Jubilee ser tão generosa, prendo o cobertor ao redor de Aja, uma vez que seu corpinho ainda está tremendo um pouco. Espero que seja suficiente para mantê-lo aquecido durante a noite.

Jubilee e eu nos sentamos perto do iPhone, falando sobre a nevasca, tentando prever a quantidade de neve que terá caído quando acabar. Pegamos leve para não assustar Aja, embora eu possa dizer que Jubilee está preocupada.

Quando percebemos que sua respiração ficou pesada, e tenho certeza de que ele está dormindo, viro-me para Jubilee.

— Você ouviu tudo? — pergunto.

Ela faz que sim.

— A maior parte da conversa. Então há dois anos ele pensa ser o responsável pela morte dos pais?

— Sim — digo, deixando a cabeça cair.

Sinto-me culpado por não ter tentado conversar antes com ele sobre o assunto, por não ter feito as perguntas certas, mas está tudo às claras agora e, por isso, estou aliviado.

268

Ela leva a mão ao coração.

— Esse menino é um doce.

— Eu sei.

Ficamos olhando para a luz.

— Eu queria que fosse uma fogueira de verdade. Está congelando aqui. — Ela esfrega as mãos enluvadas.

Concordo.

— Poderíamos fazer polichinelos. Fazer o sangue circular não ajuda ou algo assim?

— É melhor se despir.

Viro abruptamente a cabeça na sua direção, sem saber ao certo se ouvi direito.

— O quê?

Ela encolhe os ombros.

— Se duas pessoas ficam presas no tempo frio, digamos que acampando ou algo do tipo, elas devem tirar todas as roupas e ficar abraçadas debaixo de um cobertor ou saco de dormir. Quanto maior o contato de pele com pele, melhor, pois elas podem transferir calor uma para a outra.

Sinto os lábios secos e percebo que minha boca está aberta. Tento tirar da cabeça a imagem de Jubilee sem roupa, mas descubro que é uma tarefa difícil. Então, ocorre-me outro pensamento, e começo a rir.

— Qual é a graça? — pergunta ela.

— É só irônico — digo. — A única coisa que impediria você de morrer se tivesse uma hipotermia é a mesma que poderia matá-la.

Ela ri.

— Melhor nunca acampar — digo como uma brincadeira, mas, uma vez que o silêncio se estende, gostaria de não ter dito isso. Estou apenas a lembrando de mais uma coisa que não pode fazer, como se ela não soubesse. Então, fico pensando se ela imagina o que quero fazer, mas não posso. Se imagina que só o fato de estar ao seu lado me tira o fôlego, que sonho com minhas mãos no seu cabelo, que tocar sua pele com minha mão nua, ainda que só as dobras do seu cotovelo, seria a definição de alegria. E, então, não consigo mais guardar isso dentro de mim.

— Quero tocar em você — sussurro. Ela não responde. Nós ficamos olhando para a luz, como se fosse uma fogueira. O tique-taque indica que minutos se passam, e me pergunto se realmente disse isso em voz alta, ou se deveria tentar dizer novamente.

Então ela fala.

— Pode ser que haja um... tratamento.

Respiro fundo.

— Sério?

Ela assente com a cabeça, mas ainda não faz contato visual. Espero que diga mais, e tudo vai ficando mais lento. Meus movimentos parecem lentos, o coração bate no ritmo dos passos de um homem de 94 anos.

— A doutora Zhang, minha médica, alergista em Nova York. Ela quer tentar a imunoterapia.

Ela explica brevemente o que é e como poderia levar um ano, se não mais, apenas para isolar a proteína à qual é alérgica.

Vou assimilando isso, o coração quase parando completamente quando abro a boca para fazer esta pergunta. Não sei por que parece que todo o equilíbrio da minha vida depende dela, mas parece. Engulo em seco.

— Você vai fazer?

Ela não responde de imediato. O ar está tão quieto que posso ouvir sua respiração silenciosa. Meu telefone emite um som, fazendo-nos saltar.

Eu o pego. É Connie.

Tudo bem? Ainda estou no seu apartamento. Vou passar a noite aqui.

Que bom que pensei de antemão, quando estava uma confusão nos trens, em lhe pedir para ir levar Rufus para passear, caso eu chegasse tarde em casa. Não me ocorreu que não conseguiria chegar em casa de modo algum. Digitei rapidamente uma explicação para o meu paradeiro. Quando clico em "enviar", ouço Jubilee sussurrar, dessa vez, três palavras:

— Estou com medo.

Viro-me para ela.

— Vamos ficar bem. — Chego um pouco mais perto para tentar oferecer conforto com a proximidade. — Tenho certeza de que, assim que a neve parar, as ruas estarão limpas. Talvez até pela manhã.

— Não — sussurra.

E é quando me dou conta do que ela está falando. Do que ela tem medo.

— Por quê?

Ela mordisca o lábio inferior.

— Não sei. Quando eu era criança, era tudo o que eu sempre quis. Ser normal. — Ela dá uma risadinha. — Seja lá o que isso significa. Mas agora... — Faz uma pausa, procurando as palavras certas. — Sabe aquela ideia que os meninos em *As Virgens Suicidas* fazem de quem são as irmãs Lisbon? Mas eles, na verdade, não as *conhecem*. Só as admiram à distância, por isso acabam exaltando-as, reinventando-as como aquelas criaturas fascinantes; imagens às quais as meninas nunca poderiam corresponder.

Inclino a cabeça, tentando dar sentido à sua metáfora.

— Você fica imaginando como seria a sua vida sem a alergia, e fica pensando se ela não vai corresponder às suas expectativas? Como quando você estava falando dos monges tibetanos?

Ela concorda lentamente com a cabeça, piscando para conter as lágrimas.

— E se eu passar por tudo isso e não der certo? E se fizer tudo isso para nada?

Inclino-me para ficar mais perto dela agora, tentando atrair sua atenção com meus olhos na luz do iPhone.

— Mas, e se der certo? — pergunto.

Ela começa a sacudir a cabeça, e, antes que eu possa me deter, levanto a mão e seguro seu rosto para pará-lo. Felizmente, estou de luvas. Ela não olha para mim.

— E se for a única opção? — sussurro.

Finalmente, no brilho da luz do iPhone, seus olhos encontram os meus.

Ela fica olhando para mim, inquisitiva, curiosa, mas não desvio os olhos. E, então, a biblioteca, o tapete no qual estamos sentados, o próprio tempo, se dissolvem e eu me perco. Em meus pensamentos, nos seus olhos. Nela. Quero beijá-la. Não, isso não é verdade. Quero devorá-la. E exatamente quando penso que não posso — quando sei que *não vou* conseguir me controlar nem mais um segundo, ela afasta o rosto da minha mão, rompendo o transe. Fico sentado ali, com o braço parado no ar, constrangido com o que estava prestes a fazer, com minha falta de controle. Meu peito pula como se eu tivesse acabado de correr uns cinco quilômetros, e cruzo os braços, sentado no chão, tentando desacelerar minhas palpitações. É quando noto que ela está sem fôlego também. Seus dedos agarram com força seu coração, subindo e descendo com a mesma rapidez de seu próprio peito. Pela primeira vez, acredito que essa situação seja tão difícil para ela quanto é para mim. Isso faz com que ela seja um pouco mais fácil de suportar.

O silêncio se prolonga enquanto recuo lentamente, colocando metros, em vez de centímetros, entre nós. Então, quando tenho certeza de que minha voz não trairá minha fraqueza perto dela, quebro o silêncio do ar.

— Ei, Jubilee?

— Sim?

— Da próxima vez que quiser ter uma discussão profunda, você pode pular toda aquela baboseira de metáfora literária. Você sabe que esse lance vai além da minha compreensão.

Ela ri baixinho, e isso soa como sinos de vento em um dia tempestuoso. E me faz lembrar de alguém: a esposa de Dinesh, Kate. A maneira como seu riso enchia uma sala. Mas é ainda melhor.

— Deveríamos dormir um pouco — digo.

— Sim.

Nós nos deitamos onde estamos sentados, nossos casacos farfalhando até nos acomodarmos. Olho para fora pela janela, surpreso ao ver que o céu parece mais claro — e percebo que a neve parou e a lua está brilhando. É bom — os tratores vão começar a limpar a neve e é provável que consigamos sair pela manhã —, por isso não sei ao certo por que uma ponta de frustração acompanha o pensamento. Ou por que, como se fosse uma criança, eu queria que o tempo parasse. Ficar nesse momento, em que Aja está em paz e eu estou com Jubilee e, por pelo menos algumas horas, tudo parece direito, como se fosse ficar bem.

— Não consigo dormir — sussurra Jubilee.

Dou uma olhada nela, a luz quase beijando seu rosto. Estou com inveja da lua.

— Também não — admito.

— Você pode ler para mim?

Levanto as sobrancelhas, tentando me lembrar da última vez em que alguém me pediu isso. Só podia ser Ellie, quando pequena. Imagino seus olhos grandes, sua língua presa ao pronunciar o "s" aos três anos.

— Hum... sim, claro — digo. — Posso ler para você. O que você quer que eu leia?

— Sei lá. Qualquer coisa. Há uma pilha de livros perto de você que Aja e eu estávamos olhando.

Estendo a mão na direção para a qual ela está apontando e pego o livro no topo da pilha. Tem uma garota de rabo de cavalo com um vestido vermelho na capa.

— *A Teia de Charlotte* — digo, lendo o título. — Ah, meu Deus! Esse não é o livro que inspirou aquele filme depressivo em que o porco é abatido no final ou algo assim?

— Não! O porco não morre — diz.

Eu o deixo de lado.

— Ah, que ótimo! Agora você entregou o final da história.

— Não! — sussurra, rindo. — Leia esse. Eu o adoro.

Pego novamente o livro, acomodo-o, abro a primeira página e apoio a cabeça com uma das mãos. Então, pigarreio e leio baixinho para Jubilee sob a luz da lua que entra pela janela, até que a ouço ressonar e se alongar. E, então, continuo a ler, mesmo assim, mas não só porque estou gostando da história. Gosto de saber que a estou tocando com minhas palavras. Que elas entram nos seus ouvidos enquanto dorme.

vinte e dois

JUBILEE

As LUZES VOLTAM de repente com um zumbido alto, abruptamente despertando todos nós na manhã seguinte. Minhas costas estão doloridas por causa do chão duro.

— Que horas são? — pergunto, esticando-me.

Eric geme, e posso dizer que suas costas estão tão doloridas quanto as minhas. Ele pega o telefone.

— Não sei — diz. — Está descarregado.

— Estou com fome — diz Aja.

— Eu também — dizemos eu e Eric ao mesmo tempo. Olhamos um para o outro e sorrimos. Embora o sistema de aquecimento ainda não esteja funcionando, sinto-me aquecida sob seu olhar. Lembro-me da noite anterior e fico um pouco constrangida com o que disse. O que há na escuridão que leva uma pessoa a revelar tanto? Mas, então, lembro-me da sua mão no meu rosto. Suas palavras. Sinto um friozinho na barriga.

— Vou dar uma olhada na sala dos fundos — digo. — Ver se temos uns donuts.

— Ok — diz Eric, plugando o carregador a uma tomada na parede. — Vou até o carro, ver se os tratores já passaram limpando a neve.

Enquanto ele segue seu caminho e Aja come os muffins amanhecidos que encontrei, desmonto nosso acampamento, dobrando os cobertores e colocando todos os livros nos seus devidos lugares nas prateleiras.

Quando chego ao *A Teia de Charlotte*, seguro-o por mais um segundo, como se pudesse sentir a marca da mão de Eric, ainda ouvindo suas palavras nos meus ouvidos.

E então ele está de volta. A porta faz um ruído metálico e ergo os olhos.

— Você deveria ver alguns dos montes de neve lá fora — diz, respirando com dificuldade. — Levei um tempão para conseguir passar por eles.

— Como está o seu carro? — pergunto, envergonhada de perceber que, no íntimo, espero que esteja preso, que os tratores não tenham feito nada. Só quero tê-lo para mim, na utopia desta biblioteca, um pouco mais.

— Quase coberto, mas os tratores estão perto. Uma rua para cima — diz.

Assinto.

— Que bom! — digo, tentando esconder minha decepção.

Ele pega um muffin na caixa sobre o balcão, e finjo estar ocupada com os computadores, certificando-me de que todos estão ligando e inicializando corretamente.

— Ei — diz ele depois de engolir um muffin e voltar para pegar o segundo. — O que vai fazer no Ano-novo?

Levanto os olhos.

— Nada — digo, piscando.

— Quer passar com a gente? Connie disse que haverá queima de fogos na ponte no centro da cidade. Poderíamos achar um lugar para vê-la.

Abro a boca para dizer algo sobre a multidão, mas ele interrompe:

— Longe da multidão.

Nunca me chamaram para sair, e me pergunto se isso é um encontro. A primeira vez. Mesmo com uma criança de dez anos junto. Mordo o lábio para impedir que meu sorriso fique muito largo.

— Sim — digo, meus lábios se estendendo o máximo possível no meu rosto, de qualquer maneira. Abaixo a cabeça. — Sim. Parece uma boa ideia.

DOIS DIAS DEPOIS, Madison chega à minha casa com os braços cheios de roupas em sacos plásticos de lavagem a seco.

— Ah, meu Deus — diz, quando a deixo entrar. — Você está horrível.

— Estou doente — digo, limpando o nariz vermelho escorrendo com um lenço de papel pelo que parece ser a centésima vez nesse dia.

— Você não pode estar doente. É véspera de Ano-novo! Você tem um encontro.

No mesmo instante me arrependo de ter ligado para Madison e lhe contado que Eric havia me chamado para sair depois que foi embora da biblioteca naquela manhã. Ela imediatamente começou a falar sobre o que eu ia usar e que faria minha maquiagem, e tudo começou a parecer um exagero. Um muito grande. Talvez, para Eric, isso nem seja um encontro.

— Não vou — digo, com minha cabeça latejando. — Estou gripada ou com o pior resfriado ou algo assim.

— Claro que vai. Tome um analgésico.

— Remédio é sua resposta para tudo?

Ela finge pensar no que eu disse e depois faz que sim com a cabeça.

— Para a maioria das coisas.

— Bem, já tomei um remédio e ainda estou assim — digo. — Só preciso dormir.

Ela faz beicinho.

— Ótimo! Acabe com a minha graça. Vou deixar esse vestidinho preto aqui, porque é o que eu ia fazê-la usar de qualquer jeito. — Ela tira uma roupa da embalagem de plástico transparente e fica segurando um suéter com lantejoulas na frente, algum tipo de material de couro nas laterais e tufos de pelos ao redor dos punhos e da barra.

— Parece um gato morto. Com glitter.

— Não parece! É super sexy. Confie em mim.

— Cadê a calça?

Ela ergue a cabeça em minha direção.

— É um vestido.

Eu rio, ainda que isso faça minha cabeça doer mais.

— Isso *não* é um vestido.

— Tanto faz — diz ela, jogando-o no sofá. — Tenho que ir buscar as crianças no Donovan antes que a última vaca dele, opa! Quer dizer, namorada, chegue lá. — E faz um pequeno gesto de adeus. — Melhoras — diz. — E use o vestido. — Ela aponta para o vestido acomodado no encosto do sofá para frisar a ideia. Em seguida, vira-se para ir embora.

— Não vou — digo, mas ela já fechou a porta, e não sei se me ouviu. Limpo o nariz novamente e me jogo no sofá. Parece que minha cabeça vai explodir. Preciso ligar para Eric e cancelar, mas estou exausta e só quero dormir. Além disso, raciocino, talvez eu me sinta melhor depois de um cochilo e me empolgue para ir. Estico-me, deito a cabeça em uma almofada e fecho os olhos.

— JUBILEE?

Abro os olhos e olho para cima, diretamente para o rosto de cabeça para baixo de Eric. Estou sonhando? Pisco novamente e sinto o perfume da sua barba feita, do seu cabelo bagunçado. Ele parece excepcionalmente bem no meu sonho.

— É... a porta estava aberta. — Aponta para ela com o polegar.

Ah, meu Deus. Véspera de Ano-novo. Isso não é um sonho. Sento--me reta.

— Bati algumas vezes, mas você não respondeu, então só... combinamos às sete, não foi?

— São sete horas? — grasno, a garganta seca e agora visivelmente inflamada, como se a gripe tivesse passado da minha cabeça para o pescoço enquanto eu dormia. Esfrego minha mão no rosto e sinto um pouco de baba na bochecha. Limpo-a mais que depressa e espero que Eric não tenha percebido. — Desculpe, eu deveria ter ligado para você — digo, fungando. — Estou doente.

— Sim, dá para ver — diz ele, com uma pontinha de preocupação no rosto. — É... tem algo a ver com a sua alergia?

— Ah, não — digo. — Apenas uma gripe forte ou algo assim.

— Então acho que os fogos de artifício estão fora de cogitação.

— Sim — digo. — Não acho que estou com disposição para isso, mas vocês devem ir... Aja está no carro?

— Não — diz Eric, balançando um pouco a cabeça. — Ele, ah... quis passar um tempo com a Connie, por isso vão ficar juntos na casa dela.

Sinto uma fisgada no estômago. Tem um quê no modo como ele disse isso que me faz pensar que talvez tenha armado a situação. Que quisesse ficar sozinho comigo. Mas, por outro lado, isso é bobagem. Não podemos *fazer* nada.

Uma pequena coceira na garganta me obriga a tossir, e não consigo parar. Eric se aproxima mais um pouco e depois para, como se acabasse de perceber que não há nada que possa fazer. Passa por mim e entra na cozinha. Quando volta com um copo de água na mão enluvada, a tosse curta e seca já diminuiu. Pego o copo da sua mão, agradecida. Depois de alguns goles, digo:

— Sabe, provavelmente você não deveria estar aqui. Não quero que fique doente também.

— Acho que posso correr esse risco — diz. — Prometo não chegar muito perto.

Ele pisca, e sinto que estou ficando quente.

Enquanto bebo a água aos poucos, ele tira o cachecol e o casaco e os joga na poltrona, mas noto que fica com as luvas.

— Agora — diz. — Do que você precisa? Chá quente? Canja?

Enquanto ele fica ali olhando para mim, eu o examino. Por que está aqui? Por que está fazendo isso por *mim*? Não consigo entender. Acho que talvez não queira. Não quero mais analisar as coisas. Só quero me entregar a tudo o que estou sentindo, ainda que não possa ceder a *tudo*. Enrubesço, esperando que meus pensamentos não estejam escritos na minha testa.

— Chá seria bom — digo. — Tem um pouco no armário à direita em cima do fogão.

Ele faz que sim com a cabeça e aponta para a TV.

— Coloque na contagem regressiva do Ano-novo para a gente não perder seja lá qual for a banda pop horrível que estiver tocando. Já volto.

Levanto-me para pegar o controle remoto ao lado da TV e vou apertando os botões até o sorriso plastificado e o cabelo estiloso de Ryan Seacrest preencherem a tela. Quando volto a me aninhar no sofá, algo roça minha nuca; dou um pulo, assustada, e levanto a mão, com um pouco de medo porque estou prestes a entrar em contato com uma aranha. Em vez disso, vejo-me tocando a parte estranha de pelos do vestido de Madison. Coloco-o no colo.

— Você quer com açúcar?

Levanto os olhos e vejo Eric no batente da porta entre a sala e a cozinha.

— Só um pouco — digo. — Obrigada.

Ele olha para o suéter.

— O que é isso?

— Um vestido. Supostamente. Madison o trouxe — digo.

— Um vestido? — pergunta, abrindo um sorriso. — Parece um guaxinim morto ou algo do tipo.

— Eu sei! — Levanto-o para que ele possa ver o couro e as lantejoulas.

— Ah, meu Deus — ri. — É horrível! Por que ela deu o vestido para você?

— Queria que eu o usasse esta noite.

Seus olhos ficam grandes.

— O quê? *Nããão*. Isso é incrível. Você ia usar?

— Claro que não.

— Bem, agora vai ter que colocá-lo — diz. — É óbvio.

— O quê? Não. — Começo a rir, e o riso se transforma em tosse. — Não vou fazer isso.

— Lamento, mas insisto — diz ele, cruzando os braços. — Nem que seja só para provar que é, de fato, uma peça de roupa e não um animal morto. Vai lá. — Ele faz sinal com a mão na direção da escada. — Enquanto termino de fazer o chá.

Ele sai da sala e fico sentada ali, segurando o vestido com um sorriso no rosto. Isso é tão ridículo, mas estou curiosa para ver como é realmente estar com ele. Subo a escada e, no meu quarto, tiro a camiseta e a calça de moletom. Então dou uma olhada no espelho e me encolho um pouco diante da minha aparência. Meu cabelo está uma vassoura e meu rosto parece pálido, as olheiras fundas debaixo dos olhos. Examino meu hálito soprando as mãos em forma de concha e inspirando. Está pior do que imaginei — uma combinação de doença e hálito da manhã. Vou ao banheiro para escovar os dentes e aproveito para lavar o rosto e beliscar as bochechas em uma tentativa de dar um pouco de cor a elas.

De volta ao quarto, coloco uma calcinha e um sutiã limpos e passo o vestido de Madison pela cabeça. A princípio, acho que é muito pequeno — muito embora Madison e eu sejamos, mais ou menos, do mesmo tamanho —, mas, depois de colocá-lo e puxá-lo, finalmente o ajeito no corpo.

279

Olho no espelho e vejo que alguns dos enfeites estranhos que parecem plumas e pelos estão grudados na minha boca. Eu os tiro, cuspindo de leve para tirar um que está na minha língua, e observo as outras partes do meu reflexo. O vestido gruda em mim como se fosse filme plástico, revelando cada curva, o que tenho certeza de que é sexy em alguém como Madison, cujos seios são visivelmente maiores do que os meus. Em mim, ele apenas acentua tudo o que não tenho. E sem contar com os pelos e as lantejoulas. Bem... não consigo resistir. Dou uma risadinha. É muito feio.

— Jubilee? — Eric chama lá de baixo.

— Sim?

— Você vai descer?

— Não! — respondo. — É pior do que pensávamos.

— Você tem que descer! — diz. — Você prometeu.

Sorrio.

— Eu não prometi.

Ele não responde. Ouço um rangido e sei que ele está subindo a escada.

— Não se atreva a vir aqui! — digo, olhando ao redor do quarto com um pouquinho de pânico enquanto me pergunto onde posso me esconder. Então, excluindo essa opção, o que posso colocar sobre o vestido. Nada está ao meu alcance.

— Não consegui ouvir. O que você disse? — Na porta, ele abre um sorriso largo para mim e depois seus olhos vão parar no vestido; ele respira fundo.

— Horrível, não é?

Ele não diz nada. Fica parado ali, olhando, a boca um pouco aberta e o peito arfando depois de subir a escada. Meu corpo começa a esquentar sob seu escrutínio e tenho medo de me transformar em mil tons de vermelho, o que parece ser meu estado normal quando estou perto dele.

— Eric? — digo, com a garganta seca.

— Você — diz, dando um passo em minha direção — está tão...

Ele dá outro passo. Abaixa a cabeça, faz um não. Murmura algo baixinho. Em seguida, encontra meu olhar de novo e dá outros três passos mais lentos, pensativos, até estar bem na minha frente.

Levanto as sobrancelhas, surpresa com sua meia declaração e sua proximidade.

— Você gostou? — pergunto em um sussurro.

— Não. Meu Deus, não — sussurra em resposta. — O vestido é horrível. — Eu rio, e ele sorri para mim. Depois, hesitante, ele levanta a mão enluvada para tocar o meu rosto. — Mas você...

Não sei o que deu em mim naquele momento, mas, em vez de me desviar da sua mão, afastando-me, inclino-me na sua direção, colocando o rosto na sua palma como um gato selvagem desesperado por carinho. Ele abre os dedos como uma estrela-do-mar, enfiando-os no meu cabelo, o polegar esticado sob meu queixo, e desejo mais do que qualquer coisa poder sentir o calor da sua pele na minha, mas sei que a malha da luva será o melhor possível. Fecho os olhos, desejando que as batidas aceleradas do meu coração desacelerem. Engulo em seco, a ação em si queimando minha garganta inflamada.

— Jubilee.

— Sim?

— Abra os olhos.

Olho para ele. Em seus olhos verde-oliva que se aproximam cada vez mais a cada segundo suspenso. Ele vai me beijar. Sei que vai e não tenho forças para impedi-lo. Porque quero o beijo, mais do que qualquer coisa que já quis em minha vida ridícula e solitária. Quero sentir seus lábios rachados nos meus, sua língua na minha boca, o calor da sua respiração. Sei que isso me mataria. Estou tão certa disso quanto estou do meu próprio nome, mas, neste momento, estou certa de outra coisa: eu morreria com prazer.

Então, no último segundo, ele para, o rosto a poucos centímetros do meu. E mantém meu olhar fixo enquanto seu polegar enluvado roça meu lábio inferior. Luto contra o desejo de fechar os olhos, de me entregar à sensação das milhares de terminações nervosas que estão sendo estimulados em rápida sucessão, enquanto ele esfrega lentamente a ponta do polegar de um lado para o outro. Então, a sensação desaparece, e meu lábio parece desnudo, exposto, enquanto sua mão passeia do meu rosto para meu pescoço, seus dedos abrindo um caminho novo por minha pele.

Delicadamente, percorre meu colo exposto, o polegar descansando na depressão logo acima do meu seio. E tudo o que posso ouvir são os movimentos repentinamente audíveis de respiração, mas já não posso dizer se são dele ou meus. Sua mão deixa meu pescoço, descendo lenta-mente sobre o tecido do vestido, os dedos contornando a borda do meu sutiã até que — finalmente, como se eu soubesse que esse era o destino — a palma da sua mão está sobre meu seio, envolvendo-o. Seu polegar toca levemente as duas camadas de tecido que cobrem meu mamilo, e respiro fundo. É quando estou plenamente convencida de que a respiração pesada é dele, porque já parei de respirar completamente. Minha cabeça parece leve, como se pudesse flutuar para fora do meu corpo a qualquer momento, e meus joelhos são como plumas, incapazes de sustentar o peso do meu corpo.

— Eric — sussurro. Ou talvez esteja só pensando. Repassando seu nome na cabeça como uma música. Deliciando-me.

Então, um toque abafado atravessa o ar. Começa como o zumbido de um mosquito e depois fica incessantemente mais alto. Ambos congelamos.

— Eu, hã... acho que tenho que atender — diz com a voz rouca.

Engulo em seco e obrigo minha cabeça a dar um pequeno sim.

— Sim — digo.

Ele tira a mão do meu seio e dá um passo para trás, colocando-a no bolso para pegar o telefone.

Conversa por um minuto, mas não presto atenção em suas palavras. Não consigo digerir nada, exceto o que acabou de acontecer. Nem con-sigo digerir isso.

Quando deixa o telefone de lado, encerrando a ligação, olho para ele.

— Era a Connie — diz. — Aja está pronto para ir para casa. Pelo visto, acabou a bateria do iPad dele e ele esqueceu o carregador. Connie se ofereceu para ir buscá-lo em casa, mas Aja disse que queria jogar no computador dele, depois não falou mais nada. Ela disse que não teria problema algum em levá-lo e ficar com ele lá, mas acho que eu deveria... acho que deveria...

— Não, claro — digo, de repente inibida. — Você tem que ir. Ficar com ele.

Porém, ele não se move. Fica parado ali, com as mãos enluvadas soltas inocentemente ao lado do corpo, como se simplesmente não tivessem mudado toda a minha visão de mundo alguns minutos antes.

Ele pigarreia.

— Vem comigo — diz.

— À sua casa?

— Sim. Quer dizer, se estiver se sentindo bem para isso. — Ele sorri e acrescenta: — Acho que tenho um pacote de macarrão instantâneo no armário que posso fazer para você.

Penso no convite, em como estou me sentindo. Tenho dor de garganta e tosse, é claro, e depois há o fato de que meu corpo inteiro está tremendo um pouquinho, mas sei que não tem nada a ver com o resfriado. Sei também que o único lugar onde quero estar essa noite é onde ele estiver.

— Tudo bem — digo. — Só me deixe trocar de roupa.

— Sim — diz, com uma risadinha. — Você, com certeza, precisa trocar de roupa. Espero lá embaixo.

A CAMINHO DA casa de Connie, vejo-me com os olhos fixos no perfil de Eric — o queixo quadrado, os braços, as mãos sobre o volante — e repasso o rápido episódio em meu quarto várias vezes, como um LP riscado. Fico me perguntando o que mais poderia ter acontecido se o telefone não tivesse tocado. E imagino se Eric está pensando nisso também.

Quando chegamos à casa da sua irmã, ele sai correndo do carro.

— Vou só pegá-lo — diz. — Pode esperar que não vai levar mais de um minuto.

— Ok — digo.

Ele fecha a porta, e fico o observando caminhar até a varanda, com outra onda de calor percorrendo meu corpo. Quando ele entra, seu celular se ilumina no console onde ele o deixou, fazendo aquele barulho irritante.

— Droga de telefone — murmuro.

Fica em silêncio por alguns segundos e, em seguida, começa a tocar novamente, iluminando-se, zunindo e fazendo aquele barulho. Assim que Eric volta para o carro com Aja, quem quer que estivesse ligando para ele tentou seis vezes.

— O telefone não parou de tocar — digo enquanto ele se acomoda no banco do motorista.

— O quê? — Ele se vira para mim.

— Seu telefone — digo, quando o aparelho começa a tocar novamente. Ele o pega, aperta um botão e o leva ao ouvido.

— Ei, Aja. — Viro-me para olhar para ele no banco de trás.

— Ei — diz.

Estou prestes a perguntar se soube que mais carros são roubados na véspera de Ano-novo do que em qualquer outro feriado quando o pânico na voz de Eric chama minha atenção.

— O que está acontecendo? Devagar... devagar! Quando?... Como? Ah, meu Deus... tudo bem, tudo bem... meu Deus...

Seu rosto fica mais pálido a cada palavra, e há um tremor em sua voz que eu nunca tinha ouvido antes. Fico olhando para ele, o frio no meu estômago aumenta, e, então, seus olhos encontram os meus.

Levanto as sobrancelhas, e ele diz uma palavra:

— Ellie.

PARTE III

Deveríamos nos encontrar em outra vida,
deveríamos nos encontrar no ar, eu e você.

Sylvia Plath

(Vinte anos atrás)

The New York Times

(...continuação da página 19B) Isso levanta a pergunta: como será o futuro de uma menina que não pode ter contato humano?

"Nada de esportes de contato, para começar", diz o Dr. Benefield. "E, sim, a senhora Jenkins deve ter muito cuidado quando for abraçar ou tocar a filha em qualquer lugar que não esteja protegido por uma camada de roupa. As alergias são imprevisíveis, e não se pode simplesmente correr o risco. Um dia, é uma erupção cutânea severa e, no outro, uma anafilaxia — vida ou morte."

Uma perspectiva aterrorizante para qualquer criança, mas e quando ela ficar mais velha? Refiro-me aos meninos, aos ritos normais de passagem que os adolescentes experimentam: mãos dadas, o primeiro beijo — por fim, o sexo.

O doutor Benefield se mexe em seu assento.

"Às vezes a ciência pode avançar a um ritmo rápido", diz ele. "É perfeitamente possível que, com a devida atenção e pesquisa, algum tipo de cura possa ser concebido para a doença de Jubilee nos próximos cinco ou dez anos."

E se não for?

Ele pigarreia. "Nesse caso, sim, Jubilee continuará incapaz de ter contato de pele com outra pessoa."

"Então, nada de beijo", esclareço. "Nada de sexo."

O doutor Benefield faz um breve sim com a cabeça.

"Correto."

Trata-se de uma doença difícil de entender, e muitos fazem comparações entre o caso de Jubilee e *O Menino da Bolha de Plástico*, um filme de 1976 feito para televisão cujo protagonista era John Travolta. A trama estava vagamente baseada na vida real de David Vetter e Ted DeVita, dois meninos que nasceram com o sistema imunológico extremamente comprometido — qualquer contato com água, alimentos ou roupas que não tivessem sido muito bem esterilizados poderia matá-los. Eles ficaram confinados a quartos esterilizados, livres de germes, durante o curto espaço de tempo que viveram (Vetter sobreviveu 13 anos, enquanto DeVita viveu para ver seu aniversário de 18 anos).

Quando menciono os "meninos da bolha" ao doutor Benefield, ele assente, como se não fosse a primeira vez que a associação havia sido feita. "É uma circunstância totalmente diferente", diz ele. "Jubilee pode sair por aí — só não pode ter contato com ninguém no mundo."

Ele se refere a "contato" no sentido físico, naturalmente, mas é preciso se perguntar se isso tem a ver com o lapso freudiano. Afinal, se a pessoa não pode tocar, abraçar ou beijar outra, até que ponto está mantendo contato?

Por ora, Jubilee não se deixa incomodar com essas perguntas centrais da vida sobre seu futuro. Quando nossa pequena entrevista chega ao fim e ela termina sua lição de casa na mesa da cozinha, ela tira os olhos de mim e olha para a mãe. "Posso ir ler agora?"

Esta história faz parte de uma série especial de artigos de saúde sobre o aumento acentuado de alergias infantis no mundo, incluindo uma abordagem de algumas das doenças mais raras. Veja o artigo da próxima semana: "O Menino que Não Podia Ver o Sol".

vinte e três

JUBILEE

SE VOCÊ ME dissesse há seis meses que, em pouco tempo, eu estaria na Interstate 95 indo para o norte no meio da noite, na véspera de ano-novo, em um carro com um homem e um menino de 10 anos, eu teria rido e rido e rido (depois de entrar um pouquinho em pânico com a simples ideia de sair de casa). Acho que ninguém poderia ter dito isso, porque, há seis meses, eu estava sozinha.

E agora? Com certeza, não estou sozinha, mas desejando, a cada placa pela qual passamos na estrada, ter sido mais econômica com aquele Xanax que Madison me deu no Natal.

Olho de relance para Eric, que tem a mesma expressão intensa no rosto desde que recebeu o telefonema. Quando desligou, ele imediatamente ligou o carro, saiu da entrada da garagem de Connie pisando fundo no acelerador e começou a dirigir pelas ruas de Lincoln como se estivesse possuído. Só quando passávamos pelo imenso campo de golfe escuro e abandonado nos subúrbios da cidade que percebi que ele não estava me levando para casa, e o pânico começou a tomar conta de mim. Justamente quando pensei que havia me acostumado à aventura de estar em alguns poucos lugares fora de casa — quando eu estava começando a pensar que havia vencido grande parte da minha agorafobia —, vejo-me presa em um pedaço de lata que cruza os limites da cidade a toda velocidade e descobrindo que não superei, de fato, o medo do desconhecido.

— E aí? Hum... — digo baixinho. — Acho que vou com vocês, né?

O cotovelo de Eric está apoiado na porta, sustentando o punho para poder pegar tufos do cabelo. Perdido em pensamentos, ele mal olha para mim quando falo e, então, arregala os olhos.

— Droga! — diz, mas sem desacelerar o carro. — Eu nem... só pensei em chegar logo para vê-la. Quer que eu faça o retorno?

Quero, mas também sei que ele, na verdade, não quer.

— Não, está tudo bem.

— Tem certeza? Posso parar na próxima saída. Chamar um táxi?

Estar sozinha em um lugar onde nunca estive me dá ainda mais medo do que ir com Eric e Aja para um lugar onde nunca estive.

— Não, não, está tudo bem.

Eric faz que sim com a cabeça, mexendo novamente no cabelo.

— O que aconteceu? — pergunto em voz baixa.

Ele suspira antes de falar.

— Uma overdose de drogas. Ellie teve uma convulsão.

— Ah, meu Deus. Que drogas?

— Não sei. Eu sabia que Ellie estava fumando maconha, mas não pensei... achei que era só isso. *Droga!* Eu disse à Stephanie... — Ele divaga nos próprios pensamentos.

Espero alguns minutos e depois pergunto:

— Ela está bem... ela vai ficar bem?

— Não sei.

PARAMOS PARA ABASTECER o carro e comprar lanches depois de uma hora, mas o restante da viagem de cinco horas é, na maior parte do tempo, silenciosa. Quando cruzamos o limite de New Hampshire por volta das 3 da manhã, Aja diz:

— Você sabia que Vênus leva 243 dias terrestres para dar uma volta completa em seu eixo, mas apenas 225 dias para orbitar o Sol? Por isso, um dia em Vênus é mais longo que um ano.

Tento me lembrar do que aprendi sobre Vênus na escola, e só consigo pensar naquela terrível história de Ray Bradbury em que a menina fica trancada no armário.

Quando chegamos ao hospital, Eric para bem na entrada, que diz claramente *Somente Veículos de Emergência*, e salta do carro. Uma vez que ele levou as chaves, Aja e eu não temos escolha senão ir atrás dele no ar frio. Nós o alcançamos no elevador. Há outras pessoas na pequena caixa quadrada, e respiro fundo, tentando me fazer invisível o máximo possível. No exato momento em que parece que as paredes estão se fechando, o elevador para no quinto andar e Eric sai. Ele olha para os dois lados e faz um sinal com a cabeça, como se tivesse identificado algo familiar à sua esquerda, e começa a andar. No meio do corredor, uma mulher se levanta da cadeira de plástico onde estava sentada, como se esperasse por nós.

— Como ela está? — Eric pergunta antes mesmo de chegarmos perto dela.

— Está bem. Vai ficar bem — diz a mulher.

Eric faz que sim com a cabeça, mas posso sentir as ondas de ansiedade que vêm dele.

— Por que está aqui fora? Posso vê-la?

— Ela está dormindo agora. Eu a estou deixando descansar.

— Steph, o que *aconteceu*?

— Não sei — diz e, então, abaixa o rosto, parecendo cansada. Exausta, na verdade. Os dois se sentam nas cadeiras em frente à porta. — Parece que achavam que estavam fumando a maconha "normal", mas uma das meninas levou essa sintética. A polícia disse que era K2, mas uma delas chamou de *Spice*. Procurei no Google... parece bem pesada. Mas ela não sabia, Eric. Ela não sabia. — Lágrimas densas caem dos seus olhos. Então, como se finalmente estivesse se permitindo entender os acontecimentos do dia, diz: — Ah, meu Deus, ela poderia ter *morrido*.

Eric coloca os braços em volta dela e a deixa chorar, murmurando em meio ao cabelo dela.

— Está tudo bem... Ela não... Ela está bem. — A mulher se lança sobre ele.

A cena é tão particular, tão íntima, que me afasto e me pego olhando para um grande desenho emoldurado na parede. É o desenho de uma árvore, feito em pastel, assinado por *Edna, 7 anos*, com um rabisco infantil na parte inferior. Fico olhando para ele como se fosse a Mona Lisa, piscando rapidamente o tempo todo, e nunca vi nada tão fascinante. Meus olhos começaram a arder, e sei que não tem nada a ver com Ellie.

Sinto vergonha até de admitir para mim mesma que estou com ciúme. Estou em um hospital onde a filha de Eric quase morreu, e só consigo pensar no calor dos seus braços e em como os quero em volta de *mim*. Tocando-*me*. Em como quero sentir sua respiração no *meu* cabelo. E como é injusto saber que nunca vou poder sentir seu rosto no meu e sua pele na minha. A menos que...

— Quem é você?

A pergunta me faz virar, e meus olhos encontram os de Stephanie.

— Ah, oi, sou...

— Ela é uma amiga — diz Eric. — Uma bibliotecária.

Fico surpresa com a forma como ele me classifica.

— Ela estava no carro quando você ligou, e eu nem... eu entrei em pânico.

— Ah — diz Stephanie, mas a testa continua enrugada uma vez que está confusa com minha presença. — Oi, Aja. — Ela move os olhos para ele. — Você está mais alto.

Ele não olha para ela.

Stephanie faz um sinal com a cabeça, como se já esperasse isso. Então vira-se para Eric.

— Bem, Ellie estava acordada há uns trinta minutos, por isso imagino que dormirá na maior parte da manhã. O médico disse que muito provavelmente ela terá alta hoje à noite ou amanhã de manhã. Ele só quer ter certeza de que a convulsão... foi um evento isolado. Por que vocês não vão para casa, comem alguma coisa e descansam um pouco? Sei que a viagem foi longa.

— Demorou mais que Vênus orbitando o Sol — murmura Aja.

Mordo os lábios para conter um sorriso.

— Não. Não vou embora — diz Eric. — Só depois que puder vê-la.

Stephanie suspira.

— Pelo menos os leve para casa, Eric. Aja parece exausto.

É a segunda vez que ela diz isso, mas só agora me ocorre que seja curioso. *Casa.* É claro que não vamos para a casa de Stephanie. Quer dizer, parece que o divórcio é amigável, mas, mesmo assim, seria esquisito.

No entanto, não digo nada enquanto descemos no elevador e andamos até o carro (que, felizmente, não foi rebocado nos 15 minutos que estivemos fora). O novo percurso está silencioso também, com os pensamentos de Eric, sem dúvida, na filha.

Assim que os primeiros raios de sol começam a iluminar o céu da noite, chegamos a uma pequena casa de madeira amarela em Cape Cod, com uma chaminé de tijolos na parte de trás do telhado lembrando um chifrinho feito por alguém em uma foto da turma da escola. Embora as estradas estivessem limpas, a entrada da garagem e o caminho que leva à casa estão cobertos por 15 centímetros de neve. Eric estaciona na rua, e seguimos em fila indiana até a porta da frente.

Espero levar um golpe de ar quente quando entramos na sala, mas não está muito melhor do que lá fora.

— Tem que ligar o sistema de calefação — murmura Eric. — Abrir o registro de água, ligar a geladeira. — Ele está fazendo uma lista mental, enquanto estou ocupada, tentando assimilar o fato de que ninguém vive aqui.

Eric se ocupa com a casa enquanto Aja e eu vamos para a cozinha. Aja pluga seu iPad a uma tomada na parede e o coloca sobre a bancada.

— Aja — sussurro.

Ele olha para mim.

— De quem é essa casa?

Ele estica a cabeça na minha direção, o nariz enrugado, a boca aberta, como se eu tivesse ficado completamente doida.

— Do Eric — diz, e depois: — E minha também, acho.

— Mas você vive em New Jersey. Ele está tentando vender essa?

— Não — diz, como se isso encerrasse a conversa. Como se isso explicasse tudo.

— Aja — digo, a voz um pouco mais firme. — Por que o Eric ainda tem essa casa?

Suas sobrancelhas parecem parênteses na horizontal.

— Porque vivemos nela? Nova Jersey é apenas temporário. Seis meses. Por causa do trabalho dele.

E dispara para o corredor, provavelmente em direção ao seu quarto, e fico ali, em pé, com a boca entreaberta com a revelação. Eric mora em New Hampshire, o que significa que... Eric vai embora.

Meus joelhos, não mais interessados em me sustentar ereta, dobram-se. Não há mesa na cozinha, por isso me abaixo onde estou, sentando-me no ladrilho.

— Não tenho muita coisa para o café da manhã, mas é bem possível que vocês queiram dormir agora. Tudo bem pizza ou comida chinesa mais tarde? Eles entregam... — A voz de Eric irrompe a névoa dos meus pensamentos. — Jubilee? — diz, quando me vê. — Você está bem?

Levanto a cabeça para olhar para ele, os braços apoiados nos joelhos. Ele parece tão sólido, tão robusto. Não se parece nem um pouco com um fantasma, mas agora sei que é exatamente isso que é.

— Sim — digo. — Apenas cansada.

— Meu Deus, é claro que sim — diz, sincero. — Sinto muito. Não posso acreditar que trouxe você para cá. Para todos os meus problemas.

— Está tudo bem — digo, voltando a apoiar a cabeça nos antebraços. Sinto que estou ficando doente.

— Você não está bem — diz, aproximando-se. — Você está doente, e a arrastei para esse fim de mundo. Meu Deus, sou um idiota. O que posso fazer por você? Do que você precisa?

Você, quero responder. *Preciso de você.*

Mas não respondo. Vivi 27 anos sem ele. Posso viver mais 27.

— Sério, estou bem — digo, forçando-me a ficar em pé.

— Tem certeza? — pergunta.

Faço que sim com a cabeça.

Ele examina meu rosto, e posso dizer que não acredita em mim, mas não insiste mais.

— Tudo bem — diz. — Bem, ah... fique à vontade. Os cardápios para delivery estão na primeira gaveta à esquerda da pia. Já abri o registro de água, mas talvez você queira dar um tempo para ela esquentar, se quiser tomar um banho. Há toalhas no meu banheiro. Lençóis limpos no armário. Pode ficar na minha cama hoje à noite.

Assinto novamente, mas não levanto os olhos para olhar para ele.

E então, simples assim, ele se vai.

*

HÁ DOIS SOFÁS na sala onde Aja e eu estamos deitados depois que Eric sai. Aja liga a TV, mas se desinteressa em questão de minutos e lá fico eu, com meus pensamentos, minha mente ainda repassando o que ele disse.

A princípio, fiquei com raiva: como Eric pôde não ter dito que iria embora? Como pôde permitir que eu me sentisse tão à vontade com ele, tão próxima? Mas, então, abro os olhos para a realidade e tenho que reconhecer: por que me *diria*? O fato é que ele não me deve nada. Sou apenas uma garota a quem ele está dando carona para casa por alguns meses. Suas palavras para Stephanie ressoam em meus ouvidos. Sou apenas uma *bibliotecária*. Uma *amiga*. E, de repente, sinto-me envergonhada por ter pensado que era algo mais. Então, outra parte de meu cérebro entra na conversa: ele tentou me beijar. E, na última noite, suas mãos... Suas mãos estavam... onde estavam. Balanço a cabeça para me livrar da lembrança. Não. O que isso significa? Tenho idade suficiente para saber que beijos não são contratos. E "quase-beijos", bem, são menos ainda. E a mão no meu seio, por cima da minha roupa? Bem, é o que mais acontece com jovens de 15 anos sob as arquibancadas em jogos de futebol. Não posso acreditar que pensei tanto nisso. As pessoas se prendem a momentos, mas são só isso: momentos. Não significam nada. Percebo que, com Eric, eu só estava vendo o que queria ver esse tempo todo, o que esperava que estivesse acontecendo. Mas não posso ser tocada — não por *debaixo* da minha roupa, não em lugar algum, na verdade. E ele sabe disso; então, como *poderíamos* ser algo mais?

E, na verdade, eu deveria saber que ele iria embora. Não só porque é um bom pai e, obviamente, optaria por estar perto da sua filha, mas porque o senhor Walcott dizia: "Procure pelo padrão." Naturalmente, ele estava falando sobre resolver problemas de matemática, mas é uma estratégia que funciona para a vida, também. O padrão é: todo mundo vai embora. Ou, mais especificamente: todo mundo me deixa. Não digo isso do modo patético, triste e autopiedoso que soa (embora reconheça que é, de fato, patético, triste e autopiedoso). São apenas fatos, o padrão da minha vida. Meu pai. Minha mãe. Droga, até Louise. Se eu remotamente pensar em me importar com alguém, essa pessoa deixará de ficar por perto. Tenho certeza de que é só questão de tempo para que Madison desapareça.

Em algum momento das minhas divagações devo ter adormecido, porque acordo mais tarde no sofá, grogue, ainda com a TV ligada. Aja está acordado assistindo.

— Que horas são? — pergunto, notando que minha garganta parece um pouco melhor. Pelo menos isso.

— Cinco.

— Da tarde? — pergunto, atordoada por ter dormido tanto.

— Sim. Estou morrendo de fome.

— Eu também — digo.

Levanto-me para pegar os cardápios e, cerca de meia hora depois, Aja e eu estamos no chão da sala, comendo *noodles* e frango gordurosos em algum tipo de molho grosso e excessivamente doce. Há uma mesa de jantar e cadeiras no cômodo junto à cozinha, mas não é possível ver a TV de lá, e Aja queria que eu visse *X-Men*. Ele aponta para a personagem Jubileu quando ela aparece na tela.

— Ela não é uma das personagens principais nesse — diz, com a boca cheia de arroz. — Nem nos dois seguintes. Mas você vai ter um papel maior em *Apocalipse*. Bem, *você*, não. Mas você entendeu.

— *Apocalipse*, hein? Não parece muito promissor.

Depois que *X-Men* acaba, Aja começa a trocar de canais, parando no Discovery. É algum programa sobre os mistérios do oceano, e uma câmera subaquática focaliza de perto uma baleia-azul enquanto ela filtra um plâncton com as barbatanas da boca grande.

A imagem da baleia me faz lembrar de algo.

— Você sabia que existe uma baleia que os cientistas descobriram que canta em um tom mais alto do que qualquer outra no mundo? — pergunto a Aja. — Eles medem os sons em hertz ou algo assim. Enfim, ela só nada pelo oceano sozinha, incapaz de se comunicar com outras baleias.

— Sério? — pergunta.

— Sim. Li isso na internet uns anos atrás. — Faço uma pausa e, então, acrescento: — Foi uma das coisas mais tristes que já li sobre um animal.

Aja fica quieto por um minuto e depois diz:

— Não acho que seja a coisa mais triste.

— Não?

Ele se apruma mais no sofá.

— Você sabe como os coalas morrem?

Estreito os olhos, tentando lembrar alguma informação vaga que possa ter acumulado ao longo dos anos sobre os coalas.

— Não. Não sei.

— Os dentes deles são feitos para comer folhas de eucalipto, certo? Mas, depois de anos e anos comendo isso, os dentes se desgastam e viram tocos, e como os coalas não conseguem mastigar mais, morrem de fome.

— Sério?

— Sim — diz. — Acho que essa é a coisa mais triste.

Penso por um minuto.

— Sabia que os chimpanzés não nadam?

— Isso não é verdade, na realidade — diz.

— Espera... o quê?

— Sim. É comum as pessoas acreditarem em mentiras, mas uns cientistas documentaram chimpanzés nadando uns anos atrás — diz.

— Então, eles *podem* nadar. Só que normalmente preferem não fazer isso.

— Hã — digo, genuinamente surpresa com essa nova informação.

— Bem, mesmo assim, eu li que, se um deles cair em um rio ou algo assim, o outro entra na água logo em seguida para tentar salvá-lo, mesmo que isso signifique que os dois vão morrer. Já aconteceu em alguns zoológicos: chimpanzés afogados nos lagos em torno dos recintos deles.

Aja assente com a cabeça, assimilando a informação.

— Sempre achei isso muito triste, também. E, também, meio que fofo.

Aja fica quieto por mais um minuto. E depois diz:

— Ainda acho que o coala ganha.

Sorrio ao ver como sua mente funciona e volto a ver o programa.

E sinto uma nova onda de angústia quando percebo que, quando Eric for embora, Aja também irá.

NÃO ACREDITO EM sessões espíritas, mas, em pé na sala de Eric à meia--noite, entendo por que os médiuns nos filmes sempre pedem que a pessoa traga objetos da vida da outra — camisetas, carteira, joias. É como se um pedacinho dela ainda estivesse ligado ao objeto. Por isso posso sentir minha mãe toda vez que entro no seu quarto. E é por isso que agora quase espero ver Eric se materializar na minha frente a qualquer momento, mesmo sabendo que ele ainda está no hospital. Tiro a roupa para tomar um banho no seu banheiro, tentando, sem sucesso, ignorar que esse é o mesmo lugar em que Eric fica, a mesma água que cai, ondula e flui pela sua cabeça e pelas curvas suaves do seu corpo, as mesmas toalhas que chegam a tocá-lo em partes que nunca vi.

O que estou *fazendo* aqui? Em New Hampshire? Na sua casa? Com lembretes vívidos de tudo que nunca terei em nenhum momento. De repente, desejo estar em casa. Um desejo tão forte surge no meu íntimo que penso em chamar um táxi, sem pensar em quanto custaria uma viagem de cinco horas ou em quanto me sentiria pouco à vontade no banco traseiro de um carro estranho, com um estranho ao volante. Só quero sair daqui.

Porém, me lembro de Aja na sala ao lado. E sei que não posso deixá-lo sozinho.

Seco-me com a toalha e coloco às pressas uma camiseta e uma calça de ginástica que tiro da gaveta de Eric (cheirando-as primeiro para ter certeza de que estão limpas para não ter uma reação; cheiram a sabão em pó). Coloco os lençóis limpos no colchão, subo na cama e fecho os olhos, mas não consigo dormir. Eric está em toda parte. Seu perfume, suas coisas, a forma deixada pelo seu corpo no colchão noite após noite — sua presença é palpável. É como o ar: à minha volta, mas impossível de tocar.

vinte e quatro

ERIC

ELLIE PARECE MAIS velha e mais jovem ao mesmo tempo, se é que isso é possível. Seu cabelo alisado na chapinha tem mechas azul-celeste, da mesma cor que ficavam seus lábios quando devorava aqueles picolés artificiais no verão. Framboesa, seu favorito, era inexplicavelmente azul.

Ela está minúscula, incrivelmente pequena na cama do hospital, como se fosse a Alice no País das Maravilhas e bebesse a poção para encolher, os ombros curvados para dentro, o corpo engolido pelo colchão fino.

Volto a minha atenção para o seu nariz, onde um diamante minúsculo repousa na curva acima da narina, e tento não ter um ataque do coração quando penso que Stephanie a deixou colocar um piercing. Pelo menos não é uma tatuagem.

Enquanto a examino, aliviado por ver que seu corpo ainda está cheio de vida, por mais que ela o tenha decorado, ela olha para mim, os olhos frios e firmes. Espero — será que ainda me odeia? Tenho medo de dizer algo, de dizer a coisa errada.

Então, ela diz:

— Pai. — E acho que meus joelhos bambeiam pelo alívio.

— Ellie.

— Pai, desculpa. — Seu rosto vai se enrugando por partes, como um acordeão, começando pela testa. Lágrimas escorrem por suas bochechas.

— Ah, querida — digo, envolvendo-a em meus braços. Sento-me na beira da sua cama de hospital, deixando-a encharcar meu ombro. Acaricio seu cabelo azul até sua respiração irregular recuperar lentamente a cadência.

Ela se solta do meu abraço e se reclina, limpando o nariz com a parte de cima do braço nu. Vou até o balcão para pegar um lenço de papel e o entrega a ela.

— O que você estava pensando? — pergunto, levando a mão ao seu rosto e colocando uma mecha de cabelo atrás da sua orelha.

— Sei lá — diz, cabisbaixa. — A Darcy disse que era só maconha normal.

— Mas mesmo a maconha, Ellie. Você não é assim — digo, mexendo de leve nos fios azuis de cabelo que roçam seu ombro para enfatizar o que quero dizer.

Ela se esquiva abruptamente, com os olhos ardendo de raiva.

— Você não sabe quem eu sou.

Abaixo minha mão. Olho para ela. Deixo suas palavras serem assimiladas.

— Tem razão. Não sei quem é você. Não mais. Mas, Ellie, estou tentando. Realmente quero saber.

— O quê? Lendo alguns livros idiotas? — pergunta, ríspida.

Encolho-me.

— Sim, lendo alguns livros — digo, com cuidado para manter o tom calmo e constante. — Lendo seu diário. Não tive muita escolha, né? Você não falava comigo.

— Por que será? — Ela revira os olhos e cruza os braços na frente do peito.

— Ellie, sei que o que eu disse foi horrível, e sinto muito. Já pedi desculpas umas cem vezes. Você sabe que as pessoas dizem coisas, às vezes, que não querem dizer. Acontece. As pessoas cometem erros. *Eu* cometi um erro.

— Você acha que isso tudo é por causa daquilo que você *disse*?

— Bem, sim. — Sento-me um pouco mais reto. — Não é?

Ela ri.

— Ah, meu Deus. A mamãe tinha razão. Você é muito emocionalmente ingênuo.

300

Tento ignorar essa alfinetada e espero que continue a falar. Ela não fala. Apenas vira a cabeça e olha pela janela, como se o poste de luz fosse um objeto tecnológico completamente fascinante que ela nunca tivesse visto.

— Você vai...

— Você me *abandonou*! — grita, assustando-me. — Foi embora! Você disse, quando estava se divorciando da mamãe, que estaria sempre ao meu lado. Só não na mesma casa. Mas você não esteve!

Jubilee passa por minha cabeça. Seu corpo encolhido no banco do passageiro do meu carro, os ombros levantados ao falar da traição da mãe. Foi assim que Ellie se sentiu esse tempo todo? O pensamento me arrasa.

— E você levou *ele* com você.

— Aja?

— Era o que você sempre quis, né? Um filho. Alguém que não fosse complicado e emotivo. Um menino fácil de entender. E você o pegou e então teve a chance de ir embora. De ter uma vida fácil sem mim, e você aproveitou a chance.

Meus olhos ficam maiores a cada ideia que sai da sua boca. Nem sei por onde começar quando é minha vez de falar.

— Aja — começo — é tudo, menos descomplicado e não emotivo. E acho que estou fazendo pior com ele do que fiz com você, se serve de consolo. E esse trabalho, o motivo pelo qual me mudei? É apenas temporário. Seis meses. Sua mãe não disse isso para você?

— Sim — diz. — Mas é assim que todos começam, e aí você faz um trabalho bom e eles querem que você fique.

— Por que você pensa assim?

— Foi o que a Darcy disse. O pai dela se mudou com eles para cá por causa de um trabalho "temporário" de um ano. — Ela faz aspas com os dedos, e isso me impressiona como algo muito adulto. Fico imaginando se foi a Darcy quem lhe ensinou isso também. — E já faz dois anos que estão aqui sem nenhum sinal de que vão embora.

Ah, quem dera fosse temporário, penso, mas me contenho.

— Bem, esse *é* temporário. Estou cobrindo uma licença-maternidade da vice-presidente e ela está voltando. Estamos trabalhando na transição agora. Além disso, mesmo que me pedissem para ficar, eu nunca ficaria. Eu *nunca* deixaria você. Nunca.

Ela funga.

— Mesmo que peçam para você ser um dos sócios?

Olho para seus olhos tristes. O piercing no seu nariz brilha na luz fluorescente. E digo com absoluta confiança:

— Mesmo que me peçam para ser um dos sócios.

Ela faz um pequeno aceno de cabeça e olha para as mãos. Não sei ao certo o que fazer dali para frente. Não sei ao certo se ela acredita em mim. Não sei ao certo se posso desfazer todo o estrago que fiz sem saber. Porém, tenho certeza de que vou voltar para cá assim que for possível. E que nunca mais vou deixá-la.

E então, pela segunda vez naquele quarto de hospital, penso em Jubilee.

CHEGO EM CASA por volta das três da manhã, esgotado, apesar de um rápido cochilo desconfortável enquanto estava sentado em uma cadeira do hospital naquela tarde. A casa está escura, mas, felizmente, mais quente do que quando saí. Atravesso o corredor, dando uma olhada no quarto escuro de Aja, seu vulto amontoado tranquilamente na cama. Continuo em direção ao meu quarto, as tábuas velhas rangendo debaixo dos meus pés. Abro o primeiro botão da camisa enquanto ando. Sobe um cheiro forte desagradável, lembrando-me de que faz quase 48 horas que tomei um banho, mas estou muito exausto para lidar com isso agora.

Vou até o pé da minha cama e fico parado ali. Jubilee, assim como Aja, é um monte amorfo e frágil sob os lençóis, mas me sinto puxado em sua direção, como se ela estivesse do lado dos vencedores em uma brincadeira de cabo de guerra. Eu daria qualquer coisa para me render. Para me enfiar na cama ao seu lado, sentir a extensão do seu corpo contra o meu, o calor da sua pele, as batidas do seu coração. Fico imaginando se ela pensa nisso também.

E, de repente, sou dominado pelo desejo de descobrir. De saber se estou sozinho no desejo, um farol sinalizando para um mar vazio.

— Jubilee — sussurro. Minhas veias tremem enquanto espero sua resposta. Ela não se mexe. Tento mais uma vez. — Jubilee. — Olho para ela no escuro, de cabeça para baixo, e só consigo distinguir seu rosto, o contorno da sua boca no meu travesseiro. Vou para o outro lado da cama *king size* e hesito. Na teoria, duas pessoas podem dormir nesta cama e nunca se tocarem durante a noite. Eu deveria saber — Stephanie e eu conseguimos evitar um ao outro durante meses em uma cama desse tamanho.

Porém, a ideia de ter Jubilee a poucos centímetros de distância — as ondas do seu cabelo me chamando como o oceano à praia — mostra-se muito tentadora para suportar. Pego o travesseiro extra, tiro um cobertor do compartimento superior do armário aberto e me deito no tapete, abaixo dos seus pés, ouvindo-a respirar e esperando ser vencido pelo sono, mas ele não vem por um longo, longo tempo.

NA MANHÃ SEGUINTE, levanto-me antes de todos e vou correndo ao mercado para comprar café e pão. Quando volto, Jubilee está na cozinha enchendo um copo na pia.

— Bom dia — digo, colocando a sacola na bancada. Ela está usando uma das minhas camisetas brancas e uma calça de ginástica. Mesmo com o cós dobrado três ou quatro vezes, a calça ainda está grande.

— Bom dia — responde, e engole a água.

— Hum, tenho que voltar ao hospital agora de manhã. Ajudar Ellie com a papelada da alta e acomodá-la em casa. Aí nós poderemos sair. Tudo bem?

— Claro — diz, mas a palavra tem certa frieza. Um tom que eu não tinha ouvido antes, e ele me faz parar. — Posso usar sua máquina de lavar? — pergunta.

— Claro. Tudo o que você precisar. Ah, e comprei pão. — Dou um tapinha na sacola para reforçar. — Você fala pro Aja?

— Tá — diz, colocando o copo debaixo da torneira novamente.

Viro-me para ir, sem saber o que dizer em seguida. Afinal, atravessei vários estados, arrastando essa mulher para minha casa, em New Hampshire, sem mais nem menos, no meio da noite; eu deveria me sentir um pouco chateado também.

COM UM ABRAÇO apertado e a promessa de que voltarei a cada dois finais de semana antes de me mudar definitivamente, em fevereiro, deixo Ellie na casa de Stephanie.

— Responda às minhas mensagens — digo, fitando-a com meu melhor olhar de pai.

— Só se você parar de mandar mensagens idiotas.

— Sem chance.

Ela oferece meio sorriso e, embora eu queira gritar "Nada de drogas! Nada de Darcy! Nada de sair de casa!", chego à conclusão de que é melhor ir embora sem criar problemas. Além disso, Stephanie surpreendentemente concordou comigo que Ellie deveria ficar de castigo por um mês. Pelo menos com isso posso ficar sossegado, sabendo que ela não sairá de casa a não ser para ir à escola por um tempo.

No caminho de volta para New Jersey, Aja está ocupado com seu videogame, enquanto fico remoendo os últimos dias, exausto. Só quando chegamos à metade do caminho é que percebo que Jubilee não está falando. Não fala desde que os peguei em casa e entramos todos no carro.

— Você ligou para a biblioteca? — pergunto, atinando que talvez esteja aberta hoje, um dia depois do Ano-Novo, e que Jubilee está faltando ao trabalho.

— Sim. Shayna está me cobrindo — diz, e se vira para ver as árvores e os montes cobertos de neve que passam pela janela do passageiro.

— Ei, me desculpe outra vez, de verdade, por ter envolvido você nisso tudo. Mas estou contente... estou contente por você estar aqui. — Pigarreio.

— Tudo bem — diz, interrompendo. — Não tem importância.

— Sim, mas... — Procuro por palavras, as palavras certas, mas elas não vêm.

— É sério. Está tudo bem — repete com determinação.

Fico imaginando se a interpretei mal esse tempo todo. Os olhares, as bochechas coradas, a tensão palpável no ar entre nós. Será que inventei tudo? Será que me deixei cegar tanto pela minha própria atração que imaginei a de Jubilee? Lembro-me das palavras que Ellie me disse no hospital, palavras que ficaram na minha cabeça como uma pedra no sapato: "emocionalmente ingênuo". Porém, depois de estar em seu quarto, tocar seu rosto com a minha mão enluvada, seu colo, seu seio perfeitamente redondo... eu sei, eu *sei* que ela sentiu o mesmo.

Então o que foi? Nunca conversamos sobre isso. Sobre nenhum desses momentos, exceto aquela noite na biblioteca em que ela mencionou algum

304

tratamento abstrato que talvez faça ou não. Penso no que Connie disse: em como sempre quero o que não posso ter. Talvez seja preciso encarar a realidade dessa situação: quero Jubilee e não posso tê-la. E talvez Jubilee simplesmente esteja um passo na minha frente e já tenha percebido isso.

Quando finalmente chegamos a Lincoln, ofereço-me para passar em uma farmácia, comprar uma sopa ou um remédio — parece que ela melhorou do resfriado, mas me sinto culpado por nem sequer perguntar.

— Só quero ir para casa — diz ela.

Faço que sim com a cabeça.

— É que prometi um macarrão instantâneo para você — digo, esperando um sorriso. — Não gosto de voltar atrás nas minhas promessas.

Ela não responde. Passamos o resto da viagem em silêncio.

Encosto o carro na entrada da sua garagem e desengato a marcha. Ela põe a mão na maçaneta da porta e, antes que me dê conta do que estou fazendo, toco a manga do seu casaco. Ela puxa o braço como se minha mão fosse a boca de uma serpente.

— O que está fazendo? — pergunta, olhando para mim pela primeira vez desde que saímos de New Hampshire.

— Nada. Eu não... desculpe. É que... — Respiro fundo, tentando controlar o desespero que vai me dominando como uma trepadeira. Solto o ar. — Vejo você amanhã?

— Não.

— O quê? — Minha sobrancelha sobe e depois desce, sem direção e tão confusa quanto eu me sinto.

— Não preciso mais de carona.

— Claro que precisa. Ainda está fri...

— Não sou uma donzela em apuros que você tem que salvar! — diz, e é como se todo o ar, de repente, saísse de uma vez do carro. — Não preciso de você para comprar sopa, não preciso de você para consertar o meu carro, não preciso de você para me levar para casa! Estava bem antes de você aparecer, e vou ficar bem agora.

Fico sentado ali, com o corpo parado no tempo, atordoado demais para me mover ou para responder.

Ela olha para as mãos enluvadas no seu colo e, quando fala novamente, sua voz está baixa.

305

— Você fez mais do que o suficiente. Obrigada.

E, em seguida, a porta se abre e ela se vai, simples assim.

Permaneço imóvel, sem saber quanto tempo se passou, até ouvir a voz de Aja no banco traseiro.

— Eric?

Olho pelo retrovisor, encontrando seus olhos, que estão tão redondos e arregalados quanto os meus.

— Ainda posso ir à biblioteca? — pergunta, com a voz trêmula.

— Não sei, amiguinho — digo, dando marcha à ré e saindo lentamente da entrada da garagem de Jubilee. — Acho que não.

vinte e cinco

JUBILEE

NÃO PREGUEI OS olhos a noite inteira — nem na noite seguinte. Como poderia, quando tudo o que podia ouvir eram as minhas palavras, como um LP riscado, e tudo o que podia ver era a expressão de dor no rosto de Eric, olhando para mim, no banco da frente do seu carro?

Exausta, faço lentamente minha rotina matinal de segunda-feira: lavo o rosto e coloco minha roupa térmica. Sinto uma pontada no coração quando me lembro da resposta de Eric naquela noite na biblioteca em que lhe disse que estava usando uma: *Você está tentando me seduzir?* E me pergunto quantos outros momentos terei pensando assim; quantas lembranças dele criei; como ele invadiu completamente minha vida em tão pouco tempo.

Penso em avisar no trabalho que estou doente, mas preciso da distração.

O dia é longo e é como se o mundo estivesse conspirando para me fazer lembrar de tudo o que deu errado. O golfista do travesseiro, Michael, que nunca disse quatro palavras para mim, de repente quer saber onde está Louise.

— Ela está em algum tipo de licença? Faz tempo que não a vejo — diz.

Noto que, em pé, em vez de curvado na frente da tela de um computador, ele é atraente. Se passasse por ele na rua, ninguém faria ideia de que fica o dia inteiro na biblioteca, sentado em um travesseiro.

— Foi demitida — respondo. — Corte de verbas da Câmara Municipal.

Ele fica me olhando, seus olhos castanhos examinando os meus, e estou convencida de que está querendo saber o que todos os outros querem: por que não fui eu.

— Bem, isso é chato — diz.

Faço um som evasivo e volto a olhar para os livros que estou organizando na mesa, esperando que ele entenda a indireta.

— Ah, esse livro é ótimo — diz, apontando para o que está na minha mão direita. Olho para o livro. *On the Road*, de Jack Kerouac. Nunca o li.

— Sério? — pergunto, levantando as sobrancelhas para ele, surpresa que ele leia. Surpresa por ele fazer alguma coisa que não seja jogar aquele jogo estúpido de golfe no computador.

— Sério — responde, com uma tristeza nos olhos. — Era o favorito do meu pai. — Olho para o livro de novo e, quando levanto os olhos, ele se foi.

Às 16h30, a porta se abre e, pelo canto do olho, vejo Aja. Viro-me na sua direção, mas percebo que é apenas um garoto com a mesma estrutura pequena, mas de cabelos castanhos e cachos opacos no lugar do preto intenso e brilhante. E isso quase acaba comigo. Estava tão brava com Eric, tão ansiosa para arrancá-lo da minha vida, que não pensei em Aja. O que ele deve estar pensando de mim? Quase ligo para Eric para lhe dizer que não há problema algum em Aja continuar vindo à biblioteca, mas, no final, não posso me obrigar a fazer isso. Por mais que sinta falta de Aja, é melhor assim. Um rompimento total.

Porém, se isso é realmente verdade, não posso explicar por que, durante a semana seguinte, todas as vezes que a porta se abre, meu coração acelera, batendo forte com a esperança de que seja um deles entrando. Eric ou Aja.

No final de janeiro, finalmente desisti, conformei-me com o fato de que tudo — seja lá o que fosse — realmente estava acabado e finalmente paro de olhar para a porta. Deixo de esperar que Eric irrompa por ela como se fosse um daqueles apaixonados nos filmes de Hollywood.

E é quando ele entra.

Não Eric.

Mas Donovan.

Pisco três vezes quando o vejo, tentando entender por que ele está neste lugar, por que está usando um terno, tentando entender tudo. Donovan só existe para mim como aquele menino no pátio da escola, com um boné detestável virado para trás e os lábios que me deram o primeiro e único beijo, um adolescente arrogante que quase me matou — por causa de uma aposta.

O tempo vai se esgotando à medida que ele caminha na minha direção, e fico me fazendo uma pergunta atrás da outra: será que vai me reconhecer? E, depois, será que vou ter tempo de correr para a sala de descanso e me esconder? Um plano que poderia funcionar se ao menos meus pés simplesmente se movessem.

— Jubilee — diz ele, respondendo à minha primeira pergunta com sua voz melosa. Está mais grave, mas eu a reconheceria em qualquer lugar. Ele para em frente ao balcão, e percebo seus olhos passearem do alto da minha cabeça até as luvas em minhas mãos. Faço toda a força do mundo para permanecer imóvel e impassível à sua inspeção. — Madison me disse que você estava trabalhando aqui — diz, com um sorriso que vai se abrindo lentamente de um lado ao outro do rosto. — Tive que vir para ver com meus próprios olhos. Desculpe ter demorado tanto para dar uma passada aqui.

Só Donovan pensaria que, depois de todo esse tempo, eu estava esperando vê-lo, que sua presença é desejada por todos.

— Você parece bem — diz, e a observação me pega desprevenida, especialmente porque ele parou com a encenação.

O modo como diz isso não é agradável nem ofensivo; ao mesmo tempo, ao me lembrar do que Madison disse sobre suas atividades extraconjugais, e tenho certeza de que ele sabe perfeitamente como elogiar as mulheres.

— Obrigada — digo, embora perceba com grande alívio que, ao contrário do que meu coração batendo na garganta sugerira, não me importo com o que ele pensa. Não mais.

Quero retribuir o elogio, mas, sério, ele parece a mesma pessoa. Só uma versão mais velha e rechonchuda do menino no pátio. E com uma calça bem ajustada à cintura, em vez de caída para anunciar o logotipo da Hollister nas cuecas que usava no ensino médio.

— Enfim, não vou prender você. Só queria dizer que estou muito feliz por ela ter conseguido fazer tudo isso — diz.

— Quem? — pergunto, querendo saber se perdi parte da conversa que, aparentemente, estamos tendo.

— Madison.

Ah, certo. Imagino que ele saiba que ela me ajudou a conseguir o emprego.

— Meu Deus, durante anos ela se sentiu muito culpada.

Inclino a cabeça, agora certa de que perdi alguma coisa.

— Espera... do que você está falando?

— Da aposta — diz, como se isso esclarecesse tudo. — Você sabe, foi tudo ideia dela. Menina, quando ela ouviu falar que você tinha *morrido*, não sei quem começou a espalhar esse boato maluco, pensei que ela fosse pirar. — Ele ri. — Enfim, isso foi há tanto tempo. Águas passadas, certo?

Meu corpo congela. *Madison?* Isso não faz o menor sentido. Donovan era namorado dela. Por que ela iria querer que ele me beijasse? Mas, então, outras coisas começam a ficar claras. Como, por exemplo, o modo como estava ansiosa para me ajudar quando a encontrei por acaso no posto de gasolina. E como foi fácil conseguir esse emprego, quando Louise disse que fazia quatro meses que a vaga estava disponível — espere, *Louise*.

Meus olhos movem-se abruptamente para Donovan.

— Por que Louise foi demitida?

— Quem é Louise?

— Ela era bibliotecária aqui. Foi demitida algumas semanas atrás.

— Ah. Certo. Isso pode tecnicamente ser culpa minha, mas eu não sabia o nome dela. Madison me ligou, agitada, dizendo que as verbas estavam curtas e que o diretor iria demitir você, mas ela não podia deixar isso acontecer porque você realmente precisava do emprego. O banco doa dez mil dólares à Fundação da Biblioteca todos os anos, então só fiz uma ligação e disse que, se você fosse demitida, estaríamos cancelando a doação. Não sabia ao certo se isso funcionaria; quer dizer, dez mil dólares não é tanto dinheiro assim, sabe? Mas funcionou. — Ele dá de ombros. — Era o mínimo que eu podia fazer.

Fico olhando para ele, incapaz de esconder meu choque.

— Vocês... realmente... não existem — digo lentamente.

— Bem, obrigado. — Ele abre um sorriso e puxa a lapela do seu paletó.

— Quer dizer, Madison disse que você era um babaca, mas você é muito, muito babaca.

Seu sorriso desaparece.

— Ei, não há necessidade de insultos. Estava tentando fazer um favor para você.

— É? Assim como beijar a pária da escola foi um *favor*? Olha, da próxima vez que quiser fazer um dos seus grandes e maravilhosos gestos, me deixe fora disso.

— Jubilee. — Sua voz abranda. — Sinto muito. Olha, eu era um merdinha naquela época. Sei disso. Mas eu nunca quis... eu não sabia.

Seus cílios se voltam para o chão e ele faz uma encenação convincente em que parece desapontado.

— Você nunca foi uma pária — diz com a voz tão serena que tenho que me inclinar para a frente para entender o que ele está dizendo. — Não para mim. — Ele sussurra. Solta o ar. — Madison ouviu por acaso quando eu disse que achava você... gostosa, ou sei lá o quê. Linda. E ficou chateada. Com ciúme. Acho que foi a ideia dela de se vingar ou algo assim. Eu nunca deveria ter concordado.

— Não. Você não deveria. — Tento dar força às minhas palavras, mas vejo que só consigo expressá-las com raiva, sem disposição para mais nada. De repente, não me resta nenhuma força para brigar. Minha cabeça está zonza com todas essas informações novas e lembranças antigas, mas, principalmente, com o sofrimento de ver o quanto esses adolescentes do ensino médio, e os adultos, podem ser cruéis. Ou não, talvez os adultos sejam ainda mais cruéis.

Os atos de um adolescente petulante e imaturo do ensino médio eu posso perdoar, mas isso? Saber que ela fez amizade comigo por causa de uma obrigação, que estava mentindo para mim esse tempo todo... Isso é, de alguma forma, mais doloroso do que seu pecado.

Donovan continua balançando a cabeça e, então, fica cabisbaixo, como se um fio invisível prendesse sua cabeça ao chão.

— Se houver alguma coisa que eu possa fazer por você...

— Acho que você já fez demais — digo, mas não de forma indelicada.

Nossos olhos se encontram e, embora ele provavelmente ainda seja um merda, eu o perdoo. Percebo que ele simplesmente não importa para mim. Não mais.

*

UM DOS BENEFÍCIOS de morar sozinha é não ter ninguém para testemunhar seu comportamento mais patético. Naquela noite, ignoro os três telefonemas de Madison — dois para meu celular e um para meu telefone residencial (que imagino ser dela, embora suponha que poderia ser uma operadora de telemarketing querendo discutir sabores de sorvete) — e me entrego à minha própria fossa. O traje? O casaco de moletom de Wharton, de Eric, já sem o cheiro dele, uma vez que o lavei. Mesmo assim levo o colarinho ao nariz, inalando sua memória. Em seguida, vou para a cozinha e faço uma travessa de rabanada capaz de alimentar uma família de seis pessoas e a levo para o sofá. Ligo a TV, levando o pão à boca com uma das mãos e trocando os canais com a outra, até que paro em um documentário sobre o Projeto Montauk. Paro no meio da mordida, lembrando-me de Aja ao ver os alienígenas. Começo a chorar e a assoar o nariz freneticamente, minhas lágrimas se misturando com o açúcar e a canela grudados nos meus lábios.

Sinto falta dele, mais do que imaginava que sentiria. E sinto falta de Eric, embora me odeie por isso. É tão lamentável, tão infantil, como se estivesse de volta à escola, sonhando acordada com Donovan. E veja o estrago que isso fez. Mas, principalmente, odeio me sentir mais sozinha do que já me senti nos nove anos em que realmente estive sozinha.

Quem me dera nunca ter saído de casa. Apenas ter deixado o dinheiro acabar e morrido de fome quando a comida acabasse também. Teriam me encontrado quando o despejo fosse o último recurso — talvez eu teria até aparecido no *The New York Times* outra vez: "Garota que não podia ser tocada morre em cima de milhares de livros."

Exausta, estico-me no sofá e levo o colarinho do casaco de Eric ao meu nariz ranhento novamente, consolando-me com o único lado bom de toda essa confusão: pelo menos descobri as coisas sobre Eric antes de tentar a imunoterapia. Não posso acreditar que cheguei a considerar ela. E se *tivesse* funcionado? Sem dúvida, não teria dado tempo. Ele já estaria em New Hampshire há muito tempo. Mas, na teoria, se *tivéssemos* podido nos tocar, se eu tivesse sentido a força dos seus braços em volta de mim, a barba áspera do seu queixo no meu rosto, seus lábios secos e rachados nos meus — em vez de só ter imaginado — isso teria sido muito pior. Não teria?

Agarro o tecido do casaco e o aperto cada vez mais, esperando que a tensão latejante na minha mão diminua a dor aguda do buraco de ilusão que se abriu em meu peito.

Mas isso não acontece.

No DOMINGO, DESPERTO do meu sono com uma batida brusca na porta. Sei que é Madison. Venho ignorando seus telefonemas há quatro dias e ela deu uma passada na biblioteca ontem enquanto eu estava na sala dos fundos. Pedi a Roger que lhe dissesse que eu não estava lá.

— Mas acabei de falar: "Ela está na sala dos fundos. Vou chamá-la" — respondeu ele.

— Diga a ela que você se enganou.

Ele revirou os olhos, mas fez o que pedi.

Sei que preciso encará-la em algum momento, e imagino que este seja o melhor de todos. Enfim, melhor do que fazer uma cena na biblioteca. Desço correndo as escadas e abro a porta de uma só vez para...

Eric. Ele dá de cara comigo, começando com meus olhos arregalados, meu queixo caído, e depois mais caído.

— Bela camiseta — diz.

Droga! Que eu não esteja vestindo o casaco dele de novo. Olho para baixo e suspiro de alívio. É minha blusa da MC Hammer com capuz que comprei no eBay alguns anos atrás quando estava me sentindo irônica. Ela diz, em letras garrafais, como o refrão da música: *Can't touch this*.

— O que está fazendo aqui?

Ele tira o gorro e o segura na frente do corpo, de modo que está literalmente em pé em minha varanda de chapéu na mão. Não sei por que acho graça nisso.

— Aja e eu... estamos voltando para New Hampshire. Na semana que vem.

— Eu sei.

— Sabe?

Encolho os ombros.

— Imaginei.

— Olha, eu... posso entrar? Preciso dizer umas coisas.

Fico encarando-o, sabendo que será mais difícil se eu o deixar entrar, mas também que quero, mais do que qualquer coisa neste mundo, que ele entre e que fique. Tiro o ombro da porta e a abro mais.

— Tudo bem — digo, entrando na sala. Ele me segue, e as batidas do meu coração aceleram a cada passo que ele dá atrás de mim.

Sento-me na minha poltrona, deixando o sofá como sua única opção. Ele se senta. Estuda o cinzeiro na mesinha de centro por um minuto antes de falar.

— Por que você está tão brava comigo?

A calma com que ele pergunta faz algo explodir dentro de mim.

— Você mentiu para mim!

Sua sobrancelha se levanta diante da minha explosão.

— O quê? Como?

— Você nunca me contou! Que vocês iam embora. Eu não sabia! Todas essas semanas... Como você pôde não ter me contado?

— Não sei. Acho que não pensei nisso.

Abro a boca, enfurecida, mas ele levanta uma das mãos.

— Não. Isso não... não quis dizer isso. Acho que não quis pensar nisso. — E, então, ele dá uma olhada para mim, como se só agora estivesse me vendo desde que abri a porta. — Espere... por que você se importa?

— Como assim *por que eu me importo*?

— Exatamente o que perguntei.

Sou um alvo em sua mira agora. Ele não vai desistir.

Fico inquieta sob seu olhar.

— Acabei me aproximando de verdade de... Aja.

— Hum — diz, baixando o olhar. Seus ombros fazem o mesmo. — Foi o que imaginei.

Abafo um grito.

— Você é tão... impossível!

Ele levanta a cabeça.

— Eu? *Eu?!* Eu sou... — ri. — Eu nem...

— O que você quer que eu diga? — grito, interrompendo-o. — Que toda vez que você olha para mim, me toca com essas luvas estúpidas, é como se eu não pudesse respirar? Que eu estou desesperada para sentir a sua pele na minha, mesmo que isso me mate, literalmente? É isso que

314

você quer ouvir? — Respiro fundo, sentindo um alívio imediato por ter falado, embora, ao mesmo tempo, queira me jogar debaixo do sofá e me esconder lá. Agora já foi, e não posso desfazer as palavras.

— Sim — diz. — Porque, embora você talvez seja a mulher mais teimosa que já conheci e, obviamente, nunca tenha aprendido a usar um pente nessa juba rebelde, e saiba esse montão de cultura inútil, inexplicavelmente tudo o que quero fazer é tocá-la com as minhas luvas estúpidas.

Fico olhando para ele.

— Isso era para ser um elogio?

— Não — responde. — Mas isto é: levar você da biblioteca para casa de longe é a melhor parte do meu dia. De qualquer dia. E, apesar desse seu cabelo rebelde, ou, quem sabe, por causa dele... droga, se eu soubesse... você é mais bonita do que qualquer uma tem o direito de ser. Mas, mais do que isso, você se tornou, de alguma forma, uma luz que brilha no túnel escuro e estreito que tem sido a minha vida nesses últimos anos. E não quero deixá-la.

Minha respiração fica presa na garganta.

— Não?

— Não.

Lágrimas brotam nos meus olhos quando nos encaramos; um silêncio pesado paira no ar, cheio de tensão. Fico sentada ali, esperando a euforia — a grande alegria de saber que tudo isso não era coisa da minha cabeça, que ele sente o mesmo que eu —, mas ela não vem.

— Bem, não sei como isso importa — digo, com a raiva de saber que ele está indo embora aumentando novamente.

— Mas, e o tratamento?

— O que tem ele? — pergunto, ríspida.

— Você não quer pelo menos tentar?

— Para *quê*? — pergunto, embora eu estivesse quase convencida a fazê-lo há um mês, quando a ideia de nunca poder tocar Eric se tornou insuportável. Quase. — O quê? Você vai esperar lá em New Hampshire para ver se ele funciona?

— Sim, por que não? São só cinco horas daqui. Ainda poderíamos nos ver.

Embora lisonjeada, sei que ele ainda está se apegando à fantasia que vivi nos últimos meses. É hora de encarar a realidade.

— Eric, ouça o que você está dizendo! Toda a sua vida está lá, sua filha. Minha vida está aqui. E, mesmo esquecendo tudo isso, a doutora Zhang disse que poderia demorar um ano para encontrar a proteína, sem falar no tempo da terapia. E se nunca funcionar? Você simplesmente esperaria *para sempre*, sem tocar a sua vida? — Suspiro, e minha raiva se dissipa um pouco. — Eu não iria querer que você esperasse... Nunca poderia deixar você fazer isso.

— Então não faça isso por mim! — explode. — Faça por você. Pare de levar a vida como se estivesse com medo dela, enfiada em casa com todos os seus livros. Você merece mais, Jubilee! Meu Deus, você merece muito mais!

Fico o encarando, atordoada. Abro a boca para gritar de volta — como ele *se atreve* a me dizer como viver minha vida? Mas vejo seus olhos verde-oliva, a paixão que há neles, a mesma dor que espelha a minha — e a última gota de força para lutar se vai.

Sinto um nó na garganta.

— Vou sentir a sua falta — digo, e meus olhos se enchem de água, embaçando minha visão.

— Mas não precisa, você sabe — diz. — Podemos manter o contato. Vou ligar. Mandar e-mail. Querer saber como você está e o que está fazendo. — Então, sorri e acrescenta: — O que está lendo.

Olho para ele, assimilando o que disse. Parece tão tentador permanecer na sua vida. Ouvir sua voz ao telefone. Mas percebo que não quero apenas sua voz. Não quero apenas uma parte dele. Talvez seja ganância minha, mas o quero por inteiro. E não posso tê-lo. E, inevitavelmente, outra pessoa o terá. O que acontecerá quando ele começar a namorar alguém? Deverei sorrir e suportar isso como se fosse simplesmente outra amiga na sua vida? Só o pensamento já me consome.

Lentamente, balanço a cabeça.

— Não posso — digo. — É que... não posso. — Quero dizer o porquê, explicar que não é justo comigo, ou com ele, na verdade, mas o que ser *justo* tem a ver com alguma coisa? O mundo é injusto. Cruel e severo. E, olhando para a dor nos seus olhos, percebo que isso é algo que ele já sabe.

Ele mexe a cabeça devagar, como um barco balançando em ondas suaves. Então, esfrega as mãos no rosto. Fico olhando para elas, para os nós protuberantes dos dedos, para as veias grossas indo dos dedos aos pulsos, e sinto uma última pontada no meu coração, sabendo, com uma triste certeza, que nunca vou sentir seu toque em minha pele.

— Então é isso — diz, com um tom conclusivo que eu já esperava, porque era inevitável, mas para o qual eu não estava realmente preparada. Sinto uma dor dentro de mim que se irradia pelos meus ossos, braços e pernas, como a reverberação de um gongo tocado por um gigante. Percebo, então, que nunca soube o que era dor. No fundo, não. Não quando as crianças zombavam de mim no banco da escola na hora do recreio, não quando Donovan me beijou e pôs fogo na minha garganta, obstruindo minhas vias respiratórias, nem mesmo quando minha mãe morreu. Não até esse momento, olhando nos olhos de Eric e percebendo como é totalmente injusto ser esse o fim, quando nunca sequer tivemos um começo.

— O que faremos agora? — pergunto, minha voz embargada de emoção. Mal percebo as lágrimas caindo dos meus olhos para o chão.

Eric se levanta, e sei que chegou a hora. Este é um adeus. E quase desejo que ele nunca tivesse vindo. Quase.

— Agora — diz com uma expressão cada vez mais sombria nos olhos enquanto pega o cobertor embolado no sofá e começa a abri-lo, pouco a pouco. Segura uma ponta em cada mão, esticando-o até onde seus braços alcançam. — Vou sufocar você.

Meu corpo involuntariamente recua, confuso, até que me lembro da nossa conversa no carro. Comigo me debulhando em lágrimas por causa da minha mãe. E deixo escapar uma risadinha. Em seguida, começo a rir.

— Vem cá — diz.

Estou com as pernas bambas e me jogo no cobertor, nele. Ele me enrola como se eu fosse um burrito, abraçando-me apertado. Meus ombros tremem por causa das risadas, mas ele não me solta.

Nem mesmo quando seus ombros começam a coincidir com o movimento dos meus. Nem mesmo quando já não estamos mais rindo.

vinte e seis

ERIC

No ENSINO MÉDIO, quando cheguei em casa do meu encontro com Penny Giovanni, minha mãe estava me esperando à mesa da cozinha com uma xícara de café. Com toda a sua sabedoria infinita, ela sentiu que algo estava errado. Confessei minha frustração por não ter conseguido segurar a mão de Penny e confidenciei pensar que talvez houvesse algo de errado comigo — isso, é claro, foi antes de perceber que havia algo de errado comigo aos olhos de Penny: meu gênero. Mamãe espantou minhas preocupações. "Amor tem tudo a ver com tempo", disse ela, e a lógica dessa explicação falou diretamente com a minha racionalidade. Confortou-me. Desmistificou os sentimentos frívolos e os corações palpitantes sobre os quais as meninas sempre falavam nos filmes e livros.

Porém, ao sair da casa de Jubilee, percebo que o que ela deveria ter dito é: "Relacionamentos têm tudo a ver com tempo." Porque o amor — ele aparecerá quando você menos esperar, quando você não estiver procurando por ele, no meio da biblioteca de uma cidadezinha com uma mulher de cabelo rebelde usando uma camisola. Em se tratando de tempo, o amor não está nem aí.

— ENCONTREI UMA TERAPEUTA em New Hampshire que acho que seria ótima para o Aja — diz Janet, deslizando um cartão sobre a mesa para mim. — Ele fez um grande progresso, e não quero que regrida.

Pego o cartão e me endireito um pouco na cadeira para que possa guardá-lo no bolso de trás.

— Não, é claro — digo. — Vou ligar assim que estivermos instalados por lá.

Aja tem progredido, uma vez que venho compartilhando histórias sobre seu pai e ele me deixa contá-las. E até ri de algumas, como a do feriado de Quatro de Julho em que Dinesh comeu trinta cachorros-quentes em uma aposta de que ele venceria o campeão de Coney Island, e depois passou mal por três dias. Até onde sei, ele tem praticado menos sua telecinesia e tem evitado tentar controlar a eletricidade, algo que penso que começou depois do incidente na biblioteca; e acho que talvez já tenhamos passado dessa fase, o que é um alívio.

No entanto, há certa tristeza em seus grandes olhos castanhos, e, em algumas noites, bem tarde, eu o ouço até mesmo chorar. Embora, para ser honesto, desde que saí da casa de Jubilee, não sou exatamente um exemplo de alegria. Somos o que minha mãe chamaria de dois poços de tristeza.

— Quanto tempo esse... processo de dor normalmente dura? — pergunto, sem saber ao certo se estou perguntando por Aja ou por mim.

Ela aperta os lábios em um sorriso amável.

— Mais do que se poderia esperar — diz. — Fica melhor, mas nunca desaparece.

Faço que sim com a cabeça. É bem o que eu esperava.

— Mantenha as linhas de comunicação abertas. E continue ao lado dele — diz ela. — Assim como você vem fazendo.

Coloco as mãos nos joelhos e os empurro para baixo, usando o impulso para me levantar. — Bem, obrigado — digo. Como se diz adeus a uma terapeuta? Um aperto de mão? Devemos nos abraçar? Opto por um pequeno aceno. — Você ajudou muito. A nós dois.

Ela assente.

— Só estou fazendo o meu trabalho.

Ando em direção à porta e coloco a mão na maçaneta.

— Ah, Eric — diz atrás de mim.

— Sim? — Viro-me.

— É sobre Jubilee.

Congelo.

— Acho que seria bom para o Aja dar adeus a ela. Ele parece um pouco... desolado quando fala dela, e no modo como o relacionamento deles acabou tão... abruptamente. Acho que eles ficaram muito próximos.

Ela olha de lado para mim, e me pergunto até onde ela sabe, ou suspeita. Afirmo com a cabeça e levanto a mão para ela em sinal de reconhecimento.

— Obrigado — digo.

ENQUANTO ANDAMOS ATÉ o carro, pego o telefone e envio uma mensagem para Ellie. Tenho enviado todos os dias, muito embora ela nem sempre responda. Algumas são sérias e outras, como essa:

> Estou pensando em colocar um piercing no nariz. Uma argola ou uma bolinha? Pai

Coloco o celular de volta no bolso e viro-me para Aja.

— Pizza no jantar? — pergunto enquanto entramos no carro.

— Tanto faz — murmura, enquanto afivela o sinto de segurança.

Andamos por alguns minutos em silêncio. Eu gostaria de ter saído do consultório de Janet antes que ela tivesse a chance de dizer qualquer coisa, mas sei que está certa. Não posso simplesmente varrer a relação de Aja e Jubilee para debaixo do tapete, por mais que queira esquecer Jubilee. Seguir em frente. Não é justo com Aja.

— Ei — digo.

Ele ergue os olhos.

— Você sabe que não é culpa da Jubilee você ter que parar de ir à biblioteca, não sabe?

Ele levanta as sobrancelhas.

— Não é?

— Não — digo. — É minha.

— Ele não pergunta por quê, e ainda bem que não tenho que contar para ele. — Eu sei que ela sente saudade de você. Quer tentar vê-la mais uma vez antes de irmos embora?

Ele morde os lábios e olha pela janela. Depois de alguns minutos, diz:

320

— Sim. Quero.

— Tudo bem — digo, com muito medo de ter que dizer adeus mais uma vez, ao mesmo tempo em que estou morrendo de vontade de vê-la.

— Vamos no sábado.

Meu telefone faz um zumbido, e o tiro do bolso no próximo sinal vermelho.

Meu Deus, você é muito idiota.

Sorrio.

— E o Rufus? — pergunta Aja naquela noite enquanto arrumamos as últimas caixas na cozinha. Estou escrevendo CANECAS DE CAFÉ com letras pretas grandes na caixa de papelão onde guardei minha coleção, para não perdê-las novamente.

O cão late quando ouve seu nome.

— O que tem ele? — pergunto, dobrando as abas da caixa sobre si mesmas.

— Acho que a gente deveria deixá-lo... com ela — diz ele.

Faço uma pausa.

— Quem? — pergunto, embora já saiba.

— Com a Jubilee.

— Por quê?

Ele dá de ombros.

— Ela gosta dele — diz, lentamente. Então abaixa a cabeça. — E tenho medo de ela se sentir sozinha sem a gente.

Concordo. Meu medo é egoísta; o oposto por conta do ciúme. Estou com medo de que ela não se sinta sozinha por tempo suficiente.

— Sim, amiguinho — digo. — Podemos dar o cão para ela.

Com isso, Rufus late, e o assunto está resolvido.

No início da noite de sábado, paro o carro na frente da casa de Jubilee, mas não na entrada da garagem, tendo decidido que, por mais que eu queira, não posso vê-la novamente. Não frente a frente.

Aja sai e abre a porta de trás para pegar Rufus.

Fico de olho enquanto ele atravessa o jardim escuro até chegar à porta da frente, bate e espera. A luz da varanda se acende. A porta se abre. Rufus pula em cima de Jubilee, e quase a derruba. Fico surpreso ao perceber como ele cresceu nos poucos meses que ficamos com ele. Ela se ajoelha, e ele lambe seu rosto com a língua rosa enquanto ela ri. Ela acaricia sua pele, acalmando-o, e seu rosto fica sério à medida que Aja explica o motivo da sua visita.

Ela faz que não com a cabeça, uma vez. Duas vezes. E então Aja diz algo para convencê-la, e ela sorri, concordando.

Então desaparece lá dentro, fechando a porta. Encolho-me, como se tivesse levado um soco no estômago. Ela nem sequer olhou para mim. Não acenou. E fico me perguntando, embora só tenha feito uma semana, se talvez ela já tenha superado tudo. Talvez seus sentimentos não fossem tão intensos quanto os meus.

Porém, então, percebo que Aja não se mexeu. Não está voltando para o carro. Espero junto com ele pelo que está prestes a acontecer.

Em seguida, a porta se abre. E Jubilee está em pé com um cobertor estendido. Abro a boca para dizer algo. Gritar. Avisá-la que Aja odeia ser abraçado, mas é tarde demais. Ela o envolve com o cobertor, apertando-o muito. E, por um milagre, Aja não se mexe. Ele fica parado ali, permitindo-se ser amado.

Sobre a cabeça de Aja coberta pelo cobertor, vejo os olhos de Jubilee voltados para o carro, à procura dos meus na escuridão. Não sei se ela pode me ver, mas abro um sorriso tão grande que minhas bochechas vão doer por dias. E penso em como fui idiota de não perceber que, de todas as pessoas do mundo, Jubilee seria a única que poderia tocá-lo.

vinte e sete

JUBILEE

Em vez de me revolver na autopiedade do jeito como vinha fazendo na maioria das noites dessa semana depois do trabalho, ontem à noite decidi me distrair com o livro *On the Road*. A leitura estava tão boa que o li até as três da manhã, quando meus olhos já não ficavam abertos. Estou terminando as últimas páginas quando Madison irrompe na biblioteca na sexta-feira de manhã.

— Onde você estava? — exige ela.

Abaixo o livro. Olho para ela.

— Bem aqui — digo calmamente.

— Ah, não me venha com essa. Sabe o que quero dizer. Você não respondeu a nenhuma ligação e ainda fez Roger *mentir* para mim. Sei que estava aqui naquele dia.

Inclino para trás e suspiro. Já previa essa confrontação e estou realmente surpresa por ter demorado tanto.

— Onde *você* estava? — pergunto, devolvendo a pergunta para ela. — Isso foi o quê? Há duas semanas?

— As crianças ficaram doentes.

Sinto-me mal no mesmo instante.

— Ah, meu Deus — digo. — Elas estão bem?

— Sim, só vomitando em mim e nelas mesmas. — Ela faz uma careta. — Hannah foi a primeira, mas com crianças é o efeito dominó, uma após a outra.

— Sinto muito.

— Não tanto quanto eu — diz, e, pelo modo como está olhando para mim, sei que já não está falando dos filhos. — Donovan me contou o que disse para você. Que idiota!

— É verdade? — pergunto, agarrando-me a um fio de esperança de que ele estivesse mentindo.

— Sim — diz, olhando para baixo.

— Por que você fez isso? — pergunto.

— Ciúme.

— De *mim*? — gargalhei. — Você tinha *tudo* na escola. Simplesmente não entendo como é possível.

— Eu não sei — diz. — Você era tão bonita e tinha todo esse ar de mistério à sua volta. E Donovan... tanto faz, não importa agora. Foi idiotice. *Eu* fui uma idiota.

— Queria que você tivesse me dito. Queria não ter que descobrir por ele.

— Eu sei — diz. — Eu deveria ter dito.

— Então nada disso era real? Sua amizade? Ou foi só por culpa... algum projeto de piedade para você?

— Não! Jube, eu... eu, bem, acho que começou assim...

Eu a corto. É o que pensei, mas dói ter a confirmação.

— E, meu Deus, a Louise? Sério, ela foi *demitida*. Ela trabalhou a vida inteira aqui. No que você estava *pensando*?

Ela olha para baixo, envergonhada.

— Eu sei, eu sei — diz Madison. — Eu me sinto péssima. Vou pensar em alguma coisa, juro. — Seus olhos encontram os meus novamente. — Mas você tem que entender...

— Acho que entendi perfeitamente — digo. — E acho que a nossa conversa acaba aqui.

— Jubilee!

Ela não faz qualquer movimento para sair, então me levanto abruptamente da cadeira e vou para a sala dos fundos, porque é o único lugar aonde consigo pensar em ir. Ela não me segue.

Minha cabeça está zumbindo de raiva, e isso faz meu nariz formigar e meus olhos marejarem até que lágrimas escorrem pelo meu rosto. Sinto-me tão idiota. Em relação à Madison. Em relação à partida de Eric e Aja. Em relação a tudo. É como se eu estivesse vivendo em um mundo da fantasia no ensino médio onde a garota mais popular quisesse ser minha amiga e eu pudesse me apaixonar e ter um namorado como uma pessoa normal.

— Cresça — murmuro para mim mesma, morrendo de vergonha da minha ingenuidade.

Meu Deus, as coisas eram tão mais fáceis quando eu estava sozinha! Mas, felizmente, com exceção deste emprego, acho que estou de volta ao ponto de partida. Sozinha. E assim está ótimo para mim. Pensando bem, até mais seguro. Aprumo as costas, enxugo o rosto e respiro fundo. Em seguida, volto para o balcão.

Madison se foi.

MAIS TARDE, ESTOU reabastecendo as prateleiras de biografias quando noto Michael, o golfista do travesseiro, em pé junto à impressora, resmungando sozinho. É estranho vê-lo em qualquer lugar além da sua mesinha, os olhos grudados naquela tela verde ridícula e batendo a bolinha ou seja lá o que ele faz naquele videogame.

Aproximo-me mais um pouco para investigar.

— Droga! — diz baixinho e bate de leve no alto da máquina com o punho. Dou um salto, assustada. Ele ergue os olhos.

— Ah, desculpe — diz, parecendo um estudante que foi apanhado escrevendo na sua carteira. Se eu não estivesse tão triste, aquilo teria sido até um pouco simpático.

— Posso ajudar?

Seus olhos se arregalam, como se não lhe tivesse ocorrido a ideia de pedir ajuda.

— Sim — diz. — Se você puder... Estou tentando imprimir essa coisa há meia hora, mas o papel fica preso. Já perdi uns quatro dólares em moedas de 25 centavos. Pensei que tivesse conseguido, mas agora ela está me dizendo que ainda está congestionada ou algo assim.

— Ela é temperamental — digo, lembrando que Louise me disse qual era o truque no meu primeiro dia. Estendo a mão e puxo uma gaveta da parte de baixo da impressora na qual armazenamos o papel. Michael está perto, por isso olho para ele.

— Pode ir um pouco para trás?

Ele dá um passo para trás.

— Mais um pouco.

Ele dá outros dois passos.

— Obrigada — digo e, em seguida, encho a bandeja de papel até o topo. Viro-me para ele. — Tem que estar com papel pelo menos até a metade ou ela não funcionará corretamente. Uma coisa ou outra.

— Ah — diz ele. — A tecnologia é uma coisa maravilhosa. Vocês deveriam colocar um aviso ou algo assim.

— Nós colocamos. Algumas vezes. As pessoas o rasgam e escrevem nele. Uma vez, alguém até o roubou. Então paramos de tentar.

— Uau — diz. — Isso é meio louco.

— Sim — digo. — Bem, olha, vou pegar a chave no balcão e devolver seu dinheiro.

— Não, está tudo bem — diz ele. — O dinheiro não importa; só quero isso impresso.

— O que é isso? — pergunto, com a curiosidade levando vantagem sobre mim. — Algo para fazer com o seu videogame?

Ele olha para baixo, constrangido.

— Não, hã... nada disso. É só um... plano de negócios.

— Sério? — digo, surpresa por ver que ele tem ambições além do jogo. — Que tipo de negócios?

— Sabe aquele campo de golfe antigo fora da cidade? O abandonado?

— Sim — digo.

Lembro-me de passar por ele no meio da noite a caminho de New Hampshire. Com Eric. Engulo em seco e o expulso da minha cabeça.

— Quero comprá-lo. Fazê-lo funcionar de novo. É uma ótima localização — diz, olhando para mim agora. Seus olhos estão brilhando.

— A-hã — digo. — Que bom! Bem, vou pegar a chave agora.

Volto alguns minutos depois e ele está em pé junto à sua mesa ajeitando uma pilha de papéis: seu plano de negócios, suponho. Abro a caixa de moedas na impressora e pego para ele os quatro dólares em moedas de 25 centavos, colocando-as em um copo plástico que peguei no balcão.

Eu o coloco perto do seu computador.

— Aqui está — digo.

— Obrigado — diz, sentando-se novamente e voltando a atenção para seu jogo.

Fico ali por um minuto até ser vencida pela minha curiosidade.

— Ei, por que você vem aqui todos os dias? Só para jogar esse jogo?

— Fico envergonhada assim que as palavras saem da minha boca, sem perceber como foi rude da minha parte perguntar. — Desculpe. Eu não quis...

— Não, tudo bem — diz, mas fica olhando para a tela e não responde. Depois de vinte ou trinta segundos, estou prestes a sair quando ele finalmente fala. — Meus pais morreram. No ano passado. Minha mãe, de câncer de mama. E, alguns meses depois, meu pai. Um acidente estranho.

— De carro?

— Não, ele caiu da escada enquanto tentava limpar as calhas. — Ele ri baixinho. — Minha mãe estava sempre dizendo para ele contratar alguém.

— Meu Deus, sinto muito.

— É — diz ele. — De qualquer forma, meus pais eram pessoas muito importantes, e depois disso, as pessoas ficaram ligando, passando na minha casa e no meu escritório sem avisar para verem como eu estava, enviando coisas para mim, e eu simplesmente não consegui aguentar mais. Os lembretes. A piedade. Aí peguei uma licença do trabalho. Um dia fiquei perambulando por aqui para fugir de tudo. E aí continuei a vir. Realmente não pensei nisso, mas acho que foi uma boa distração. Enfim, foi mais fácil do que estar lá fora. — Ele faz um sinal com a mão na direção da porta. — Acho que isso parece um pouco louco.

— Não — digo. — Não parece. Não para mim.

Ele ergue os olhos, surpreso.

— Sério?

— Sim.

Ele assente.

— Legal.

Ele se volta para o computador, e volto para minha mesa com lágrimas nos olhos pela segunda vez nesse dia.

*

Nas semanas seguintes, Madison é ainda mais incansável em seus telefonemas, mensagens e visitas aleatórias e inesperadas à biblioteca e à minha casa. Tento ignorá-la, mas ela é praticamente impossível de ignorar. Por fim, um dia, quando chego em casa, ela está esperando por mim na varanda. Paro a bicicleta atrás da cerca e ando até os degraus da frente, parando no primeiro.

— Por favor, vá embora — digo, tirando as chaves da bolsa.

— Só depois que você me ouvir.

Cruzo os braços e olho para ela.

Ela respira fundo.

— Quando vi você no posto de gasolina há alguns meses, fiquei chocada. Isso trouxe de volta muitas lembranças... tantos sentimentos que tentei esquecer ao longo dos anos, especialmente a culpa por aquela aposta terrível e estúpida e o que ela fez a você. Então, quando você disse que precisava de um emprego, sim, eu quis ajudar, quis fazer qualquer coisa que pudesse por você, uma forma de compensar o que eu tinha feito. E, meu Deus, quando fiquei sabendo do seu problema e de como você estava levando a vida, que Donovan tinha dito a verdade, me senti ainda pior. Então, sim, talvez tenha sido um pequeno projeto de piedade, ou como você quiser chamá-lo, apenas para diminuir egoisticamente meu remorso.

Ao ouvir isso, reviro os olhos e dou risada. Ela levanta a mão.

— Admito isso — diz. — Mas, Jube, quanto mais fui conhecendo você, mais fui gostando. E fiquei tão animada por ter uma amiga na minha vida. Você não faz ideia de como tem sido difícil desde que Donovan e eu nos separamos. Dizem que, quando coisas assim acontecem, você descobre quem são os seus verdadeiros amigos, e é verdade. Acontece que a maioria das pessoas na minha vida só estava ali porque achavam que o Donovan e eu éramos um casal de ouro, ou porque ele era um figurão no banco... Quando nos divorciamos, fiquei sozinha. E, então, lá estava você. E você precisou de mim. Mas acontece que precisei de você também. Mais do que você imagina.

Fico olhando para ela, assimilando tudo o que diz. Percebo que sempre imaginei que Madison tivesse um milhão de amigos, como tinha na escola. Nunca me ocorreu que ela pudesse ser tão solitária quanto eu era. Quanto sou.

Mordo o lábio, querendo ficar com raiva — sabendo que *deveria* ficar com raiva —, mas, quando ela olha para mim, sei que vou perdoá--la. Que já a perdoei. Além disso, o senhor Walcott sempre dizia que a cavalo dado não se olham os dentes e, a bem da verdade, ela é a única amiga que me restou.

— Meu Deus, Madison — digo, soltando os braços. — Você pode sair da minha varanda?

Ela olha para mim com tristeza.

— Sim — diz, com os ombros caídos e começando a descer os degraus.

— Não seja tão dramática — digo. — Preciso que você se mexa para que eu possa abrir a porta para você entrar.

— Sério? — pergunta, levantando a cabeça.

— Sim — digo. — Sério.

— Ah, meu Deus! Como eu gostaria de poder abraçar você!

— Não precisamos nos empolgar — digo. — Acabamos de fazer as pazes. E, já que sou a sua única amiga, você não deveria correr o risco de me mandar para o hospital.

Mais tarde, quando estamos acomodadas no sofá colocando a conversa em dia com xícaras de café e Rufus deitado, contente, aos meus pés, coloco-a a par de Eric.

— Ah, Jube — diz. — Que droga!

E, lamentavelmente, rio do modo como isso resume bem toda a situação. Em seguida, faço-lhe uma pergunta que remoo desde que Eric saiu da minha casa.

— Às vezes você gostaria de nunca ter conhecido o Donovan?

Ela olha para mim, como quem está pensando.

— Às vezes, sim — diz. Dá um gole no café. — Depois olho para Sammy, Hannah e Molly e é aí que ter conhecido o Donovan é a melhor coisa que já me aconteceu.

Assinto.

— Mas e se vocês não tivessem filhos? E se você e o Donovan tivessem se casado, depois ele tivesse traído você e você não tivesse ganhado nada com isso?

— O que está querendo perguntar? Se o amor vale o risco?

Encolho os ombros.

— Sei lá. — Mas, em seguida: — Sim, acho que é isso que estou querendo perguntar.

Ela dá um longo suspiro, rindo um pouco.

— Olha, o amor pode ser uma grande merda — diz. — Especialmente a minha vida amorosa. Se soubesse que o Donovan e eu acabaríamos do modo como acabamos, será que eu ainda teria ido até o fim? Não sei. Mas a vida é assim, não é? Nunca sabemos. Amar as pessoas, confiar nas pessoas. É sempre um risco. E só há um jeito de descobrir se vale a pena.

Relaxo no sofá, assimilando o que ela diz. E, então, do nada, penso em Michael.

No que ele disse na biblioteca: como a vida é mais fácil quando você se esconde do mundo, se esconde da dor. Como fiz por nove anos. Então, quando finalmente saí do esconderijo, conheci Eric. E, embora doa — embora ainda doa a cada segundo de cada dia —, será que realmente preferiria nunca o ter conhecido? Nesses nove anos sozinha, nunca senti nem um terço dessa alegria pura, a euforia que senti naqueles poucos momentos com Eric.

Fico me perguntando: se voltasse a me esconder, me proteger do mundo e das pessoas nele, de que outros momentos eu sentiria falta?

E é quando sei que Madison está certa. É preciso correr riscos.

No DOMINGO, ACORDO, passeio com Rufus e como um ovo cozido na torrada, cortado em pedacinhos — embora minha agorafobia pareça melhor, ainda tenho um medo profundo de morrer sufocada. Fico parada à porta do quarto da minha mãe. Olho para ele, como se tirasse fotografias mentais da colcha com borda arredondada, dos frascos de perfume falsificado na penteadeira, das caixas cheias de joias — e começo.

Levo a maior parte da manhã e da tarde separando as coisas do seu armário e das gavetas, fazendo pilhas de coisas para a caridade, para o lixo e para guardar, sendo a última a menor de todas. Rufus observa com uma leve curiosidade de onde está empoleirado dentro do quarto. Desmonto a cama, empurrando a armação, o colchão e o box até o corredor, junto com a penteadeira e o criado-mudo. Então, passo para a primeira das três caixas de joias. Sei que são todas bijuterias — ela levou as poucas peças verdadeiras que tinha para Long Island —, mas mexo em todas mesmo assim, nem que seja só para segurar cada colar e brinco pela última vez. Para evocar a lembrança de quando a vi com eles pela última vez.

Só quando mexo no fundo da terceira caixa que a encontro — uma carta, endereçada à Kimberly Yount, em Fountain City, no Tennessee. O endereço de remetente é o de minha mãe, o meu — de quando vivíamos em Fountain City. Uma notificação em preto foi carimbada no mesmo lado do destinatário: devolver ao remetente. Eu a viro e vejo que está fechada.

Fico olhando para ela, curiosa para saber quem poderia ser. Ela nunca mencionou nenhuma Kimberly, mesmo quando vivíamos no Tennessee, aparentemente a alguns quilômetros de distância dessa mulher.

Sento-me no chão de madeira e deslizo o polegar sob a aba do envelope, soltando a cola velha com pouco esforço. Tiro do envelope uma folha de caderno dobrada e a abro. Começo a ler.

Kimmy,

Sei que você não quer ouvir falar de mim, mas você não retorna as minhas chamadas. Não que seja culpa sua, acho. Só preciso de alguém agora. E você é a coisa mais próxima de uma amiga que já tive.

Jubilee — que é a minha filha, esse é o nome que dei a ela, talvez você já saiba disso, não sei —... Os médicos estão dizendo que ela tem algo terrível. Estou com medo. Dizem que não posso tocá-la. Que ninguém pode.

Ela sempre foi uma menina ansiosa — muito antes desses problemas começarem. Acordava no meio da noite gritando como uma louca, como nunca se viu. Terrores noturnos, foi o que o médico disse, mas eu sabia que era algo mais — como se ela tivesse nascido com medo do mundo. Como se sempre soubesse o que tinha antes de mim. E pensei que fosse minha culpa. Você sabe que não acredito em pecado ou nesse negócio de Deus castigar as pessoas ou seja lá o que for, mas também sei que o que eu fiz não é certo, — e talvez a Jubilee tenha que pagar por isso. Como um carma, ou algo assim.

E agora ela tem esse negócio; está ainda mais nervosa do que antes, embora eu ache que não posso culpá-la. Ela não me deixa chegar perto dela. Os médicos disseram que, se eu tivesse cuidado, se usasse luvas e não tivesse nenhum contato de pele, provavelmente tudo ficaria bem, mas ela fica muito assustada.

Comprei essa camisola na Belk — esse negócio feio e antigo com mangas compridas e tecido que não acaba mais. (Não sei como alguém consegue dormir com um negócio assim — embora, pensando bem, ache que é exatamente o tipo de coisa que você usaria. Sem querer ofender!) E em algumas noites, quando a Juby está dormindo, entro escondido no quarto e coloco os braços em volta dela, com cuidado para não acordá-la, para não tocar a pele dela. E, ah, ela tem um cheiro tão bom. Assim como quando era a minha bebezinha, embora esteja com 6 anos agora. Isso parte o meu coração.

Não sei por que estou lhe contando tudo isso, exceto, talvez, que saber que estou em um mundo de dor a faça se sentir melhor. Acho que mereço isso por ter arruinado seu casamento, como fiz. Ou talvez só queira que você sinta pena de mim. Deus sabe como eu adoraria ter uma amiga agora, nem que fosse por pena.

Enfim, se servir de algo, eu sinto muito.

Vicki

Quando termino, leio novamente. E depois uma terceira vez. E, embora a carta me dê pistas sobre quem é meu possível pai e uma ideia do passado que nunca soube da minha mãe— e nem sei ao certo se queria saber —, só consigo me concentrar naquela camisola ridícula que achei no armário dela e usei como fantasia de Halloween. Estou rindo, ainda que minhas mãos estejam tremendo e lágrimas rolem pelo meu rosto. Minha mãe — que tinha um número exagerado de blusas muito apertadas, fumava muitos cigarros e estava longe, muito longe de ser perfeita —, ela me abraçou. Ela me amou. Da única maneira que sabia.

POR FIM, LEVANTO-ME do chão, coloco a carta de minha mãe na pilha de coisas para guardar e continuo a separar as coisas. Algumas horas mais tarde, com dores musculares, desço a escada, satisfeita com o dia de trabalho. Sento-me no sofá, pego um livro no topo de uma das minhas pilhas titubeantes e decido passar o resto da noite lendo, com a cabeça de Rufus no meu colo.

Amanhã arrumo os móveis.

Logo depois telefono para a doutora Zhang.

epílogo

SETE ANOS MAIS TARDE

*— O que há de milagroso numa teia de aranha?
— perguntou a senhora Arable. — Eu não entendo por que você
diz que a teia é um milagre; é só uma teia.
— Você já tentou tecer uma? — perguntou o doutor Dorian.*

E. B. White, *A Teia de Charlotte*

The New York Times

UMA DOENÇA RARA, UMA CURA RADICAL

por William Colton

Todos os dias nos últimos 18 meses, Jubilee Jenkins tomou chá. Mas não qualquer chá — uma infusão especial, formulada com uma mistura forte de ervas chinesas pela doutora Mei Zhang, de Nova York.

A mesma mistura de ervas que Jenkins também aplicava como loção na pele duas vezes ao dia e na qual se banhava todas as noites.

Não, não é a última tendência em termos da fonte da juventude, mas um tratamento para uma doença rara que deixou Jenkins, de 33 anos, à margem da sociedade pela maior parte da sua vida. Uma alergia. A seres humanos.

Pode parecer algo tirado de um romance de Michael Crichton, mas é realidade para Jenkins, diagnosticada pela primeira vez quando tinha apenas 6 anos. "Foi devastador", disse ela. "Não pude ter uma infância normal, por medo de ser tocada."

A doença (relatada pela primeira vez pelo *The New York Times* há 28 anos) piorou quando ela ficou mais velha, confinando-se à sua casa durante quase toda a sua fase dos vinte anos. Então, ela conheceu a doutora Zhang e esta teve uma ideia: usar o sequenciamento genético para isolar a proteína humana que lhe faltava — aquela (ou aquelas) que seu corpo atacaria quando fosse detectada na sua pele após contato com outros — e para reintroduzi-la lentamente ao seu sistema sob a forma de imunoterapia, um tratamento que obteve certo êxito no caso de alergias alimentares graves.

A princípio, Jenkins resistiu. "Vivi a vida toda assim." Ela encolhe os ombros. "Acho que fiquei com medo." Mas, então, algo a fez mudar de ideia. "Conheci uma pessoa", diz ela, cabisbaixa. "Acho que ele me fez perceber que eu queria fazer parte deste mundo — com ou sem a minha alergia. Seria mais fácil viver nele sem ela."

A equipe de geneticistas da doutora Zhang isolou a proteína muito rapidamente — em cinco meses —, porém cinco anos de tratamento acumularam resultados frustrantes. "Ela podia tolerar quantidades ínfimas, mas, toda vez que tentávamos aumentá-las, ela reagia. Depois de alguns anos, finalmente conseguimos aumentar a dose, mas não estávamos nem um pouco perto de uma cura. Nem um pouco perto de uma situação na qual ela poderia receber um aperto de mão ou um abraço de alguém sem sofrer uma reação severa. E esse, obviamente, era o objetivo."

Foi quando a doutora Zhang decidiu tentar um método novo que vinha pesquisando havia mais de dez anos: HFAT-3, ou Tratamento de Alergia Alimentar com Ervas. É uma combinação de compostos e extratos herbáceos chineses que revelaram reduzir inflamações, bloquear a liberação de histamina — e até alterar a biologia molecular de células do sistema imunológico.

Em outras palavras, eles reduzem a reação automática do corpo a um alérgeno conhecido e podem até prevenir o choque anafilático.

"Meu tratamento com ervas funcionava muito bem — um índice de cura de cerca de 80% — no caso de várias alergias alimentares. E pensei: Por que não? O que tínhamos a perder?"

Nada, mas elas tinham tudo a ganhar.

Em fevereiro desse ano, Jubilee recebeu a notícia com que sonhava. "'Você está curada', foi o que a doutora Zhang disse. Não acreditei de verdade. Mesmo quando ela me abraçou", disse a senhorita Jenkins. "É um milagre."

Mas a doutora Zhang discorda. "É apenas ciência", disse ela. "E um pouquinho de sorte, na verdade."

JUBILEE

— AH, QUERIDA, ALGUÉM rasgou uma página do livro *A Teia de Charlotte* — diz Louise, pegando na gaveta a fita de papel transparente. Olho, e meu coração pula na garganta. É o livro. A mesma capa dura azul. A menina de vestido vermelho.

— Vou consertá-lo — digo, tirando-o dela só para que minhas mãos possam tocar o mesmo lugar que as dele tocaram sete anos atrás, quando ele leu para mim no escuro da biblioteca. Levo-o ao nariz, mesmo sabendo que só terá cheiro de livro velho embolorado. Sinto seu cheiro mesmo assim. Louise olha para mim de modo engraçado e, em seguida, pega sua bolsa.

— Vou almoçar.

O senhor Walcott dizia: "O tempo cura todas as feridas." Mas isso não é verdade. O tempo não cura nada. Tudo o que faz é atenuar a memória, até que algum lembrete, como um clássico infantil, define mais o foco, tira seu fôlego, e todos os sentimentos voltam correndo.

Eu me deleito com o livro por um minuto, depois o coloco sobre o balcão e colo um pedaço da fita adesiva na página rasgada. Quando fecho a capa, um latido chama minha atenção. Levanto os olhos e vejo Rufus arrastando Madison para a biblioteca.

— O que você está fazendo? Você deveria deixá-lo amarrado do lado de fora!

— Ah, como se eu tivesse algum controle sobre ele — diz. — Pronta para ir?

Rio, admirada por nunca conseguir ficar brava com ela. Mesmo anos atrás, quando me senti completamente traída, desabei diante do primeiro pedido de desculpas sincero.

Demorou apenas algumas semanas para que Louise conseguisse seu emprego de volta. Não por causa de Madison; não havia nada que ela realmente pudesse fazer, mas porque a biblioteca recebeu uma doação anônima de quatrocentos mil dólares, uma quantia colossal que deixou Maryann com tanto bom humor a ponto de esquecer por que sempre teve raiva de mim, para começar. Muita conversa surgiu entre os funcionários sobre quem poderia ter feito uma doação tão generosa. A princípio, pensei que tivesse sido Donovan, mas Madison uivou quando comentei minhas suspeitas. "Quer dizer, ele está indo bem no banco, mas o salário dele não chega nem *perto* de todo esse dinheiro", disse ela.

Então, fiquei curiosa para saber se talvez Eric estivesse metido nisso. Também não achei que ele tivesse essa quantia de dinheiro, mas talvez tivesse convencido uma das muitas empresas com as quais trabalhava a fazer a doação. Fiquei feliz com a ideia, interpretando sua generosidade como o fim de algum filme de televisão, mesmo sabendo que era uma possibilidade remota.

Só anos mais tarde descobrimos que Michael, o golfista do travesseiro — embora parecesse estranho chamá-lo assim agora, pensando melhor —, estava por trás disso. O que Michael quis dizer quando disse que seus pais eram "cidadãos importantes" era que eles eram podres de rico — e ele era o único herdeiro.

— Qual é, Jube! Vamos.

— Tenha paciência — digo, examinando *A Teia de Charlotte* e fazendo uma anotação no computador sobre o estrago no livro.

Lá fora, o sol é uma laranja gigante no céu, irradiando um calor agradável e a felicidade no dia de verão.

— Obrigada por ficar com Rufus — digo enquanto passeamos pela calçada. — Prometo que vou arrumar logo outra pessoa para levá-lo para passear. É muito difícil substituir o Terry. Ele amava tanto o Rufus.

Terry era meu carteiro — não era Earl, como eu o havia apelidado. Conheci-o enquanto estava passeando com Rufus um dia e ele mencionou — enquanto tirava do bolso um biscoito para cachorros que Rufus abocanhou com alegria — que estava se aposentando dos correios e começaria a cuidar de cachorros como novo passatempo. Contratei-o no mesmo instante e, desde então, ele passeava com Rufus nos dias em que eu trabalhava. Ele e a esposa estão se mudando para a Flórida para viverem em um condomínio na praia.

Quando chegamos a TeaCakes, amarro Rufus ao poste do lado de fora, onde o proprietário havia deixado uma grande bacia de água e alguns brinquedos para os cachorros dos clientes morderem.

— Jube, sério. Você está andando como uma geleira.

— E? Por que a pressa? — pergunto, enquanto ela segura uma porta aberta para mim e entro. Então, vejo.

— Feliz aniversário! — grita um coro de rostos familiares. O mais radiante e mais alto de todos é o de Michael. Ele dá um passo para a frente, sorrindo.

— Está surpresa?

Cubro a boca com a mão, tentando ver todas as pessoas à minha frente: Louise (como ela chegou aqui tão rápido?), Roger, a doutora Zhang (não posso acreditar que ela veio da cidade) e até Terry e sua esposa. Meus olhos voltam para Michael.

— Você que fez isso? — pergunto.

— Sim. Bem, com a ajuda de Madison.

Estendo a mão na direção dele, e ele a segura, apertando-a. Meu coração se infla, e penso em como tenho sorte. Não apenas por Michael, mas por todos que estão neste recinto. Pela família que nunca pensei que teria.

Estreito os olhos para ele.

— Espere, achei que você ia para Chicago. — Fazia um mês agora que Michael vinha falando sobre o encontro anual da National Golf Course Owners Association. De acordo com seu plano, ele comprou o campo abandonado nos arredores de Lincoln anos atrás e rapidamente o transformou em um centro de atividades para empresários e empresárias da cidade de Nova York a fim de jogar golfe.

— Uma mentirinha — diz ele. — Na verdade, é no mês que vem.

Eu rio.

— Acho que você está perdoado.

— Perdi o bolo? — diz a voz atrás de mim.

Eu me viro.

— Maryann! — dou-lhe um abraço e, em seguida, um passo para trás. — Um minuto... se você está aqui, quem está na biblioteca?

— Eu a fechei — diz ela, piscando. — Só por uma hora. — E põe o braço no meu ombro enquanto Louise se aproxima e coloca a mão em minha cintura, conduzindo-me a uma mesa comprida nos fundos, envergada sob o peso de um bolo extremamente grande.

— Qual é! — diz ela. — Vamos comer.

NAQUELA NOITE, MAIS tarde, enquanto estou sentada na sala relendo *A Abadia de Northanger* pela centésima vez, não consigo me concentrar. Como a maioria das noites nas últimas duas semanas, minha mente se distrai com Michael. Hoje à noite, estou admirada com o curso da nossa amizade nesses últimos sete anos. Com o modo como, depois que consertei a impressora para ele naquele dia, começamos a conversar mais regularmente — nossas conversas na biblioteca, onde ficávamos muito tempo depois de eu a fechar à noite, foram, aos poucos, transformando--se em conversas profundas sobre a vida. Então, ele estava sempre *ali*, como uma lâmpada no meio do teto. Estável, confiável, alguém com que eu podia contar ao longo dos anos. Ficou ao meu lado durante todos os tratamentos frustrados, deixando que eu sentisse pena de mim mesma quando precisava, mas também sabendo me dar um pequeno estímulo quando era hora de me animar. E eu estava ao seu lado quando ele realmente começou a sofrer pelos pais e, aos poucos, a voltar a viver, comprando o campo de golfe e recomeçando a vida.

Muito embora tivéssemos nos tornado próximos, nunca pensei que sentiria algo por ele *dessa* forma — não como sentia por Eric. Isto é, até duas semanas atrás, quando ele me levou para ver a sede do clube renovada no campo de golfe. Enquanto falávamos sobre a cor que ele havia escolhido para os pisos de madeira — uma mistura de castanho médio e ébano —, de repente, deixou escapar: "Eu te amo." Levei um minuto para registrar o que ele estava dizendo e, então, seu rosto apareceu diante de mim, e me enchi de — não sei — amor, acho. Embora seja um amor diferente do que o que eu sentia por Eric. Porém, fico me perguntando se, talvez, cada amor seja diferente, único, como os nós das tábuas no chão em que pisamos — e ainda mais bonito por causa de suas distinções.

Murmurei algo sobre a cor que parecia muito natural e saí do clube. E Michael, por ser o Michael, não tocou mais no assunto desde então.

Meu celular toca, arrancando-me dos meus pensamentos. Madison. Deslizo o polegar na tela para atendê-lo.

— Você está pronta para a semana que vem? A grande mudança?

Depois de anos com Madison tentando me convencer, finalmente cedi à sua insistência para que eu vendesse a casa. "É um mercado de vendedores", disse ela alguns meses atrás. "Lincoln é bem quente, com seu aspecto de cidade pequena e muito próxima a Manhattan. Todas aquelas famílias do Prospect Park estão deixando seus sobrados de pedra marrom caríssimos por terrenos e cidades como essa. Você faria um grande negócio."

E estava certa. A casa foi vendida em dois dias de oferta no mercado por 32 mil dólares acima do preço inicial. Eu sabia que deveria estar eufórica — e queria estar, mas algo me impedia. Provavelmente, o fato de que havia vivido nesta casa por muito tempo. De que ela fora da minha mãe. De que tenho inúmeras lembranças aqui.

— Sim — digo. — Acho que sim.

— Vejo você bem cedo pela manhã — diz ela.

Quando desligamos, olho ao redor da sala, pensando na minha mãe. Sua presença é menos palpável, mas não acho que seja só porque se passou muito tempo, ou porque a redecorei. Acho que é porque fiz as pazes com ela, com o nosso relacionamento. Aquela carta que achei há tantos anos me deu tantas perguntas quanto respostas, mas o mais importante foi que me fez saber que ela me amava, só não sabia como demonstrar isso. Então, penso em Michael e em como ele pode estar.

Sinto um calor na barriga quando imagino seu sorriso torto, seu corpo esbelto, e deixo o livro de lado, capaz de, finalmente, dar nome ao sentimento que tenho quando estou com ele: contentamento.

No dia seguinte, Michael entra pela porta da frente do meu novo apartamento de tijolinhos com vista para o rio no centro da cidade, carregando uma pilha de duas caixas de papelão.

— Essas são as últimas — diz ele. Madison faz sinal para que ele as deixe no chão perto do sofá.

— Muito obrigada — digo, quando ele se levanta, gemendo. — Você realmente não precisava ajudar.

— Não precisaria, se tivesse me lembrado de quantos livros você tem — diz.

Rio, os olhos percorrendo a extensão do seu corpo e parando nos músculos fortes dos seus braços que agora ele está vigorosamente massageando. Quase deixo escapar ali mesmo: eu também te amo. Mas as palavras ficam presas na minha garganta.

Olho para a caixa que estou desembalando e, em seguida, ergo os olhos.

— Ei, está um dia tão lindo. Por que não damos uma pausa e vamos àquela sorveteria nova perto da TeaCakes? Por minha conta.

— Acho que preciso de algo com mais sustância do que sorvete — diz Michael.

— Qual é! — digo, sorrindo. — Podemos passar na loja de vinhos no caminho de volta.

Coloco a coleira em Rufus, e descemos os três lances de escadas que dão na rua. É uma tarde de sexta-feira e as ruas estão praticamente vazias, passada a hora do rush, com os trabalhadores de volta às suas lojas e escritórios.

À medida que passeamos pela cidade, Michael entretém Madison com uma história do trabalho daquela semana: um homem de uma das duplas em uma partida de golfe sofreu um ataque cardíaco no campo, mas, em vez de cancelar a partida quando a ambulância chegou, um dos rapazes pediu ao motorista que saísse logo para que ele pudesse continuar a jogar, porque estava jogando muito bem. "Eu poderia ter feito uma rodada perfeita!", gritou enquanto o amigo era colocado na parte de trás da ambulância.

— Ah, meu Deus! Que horrível! — diz Madison.

Rio novamente, mesmo sendo a segunda vez que ouço a história. Madison está rindo também, mas para abruptamente. Não só de rir, mas de andar. Paro também e olho para ela para ter certeza de que está bem. Está olhando para a frente, e seu rosto ficou branco, como se tivesse visto um fantasma. Agarra meu braço, e rezo para que não seja Donovan com mais uma menina com idade suficiente para ser filha dele (embora o divórcio deles tenha se tornado mais amigável, ele ainda é um cretino) enquanto acompanho seu olhar rua abaixo. Então, quando vejo o que chamou sua atenção, todo o ar, pensamentos e sentimentos me faltam de uma vez.

É Eric.

Nossos olhos se encontram e, embora tenha diminuído os passos, ele só para completamente quando está a poucos centímetros de distância. Eu poderia literalmente estender o braço e tocá-lo, mas não faço isso. Rufus chega lá primeiro.

— Ei, amiguinho. — O rosto de Eric se ilumina, e ele se curva, esfregando a cabeça do cachorro. Acabada a emoção do encontro dos dois, levanta e olha para Michael, que estende a mão.

—Michael — diz, e é como se eu tivesse entrado em um mundo estranho onde existem dois sóis, Eric e Michael, e eles estão colidindo.

Eric estende a mão e aperta a de Michael.

— Eric — diz. Posso perceber que Michael se dá conta de quem é. Falamos muito sobre Eric depois que nos tornamos amigos. Ele sabe quem é Eric, mesmo não sabendo como ele é.

— Prazer em conhecê-lo, cara — diz Michael.

Eric concorda com a cabeça e olha para Madison. Ela faz um pequeno aceno.

—Madison — diz ela. — Acabei de lembrar que tenho que fazer uma coisinha antes de irmos à sorveteria.

— Vou com você — manifesta-se Michael, seguindo Madison e intuindo que preciso de um momento a sós com Eric. Aperta meu braço delicadamente. Dou-lhe um olhar que espero expressar gratidão. Madison estende a mão para pegar a coleira de Rufus. Eu a solto em suas mãos.

Viro a cabeça para vê-los se distanciarem, mas posso sentir que os olhos de Eric permanecem em mim. Quando chegam à esquina, volto a olhar para ele, que está sorrindo.

— Essa é a Madison? — pergunta.

Inclino a cabeça na sua direção.

— Como assim?

— A que deu para você aquele vestido horroroso? Com as plumas.

Jogo a cabeça para trás e rio, pensando em como parece que essa noite foi há um milhão de anos e há apenas alguns dias ao mesmo tempo.

— Sim, é ela — digo.

— E Michael? — levanta as sobrancelhas. Curioso.

— Um amigo — digo, mas tenho medo de que meu rosto corado esteja sugerindo outra coisa.

Eric assente, o olhar firme e intenso; a expressão, indecifrável. Então pigarreia e se endireita, colocando as mãos nos bolsos.

Não sei ao certo o que dizer, então não digo nada. Então, ficamos apenas olhando um para o outro. Feitas as cortesias comuns, o silêncio preenche o espaço entre nós. Aproveito a oportunidade para examiná-lo. Seus olhos ainda estão verdes como azeitonas; seu cabelo castanho, embora com mechas um pouco mais grisalhas, ainda se projeta em ângulos estranhos, implorando para ser bagunçado pela figura de uma avó. Ele deixou a barba crescer, mas não parece de propósito — mais como se a lâmina estivesse apenas em greve. Fico olhando para a barba — todo o resto é bastante familiar, corresponde de maneira muito impressionante com minha lembrança.

De repente, o silêncio se torna insuportável, e deixo escapar:

— Cadê o Aja?

Ao mesmo tempo em que ele diz:

— Como você está?

Rimos, quebrando a tensão.

— Você primeiro — digo.

— Aja está na casa da Connie. Nós a estamos ajudando com a mudança para a cidade. Só vim para cá para pegar mais caixas, na verdade.

Assinto.

— E como ele está? — pergunto, embora seja mais uma pergunta superficial.

Algumas semanas depois de se mudarem para New Hampshire, Aja enviou um e-mail para mim. Ainda não sei como conseguiu meu endereço de e-mail, mas mantivemos contato, enviando artigos engraçados, fatos e piadas um ao outro durante alguns meses. Sempre quis lhe perguntar sobre Eric, especialmente no início, mas sabia que não era justo com

Aja. Envolvê-lo assim no assunto. E, de qualquer maneira, eu não sabia ao certo se queria saber, especialmente se Eric tinha seguido em frente.

— Bem. — Ele sorri. — Muito bem. Vai começar a faculdade nesse outono.

— Dartmouth, certo?

— Sim — diz. — Fiquei contente por você ter mantido contato. Ele sentiu muita falta de você quando fomos embora. — Seu rosto fica sério, e a palavra "falta" paira no ar. É uma palavra boba, incapaz de encerrar o que realmente significa. Você pode cometer uma *falta* em um lance de futebol.

— Senti falta dele também — digo e um nó se forma na minha garganta.

Seus olhos observam meu rosto, estudando-me. Fecho os olhos, mas não faz diferença. Ainda posso sentir seu olhar queimando minha carne. Estaria mentindo se dissesse que não sonhei com esse momento — ver Eric novamente. Uma vez, anos atrás, encontrei Connie na farmácia. Trocamos alguns comentários amáveis, mas fiquei abalada pelo resto do dia, querendo saber como teria me sentido se Eric estivesse com ela. *Se eu teria sentido alguma coisa.* Quando amamos alguém — e ficou claro para mim, à medida que os meses foram se passando depois da partida de Eric, que é exatamente assim que me sentia em relação a ele —, para onde vão esses sentimentos? Percebi a resposta naquele dia — não vão a lugar nenhum. Mesmo agora, por mais que me importe com Michael, é quase como se tivesse dois corações diferentes, e o que estava abrigando meus sentimentos por Eric durante todos esses anos está batendo em alto e bom som em meu peito.

— Cadê as luvas? — pergunta, e meus olhos se abrem repentinamente.

— Eu não... não uso luvas mais. — Pensei que talvez Aja tivesse contado para ele em fevereiro, mas agora me pergunto se Eric apoiava a mesma filosofia que eu: a de que era melhor não saber.

Ele examina meu rosto.

— Você está... isso significa que você... — Engole em seco.

Faço que sim.

— Sim. — Sinto algo no rosto, um pingo, e levanto os olhos para ver se começou a chover, mas o ar está seco.

Quando levanto a mão para sentir o que é, a mão de Eric dispara como uma bala de uma arma e agarra meu pulso. Um sopro de ar escapa dos meus lábios. Ele está me tocando. Nossos olhos se prendem enquanto seus dedos passeiam pela minha pele, o calor deles como a luz do sol em um dia ameno. A quantidade perfeita de calor.

Parte de mim pensa em como a vida pode ser injusta, indescritivelmente cruel. Em como esse momento — sua pele na minha — é tudo que eu sempre quis, tudo com que sonhei durante semanas, meses, anos de minha vida. Porém, já se passaram *sete* anos. Então, por que agora? Por que ele está parado aqui, fazendo com que eu me sinta dessa forma, justamente quando pensei que já estava tudo resolvido?

Então penso na minha mãe, em Madison e Donovan, e até no relacionamento cada vez mais profundo com Michael, e sei que se aprendi uma coisa, é que o amor é confuso. Não nos chega em uma caixa lindamente embrulhada com um laço. É mais como um presente de uma criança, rabiscado com lápis de cor e amassado. Imperfeito, mas sempre um presente.

E acontece que nem todos os presentes são feitos para durar para sempre.

O rosto de Michael passa por minha cabeça, e me sinto em conflito. Ele me ama. E eu — bem, parte de mim — me importo com ele também. Mas a outra parte...

Olho para Eric parado diante de mim e não posso evitar — sorrio para ele de forma despreocupada. Ele inclina a cabeça, sorrindo de volta. Com a outra mão, toca meu rosto, usando a ponta do polegar para limpar suavemente o pingo de água e depois esfregá-lo em minha bochecha.

— Jubilee — diz, muito maravilhado, como se meu nome fosse um segredo que guardou durante anos e agora, finalmente, pode revelar. — Você está chorando.

Paralisados, olhamo-nos fixamente, sua mão colada ao meu rosto, a outra ainda segurando meu pulso. Com a mão livre, seguro seu braço, e ficamos ali, agarrados um ao outro, um emaranhado estranho de braços e pernas.

Inclino-me para ele até nossas testas se tocarem e meus olhos mergulharem nos dele, seu hálito doce quente em meu rosto, mas não perto o suficiente. Levanto a mão e seguro sua nuca, puxando-o para perto até seus lábios colarem firmemente nos meus.

E estamos nos beijando.

Finalmente, estamos nos beijando.

Estamos nos beijando para compensar as centenas de beijos que nunca conseguimos dar, e talvez as centenas de beijos que nunca daremos.

Estamos nos beijando com muita energia e vigor.

E, então, estamos rindo. As bocas abertas, nossas gargalhadas se propagando pela rua. Não nos importamos com quem ouve ou com o quanto parecemos ridículos. Estamos rindo na mesma medida que estou chorando. E, ao me concentrar no calor das suas mãos no meu rosto, no meu pulso — sua pele na minha pele —, algo se solta dentro de mim como um animal selvagem escapando de uma jaula.

É o canto monótono de mil monges tibetanos.

Uma corrente elétrica.

É tudo.

Nota da autora

Embora a alergia a seres humanos seja uma doença fictícia, muitas das histórias que aparecem neste romance, junto com o medo diário que Jubilee sente, são cenários bastante reais para pessoas e famílias que lutam contra alergias alimentares graves e que oferecem risco de morte. A imunoterapia e a medicina chinesa, usadas para tratar o mal de Jubilee, estão baseadas nas pesquisas e trabalhos pioneiros dos alergistas Dra. Kari Nadeau, na Universidade Stanford, e Dr. Xiu-Min Li, no Hospital Mount Sinai, respectivamente. Seus tratamentos têm se mostrado bastante promissores no mundo ainda muito misterioso de alergias alimentares. Como parte da minha pesquisa, os artigos "Alergy Buster", de Melanie Thernstrom (7 de março de 2013), na *The New York Times Magazine*, e "Inside the Search for Chinese Herbal Food Allergy Treatments", de Claire Gagne, em AllergicLiving.com (18 de fevereiro de 2015) foram imensamente úteis.

Impresso no Brasil pelo
Sistema Cameron da Divisão Gráfica da
DISTRIBUIDORA RECORD DE SERVIÇOS DE IMPRENSA S.A.
Rua Argentina, 171 – Rio de Janeiro, RJ – 20921-380 – Tel.: (21)2585-2000